Hugo Nefe

Sündige Wandlung

HUGO NEFE

SÜNDIGE WANDLUNG

SüdOst Verlag

Bibliografische Information der Deutschen Nationalbibliothek

Die Deutsche Nationalbibliothek verzeichnet diese Publikation in der Deutschen Nationalbibliografie; detaillierte bibliografische Daten sind im Internet über http://dnb.dnb.de abrufbar.
ISBN 978-3-95587-734-7

1. Auflage 2018
ISBN 978-3-95587-734-7

www.gietl-verlag.de

„Was du liebst, das lasse frei!
Kommt es zurück,
dann gehört es dir – für immer.“

Konfuzius

Prolog

Ramona F. hatte sich schon oft gefragt, wie es wohl wäre, an ihrer eigenen Beerdigung teilzunehmen. Sie war jetzt 28, aber sie wollte nicht warten, bis sie gestorben war, um es herauszufinden.

Im Wartezimmer ihres Arztes war sie beim Blättern durch ein Magazin auf einen Artikel gestoßen, in dem es hieß, dass Scheinbeerdigungen in Südkorea gerade der volle Hype seien. Bei einer anschließenden Recherche im Internet stieß sie dann tatsächlich auf jemanden, der auch hier in Deutschland ein Seminar zu diesem Thema anbot.

Ramona F. liebte Seminare – je skurriler desto besser. Doch nahm sie nicht etwa daran teil, um sich fortzubilden, oder weil sie ein überzeugter Anhänger einer bestimmten Zeitgeistströmung gewesen wäre, sondern einzig aus dem Grund, ihre Zeit totzuschlagen. Zeit und Geld hatte sie genug – ein Umstand, der schon von jeher die ausgefallensten Wünsche weckte.

Der Mann bewarb sein Seminar mit dem vielversprechenden Slogan: *„Gönn dir den 20-Minuten-Tod, um das Leben wieder zu genießen!“*

Leider fiel der Termin des nächsten Seminars genau in den Zeitraum, in dem sie ihre dritte Psychotherapie am Bezirksklinikum Regensburg antreten sollte.

Der Umzug von Berlin und ihre zweite Scheidung hatten ein gewaltiges Loch in ihr soziales Netzwerk gerissen. Ein Großteil ihres Bekanntenkreises war weggebrochen und mit ihm etliche Zacken aus der Krone ihres Selbstwertgefühls. Leider hatte sie zu spät erkannt, dass viele ihrer sogenannten Freunde nur Gesinnungsgenossen waren – Gesinnungsgenossen ihres Mannes, dessen Gesinnung sie allzu bedenkenlos übernommen hatte, statt auch nach der Hochzeit noch an ihrer eigenen weiterzubasteln.

Das Job-Angebot, das ihr eine Regensburger Bank gemacht hatte, bot in keiner Weise die Karrieremöglichkeiten, wie sie sie in Berlin gehabt hätte, und so war sie erst mal zu Hause geblieben, um sich um die vielen Gäste zu kümmern, die in ihrer Villa in Lappersdorf, einem Vorort von Regensburg, ein und ausgingen.

Anfangs hatte es ihr sogar noch Spaß gemacht. Nach und nach aber zeichnete sich klar und deutlich ab, was ihr Umfeld wirklich an ihr schätzte – es war nicht ihre Persönlichkeit, es war ihre gesellschaftliche Funktion. Von da an begann der Wurm der Unzufriedenheit in ihr zu nagen. Als dann auch noch eine Affäre ans Licht kam, die ihr Mann – Chefarzt am Regensburger Klinikum, Halbgott in Weiß – mit einer Krankenschwester begonnen hatte, hing der Haussegen vollends schief. Alles wäre nicht so schlimm gewesen, wenn besagte Krankenschwester nicht auch noch schwanger von ihm geworden wäre. Das schmeckte bitter wie Galle, weil sie selbst keine Kinder mehr bekommen konnte.

Ihr Gatte war einsichtig – einsichtig allerdings auf seine ätzend überhebliche Art. „Du hast ja recht, Schatz“, hatte er Zerknirschung heuchelnd gemeint, „niemals mit dem Personal!“

Dies als Entschuldigung anzunehmen, hätte bedeutet, ihm selbst das Hintertürchen zu öffnen, das es ihm in Zukunft gestattete, auf alles Jagd zu machen, was sich außerhalb des Klinikbereichs herumtrieb.

Denkste! Sie war zwar in vielen Bereichen noch unerfahren, aber sie war auch nicht doof.

Sie besuchte etliche Scheidungsanwälte, bis sie schließlich auf den richtigen stieß: weiblich, bissig, selbst geschieden. Diese Qualifikation garantierte, dass das Feuer, das sie unter dem Hintern ihres Noch-Gatten zu entfachen gedachte, auch heiß genug sein würde.

Es war heiß genug.

Vielleicht ein bisschen zu heiß. Unbeabsichtigt hatte sie ihrem Ex den Status „Gegrillter Märtyrer“ verschafft, was seine Sympathiewerte in die Höhe schnellen ließ, während ihre eigenen drastisch sanken.

Einen um den anderen Namen musste sie aus ihrer Adresskartei streichen. Die Neueinträge, die jetzt darin erschienen, lasen sich wie das „Who is Who" des Therapeutischen Gewerbes. Seelentröster jeglicher Couleur drängten sich jetzt in das Vakuum, das die abgefallenen Freunde und Bekannten hinterlassen hatten.

Ihr war klar, dass es sich dabei um nichts anderes als bezahlte Zuwendung handelte. Aber lieber bezahlte Zuwendung als gar keine, wenn man schon keinen mehr hatte, der sie einem schenkte.

Geld war kein Thema für sie. Zumindest in dieser Hinsicht waren ihre Scheidungen segensreich gewesen.

Ihren ersten Mann – 12 Jahre älter als sie – hatte sie mit 20 geheiratet. Nach drei Jahre, in denen jeder von ihnen seiner eigenen Karriere nachgegangen war – sie, bei einer Berliner Bank, er, als Gründer einer Softwarefirma, die er schließlich an die Börse brachte und kurz darauf für etliche Millionen verkaufte – war die Ehe zu Ende. Darauf folgten zwei Jahren Chaos in ihrem Leben: Reisen, Partys, Schönheitsoperationen und ein beträchtlicher Verschleiß an Männern – Männern für eine Nacht. Es war aber nicht unersättliche Lust, die sie in ihre Arme trieb. Vielmehr war der involvierte Sex nur eine unerwünschte Nebenwirkung dieser Medizin gegen die Einsamkeit. Sie nahm die Männer wie Notfalltropfen gegen die Angst allein zu sein; regelmäßig, automatisch und ohne großen Gefühlsaufwand – ex und hopp!

Dem Gros der Männer kam dies entgegen, weil sie schon von Natur aus eher hardware- als softwareorientiert waren. Für Ramona F. waren Männer in dieser Zeit eine Droge mit Kurzzeitwirkung, deren Dosis ständig erhöht werden musste, um noch zu wirken – ein Teufelskreis.

Dann lernte sie Max ihren zweiten Mann kennen. Er war Oberarzt an der Charité. 18 Jahre älter als sie. Ihr Hang zu älteren Männern wurde ihr damals bewusst. Es war Liebe auf den ersten Blick. Ekstase. Heirat folgte. Dann die Berufung ihres Mannes als Chefarzt an die Uni-Klinik Regensburg. Sie wurde schwanger. Fehlgeburt. Die Ärzte rieten von weiteren Schwangerschaften ab. Sie ließ sich sterilisieren. Von da an war es, als habe die Verödung ihrer Eileiter auch die seelische Befruchtung in ihrer Beziehung unterbrochen – ihre Ehe trocknete aus. Ihr Mann begann mit seinen geheimen Exkursionen in andere Feuchtgebiete. Wenig später dann, die unvermeidliche Scheidung Nr. 2.

Ramona F. war der Typ, der keine Ruhe gibt, bis er erreicht hat, was er sich in den Kopf gesetzt hat. Sie wollte dieses Seminar, und sie wollte es sofort. Das Motto *„Gönn dir den 20-Minuten-Tod …"* klang zu verlockend. Wenn sie nur daran dachte, bekam sie eine Gänsehaut. Gedanken an den Tod hatten bei ihr schon immer ein erotisches Prickeln ausgelöst. Die Verbindung von Tod und Eros hatte was von einer Schwulenehe – sie war ein Triumph des Geistes über die Natur.

Spontan hatte sie zum Telefon gegriffen und den Mann, der das Seminar veranstaltete, angerufen.

Mit ruhiger Stimme hatte er ihr erklärt, dass sein Seminarplan bereits feststehe und er des Aufwands wegen nur mit mindestens fünf Teilnehmern arbeite. „Kein Problem!", hatte sie erwidert. „Ich bin bereit, auch die fünffache Kursgebühr zu zahlen, wenn Sie für mich einen Einzeltermin ermöglichen können. Gleich morgen! Ich brauche diese Erfahrung nicht irgendwann, ich brauche sie jetzt!"

„Cash?", hatte der Mann gefragt, und ihre Antwort war: „Bar auf die Hand!"

Der Deal war abgeschlossen. Sie hatte wieder mal bekommen, was sie wollte.

Jetzt lag sie, nur mit einem weißen Leinenumhang bekleidet, in einem schlichten Sarg aus Fichtenbrettern und hörte das Dröhnen der Hammerschläge, mit denen der Mann den Deckel über ihr zunagelte.

Dies alles gehöre zum Ritual, hatte er ihr bei Kerzenschein und Weihrauchduft in seinem Einführungsgespräch erklärt. Sein Vortrag hatte sie tief berührt. Seine Worte waren Balsam für ihre wunde Seele gewesen.

Anschließend hatte er ihr noch ein Video gezeigt, in dem das Prozedere der Scheinbeerdigung zu den Klängen von Mozarts Requiem in D-Moll vorgestellt wurde. Dazu gehörte es auch, dass sie an einem Pult, das neben ihrem Sarg stand, einen Abschiedsbrief verfasste, in dem sie ihren Wunsch zu sterben ausführlich begründete. Sie sollte mit allem abschließen. Was bedingte, dass sie sich auch über die Verteilung ihres Vermögens Gedanken zu machen hatte. Das Ergebnis sollte sie, gleich einem Testament, ebenfalls zu Papier bringen.

Ramona F. war aber auf die Schnelle niemand eingefallen, dem sie aus Überzeugung irgendetwas hätte vermachen wollen. Ihre beiden Ehen waren kinderlos geblieben, und mit der Verwandtschaft hatte sie schon längst gebrochen. Sie war ein Einzelkind, aber auch zwischen ihr und den Eltern herrschte seit ihrer zweiten Scheidung Sendepause. Sie hatte deren biederes Lamento über ihre Bindungsunfähigkeit satt. Fragen wie „Was haben wir nur falsch gemacht, Liebes?" oder Seufzer wie „Was ist doch, trotz liebevollster Aufzucht, für ein Widerborst aus dir geworden!", hatte sie irgendwann nicht länger mehr ertragen.

In einem Anflug von augenzwinkerndem Galgenhumor hatte sie schließlich ihren Seminarleiter als Alleinerben eingesetzt. Was soll's, dachte sie, ist ja nur für 20 Minuten.

Anschließend sollte dieses Testament nebst Abschiedsbrief von ihr eigenhändig verbrannt werden. In dem alten Kanonenofen, der da weiter hinten in dem düsteren Raum, der früher mal ein Stall gewesen war, vor sich hin wummerte. Alles würde bei diesem letzten Akt des Sterberituals in Rauch aufgehen, und sie wäre als neuer Mensch geboren.

Es konnten nicht mehr als vier Nägel gewesen sein, die der Kursleiter eingeschlagen hatte. Jetzt herrschte Ruhe und absolute Dunkelheit um sie.

Es war enger in dem Sarg, als sie gedacht hatte.

Tatsächlich war es eher eine Kiste, deren Deckel nicht wie bei regulären Särgen konisch aufgebaut war, sondern flach. Alles drehte sich ja nur um die Illusion.

Sie lag auf einer Steppdecke. Im Nacken ein Polster.

Wenn sie ihren Kopf zu heben versuchte, stießen Stirn und Nase nach wenigen Zentimetern an das Holz des Deckels. Ihre Arme lagen an den Außenwänden an. Kein angenehmes Gefühl. Aber darauf hatte sie der Mann hingewiesen und gemeint, sie solle sich auf eine Erfahrung gefasst machen, die unter die Haut ginge. Das war der Zweck der Übung. So musste es sein. Denn schließlich sollte sie aus diesem Ritual seelisch erfrischt und mit klaren Perspektiven für ihre Zukunft hervorgehen.

In der letzten Zeit hatte sie mehrere Suizidimpulse verspürt. Zunächst hatte sie diese wie den Ruf eines Geliebten empfunden, der um sie lockte und warb. Doch irgendwann wandelte sich diese Empfindung. Der Ruf wurde eindringlicher. Er wurde zum Kommando, dessen Echo nicht mehr aufhörte, in ihrem Kopf nachzuhallen. Das musste aufhören ... ein für alle Male! Deshalb die Psychotherapie, deshalb auch dieses Seminar.

Jetzt nahm sie den intensiven Harzgeruch wahr, und für einen Moment fühlte sie sich wie ein Käfer, der in Bernstein eingeschlossen war – starr, bewegungsunfähig, konserviert für die Ewigkeit.

Wie viel Zeit war schon vergangen?

Sie wusste es nicht.

Ihre Armbanduhr, ihr Handy und ihr Schmuck befanden sich in der Handtasche hinter dem chinesischen Paravent, wo sie ihre Kleidung gegen das Totenhemd ausgetauscht hatte. Alles hatte sie ablegen müssen. Nichts von Wert durfte sie auf dieser Scheinreise in den Tod begleiten. Das war die Regel.

Kein Lichtstrahl drang von außen durch die hölzernen Planken. Das Schwarz um sie herum war vollkommen.

Nach einer Weile, die ihr vorkam wie eine Ewigkeit, glaubte sie, kleine Lichtblitze zu sehen. Doch auch wenn sie die Augen schloss, waren sie da. Es konnte sich also nur um eine Gaukelei ihres über- oder unterforderten Gehirns handeln.

Dann kam die erste Welle der Angst, und sie brandete wie heiße Lava durch ihr Bewusstsein.

Sie fing zu rufen an.

Zaghaft zuerst, dann lauter und lauter, doch niemand antwortete.

O.K., logisch! Gehörte ja auch alles so zum Programm. Der Film hatte sie darüber aufgeklärt, dass es immer mindestens einen Teilnehmer gab, der schon nach den ersten Minuten zu rufen anfing, weil er das Zeitgefühl komplett verloren hatte. Sekunden dehnten sich in diesem abgrundtiefen Schwarz zu Äonen.

Sie hielt den Atem an und lauschte in das Nichts.

Nur das Klopfen ihres Herzens war da. Noch nie hatte sie es so laut vernommen. „Bubum ... bubum ... bubum ...“ wie ein SOS-Signal, das nach dem Ende aller Zeiten durch das leergefegte All pulste.

Das war's! Sie hatte genug!

Vorstellung beendet!

Mit einem Bewusstseinserweiterungstrip hatte das nichts mehr zu tun. Das war Freiheitsberaubung! Das war Folter!

Sie drohte dem Mann, ihn anzuzeigen, wenn er nicht augenblicklich den Deckel öffnete.

Alles blieb still.

Dann kam die Panik und mit ihr das Adrenalin.

Massenhaft Adrenalin.

Sie begann zu strampeln. Doch die Enge des Raums begrenzte ihren Bewegungsspielraum drastisch. Zog sie ihre Beine nur ein wenig an, stießen ihre Knie sofort an den Deckel.

Jetzt versuchte sie es mit den Händen. Aber der Abstand zum Deckel war so gering, dass sie nicht genügend Kraft entfalten konnte, um ihn vielleicht ein wenig zu lockern.

„Bubum ... bubum ... bubum“, trommelte ihr Puls. Ansonsten herrschte Stille ... absolute Stille ... Totenstille.

Was war nur los mit diesem Kerl? War er nur eben mal aufs Klo gegangen, oder war er ... Nein, ein Freak war der nicht. Sie hatte die echten Freaks in der Psychiatrie kennengelernt. Dieser Mann aber hatte durch seine einfühlsame ruhige Art von Anfang an ihr Vertrauen gewonnen. Als er am Telefon hörte, dass sie wegen ihrer Medikamente nicht fahrtauglich sei – sie war zurzeit vollgepumpt mit einer bunten Mischung Psychopharmaka – hatte er sich sofort erboten, sie mit seinem Wagen vom Busbahnhof in Freyung abzuholen. Sie war mit dem Zug von Regensburg nach Passau gefahren und von dort mit dem Bus weiter nach Freyung. Eigentlich hatte sie vorgehabt, sich dort in einem Gasthof ein Zimmer zu nehmen und nach dem Seminar vielleicht noch einen weiteren Tag in dem kleinen Städtchen zu verbummeln. Doch der Mann hatte ihr angeboten, die Einliegerwohnung in seinem Haus zu benutzen und am nächsten Tag noch mit ihm und seiner Mutter zu frühstücken, bevor er sie wieder zum Busbahnhof bringen wollte. Nach kurzer Überlegung war sie darauf eingegangen. Sie war neugierig, wie er lebte. Etwas an ihm wirkte seltsam anziehend auf sie. Doch war es weniger sein Äußeres, als vielmehr etwas, das sie aus seinem Inneren heraus anstrahlte. Schon als er sie am Busbahnhof begrüßte, hatte sie verwundert den Ausdruck der Überraschung auf seinem Gesicht wahrgenommen – freudige Überraschung, verehrungsvolle Überraschung. Selig lächelnd hatte er sie von oben bis unten gemustert wie eine lange vermisste Person, die plötzlich wieder in seinem Leben aufgetaucht war. Noch nie hatte sie sich so herzlich willkommen gefühlt ... so angenommen ... so ganzheitlich umarmt.

Nein, dieser Mann hatte nichts zu verbergen, weil er nichts verbergen konnte! Sein Innenleben spiegelte sich auf seinem Gesicht wie eine Leuchtreklame.

Diese Gedanken beruhigten sie für einen Augenblick. Alles würde gut werden. Sicher würde sie schon bald genauso befreit auflachen wie die Kursteilnehmer auf dem Video ... Lauter strahlende Gesichter, aus denen der Triumph leuchtete, der Triumph über den 20-Minuten-Tod.

Jetzt merkte Ramona F. plötzlich, wie ihr das Atmen schwerer fiel.

War es nur Einbildung?

Angst konnte ja Empfindungen ins Surreale übersteigern. Doch nein, sie täuschte sich nicht. Ihre Lungenflügel pfiffen ein anderes Lied. Die Luft in ihrem Gefängnis wurde definitiv knapp.

Ein nie gekanntes Grauen befiel sie jetzt. Ein Grauen, das sich wie Gift in ihrem Körper ausbreitete und nach und nach all ihre Glieder lähmte. Wieder versuchte sie zu schreien, doch diesmal kam kein Laut mehr über ihre Lippen. Horror und blankes Entsetzen schnürten ihr die Kehle zu. Auf ihrer Stirn stand kalter Schweiß. Ihr Herzschlag – ein höllisches Trommelfeuer, das ihre Brust zu sprengen drohte. Dann schwanden ihr die Sinne.

1

Auszug aus dem Tagebuch der Magdalena Grünzinger vom 08. März 1974.

– Meine Tage sind ausgeblieben!!!

Geschieht mir recht, mir dummen Dirn. Hab mich halt geschämt, unsern Doktor, der was auch im Kirchenrat sitzt, um die Pille zu fragen. Außerdem habe ich nie nicht damit gerechnet, daß mich das heiße Blut so packt. Hab immer gedacht, mir kann das nicht passieren. Kann nur einem Flietscherl passieren, was keinen rechten Glauben hat. Ich glaub an die Keuschheit vor der Ehe und geh jeden Sonntag zur Mess, aber es ist trotzdem passiert.

Hätt letzte Woch daheim bleiben und nicht auf den Faschingsball gehen sollen. Alles Narren dort, und ich die Obernärrin! Aber die Stimmung war so gut und das Bier hat mir auch geschmeckt.

Tanzt hab ich nur mit zwei Burschen. Mit dem Sepp und mit dem Walter. Der Sepp hat beim Tanzen geratscht und gelacht, der Walter hat mich nur angeschaut … angeschaut hat der mich, daß mir ganz anders worden ist.

Am End bin ich dann mit dem Schaugerten heimgegangen, also mit dem Walter. Ich war wie hipnottisiert von ihm und hab ihn heimlich in meine Kammer lassen. Dort haben wir es gemacht. Und jetzt hab ich den Dreck im Schachterl. Hat sich seitdem nicht mehr bei mir blicken lassen, der Lump!

Zu all dem Schreck kommt heut auch noch die Trudi vorbei und erzählt mir, daß sie sich verliebt hat. In wen frag ich, und sie sagt in den Walter.

Ist dieser Schuft doch ohne mich gleich auf die nächsten Bälle gegangen und hat mit anderen angebandelt, als ob nichts gewesen wär zwischen uns!

Mir ist auf einmal ganz schlecht geworden, aber ich hab mir nichts anmerken lassen vor der Trudi, obwohl ich ihr am liebsten ins Gesicht hätt speiben mögen.

Habt ihr was gehabt miteinand, frag ich die Trudi, und sie sagt: Dreimal darfst raten.

Ich hab der Trudi nichts erzählt vom Walter und von mir, aber ich hab ihr gesagt, daß ich glaub, daß der Walter kein Mann zum Heiraten ist. Drauf sie: Das werden wir schon sehn!

Soll sie ihn ruhig haben, den Hallodri. Ich brauch keinen, den was ich daheim anbinden muß, damit er die spreizgeilen Henner nicht nachsteigt.

Heilige Jungfrau Maria, steh mir bei! –

Das kleine Kreisstädtchen Freyung mit seinen 7000 Seelen liegt im Südosten des Bayerischen Waldes im Dreiländereck. Zur tschechischen Grenze im Norden sind es 17 Kilometer, zur österreichischen im Osten 27 und zur Dreiflüssestadt Passau im Süden 33. Es ist die Gegend, wo die Leute so klingende Namen wie „Aschenbrenner", „Kandlbinder", „Hitzenbichler", „Brodinger", „Duschl", „Atzinger", „Blumenstingel", „Irlesberger" oder „Gibis" tragen. Dort wo es üblich ist, dass man dem Namen eines Freundes oder guten Bekannten auf Biegen und Brechen ein „ei" anhängt, egal, was dabei herauskommt. So wird aus Duschl „Duschei", aus Blumenstingel „Bluamastingei", aus Gibis „Gibisei" und so fort. Dieses kleine Anhängsel drückt Vertrautheit aus und ist ein Prädikat der Zugehörigkeit. Wo dieser Brauch herrührt, weiß heute niemand mehr genau zu sagen, doch hält man hier eisern daran fest.

Der städtische Tourist dieser Tage mag die Gegend immer noch als ein Paradies der Abgeschiedenheit und Ruhe empfinden, doch die älteren Waldler lächeln nur darüber. Sie wissen noch, was echte Einsamkeit ist.

Nach dem Zweiten Weltkrieg starben hier ganze Dörfer wegen Abwanderung aus. Es gab nicht genug Arbeit und Brot für alle.

Niemand, den sein Geschäft nicht dazu zwang, ließ sich freiwillig in dieser gottverlassenen Gegend nieder. Hier war das Ende der Welt. Im Norden die unüberwindbare Barriere des Eisernen Vorhangs und nach Süden hinunter nur die B12, eine kurvenreiche und gefährliche Verkehrsader, die das Leben im Wald mit der Außenwelt verband. Doch auch diese Straße war in den schneereichen Wintern von damals oft nicht mehr befahrbar. Man war vom Rest der Welt buchstäblich abgeschnitten.

Das war Einsamkeit! Eine Einsamkeit, die diejenigen, die blieben und ausharrten, dichter zusammenrücken ließ und einen ganz eigenen Menschenschlag prägte: an Leib und Seele abgehärtet, herb bis rau im Umgang miteinander und für den Fremden keineswegs leicht zugänglich.

Das änderte sich erst, als um 1960 ein 650 Mann starkes Panzergrenadierbataillon in der Kaserne „Am Goldenen Steig“ stationiert wurde. Dieser Außenposten gegen die „Rote Gefahr“, der sich aus Soldaten zusammensetzte, die mit ihren Familien aus ganz Deutschland hierher versetzt wurden, sicherte von da an den wirtschaftlichen Aufschwung des kleinen Städtchens. Der Wohnungsbau kam in Schwung. Rechts und links der Böhmerwaldstraße, hinauf zum Oberfeld, der „Soldatensiedlung“, ragten jetzt teils dreigeschossige Wohnblöcke in den Himmel. Diese terrakotta-, ocker- und umbrafarbenen Monumente einer neuen Ära, denen das alte Freyung nichts Vergleichbares entgegenzusetzen hatte, kündeten nun schon von Weitem von Aufbruchsstimmung und einem Wandel der Zeiten.

Der Umsatz der Wirtshäuser stieg, der Einzelhandel florierte. Oben in der Soldatensiedlung experimentierte ein waghalsiger Geschäftsmann sogar mit dem ersten Selbstbedienungsladen der Region – eine unerhörte unternehmerische Eskapade seinerzeit. Weitere folgten seinem Beispiel und bezahlten ihre Risikobereitschaft in den ersten Jahren mit erheblichem Warenschwund. Der Begriff „Selbstbedienung“ war noch nicht klar genug definiert. Die Kundschaft, die bisher wie Melkvieh vor Ladentheken und Schranken auf Bedienung zu warten hatte, war vom freien ungehinderten Zugang zu den Waren schlichtweg überfordert und bedurfte erst einer kostspieligen Umerziehung. Für sie galt das Motto: „Der Laden ist groß, die Frau an der Kasse ist weit!“

Als dann Truppen des Warschauer Pakts 1968 die CSSR besetzten, um den „Prager Frühling“ zu stoppen, und das dumpfe Dröhnen russischer Panzer jenseits der Grenze bis hinüber nach Philippsreut zu hören war, da tauchte der Name „Freyung“ sogar deutschlandweit in den Abendnachrichten auf.

So schlecht diese Nachrichten auch waren, man war für einen Wimpernschlag in den Fokus des öffentlichen Interesses gerückt – man war plötzlich wer.

Die Grenzlandbewohner waren jetzt nicht mehr die unterentwickelten Hinterwäldler der Nation, sondern die tapfere Vorhut, die zuerst vom Feind überrannt werden würde. Ganz Deutschland klopfte ihnen in Gedanken auf die Schulter.

Auch der Kaugummi kauende „Große Bruder“ zeigte Präsenz. Farbige, die damals noch „Neger“ hießen, befuhren in Jeeps und klirrenden Kettenfahrzeugen die Straßen und teilten an Pulks neugieriger Kinder „Chewing Gum“ und „Candy“ aus, wie schon damals in der Besatzungszeit. Der Spruch „Nach dem Krieg ist vor dem Krieg“ leuchtete in jenen Tagen jedem ein. Zu nahe war man der Katastrophe dort im Grenzland, wo ein Funke genügt hätte, um die Pulverfässer dies- und jenseits des Eisernen Vorhanges in die Luft zu jagen.

Als in den 70ern auch noch der Tourismus in Fahrt kam und am Geyersberg, wo früher Tag und Nacht die Feuer einer offenen Mülldeponie schwelten, das Postkartenvorzeigeprojekt einer Feriensiedlung, mehrerer Hotels und einer Reha-Klinik in Angriff genommen wurde, da war es plötzlich vorbei mit der Dunkelheit der Nichtexistenz. Da lichtete sich der Schleier und das kleine Städtchen Freyung erwachte endgültig aus seinem Dornröschenschlaf.

***

Über Nacht war der erste Schnee gefallen.

Das kleine Anwesen von Magdalena Grünzinger lag abseits der FRG14, die von Freyung nach Herzogsreut führte. Nur ein schmaler Feldweg ging von der Straße hinauf zu ihrem versteckt gelegenen Sachl, einem Einfirsthof: Wohnhaus, Stall und Scheune – alles unter einem Dach. Die hölzernen Dachschindeln waren irgendwann durch Blechplatten ersetzt worden. Das Untergeschoß bestand aus Bruchsteinmauerwerk, geschlagen aus den Granitblöcken, die bei Rodungs- und Feldarbeit im Weg gewesen waren. Darüber bildete dunkles Balkenwerk das Obergeschoß, in dem ihre Schwiegereltern bis zu ihrem Tod gelebt hatten. Später hatte sich ihr Sohn Ludwig dort eingerichtet, bis er vor ein paar Jahren ein rot gestrichenes Einfamilienhaus in die oberhalb des Altbaus gelegene Wiese gestellt hatte, das er jetzt bewohnte – ohne Familie. Daneben ein länglicher Anbau mit hohen schmalen Milchglasfenstern, den er sein „Labor" nannte. Dort schloss er sich oft tagelang ein und arbeitete an seinen Tierpräparaten und an was sonst noch allem; Magdalena Grünzinger hatte den Anbau nie betreten, er war tabu für sie.

Wenn man sich dem Anwesen über den Feldweg hinauf näherte, schien es, als sitze der Neubau dem Altbau direkt im Nacken. Er wirkte dort ähnlich deplatziert wie eine künstlich eingefärbte Cocktailkirsche auf einer gegrillten Schweinshaxe.

„Bunker" nannte Magdalena Grünzinger den Neubau und hatte sich bisher standhaft geweigert, darin die kleine Einliegerwohnung zu beziehen. Sie war bis heute im Altbau geblieben, wo ihr verstorbener Mann, ein Jahr nach ihrer Hochzeit, ein richtiges Bad mit Toilette installiert hatte. Luxus pur! Für Warmwasser sorgte seitdem ein Boiler in Bad und Küche. Als Heizung fungierte nach wie vor der große Küchenherd, dessen gemauerte Züge in einen Kachelofen mündeten, der seine Wärme durch eine Lüftungsklappe auch an die Schlafkammer abgab.

Das waren noch Zeiten gewesen, als sie bei Wind und Wetter durch Schnee und Kälte zum Außenklo neben dem Gemüsegarten stapfen musste ... nachts mit der Taschenlampe.

Freilich hatte man fürs „kleine Geschäft" ein Potschamperl unter dem Bett stehen, doch wehe, wenn einen Schwereres drückte!

Hui, wie es da aus dem schwarzen Loch heraufzog, wenn man in eisigen Winternächten den hölzernen Deckel von der Latrine hob! Jeder Gang zum „Häusl" war ein schauriges Ereignis – ein Kreuzweg.

Das Toilettenpapier war damals noch einlagig, aber mit Doppelfunktion. Bei längeren Sitzungen konnte man sich die Zeit damit vertreiben, zu lesen, was darauf gedruckt stand. Es handelte sich in der Regel um Bögen von Zeitungspapier, die sorgfältig in ein handliches Format zerrissen worden waren.

So lange Magdalena Grünzinger denken konnte, war der Hof von der Sippe der Grünzinger bewirtschaftet worden. Der Gründer des Hofes allerdings, wie aus einer alten Urkunde hervorging, war ein gewisser Sebastian Krückl gewesen. Und wenn sie die Leute nicht „die alte Leni" nannten, so war sie für jedermann nur die „Krücklin".

***

Leni erwachte wie jeden Morgen um halb sechs Uhr und tat, was sie immer tat, wenn sich der Schaum von Schlaf und Traum aus ihren Gedanken verflüchtigt hatte und sie im Hier und Jetzt angekommen war – sie sprach ihr Morgengebet. Stumm. Doch ihre welken Lippen bewegten sich dabei, als würde sie von himmlischem Nektar nippen. Ihre Hände waren über der Brust gefaltet. Wind und Wetter hatten ihr Gesicht gegerbt. Das Leben mit all seinem Glück und Unglück hatte über die Jahre seine Spuren darauf hinterlassen – Spuren wie in Stein gemeißelt.

Jetzt schlug sie das dicke Federbett zurück, tastete nach dem Schalter der Nachttischlampe und knipste das Licht an. An der Wand am Fußende des Bettes tauchte ein Kruzifix auf. Es war flankiert von zwei Öldrucken, die mit den Jahren so nachgedunkelt waren, dass sie nur noch die Silhouette der Madonna und des Heilands erkennen ließen. Den einzigen Kontrast lieferte ein Hauch von Schimmel, der sich unter dem Glas des Rahmens wie ein Schleier des Vergessens über die verehrten Idole gelegt hatte. Neben der Tür stand ein schwerer dunkler Schrank aus Massivholz, der so oft überstrichen worden war, dass die gerissenen Farbschichten darauf anmuteten wie die versteinerte Haut einer Urzeitechse. Sicher hätte dieses kastenförmige Möbel ähnliche Geschichten zu erzählen gewusst wie die Falten im Gesicht der alten Leni. Obendrauf stapelten sich bis zur Decke abgestoßene Kartonagen von unterschiedlicher Größe. Allesamt waren mit vergilbten Etiketten versehen. Nur auf wenigen davon ließ sich die verblasste Beschriftung noch entziffern. „Christbaumschmuck", „Mein Brautkranz", oder „Ludwigs Kommunionkerze" stand da zu lesen. Aus einem abgegriffenen Schuber ragte der Rücken eines dicken, in Leder gebundenen Buches hervor. Auf dem Etikett waren nur noch die Buchstaben „Me. T.ge..uch" auszumachen. Den Rest der Lettern, die dem Geschriebenen einen Sinn hätten geben können, hatte die Zeit ausgelöscht, wie sie alles auslöschte, was einmal Sinn und Namen hatte.

Leni ließ jetzt ihre Beine über die Bettkante baumeln und wartete, bis sich ihr Kreislauf stabilisiert hatte. Ihr wurde in letzter Zeit öfter schwindlig, wenn sie zu schnell aufstand. Erst gestern war sie in der Küche gestürzt und hatte sich eine Prellung am Gesäß und eine Beule am Kopf zugezogen. Gab es für jemand, der sich inwendig so jung wie eh und je fühlte, überhaupt etwas Ärgerlicheres als zu altern?

Vor kurzem hatte sie ihren 67. Geburtstag gefeiert. Gefeiert? Nein, das traf es nicht. Sie hatte ihn als Datum auf dem Abreißkalender an der Küchenwand registriert. Das war alles. Ludwig hatte ihr eine Woche später nachträglich gratuliert.

„Ach, Ludwig, Ludwig ...", seufzte sie.

Der Bub hatte sich so seltsam entwickelt, nachdem ihm damals der Strohballen auf den Kopf gefallen war. Gerade mal zwölf Jahre alt war er gewesen, als das Unglück geschah.

***

Josef, ihr Mann, arbeitete wie immer oben auf dem Heuboden und warf durch eine Luke ein paar Ballen Stroh in den Stall hinunter, die Ludwig aufzuschneiden und einzustreuen hatte. Wahrscheinlich rechnete Ludwig nicht mehr mit dem letzten Ballen, der ihn zu Boden warf und seinen Kopf auf das Steinpflaster knallen ließ.

13 Wochen lang lag er danach im Freyunger Krankenhaus und starrte reglos an die Decke. Sein kleiner Brustkorb hob und senkte sich. Er atmete. Sein Herz schlug. Seine Verdauung funktionierte. Doch er selbst schien sich in einer weit entfernten anderen Welt aufzuhalten. Kein Streicheln, kein Küssen, kein Zureden, kein Zwicken oder Rütteln konnte ihn zu einer Rückkehr in diese Welt bewegen.

Nach vier Wochen tat Leni in ihrer Verzweiflung ein Gelübde und versprach der Heiligen Jungfrau Maria, zu ihr nach Lourdes zu pilgern, wenn Gott ihren Buben durch ihre Fürsprache wieder genesen ließ. Aber es sollte noch weitere neun Wochen dauern, bis Ludwigs entrückter Geist wieder in seinen Körper zurückfand.

Als er aus dem Koma erwachte, war ein anderer aus ihm geworden. Der lebhafte Junge von einst schien jetzt die Einsamkeit zu suchen. Oft verkroch er sich für Stunden auf dem Heuboden und rührte sich nicht, wenn man nach ihm rief. Er zog sich in eine Welt zurück, zu der andere keinen Zugang hatten. Manchmal sah man ihn völlig abwesend in der Wiese hinterm Haus sitzen und auf einen toten Käfer oder eine tote Maus in seiner Hand starren, so, als könne er sie durch höchste Konzentration wieder zum Leben erwecken. Dieses Verhalten hatte nichts mehr mit der natürlichen Selbstschutz-Apathie der pubertierenden Jugend zu tun; sein Rückzug in sich selbst ging tiefer – es war ein Sturz ins Bodenlose.

Wenn man ihn aus seinen Träumereien riss, sah er einen mit einer Mischung aus Hochmut und Verachtung an, als habe man nicht die geringste Befugnis, ihn in seinen Betrachtungen zu stören.

Eines Tages, als sie abends noch an seinem Bett saß und ihn fragte, warum er sich auf einmal so hartnäckig weigere, mit zur Sonntagsmesse zu gehen, erhielt sie eine Antwort, auf die sie nicht gefasst war.

Er vertraute ihr an, dass er, bevor er im Krankenhaus erwacht war, im Himmel gewesen sei, und dass dort alles ganz anders sei, als die Leute immer erzählten. Mit wachsendem Unbehagen lauschte sie dem, was er über sein himmlisches Erlebnis zu berichten hatte. Es war ihr dabei, als griffe eine eiskalte Hand nach ihrem Herzen. Bis sie ihm schließlich den Mund verbot, sich bekreuzigte und beinahe fluchtartig seine Schlafkammer verließ.

Wie um alles in der Welt war ein 13-jähriger Junge plötzlich zu so gottloser Rede fähig? Er hatte die heiligen Sakramente der Taufe und Firmung erhalten. Er ging zur Beichte und zur heiligen Kommunion... und dann das! Wirres Gerede! Sicher war durch den Unfall in seinem kleinen Kopf etwas verschoben worden ... verrückt worden.

Lenis eigenes Bild vom Himmel, das bis zu diesem Tag wie ein prächtiges Barockgemälde in ihrem Herzen gehangen hatte, war nach dem Gespräch mit ihrem Sohn in Schieflage geraten. Ja, es hatte seinen goldenen Rahmen verloren – den Rahmen, der ihren Glauben zusammenhielt. Alles brauchte einen Rahmen. Ein Rahmen fasste zusammen, er begrenzte und schloss den Zweifel aus. Alles brauchte Grenzen, damit der Verstand nicht daran irreging.

Deshalb hielt sie an ihrem liebgewonnenen Bild auch weiterhin fest, so gut es ging. Mochte es auch beschädigt sein – sie hatte nichts anderes. Es war wie mit einem bequemen Gewand, das man lieber unzählige Male flickte, als es wegzuwerfen. Man trug es weiter auf, obwohl es immer unansehnlicher wurde, und trotzdem fühlte man sich darin wohler als in einem neuen.

***

„Ach Ludwig, Ludwig ...", seufzte Leni wieder.

So schnell war die Zeit verronnen. Ihr Sohn war jetzt schon 43. Und was hatte er aus seinem Leben gemacht? Keine Frau! Keine Kinder! Und nichts als Grillen im Kopf!

Da waren diese seltsamen Leute, mit denen er sich umgab: lauter überdrehtes Volk! Überzüchtete Geister! Gescheiterte Existenzen! Schiffbrüchige des Lebens! Die meisten von ihnen kamen aus den großen Städten – dünnhäutig wie gegerbte Schweinsblasen und bis oben hin voll mit heißer Luft. „Seminare" nannte er das gottlose Treiben, das er mit ihnen veranstaltete.

Erst gestern hatte er ihr wieder so ein „Pflänzchen" vorgestellt. Ramona hieß sie. Schön war sie, jung war sie und gut gekleidet, aber ihre Augen konnten einen nicht betrügen: zwei ausgebrannte Sterne, aus denen Erfahrungen sprachen, für die andere Leute neun Leben brauchten.

„Mam", hatte Ludwig gesagt, als sie ihn wieder mal auf seinen Umgang mit diesen Gestalten angesprochen hatte, „diese Leute suchen Hilfe!"

„Hilfe von dir? Hilfe von jemandem, der sich selbst nicht zu helfen weiß?" Sie hatte es nicht so direkt sagen wollen, aber sie konnte nicht anders. Es war nun mal ihre Art, die Dinge beim Namen zu nennen. Wenn ihr was auf der Leber lag, spuckte sie es aus, ohne lange darauf herumzukauen.

Ludwig hatte sie mit seinen durchdringenden Augen lange angeschaut und dann gesagt: „Man kann nur echte Hilfe leisten, wenn man weiß, was Hilflosigkeit bedeutet, Mam." Der Bub sagte oft so verdrehtes Zeug, das jeden gesunden Menschenverstand quälte.

67 Jahre hatte Leni jetzt auf dieser Welt gerackert, und es war tatsächlich eine einzige Plackerei gewesen. In ihrer Empfindung verdichteten sich die Jahre immer mehr zu Tagen, Tage, die jetzt nur noch tropften wie auf heißen Stein. Puff, war schon wieder einer verdampft! Und sich an Einzelheiten zu erinnern, fiel ihr immer schwerer.

Alles wiederholte sich, und je öfter es sich wiederholte, desto schneller schien es sich zu wiederholen. Ihr Leben glich mehr und mehr einer Zeitrafferaufnahme von ziehenden Wolken, deren Formen sie bereits auswendig kannte.

Vielleicht war es ein Notprogramm ihres Gehirns, wenn es ihr vorgaukelte, dass die Zeit schneller verging als früher. Vielleicht versuchte es durch solche Tricks nur davon abzulenken, dass es ausgebrannt war, dass es nicht mehr in der Lage war, Ereignisse, gleich welcher Art, als neu zu empfinden ... also wahrhaftig zu erleben. Wenn dem so war, dann waren alle Schüsseln leergelöffelt. Dann war die Speise ihres Lebens aufgezehrt und jedes Weiterlöffeln nur noch ein stumpfes Abspulen andressierter Gewohnheiten.

Just in diesem Augenblick kam Leni sich vor wie ein Apfel – ein Apfel hoch am Baume, der faulte und nicht fallen konnte.

Erschrocken über ihre eigenen Gedanken bekreuzigte sie sich, fischte ihr Gebiss aus dem Wasserglas auf dem Nachttisch, schob es in den Mund und fixierte es mit einer routinierten Kaubewegung.

Bevor sie in ihre Filzpantoffel schlüpfte, die vor dem Bett auf dem schütter gewordenen Flickenteppich standen, betrachtete sie sie eine Weile.

Sie musste schmunzeln.

Ihr vertrauter Anblick machte ihr jeden Morgen warm ums Herz. „Guten Morgen, meine Lieben!"

Die Pantoffel sahen aus wie zwei graue Dampfnudeln, die sich verängstigt aneinander gekuschelt hatten, um die Dunkelheit der Nacht gemeinsam zu überstehen.

Es gab einige Dinge im Haus, von denen sie hätte schwören können, dass sie eine Seele besaßen. Vor allem die älteren, die schon immer da waren. Diese Dinge unterhielten sich mit ihr. Sie erzählten Geschichten, zu denen sie nur zu nicken brauchte, weil sie sie selbst erlebt hatte.

Doch ihre vertrauteste Mitbewohnerin war eine alte Kaffeetasse. (Die letzte Überlebende eines ganzen Services, das sie von ihren Eltern zur Hochzeit geschenkt bekommen hatte.) Diese war sehr gesprächig und meistens auch ihrer Meinung. Sie stand jetzt im Küchenschrank und wartete bestimmt schon ungeduldig auf ihr gemeinsames Morgenschwätzchen. Sie war mit zartblauen Vergissmeinnicht bemalt. Eigentlich waren es nur eingebrannte Abziehbilder, aber das war Leni egal. Wenn der heiße Kaffee aus dieser Tasse dampfte und sie ihre schrundigen Hände um sie legte wie um ein schutzbedürftiges Küken, dann durchströmte sie ein so unsägliches Gefühl von Wärme und Geborgenheit, wie sie es nur damals vor vielen Jahren empfunden hatte, wenn ihr die Mutter über Haar und Wangen streichelte.

Als Leni jetzt in den kalten Flur hinaustrat, blieb sie einen Moment stehen, schloss die Augen und lauschte. Ihre Nasenflügel zuckten. Sie witterte wie ein Tier.

Ohne noch aus dem Fenster gesehen zu haben, wusste sie, dass die Nacht den ersten Schnee gebracht hatte. Denn für Menschen, die lange Zeit in der Natur gelebt haben, ist dieser auch mit dem Gehör- und Geruchssinn wahrzunehmen. Nicht etwa, weil er selbst einen charakteristischen Duft besessen oder ein bestimmtes Geräusch verursacht hätte, sondern weil er alle Düfte und Geräusche an ihrer Entfaltung hinderte. Es war wie mit der rätselhaften Dunklen Materie, für deren Vorhandensein es nur den einen Beweis gab, dass sie auf ihre Umgebung wirkte.

Leni schlurfte ins Bad hinüber, wusch sich das Gesicht und begann, ihr dünn gewordenes graues Haar zu kämmen. Sie tat es mit einer Andacht, als handle es sich dabei um ein heiliges Ritual. Dann flocht sie es zu einem langen Zopf, den sie am Hinterkopf mit Nadeln zu einem Dutt zusammensteckte.

Was war nur aus ihrem kräftigen strohblonden Haar geworden?

Sie umschloss den Dutt mit einer Handfläche und dachte mit Wehmut daran, dass er früher dreimal so dick gewesen war. Jetzt lag er in ihrer Hand wie ein verdorrter Knödel.

Nachdem sie sich angekleidet hatte – lange Unterwäsche von ihrem verstorbenen Mann, wollene Kniestrümpfe, Leinenkleid, Strickjacke, Strickhaube, kurze Gummistiefel – ging sie in die Wohnküche, um Feuer im Herd zu machen. Seit sie den Trick anwendete, auf den Holzbrand des Vorabends noch ein Kohle-Brikett zu legen, bevor sie zu Bett ging, war morgens in der Regel noch genügend Glut vorhanden, um das Reisig, das sie zum Anfeuern benutzte, sofort aufprasseln zu lassen.

Heute nicht.

Die Glut war erloschen und jeder ihrer Versuche, ein Feuer zu entfachen, misslang.

Der Kamin zog nicht.

Unter der Decke des Raumes lungerten bereits erste Rauchschwaden herum.

Leni gab es auf. Sie öffnete Tür und Fenster, um den Rauch abziehen zu lassen.

Wahrscheinlich hatte sich eine Schneehaube auf dem Kamin gebildet.

Wie oft hatte sie Ludwig schon gebeten, ein Abdeckblech dort oben anzubringen! Doch Ludwig sah jeden Euro, den er in den Altbau investieren sollte, als Verschwendung an. „Du kannst ja umziehen!", hieß es dann. „Das alte Graffel ist es nicht mehr wert!"

Sie wusste nicht, warum sie es jedes Mal persönlich nahm, wenn er so sprach.

Leni holte jetzt die alte Kaffeetasse aus dem Schrank und stellte sie vorsichtig auf den Tisch. Doch dann fiel ihr ein, dass sie ja gar kein Wasser auf den Herd stellen konnte. Das Wasser aus den beiden Boilern in Bad und Küche wurde nicht mehr heiß genug, um einen anständigen Kaffee damit aufbrühen zu können. Die Boiler waren wie sie selbst in die Jahre gekommen, und die Jahre hatten so manches Zipperlein mit sich gebracht.

Ach, das war zu ärgerlich!

Als sie jetzt ging, um Tür und Fenster wieder zu verschließen, bevor der Raum noch ganz auskühlte, überfiel sie wieder dieser Schwindel. Halt suchend griff sie nach der Tischkannte.

Das Tischtuch verrutschte.

Die Tasse mit den zartblauen Vergissmeinnicht fiel zu Boden.

Voller Entsetzen starrte sie auf das Häuflein Scherben zu ihren Füßen.

Ihr war, als sei plötzlich eine Saite in ihrem Herzen gerissen. Sie begann, am ganzen Körper zu zittern. Mit einer Klarheit, die ohne Zweifel war, erkannte sie, dass es an der Zeit war, umzuziehen.

2

Auszug aus dem Tagebuch der Magdalena Grünzinger vom 22. Juni 1974.

– Gestern haben der Sepp und ich geheirat.

Bin jetzt in der 17. Woch und hab noch keinen Bauch. Nur um die Hüften spannt es ein bisserl. Ein paar alte Weiber auf der Hochzeit haben vielleicht was gemerkt. Macht nix. Sollen sie sich das Maul ruhig zerreißen, ich hab jetzt jedenfalls einen Vater für mein Kind.

Hab dem Sepp gleich nach dem Fasching schöne Augen gemacht und mich nicht lang scheniert, wie er mir an die Wäsch hat wollen. 14 Tag drauf hab ich ihm gesagt, daß ich von ihm schwanger bin. Zuerst hat er geschaut wie der Ochs vorm Berg, dann aber hat es ihn gefreut ... und mich erst recht. Hat gemeint, daß bald geheirat werden muss ... wegen der Leut! Ist ein kreuzbraves Mannsbild der Sepp! –

Ludwig Grünzinger war für die Leute der „Luk", der „jung Sepp" (nach dem Namen seines Vaters) oder der „Krückl" (nach dem Hofnamen). „Herr Grünzinger" nannte man ihn nur auf Ämtern, und wenn es anderweitig offiziell wurde.

Luk hatte seine Schullaufbahn am Freyunger Gymnasium ein Jahr vor dem Abitur wegen eines Vorfalles abgebrochen, der eine Welt in ihm hatte zusammenstürzen lassen. Seitdem war er noch schweigsamer geworden, als er schon gewesen war. Er hatte dann eine Lehre bei einem Tierpräparator begonnen. Seine Lehrer schüttelten seinerzeit nur verständnislos den Kopf. Seine Leistungen in allen Fächern waren gut bis ausgezeichnet. Wie konnte man nur so liederlich mit seiner Zukunft umgehen! Tierpräparator! Ein seltsamer Beruf! Ein Beruf für seltsame Menschen!

Nach der dreijährigen Ausbildung verschwand er und war dann neun Jahre lang verschollen. Niemand wusste, wo in Gottes weiter

Welt er sich herumtrieb, und den meisten war es auch egal, ob der notorische Sonderling je wieder in seiner Heimat auftauchen würde. Nur seine Mutter erreichten in dieser Zeit ein paar wenige Briefe aus fernen Ländern Südamerikas, aus dem Kongo, aus Angola und aus Indonesien. Aus ihnen ging hervor, dass ihr Sohn bei verschiedenen Eingeborenenstämmen lebte, um deren Sitten und Gebräuche zu studieren. Sein spezielles Interesse galt den Medizinmännern und Schamanen dieser Naturvölker, die er als seine Lehrmeister ansah.

Seine Briefe, so sehr sie sich auch nach ihnen sehnte, hatten bei seiner Mutter nur Unbehagen hervorgerufen. Die Vorstellung, dass ihr einziger Sohn bei den Wilden lebte und deren heidnische Bräuche studierte, machte sie traurig.

Kurz vor seinem 30. Geburtstag war Luk nach Hause zurückgekehrt. Der Jüngling hatte sich zum Mann gemausert: braungebrannt, langhaarig, von asketischer Hagerkeit und mit tiefliegenden ausdrucksstarken Augen. Diese Augen durchdrangen sein Gegenüber wie Röntgenstrahlen und lieferten ihm ein detailgetreues Bild der Persönlichkeit. Luk war das eher unangenehm. Er empfand es wie Diebstahl, auf diesem Weg mehr über seine Mitmenschen zu erfahren, als sie freiwillig bereit gewesen wären, ihm anzuvertrauen. Die Gabe, durch ihre Masken hindurchzusehen und das Ausmaß ihres inneren Chaos zu erkennen, war für ihn Vorteil und Bürde zugleich. Die wahre Natur eines Menschen zu erkennen und dann mit seinem Verhalten konfrontiert zu werden, das diese Natur oft genug in Wort und Tat verleugnete, war eine bittere Erfahrung. Dann schlug er die Augen nieder und vermied den direkten Blickkontakt. Manche legten ihm das als Schwäche oder Schüchternheit aus. Doch es waren meist die, die sich hinter ihrer Maske allzu sicher wähnten und nicht ahnten, dass die Tür zu ihrer Seele für Luk sperrangelweit offenstand.

Sie konnten sich nicht vorstellen, dass es keinen schärferen Beobachter als den Schüchternen gab.

Schon im Dschungel von Borneo hatte Luk die Erfahrung gemacht, dass in extremen Situationen nur der Schüchterne überlebte, denn niemand erwog sein Handeln sorgfältiger als er.

Sein Körper war bedeckt von seltsamen Tätowierungen. Nicht vergleichbar mit den comichaften, größtenteils dilettantisch fabrizierten Motiven abendländischer Geschmacksrichtung. Nein, seine Tattoos waren anders. Rätselhafte Linien zogen sich über seinen Rücken, seine Brust, seine Beine und Arme. An manchen Stellen traten die Muster wie Narben und Noppen hervor und vermittelten den Eindruck einer Schatzkarte, die nur wenige Eingeweihte auf der Welt zu lesen verstanden.

Dann machte sich Luk als Tierpräparator selbständig, und es dauerte nicht lange, bis sich herumgesprochen hatte, dass er ein wahrer Künstler seines Fachs war. Aufträge kamen aus Nah und Fern. Museen, Schulen und wissenschaftliche Institute gehörten bald zu seiner zahlungskräftigen Kundschaft.

Die Seminare, die er veranstaltete, waren für ihn ein Ausgleich. Sie verschafften ihm Abstand zu seiner blutigen Arbeit mit Gedärmen, Knochen, Gefieder und Fellen. Aber sie waren noch etwas anderes: eine Mission, zu der er sich berufen fühlte, seit er als Zwölfjähriger das Paradies geschaut hatte – und er hatte es geschaut, dessen war er sich ganz sicher.

Auch wenn ihm mit den Jahren immer klarer wurde, dass mit Worten unmöglich auszudrücken war, was er während seiner Wiederbelebung am Unfallort oder im darauffolgenden Koma „erlebt“ hatte, so fühlte er sich doch verpflichtet, den Menschen auf irgendeine Weise die Angst vor dem Sterben zu nehmen. Denn das unbeschreibliche Glücksgefühl, das ihn noch heute durchströmte, wenn er an die grandiose Erfahrung zurückdachte, die er gemacht hatte, suchte ein Ventil. Glück wollte nun mal geteilt sein, um sich in seiner ganzen Kostbarkeit zu entfalten.

Es wäre nicht übertrieben gewesen, wenn er behauptet hätte, alles zum Thema „Nahtoderfahrung“ gelesen zu haben. Trotz unzähliger anekdotischer Berichte darüber, war dieses Phänomen bis heute nie wirklich systematisch untersucht worden. Es war, als sträube sich die seriöse Wissenschaft, ihren Heimvorteil aufzugeben und ihr angestammtes Spielfeld zu verlassen. Nichts widerstrebte ihr mehr, als in die Sphäre der Mystik einzudringen. Doch das musste sie, wenn sie Einblick in diese heikle Thematik gewinnen wollte.

Das Fazit seiner eigenen Recherchen war erhellend und frustrierend zugleich. Luk pflegte via Internet weltweiten Kontakt zu Menschen, die wie er eine Nahtoderfahrung gemacht hatten. In ihren Berichten tauchten immer wieder bestimmte Muster auf. Muster, die sich auf geheimnisvolle Weise selbst kopierten: Strahlendes Licht am Ende eines dunklen Tunnels – Empfindung der allumfassenden göttlichen Liebe – Treffen mit Verstorbenen – Ablauf von Erlebtem im Zeitraffertempo. Es war wie mit Ufo-Sichtungen. Bei einer Häufung setzte sich immer irgendwann ein bevorzugtes Modell durch – je flacher, desto glaubwürdiger.

Luk stand all diesen Berichten skeptisch gegenüber. Zu deutlich zeichneten sie ein Bild der soziologischen und religiösen Prägung der Betroffenen. Nichts davon war wirklich neu. Alles war mit dem banalen Sehnsuchtsballast des Diesseits behaftet. Alles entlarvte sich bei genauerem Hinsehen als Projektion einer naiven Erwartungshaltung. Keiner dieser Berichte transportierte etwas von der köstlichen Fremdartigkeit, die er selbst erfahren hatte.

Bis zum Zeitpunkt seiner eigenen Nahtoderfahrung mit zwölf Jahren war er definitiv nicht mit dieser Thematik konfrontiert gewesen. Insofern war es ihm auch nicht möglich gewesen, aufgeschnappte Berichte anderer unbewusst zum Katalysator für seine eigene Geschichte zu machen. Zwar war auch er von der katholischen Religionslehre geprägt worden, die die Auferstehung predigte, doch war dieser Begriff damals für ihn noch ein ungeklärtes Rätsel gewesen. Das einzige, was es in seiner kindlichen Vorstellung hervorgerufen hatte, war immer ein und dieselbe Vision gewesen: Die mit duftenden Köstlichkeiten vollgepackte Fleisch- und Wurstwarentheke der Metzgerei Brodinger – Auferstehung im Fleische!

Was eine Wursttheke mit dem Paradies zu tun hatte, hinterfragte er damals noch nicht. Was immer für die Gemeinschaft der Gläubigen, in deren schützenden Kokon man ihn so fürsorglich eingesponnen hatte, Fakt war, wurde von ihm als Fakt akzeptiert. Da gab es kein Wenn und kein Aber. Egal welche Bilder die noch bescheidene Anzahl von Synapsen seines kindlichen Gehirns ihm dazu lieferte, er akzeptierte sie fraglos. Wenn ihn die fromme Gemeinschaft eines gelehrt hatte, so war es der eherne Grundsatz aller Gläubigen: Wer glaubt, hat recht! Und wer sich im Recht glaubt, hört auf zu fragen.

Heute hatte Luk den seligen Zustand gläubiger Fraglosigkeit hinter sich gelassen. Er hatte den steinigeren Weg gewählt, auf dem die Frage jeden Kiesel zum Fels machte.

Seine Nahtoderfahrung war eine andere gewesen: Zwar hatte auch er gleißendes Licht wahrgenommen, doch dieses Licht schien von ihm selbst auszugehen. Er war die Lichtquelle. Er hatte nicht wie all die anderen das Gefühl, einen Übergang zum Jenseits zu beschreiten, der voll von spukhaften Erscheinungen war – er war direkt im Jenseits aufgewacht, ohne sich erinnern zu können, überhaupt eingeschlafen oder unterwegs gewesen zu sein. Alles um ihn herum war auf einmal erfrischend neu, fremd und rätselhaft. Ähnlich der Micky Maus-Tapete in seinem Kinderzimmer, die ihm als Kleinkind noch als grenzenloses unbekanntes Universum erschienen war, bis er mit seinen kleinen Fingern angefangen hatte, Löcher hineinzukratzen, und auf weitere Schichten gestoßen war.

Sein ganzes Leben kam ihm heute vor wie jenes Tapetenuniversum seines Kinderzimmers, und er war sich sicher, dass auch das Jenseits, in das er einen kurzen Blick hatte werfen dürfen, nur eine Schicht war, die von anderen überlagert und wieder anderen unterlegt war.

Was ihn anfangs am Jenseits etwas gestört hatte, war, dass das Gefilde, in dem er sich befand, keinen Horizont zu besitzen schien und doch im weitesten Sinne als Landschaft bezeichnet werden konnte.

Eine atemberaubende Landschaft, die in einem Licht erstrahlte, das von keiner Sonne herrührte. Die gewaltige Szenerie schien, wie er selbst auch, aus sich selbst heraus zu leuchten. Alles wirkte gläsern und transparent. Die einzigen Farben waren: Weiß, Indigo und Türkis in allen möglichen Abstufungen.

Er hatte diese Landschaft in einer Schärfe erblickt, die von keinem Adlerauge erreicht wurde. Ihm war, als sei er selbst alles, was er sah, und als sähe er statt mit Augen nun mit allumfassendem Verständnis.

Dann kam dieses Ding auf ihn zugeschwebt, das ihn vor Wonne erschauern ließ. Hätte er seine Gefühle bei dieser Begegnung beschreiben sollen, wäre ihm nichts anderes eingefallen als: „Die millionste Potenz eines Orgasmus".

Das Ding hatte die Größe eines dreistöckigen Hauses. Seine Form war unregelmäßig. Auf einer Seite hatte es verschiedenlange Fortsätze ausgebildet. In seinem transparenten bis halbtransparenten Inneren waren kreisrunde und ovale Bereiche auszumachen, die silbrig schimmerten. In manchen von ihnen war flimmernde Bewegung wahrzunehmen. Luk wusste in diesem Moment nur, dass er noch nie etwas Schönerem, Liebreizenderem, Edlerem und Verehrungswürdigerem begegnet war als diesem Ding.

Erst zwei Jahre später sah er es wieder und war wie vom Donner gerührt. Das Ding war in seinem Biologiebuch abgebildet.

Unter einer mikroskopischen Aufnahme stand da zu lesen: *Amoeba proteus: Einzeller mit Scheinfüßchen – Domäne: Eukaryota – Stamm: Amoebozoa – Klasse: Tubulinea – Ordnung: Tubulinida – Familie: Amoebidae.*

Luk war fassungslos. Er war nicht nur enttäuscht und verärgert, er war zornig. In einem Tobsuchtsanfall riss er die Seite aus dem Biologiebuch und zerfetzte sie in tausend Stücke. Für den Rest des Unterrichts war er aus dem Klassenzimmer verbannt. Ein Verweis folgte. Auf die Frage des Direktors, was ihn denn zu seinem Zornesausbruch getrieben habe, antwortete er tränenerstickt mit einer Gegenfrage: „Warum nur muss es von jedem Ding ein Bild geben ... warum muss alles immer einen Namen haben?"

3

Auszug aus dem Tagebuch der Magdalena Grünzinger vom 24. November 1974.

– Heute einen gesunden Buben zur Welt gebracht.

Die Hebamm sagt, ist alles an ihm dran und nichts zu viel. Soll auf Ludwig getauft werden. Sepp ist zufrieden. Ein Hoferbe! Endlich! Er strahlt vor Stolz. Auf den Jungen? Auf mich? Auf sich selbst???

Gott vergib mir meine Schuld! –

Luk kannte den Standpunkt der modernen Wissenschaft zum Thema „Nahtoderfahrung“. Nämlich, dass es sich bei der im Sterbeprozess ausgelösten Euphorie um nichts anderes handle, als um ein grandioses Feuerwerk im Gehirn, das seine letzten Zuckerreserven verbrenne, als wolle es dem Menschen den Abschied von dieser Welt versüßen.

Erfahrungen, die in diesem Stadium des letzten Aufflackerns aller Lebensgeister gemacht würden, seien mithin nur als halluzinatorische Reflexe zu werten.

Es war eine typisch wissenschaftliche Erklärung des Phänomens: kühl, nüchtern, sachlich und zeitgemäß. Doch sie erfolgte von außen und fußte nicht auf der Beschreibung der unmittelbar Betroffenen. Sie wurde von Menschen abgegeben, die von dieser Thematik genauso viel Ahnung hatten wie H. G. Wells von Marsmenschen. Sie wurde von Leuten fabriziert, die mangels eigener Erfahrung in solch einer Situation, quasi sine experimentum, nur auf Logik und Methodik zurückgreifen konnten. Logik und Methodik aber lieferten bezüglich übersinnlicher Erfahrungen immer nur verschwommene Standbilder, die überdies in einem fort retuschiert werden mussten, um ihre Gültigkeit für eine kurze Zeitspanne aufrechtzuerhalten.

Wissenschaftliche Deutungen hatten für Luk zweifellos ihre Berechtigung innerhalb der von der Wissenschaft selbst gezogenen Grenzen von Zeit und Raum. Bei Phänomenen aber, die diese Grenzen überschritten, erzeugten sie nur Unschärfe. Zur Klärung derselben war ein rezeptorisches Instrumentarium vonnöten, das entweder schon lange in Vergessenheit geraten war oder vor dessen Gebrauch sich der Mensch der modernen Gesellschaft aus unerfindlichen Gründen sträubte.

Einige Naturvölker, bei denen Luk gelebt hatte, hatten sich dieses Instrumentariums freimütig bedient. So, wie sie auf der Jagd ihre Erfahrung und ihren klaren Verstand einsetzten, um Beute zu machen, so benutzten sie bei ihren heiligen Ritualen die Trance, um Dingen nachzuspüren, denen mit reiner Logik nicht auf die Spur zu kommen war.

Ein alter Schamane hatte ihm einmal erklärt, dass das gesunde Funktionieren des Verstandes allein davon abhinge, dass er in gewissen Intervallen abgeschaltet werde. Sei es, auf natürliche Weise durch Schlaf oder durch künstlich herbeigeführte Trance. Passiere dieses Abschalten nicht regelmäßig oder nur unzureichend, werde sich der Verstand bald aufführen, wie ein verzogenes Einzelkind. Drängend und fordernd werde er immer öfter darauf beharren, zu bekommen, was ihm nicht bekommt.

Das hatte Luk zu denken gegeben. Wenn er die Entwicklung der fortschrittlichen Industrienationen betrachtete, war ein grotesker Trend auszumachen, der die Worte des alten Schamanen zu bestätigen schien. Bei allem Fortschritt, bei aller Globalisierung, bei aller Verschmelzung verschiedener Völker auf dem Reißbrett zu neuen Super-Nationen und Super-Unionen – der Mensch an sich war sich dadurch nicht wirklich näher gekommen.

Vielleicht hing es tatsächlich damit zusammen, dass er seinem Verstand immer weniger Auszeit gönnte und ihn mit allen Mitteln wach hielt. Wach sein bedeutete, auf dem Laufenden zu sein. Und um auf dem Laufenden zu bleiben, begann der Mensch, seine Wachheit künstlich aufrechtzuerhalten. Das Internet hatte ihn ungeduldig gemacht. Warten war heute keine Option mehr. Jede Minute, die man offline verbrachte, erzeugte jetzt eine so lähmende Gedankenleere im Kopf, wie sie kein Zen-Mönch auf dem Weg der Meditation je erreichen konnte. Schlaf war nur noch ein lästiger Zeitdieb, dem das Handwerk gelegt werden musste.

Die Trendwende beim Drogenkonsum sprach ebenfalls eine klare Sprache: Bewusstseinserweiternde Drogen waren out. Alt-68er, Leute aus der Flower-Power-Ära, Opas und Omas also, experimentierten gelegentlich noch damit. Doch das Gros der Szene fuhr heute auf Chemie ab, die das Bewusstsein explodieren ließ und auf den Verstand wirkte wie eine Lachgaseinspritzung auf einen Rennmotor. Ja, es waren die Hippies gewesen, die diesen neuen Trend mit klingendem Spiel eingeläutet hatten – unbewusst, weil auch sie Bewusstseinserweiterung nur als Ego-Trip betrieben hatten.

Luk hatte verstanden, dass die reine Ratio dem Menschen nur Trugbilder über das Sein lieferte, wenn sie ihre eigene Kontrollinstanz war. Sie brauchte ein Gegengewicht im Metaphysischen, um ihrer Bestimmung gerecht werden zu können.

Die Rastlosigkeit des Menschen, sein Drang zu permanentem Handeln, sein neurotischer Zwang zur Selbstdarstellung, noch bevor er diesem Selbst begegnet war, sein Streben nach Authentizität, die durch sein Verlangen nach ihr schon im Keim erstickt wurde, und seine allergischen Reaktionen auf jedes Eventvakuum bestimmten jetzt den Zeitgeist. Nur wenigen fiel auf, dass der menschliche Schwarm, wider den Anschein und trotz hyperaktiver Kommunikation, wie die Materie nach dem Urknall auseinanderdriftete. Immer größer wurde der Abstand zwischen den einzelnen Teilchen, immer schwächer ihre gegenseitige Anziehungskraft.

Waren dies die Geburtswehen eines neuen Menschentypus? Einer neuen Gesellschaft, für die Gemeinschaftssinn nicht mehr gefühlte Verbundenheit war, sondern nur noch Programm?

4

Auszug aus dem Tagebuch der Magdalena Grünzinger vom 14. Juni 1976.

– Die Trudi hat jetzt auch einen Bub zur Welt bracht. Sie und der Walter haben letzten Sommer geheirat.

Hat es also doch noch geschafft, den Hallodri einzufangen. Na, viel Spaß miteinand! Ein Kater wie der läßt das Mausen nicht. Mit ihm wird sie noch was erleben, die Trudi. Ich beneid sie nicht. Kann einem eh leidtun, das Tschapperl, wenn man hört, was die Leut so reden, nämlich daß der Walter immer noch Jagd auf alles macht, was Haar am Arsch hat. Ich glaub es ihnen, weil ich es weiß!

Heilige Hildegard von Bingen, steh der Trudi bei!

PS

Ist heut auch Post von meinem lieben Vetter aus dem Kloster kommen. Hat mir den Himmel wieder so recht schmackhaft gemacht mit seinen schönen Worten. Ist schon ein bißerl blass in meiner Vorstellung gewest, der Himmel, aber er hat ihn mir wieder frisch ausgemalt. Und ein Spendenformular für die Mission hat er auch dazugelegt. 150 Mark hat er gleich selbst eingetragen und mit Bleistift druntergeschrieben: Gott vergelts euch tausend Mal, bis in den Himmel hinauf!

Dann ist er noch über unsern Ludwig kommen und hat gemeint, daß wir ihn, wenn die Zeit kommt, zu ihm aufs Internat schicken dürfen, damit er dort auf Pfarrer studieren kann.

Ich hab den Sepp gefragt, ob wir den Bub auf Pfarrer studieren lassen sollen, aber er hat sich nur ans Hirn gefaßt. Ja, spinnst jetzt, Leni, hat er gesagt, der Bub ist noch keine zwei Jahr alt! Was zerbrichst dir heut schon den Kopf darüber?

Sag ich: Der Vetter, der was im Kloster ist, hat halt nur gemeint …

Ja, der schon wieder! Der Kuttenbrunzer der scheinheilige, ist mir der Sepp in die Red gefallen. Hat den Spendenschein für die Mission liegen sehen und ihn gleich zerrissen.

Mission, Mission, hat er geplärrt. Wenn ich das schon hör! Die sollen unsern Herrgott daheim lassen, wo er hingehört, und nicht an die Neger verkaufen, die was ihren eigenen haben und unsern gar nicht brauchen! Man möcht meinen, so einer hätt mit seiner eigenen Frömmigkeit genug zu schaffen und keine Zeit nicht, sich überall auf der Welt in fremder Leut Angelegenheiten zu mischen. Jedes Mal, wenn so einer mit sich selbst nicht zurechtkommt, geht er her und fängt an, auf fremde Felder Dünger zu häufeln. Und wenn man nicht aufpaßt, kommt er hinterher und hält die Hand auf, weil er behauptet, daß alles auf seinem Mist gewachsen ist.

Ja, das hat der Sepp gesagt!

Heiliger Josef von Nazareth, verzeih deinem Namensfetter und meinem Mann das sündige Gered! –

Die Frau aus Regensburg ging ihm nicht mehr aus dem Kopf.

Luk war vier Stunden vor Tagesanbruch zur Jagd aufgebrochen. Er musste die Tragödie, die sich gestern Nachmittag bei ihm zu Hause abgespielt hatte, verarbeiten. Nirgendwo gelang ihm das besser als in freier Natur. Er liebte es, bei Wind und Wetter draußen zu sein, herumzustreifen, das Wild zu beobachten und alles in sich aufzunehmen, was in Wald und Flur vor sich ging. Er kannte jeden Baum und jeden Stein in seinem Revier. Er wusste, wo versteckte Quellen sprudelten und wo im Sommer die dicksten Steinpilze zu finden waren. Er kannte die Plätze, wo der Waldboden die giftigsten und die heilsamsten Kräuter sprießen ließ. Schon seit er ein Junge war, empfand er sich als Teil dieser Natur und registrierte hochsensibel jedes Ungleichgewicht in ihr. Er vertrat den Standpunkt, dass sich Fauna und Flora draußen im Wald am besten selbst regulierten. Deshalb war er auch kein Jäger im herkömmlichen Sinn. Er besaß weder Jagdschein noch Gewehr, und doch war er beständig auf der Jagd – auf der Jagd nach dem Jäger.

Zurzeit hatte der Weber Xav die Jagd in „seinem Revier" inne. Er und sein Treiben waren Luk ein steter Dorn im Auge, ein Pfahl in seinem Fleisch.

Xav war der Sohn des Bürgermeisters von Freyung und handelte mit Immobilien. Zur Jagd fuhr er mit einem durstigen Jeep Wrangler Rubicon. Ansonsten war er höchst öffentlichkeitswirksam mit seinem eiergelben Ferrari F12berlinetta unterwegs, dessen brunftiges Röhren schon von weitem zu hören war. Dann hieß es nicht: „Schau, der Xaver Weber kommt!", sondern: „Schau, der Sohn vom Bürgermeister kommt!"

Er war ein typischer Vertreter der Berufsgattung „Sohn". Dass sein Immobiliengeschäft genug abwarf, um seinen aufwendigen Lebensstil zu finanzieren, verdankte er fast ausschließlich dem Geschäftssinn und den Beziehungen seines Vaters. Als Bürgermeister, der über alles, was in Stadt und Landkreis vor sich ging, bestens informiert war, versorgte ihn dieser über Strohmänner mit den Filetstückchen des Immobilienmarktes.

Xaver Webers Frau, eine intelligente quirlige Grundschullehrerin, hatte schon vor Jahren Tochter und Hut genommen und sich von ihm verabschiedet. Beatrix, ihre gemeinsame Tochter, war heute 17 Jahre alt – ein nomadisierendes „Pubertier", das seine Zelte mal beim Vater, mal bei der Mutter aufschlug, je nachdem, wo das Klima gerade am fruchtbarsten war und die reichere Ernte versprach.

Xavs pfauenhaftes Auftreten in allen Lebenslagen zeugte von seiner fortgeschrittenen Wohlstandsverwahrlosung. Aber er war zu eitel, um sein eigenes Elend zu erkennen.

Xaver Weber gehörte zu den wenigen Menschen, die Luk aus seinem inneren Gleichgewicht brachten. Immer wieder ertappte er sich dabei, wie er an Xav und sein Treiben mehr Gedanken verschwendete, als ihm selber guttat. Warum war das so? Es schien, als bestünde da eine unsichtbare Brücke zwischen ihnen, über die seine Gedanken, ob er wollte oder nicht, zum anderen hinüberstreunten. Das wurmte ihn gewaltig. Warum zog ihn an, was ihn so offensichtlich abstieß?

Wenn sie sich über den Weg liefen, sah jeder von ihnen demonstrativ in eine andere Richtung. Jeder kannte die Einstellung des anderen zur Jagd und zum Leben im Allgemeinen und begegnete ihr mit Verachtung.

Luk spürte es wie einen bevorstehenden Wetterumschwung in den Knochen, wenn Xav auf der Pirsch war. Dann zog es auch ihn hinaus. Er hatte sich zum Ziel gesetzt, Xavs Weidwerk zu vereiteln, wo er nur konnte. Für ihn waren Jäger nichts anderes als Wilderer mit einer Lizenz zum Töten.

***

Luk hatte seine Runde gemacht und befand sich jetzt auf dem Heimweg. Schon begann der neue Tag zu grauen. Es schneite immer noch. Von Osten herüber blies „der Böhmische“, ein eiskalter Wind, der seine Spuren binnen Kurzem verweht haben würde.

Heute Nacht war es ruhig im Revier gewesen. Keine besonderen Vorkommnisse. Kein Jäger unterwegs. Er kannte die Stellen, wo Xav seinen Jeep zu parken pflegte. Er wusste, wo seine Hochsitze standen und welchen Weg er zu ihnen einschlug.

Beobachtung war alles – Beobachtung, ohne selbst entdeckt zu werden.

Luk beobachtete meist aus sicherem Abstand. Er trug Tarnkleidung und robustes Tracking-Schuhwerk. Um seinen Hals baumelte eine Wärmebildkamera, die ihm auch bei absoluter Dunkelheit bis auf 1800 Meter Entfernung jede Wärmequelle – ob Mensch, ob Tier – mit deutlichen Konturen anzeigte. Doch was ihm den größten Vorteil vor dem „Feind“ verschaffte, waren seine in Jahrzehnten des Outdoor-Trainings geschärften Sinne. Er hatte seit seiner Kindheit sehr viel Zeit in diesem Revier verbracht. Es war sein Revier. Es war sein

Reich. Hier war er König, und hier herrschte sein Gesetz – das Gesetz „Leben und leben lassen“. Wer dagegen verstieß, hatte mit Konsequenzen zu rechnen.

Luk sprach mit den Bäumen, mit den Gräsern, mit den Tieren und mit dem Wind. Wenn er sich in der Natur draußen bewegte, wurde er eins mit seiner Umgebung. Er fühlte sich dann nicht mehr als Mensch auf zwei Beinen, sondern als Bestandteil eines unermesslich großen Schwarms, als Molekül, das in der Lage war, an alle anderen Moleküle seiner Umgebung anzudocken. Sein Ich verlor in diesen Momenten jegliche Bedeutung. Indem es sich mit allem anderen verband, löste es sich auf.

Auch er hatte an Jagden teilgenommen. Er war mit den Mongo, einem Bantu-Volk, im Nordwesten des Kongobeckens auf die Jagd gegangen. Er hatte mit den Nachkommen der Chibcha den kolumbianischen Dschungel durchstreift und war mit den nomadischen Penan durch den Regenwald von Sarawak auf Borneo gezogen. Diese Menschen jagten nur aus einem Grund: um satt zu werden. Ihre Rechtfertigung war der Hunger. Wohingegen in der Wohlstandsgesellschaft mit der abstrusen Begründung gejagt wurde, dass man das Gleichgewicht in der Natur bewahren müsse. Die Natur aber sorgte selbst für ihr Gleichgewicht, und sie tat es meisterhaft – seit Jahrmillionen. Wenn der Mensch sich plötzlich dieser Aufgabe annahm, so nur, um Schäden zu begrenzen, für die er selbst verantwortlich war.

Hier im Bayerischen Wald war die Jägerei, wie vielerorts, auch eine Angelegenheit des Prestiges. In gewissen Kreisen hatte man sich ganz einfach die Frage zu stellen: Spiele ich Golf oder Jagd?

Wie weit sich der Mensch bereits von der Natur entfremdet hatte, zeigte Luk vor allem sein Umgang mit Tieren. Hunde, Katzen und alles mögliche Getier durften ungestraft zu geschmäcklerischen Monstrositäten herangezüchtet werden, egal wie sie unter diesen „kreativen“ Eingriffen in ihr Wesen und ihre Physiognomie zu leiden hatten. Leute, die ihre eigenen Schoßtiere aus gedankenloser Liebe zu Tode fütterten, gehörten nicht selten militanten Tierschutzbewegungen an. Es war einfach nur grotesk.

Wenn Luk an den Catch & Release Trend in der Sportfischerei dachte – das Wiedereinsetzen von am Haken gefangenen Fischen – dann kam ihm die Galle hoch. Es war die reine Perfidie. Auch diese Tortur für den Fisch wurde mit dem Erhalt des Fischbestandes begründet. Dabei war es nichts anderes als eine Regelung zum Schutz der Sportangler. Es ging nicht mehr um Nahrungserwerb und Verwertung eines hochwertigen Lebensmittels. Es ging nur noch um die Befriedigung einer schrankenlosen Spaßkultur.

Luk war zufrieden mit seinem Rundgang. Bügelsäge und Klappspaten in seinem Rucksack hatten wieder mal gute Dienste geleistet: Die Sprossen eines neu errichteten Hochstandes von oben bis unten durchgesägt und zwei Marder-Fangbunker unschädlich gemacht und vergraben.

Außerdem hatte er zwei Wildkameras wieder eingesammelt, die er vor einer Woche an gut getarnten Stellen vor und in der kleinen Jagdhütte angebracht hatte, die von Xaver Weber gelegentlich für gesellige Treffen benutzt wurde – und nicht nur mit Jagdgenossen.

Die Kameras gehörten ihm nicht. Er hatte sie dort abmontiert, wo er Xav bei ihrer Installation beobachtet hatte. Schon ein halbes Dutzend von ihnen hatte er im Lausbüchlbach versenkt oder mit den Fallen vergraben. Doch immer wieder tauchten neue auf – es war die reine Pest. Bald konnte er keinen Schritt mehr in seinem Reich tun, ohne abgelichtet zu werden, und so tat er alles, um diese Kameras aufzuspüren.

Es bereitete ihm keine Schwierigkeiten, sich in die Jägerseele hineinzuversetzen. Er wusste, wie sie tickte. Meist fand er die Kameras denn auch dort, wo er sie selbst angebracht hätte: im Umkreis von Fuchsbauen und Sausuhlen und im Schussfeld um die Kanzeln herum, wo ein Häufchen Fallobst, Runkelrüben oder Maiskolben das Wild anlocken sollte.

Im Herbst hatte er Xav einmal dabei beobachtet, wie er vor der Hütte stand und in seinen Taschen kramte. Offensichtlich hatte er den Schlüssel vergessen. Schließlich war er zu einem flachen Stein am Fuße einer hohen Tanne gegangen und hatte unter diesem einen Zweitschlüssel hervorgeholt, den er dort für so einen Fall deponiert hatte.

Diese Beobachtung hatte es Luk nun ermöglicht, auch in der Hütte selbst eine Kamera anzubringen. Er hatte sie auf einem Sims versteckt, wo sie unauffällig hinter einer Batterie alter Bierkrüge hervorlugte. Die dicke Staubschicht auf den Krügen hatte ihm gesagt, dass sie reiner Zierrat waren und nicht mehr in Gebrauch – Jäger, die etwas auf sich hielten, tranken aus der Flasche.

***

Es war jetzt fast hell geworden.

Luk trat aus dem Wald heraus und blickte den Hang hinab, wo durch das Schneetreiben sein Haus, das Labor und der Hof der Mutter auszumachen war. Erst in diesem Augenblick kam ihm wie ein Paukenschlag wieder sein Problem zu Bewusstsein. Ein Problem, das ihm Wind und Wetter für ein paar Stunden aus dem Kopf geblasen hatten – die Frau aus Regensburg.

Das grelle Neonlicht der Küchenbeleuchtung im Altbau war durch den wirbelnden Tanz der Flocken zu erkennen. Doch was ihn verwunderte, war, dass aus dem Kamin noch kein Rauch aufstieg. Dann sah er die Schneehaube, die sich darauf gebildet hatte und wusste, dass er gleich etwas zu hören bekommen würde.

Missmutig stapfte er durch den mittlerweile 30 Zentimeter hoch liegenden Schnee den Hang hinunter. Vielleicht konnte er seine Mutter endlich doch noch davon überzeugen, in die Einliegerwohnung umzuziehen. Das alte Sach war aufgebraucht und das Leben darin nicht mehr zumutbar.

Als er sich dem Anwesen näherte, bemerkte er, dass Haustür und Stubenfenster bei der Mutter weit offen standen. Kopfschüttelnd ging er weiter. Vor dem Haus angekommen, klopfte er sich den Schnee von Schuhen und Anorak, nahm seinen Rucksack ab und trat ein.

„Mam!"

Keine Antwort.

„Mam!", rief er erneut.

Nichts rührte sich.

Er ging in die Küche. Niemand da.

Er schloss das Fernster und blickte sich um. Die Feuertür des Herds stand offen.

Auf dem Tisch die Scherben einer zerbrochenen Tasse. Fein säuberlich der Größe nach sortiert, bis zum kleinsten Splitter. Sie wirkten dort wie eine verschlüsselte Botschaft.

„Mam?" Luks Stimme klang jetzt heiser.

Er lief in den Flur und öffnete die Tür zum Bad. Nichts!

In die Schlafkammer hinüber ... auch da war sie nicht.

Auf dem Bett seiner Mutter lagen geöffnete Schachteln und Kartons. Aus einer Vase auf dem Fensterbrett ragte der Rest seiner alten Kommunionkerze.

Sie brannte.

Das goldene Kreuz darauf war schon zur Hälfte von der Flamme verzehrt. Der Heiland, schräg unterhalb, dessen Bildnis kunstvoll in eine Rosette aus rosa Wachs gebettet war, schnitt bereits qualvolle Grimassen. Er war als Nächster dran.

Luk ging in den Flur und probierte die Tür, die zum Stall führte. Zu!

Natürlich, er hatte sie ja von der Stallseite her verriegelt, um zu verhindern, dass seine Mutter plötzlich in eins seiner Seminare platzte. Der Stall war für seine Mutter tabu, ebenso das Labor. Er und die Seminarteilnehmer benutzten die Außentür.

Die Viehwirtschaft hatten sie schon Anfang der 90er Jahre aufgegeben. Zum Wettbewerb um mehr und mehr Vieh und immer größere Ställe waren sie erst gar nicht angetreten. Es war von vornherein klar gewesen, dass sie mit 28 Tagwerk Grund und 15 Kühen im Stall nicht konkurrenzfähig waren, und Kapital zum Investieren hatten sie nicht gehabt. Der Vater, ein ausgebildeter Zimmerer, war schon immer nebenbei bei verschiedenen Baufirmen beschäftigt gewesen. Als das Vieh dann abgeschafft und die Felder verpachtet worden waren, war er oft die ganze Woche über auf Montage unterwegs gewesen. Bis zu dem Tag, im Juni 1992, an dem der Kleinbus mit ihm und seinen Kollegen auf der Rückfahrt von München, kurz vor Ringelai, aufs Bankett geriet und einen Abhang hinunterkollerte. Alle sechs Insassen waren damals ums Leben gekommen. Wieder mal hatte die Rallye der Montagearbeiter blutigen Tribut gefordert. Sie fand jeden Freitagabend und jeden Montagmorgen statt. Freitags schwappte die Welle vollbesetzter Firmenkleinbusse mit Top Speed waldeinwärts. Die Insassen fröhlich und in Wochenendstimmung – teils schon erheblich vorgeglüht. Montags dann dasselbe Schauspiel in umgekehrter Richtung – die Gesichter der Insassen versteinert in grimmiger Katerstimmung oder Montagslaune.

Luks Verhältnis zu seinem Vater war immer ein angespanntes gewesen. Vielleicht, weil dieser instinktiv spürte, dass sein Sohn von einem anderen Schlag war. Luk schien nichts von den Genen der Grünzingers geerbt zu haben. Das ließ ihn dem Vater fremd erscheinen. Zu viele und zu große Erwartungen hatte der Alte in ihn gesetzt. Erwartungen, die nur ihm selbst großartig erschienen waren, für Luk aber nicht mehr Reiz und Bedeutung gehabt hatten als ein vertrockneter Kuhfladen auf der Wiese.

Doch am schlimmsten war es dann für Luk gewesen, als er irgendwann merkte, dass ihn der Vater aufgegeben hatte. Er erwartete nichts mehr von ihm. Er hatte ihn abgehakt. Von da an ernteten Luks verzweifelte Bemühungen, doch noch etwas Anerkennung von ihm zu erhalten, nur Gesten der Gleichgültigkeit. Die Flamme war aus, der Funke erloschen. Der Vater verschloss sich mehr und mehr in seiner eigenen Welt, in die er den Sohn nicht hatte hinüberziehen können. Sein Tod beendete das stumme Drama, und Luk, der trockenen Auges vor der dunklen Grube stand, in den der Sarg hinabgelassen wurde, hatte zum ersten Mal in seinem Leben das Gefühl, frei durchatmen zu können.

***

Jetzt trat Luk vor die Eingangstür und blickte sich um.

Plötzlich sah er sie – die fast verwehten Fußspuren, die an der Hangseite hinauf zum Scheunentor führten. Das Tor stand einen Spalt breit offen.

Kopfschüttelnd stapfte er hinauf, schob es etwas weiter auf und betrat den Heuboden.

Finsternis umfing ihn. Die alte Porzellansicherung für die Lampe, die irgendwo weit oben unter dem Giebel hing, hatte er schon vor Jahren herausgedreht. Niemand hatte hier mehr etwas zu schaffen, nachdem das Vieh verkauft worden war. Es war ein toter Raum ohne Funktion, ein düsterer Safe für Erinnerungen, die keinen Wert mehr besaßen.

„Mam!"

Nichts regte sich.

Nochmals rief er und abermals, ohne eine Antwort zu erhalten.

Er spürte einen Kloß in seinem Hals wachsen.

Jetzt hatten sich seine Augen an das Dunkel gewöhnt und er nahm den zarten Lichtschein wahr, der weiter vorn vom Stall unten heraufschien. Jemand musste den Deckel von der Futterluke geschoben haben.

Langsam trat er näher heran.

Sein Fuß stieß an etwas.

Er bückte sich und ertastete die alte Taschenlampe mit der Blockbatterie aus der Küchenschublade seiner Mutter. Er versuchte, sie anzuknipsen, aber sie glomm nur kurz auf und verlöschte dann wieder.

Plötzlich sah er ihn, den wie mit Kohle gezogenen Strich im senkrechten Lichtkegel, diesen schwarzen Strich, der alles schlagartig erklärte – ein Seil.

Luks Herz krampfte sich zusammen. Für Sekunden konnte er sich nicht bewegen. Es war, als sei die Zeit stehengeblieben und mit ihr alles Leben.

Als sich die Starre in seinen Gliedern löste, machte er ein paar taumelnde Schritte vorwärts und blickte durch die Futterluke hinunter in den Stall.

Da hing sie.

Ihr Gesicht war von hier oben aus nicht zu sehen, doch ihr Haupt war von einer schimmernden Gloriole umgeben – Magdalena Grünzinger, geborene Veicht, hatte sich zum Sterben ihren Brautkranz ins Haar gesteckt.

5

Auszug aus dem Tagebuch der Magdalena Grünzinger vom 03. Juli 1986

– Hat heut ein Donnerwetter geben.

Der Sepp hat den Ludwig zum ersten Mal geschlagen. Hab meinen Mann noch nie so grantig erlebt. Aber was sich der Bub da geleist hat, ist wirklich ein starkes Stück.

Der Sepp kommt nachmittags von der Arbeit heim, macht seine Brotzeit und geht dann hintern Stadel, weil er die Böschung mahn möcht. Da hat er dem Bub seine Schandtat gesehen: An der Stadelwand, wo seit über hundert Jahr ein großer verwitterter Christus am Kreuz hängt, mit einem Dacherl drüber, daß es ihn nicht abregnet und mit allen Marterwerkzeugen drumherum, die was die römischen Henkersknechte benutzt haben, hängt gleich daneben ein toter Fuchs … Alle Viere von sich gestreckt. Durch die Pfoten gehen große Nägel … sein Kopf schaut zum Heiland auf. Ist von oben bis unten aufgeschlitzt. Sein Gedärm und alle Innereien, Stück für Stück, um ihn herum ans Holz genagelt. Alles voller Schmeißfliegen … und ein Gestank, daß Gott erbarm.

Sepp hat den Bub ohne Nachtmahl auf seine Kammer geschickt. Ich war gerade bei ihm und hab ihm die Striemen von Sepps Gürtel mit Melkfett eingerieben. Der Bub hat keinen Mucks getan. Hat nur an die Decke gestarrt. Als ich dann schon in der Tür steh, sagt er: Hab ihn tot im Wald gefunden … wahrscheinlich vergiftet. Vom Gibis Bauer weiß ichs ganz gewiß, daß er vergifte Köder um seinen Hennergarten auslegt.

Ja Bub, sag ich, aber warum nagelst das Viech dann an unsere Stadelwand und noch dazu grad nebens Kruzifix? Sagt er: Ich wollt halt, daß man ihn nicht vergißt, den Fuchs … ist a so a schönes Tier… wollt ihm halt dieselbe Ehr erweisen, wies unserm Herre Christ erwiesen ham. Tät keiner heut mehr an ihn denken, wenns ihn nicht angenagelt hätten.

Aber eine Sauerei hast gemacht, sag ich, hast ihn aufgeschnitten und ausgenommen. Drauf er: Die Tante Fini, was letztes Jahr gestorben ist, habens im Krankenhaus auch aufgeschnitten und ausgenommen. Alles habens ihr rausgetan und untersucht, hat mir der Onkel Max erzählt. Und dann habens die Tant wieder zugenäht und im Leichenschauhaus hergezeigt … damit man sie nicht vergißt.

Mei, der Bub!!!

Heiliger Bruder Konrad von Parzham, laß mich an meim Ludwig nicht verzweifeln! –

Im Stall war es kalt wie in einem Kühlhaus. Luk schätzte die Temperatur auf 5° Celsius. Nachdem das Feuer im Kanonenofen letzte Nacht ausgegangen war, war der Raum schnell abgekühlt. Die Futterluke, die seine Mutter am frühen Morgen geöffnet hatte, hatte dann noch den letzten Rest von Wärme in den Heuboden hinaufgezogen. Trotzdem hingen noch Duftspuren der Räucherkerzen in der Luft, die er gestern während des Sterbeseminars mit der Frau aus Regensburg abgebrannt hatte.

Sein Blick wanderte durch den Raum.

Auf etwa 50 Zentimeter hohen Stahlrahmengestellen standen die fünf Fichtensärge, die er für seine Seminare hatte anfertigen lassen. Neben jedem ein schlichtes hölzernes Pult, an dem die Teilnehmer ihren Abschiedsbrief und ihr Testament verfassten. Vier Särge waren offen und leer, ihre Deckel seitlich an den Rahmen gelehnt; beim fünften lag der Deckel leicht verschoben darüber. Der Zipfel eines weißen Leinengewandes lugte darunter hervor.

Jetzt fiel Luks Blick auf den Strick, an dem seine Mutter hing.

Ein langgezogenes Stöhnen drang aus seiner Kehle. Sein Gesicht – eine schmerzverzerrte Grimasse.

Das geliebte Antlitz war verschwollen und verfärbt. Duftmoleküle von Ammoniak und Exkrement trafen auf seine Nasenschleimhaut.

Seine Hand krampfte sich um das Brotmesser, das er geholt hatte, um sie abzuschneiden.

Er wunderte sich über das Augenmaß, das seine Mutter bei ihrer letzten Aktion bewiesen hatte. Ihre grünen Gummistiefel schwebten nur wenige Zentimeter über dem Boden. Hätte sie den Strick zu kurz gewählt, hätte sie einen langen grausamen Todeskampf vor sich gehabt – sie hätte sich stranguliert. Hätte sie ihn zu lang gewählt, läge sie jetzt mit gebrochenen Beinen und Hüften da. Ihr Körpergewicht, bezogen auf die Fallhöhe, war ideal; ihre geschätzten 70 Kilo hatten wahrscheinlich gerade so ausgereicht, ihr das Genick zu brechen. Akkurat bis zum letzten Atemzug … das musste er seiner Mutter lassen.

„Ach, Mam, Mam, Mam“, stöhnte er, „warum nur, warum?“

Jetzt nahm er den Gegenstand wahr, der im Schatten zu ihren Füßen lag. Er bückte sich und hob ihn auf.

Es war ihr Gebiss.

Lange starrte er es an. Es war unbeschadet … im letzten Moment geflüchtet … dem Tod von der Schippe gesprungen. Er steckte die Prothese in die Hosentasche und machte sich daran, zu tun, was getan werden musste.

***

Eine halbe Stunde später hatte Luk seine Mutter in ihrer Kammer aufs Bett gelegt, das Fenster geöffnet, die Tür geschlossen und sich in die Küche begeben. Dort saß er jetzt – Ellbogen auf den Tisch gestützt, der Kopf schwer auf den Handflächen lastend. Sein Blick war unverwandt auf die Scherben der Kaffeetasse gerichtet, die seine Mutter so ordentlich in Reih und Glied auf den Tisch gelegt hatte. Sie wirkten in ihrer Anordnung wie eine Geheimschrift, bei der nur die Leerstellen eine magische Bedeutung zu haben schienen.

Was bewegte einen Menschen, der vorhatte, sich im nächsten Moment das Leben zu nehmen, zu solch einer Handlung? War es nur Zerstreutheit, oder war es ein letztes symbolisches Aufräumen und Ordnungschaffen?

Auf Luk jedenfalls wirkte das sonderbare Arrangement der Scherben wie ein Abschiedsgruß ohne Worte, wie ein Luftkuss der Sprachlosigkeit.

Dahin … Wieder war jemand freiwillig von Bord des schwankenden Schiffes gesprungen, das sich „Erde“ nannte. Ein Schiff, das seit undenklichen Zeiten durch die öde Weite des Alls driftete. Ziellos, wie es schien, und ohne Kapitän und Steuermann – den über die Jahrtausende verschlissenen Besatzungen die Heuer schuldig bleibend, die sie für ihre Arbeit, ihren guten Willen und all ihr Hoffen und Bangen verdient hatten.

Luk fühlte sich plötzlich wie ein Kind in einem De Chirico Gemälde – zurückgelassen in einer fremden kalten Welt.

Jetzt neigte er seinen Kopf zur Seite und lauschte. Er vermisste etwas, etwas, das zu diesem Raum gehörte wie das verblichene Blumen-Rollmuster an den gekalkten Wänden. Er ahnte, was es war, und nur langsam und widerwillig schweifte sein Blick hinüber zur alten Pendeluhr.

Sie war stehengeblieben.

Ihre Zapfen, die das 24-Stunden-Laufwerk in Gang hielten, waren ganz oben. Anscheinend hatte seine Mutter die Uhr noch aufgezogen. Die verschnörkelten Zeiger standen auf 7:25 Uhr. Er selbst war kurz vor acht aus dem Wald zurückgekehrt – eine halbe Stunde zu spät.

Ohne Vorwarnung war urplötzlich das Chaos in seinem Leben ausgebrochen: Gestern der Tod dieser Frau, der ihm die ganze Nacht wie ein Mühlstein im Magen gelegen und ihn nicht hatte schlafen lassen, bis er zu seiner Pirsch aufgebrochen war, heute seine Mutter am Strick.

Er musste den Selbstmord melden. Er musste den Polizeiposten in Freyung verständigen. Doch wenn er dies tat, würde es am Hof bald von Beamten wimmeln.

Luk konnte sich jetzt schon die Fragen vorstellen, die sie ihm bezüglich der Särge und seiner beruflichen Tätigkeit stellen würden.

Alles kein Problem, wenn da nicht noch die Leiche dieser Frau aus Regensburg gewesen wäre … dieser Frau, die ihn vom ersten Augenblick an an die einzige große Liebe seines Lebens erinnert hatte – an Evi.

Er hatte sich bis jetzt nicht entschließen können, ihren Tod zu melden. Etwas hielt ihn davon ab. Es war das Gefühl, damit etwas zu verschenken, das um nichts in der Welt verschenkt werden durfte.

6

Auszug aus dem Tagebuch der Magdalena Grünzinger vom 27. März 1991.

– Gestern ist das letzte Stückl Vieh abgeholt worden.

Es war die Maisi, unsere Beste. 4300 Liter hat sie uns letztes Jahr geben!!! Der Bub hat geweint. Ist jetzt 16 Jahr und hat geweint. Hat den Vater bettelt, daß er sie nicht hergibt, die Maisi, aber es hat nichts geholfen.

Eine Kuh ist keine Kuh, hat der Sepp gemeint, ist nur die Arbeit für nix. Zuviel Milch zum Selbersaufen und zu wenig zum Verkaufen. Ausgschmatzt is, hat er gesagt, der Sepp.

Hat jetzt eine Freundin, der Bub. A ganz a fesche noch dazu. Evi heißt sie. Und vom Metzger in Freyung is.

Da ist Geld daheim!!!

Ich bet zur Gottesmutter, daß sie ihm bleibt. Er hätt es weiß Gott verdient, wenn er die Maisi schon nicht haben darf. –

Luk und Evi waren seit über einem Jahr ein unzertrennliches Paar. Sie besuchten beide dieselbe Klasse am Freyunger Gymnasium, und sie saßen in derselben Bank.

Es war Freitag, ein heißer Tag Ende Juli. Alle wichtigen Schulaufgaben waren geschrieben und die Sommerferien standen vor der Tür. Der Unterricht zog sich zäh wie Honig durch die letzten Vormittagsstunden. Die Motivation der Klasse hatte den Nullpunkt erreicht und die Aufmerksamkeit flimmerte auf Sparflamme. Auf den abwesenden Gesichtern konnte man wie in einer Programmzeitschrift lesen, was jeder Einzelne fürs Wochenende plante.

Auch Luk und Evi hatten einen Plan: Nachtschwimmen. Sie wollten am Spätnachmittag auf Luks altem Zündapp-Moped zu einem abgelegenen Weiher fahren und dort bis zum nächsten Tag kampieren. Luk hatte das Zelt und die Luftmatratze schon am Vorabend auf den Gepäckträger seines Mopeds geschnallt. Evi wollte für den Proviant sorgen: Grillwürste aus der elterlichen Metzgerei.

Jetzt spürte er Evis Knie wie zufällig das seine berühren. Nein, eigentlich berührte es ihn gar nicht. Es war noch einen guten Zentimeter von dem seinen entfernt, und doch hatte er die intensive Empfindung einer Berührung. Beide sahen sich an und mussten lächeln. Auch Evi hatte es gespürt. Ihre Hypersensibilisierung füreinander brauchte keinen direkten Körperkontakt, um den Strom fließen zu lassen. Der Funke ihrer Verliebtheit sprang auch aus dem Abstand wie ein Lichtbogen von einem zum anderen über. Es war ein zartes Kribbeln, das vom Knie bis in die Lenden ausstrahlte und ihre Körper schwer machte – schwer vor Verlangen und Hingabebereitschaft.

Evi steckte jetzt ihren Zeigefinger in den Mund und zog ihn wieder heraus. An seiner Kuppe glänzten kleine Spuckebläschen. Sie betrachtete ihn verträumt und drückte ihn dann auf Luks Oberschenkel. Als sie ihn wieder wegnahm, blieb ein feuchter Fleck auf seiner Jeans zurück.

Luk wusste, was sie ihm mitzuteilen versuchte. Sie war äußerst erfinderisch, wenn es darum ging, ihm ihre erotische Temperatur anzuzeigen. Dieser kleine Fingerabdruck sprach Bände. Er erzählte Geschichten aus 1001 Nacht, er enthielt den Code, der das Kamasutra in seinem Kopf öffnete und seine Fantasie darin blättern ließ.

Heute jedoch erregte ihn Evis Botschaft nicht so wie sonst. Der dunkle Fleck auf seiner Hose wurde heller und heller. Für ein paar Sekunden nahm er die Farbe des Paradieses an: Weiß, Indigo und Türkis. Dann verflüchtigte er sich, ohne eine Spur zu hinterlassen. Zurück blieb nur ein bitterer Geschmack von Verlust.

„Was ist?“, fragte sie, als sie seine gekräuselte Stirn sah.

„Nichts!“, sagte er, sich zu einem Lächeln zwingend, das keine drei Pfennige wert war. Dann versuchte er, wieder dem Unterricht zu folgen, um die Vorahnung abzuschütteln, die ihn plötzlich beschlichen hatte – eine Vorahnung, ebenso vage wie düster.

***

Langsam schob die hereinbrechende Nacht von Osten her ihren dunklen Schleier über die bewaldeten Kuppen. Erste Sterne flammten auf. Im Westen war noch ein Schein wie von geschmolzenem Kupfer auszumachen, den die längst untergegangene Sonne jetzt wie das Ende einer Schleppe langsam hinter den Horizont zog.

Die Oberfläche des Weihers schimmerte wie schwarze Tinte. Keinem Dichter wären hier und zu dieser Stunde die Zeilen aus der Feder geflossen: Es lächelt der See, er ladet zum Bade. Nein, dieses Gewässer wirkte geheimnisvoll und bedrohlich wie das Tor zur Unterwelt. Statt Zerberus bewachte eine Myriadenschaft blutsaugender Insekten den Zugang, und ein Käuzchen im Schwarz der hohen Fichten schien ohne Unterlass zu rufen: „Tabu … tabu!"

Luk hatte Probleme, aus seiner engen Jeans zu kommen. Auf einem Bein herumhüpfend wie ein besoffener Storch zerrte er am Hosenbein des anderen, bis er das Gleichgewicht verlor und fluchend ins Gras plumpste. Er hörte Evis glockenhelles Lachen über den Weiher schallen. Sie war schon im Wasser. Weit draußen. Kein Kunststück. Sie hatte ja auch nur ihr T-Shirt und den Wickelrock abzulegen gehabt. Unterwäsche trug sie nicht.

Luk hatte ihr zugesehen, wie sie sich mit ein paar Handgriffen ihrer Kleidung entledigt hatte und zum Ufer gegangen war. Er konnte einfach nicht anders, als in Ehrfurcht erstarrt zu gaffen. Sie war so schön. Ihr nackter Körper schimmerte vor dem Hintergrund des schwarzen Gewässers lilienhaft weiß wie der einer Elfe. Ihr langes dunkelblondes Haar mit den hellen Strähnen umgab sie wie ein duftiger Schleier aus Naturseide. Die ganze Szene wirkte so märchenhaft unwirklich, dass er glaubte zu träumen. Dann winkte sie ihm, und das Bild ihrer winkenden Gestalt brannte sich für immer in seine Seele ein – es war von einer Schönheit, die schmerzte.

***

Der Taucher, der Evi einen Tag später aus dem Wasser barg, gab an, dass er sie aufrecht schwebend, einen knappen Meter unter der Wasseroberfläche, vorgefunden hatte. Ihre Arme in einem 45° Winkel vom Körper abstehend, wie die Flügel eines Engels, der sich zum Flug erhebt. Er hatte ihren linken Fuß aus dem Astwerk eines Biberbaus befreien müssen. Es war anzunehmen, dass sie sich bei dem Versuch, mit den Zehenspitzen die Tiefe des Weihers auszuloten, darin verfangen hatte.

7

Auszug aus dem Tagebuch der Magdalena Grünzinger vom 12. August 1991.

– Ich und der Bub gerade aus Lourdes zurück.

Hab ihn endlich doch noch überreden können, mit mir das Gelübde einzulösen.

Die ganze Reise eine einzige Katastrofe!

Schon im Pilgerzug von München weg hat er den Leuten erzählt, daß der Himmel ganz anders ist, als sie ihn sich vorstellen. Ein Kranker hat sich darüber so aufgeregt, daß er eine Spritze braucht hat.

Dann, an der Gnadenstätte, da wo die Pilger ihre kauften Kerzen unter ein Dacherl stellen und anzünden, hat er völlig durchdreht.

Was tuts ihr mit die Kerzen, hat er ein paar Laienbrüder gefragt, die was die frisch anzünten Kerzen in einem Wagerl abtransportiert haben, gleich nachdem die frommen Leut sie hingestellt haben und weitergangen sind. Es waren große zentnerschwere Kerzen dabei, mit viel Schmuck und Dekor, die was in den Andenkenläden mehrere hundert Mark kostet haben.

Wir schmelzen sie ein und gießen neue daraus, haben die Brüder gesagt. Da ist der Bub aus der Haut gefahren.

Ist jetzt a kräftiger Bursch, mein Ludwig. Hat sich die Ärmel hochkrempelt, sich neben die Kerzen gestellt und keinen von den Brüdern mehr hinlassen.

Nix da, hat er geplärrt! Ihr laßts die Kerzen brennen, bis sie ausgehen, sonst passiert was!

Irgendwann ist ein Ordnungsdienst kommen und hat uns aus dem heiligen Bezirk vertrieben. Was für eine Schand!

Der Bub hat auf der ganzen Rückfahrt seinen Schnabel nimmer aufbracht. Ich habs ihm angesehen, daß er immer noch zornig war.

Daheim hat er gemeint: Mam, das nächste Mal fahrn wir nach Hellabrunn in Zoo, da gibts kein Falsch nicht bei die Viecher!

Oh, heilige Bernadette von Lourdes, schenk meinem Bub den Glauben wieder, den was er mehr und mehr verliert! –

Luk stand auf und setzte das Pendel der alten Küchenuhr wieder in Gang. Er hielt es nicht aus, dass ihm die stehengebliebenen Zeiger den Todeszeitpunkt seiner Mutter ins Gesicht schrien.

Dann setzte er sich wieder an den Tisch und wurde das Gefühl nicht los, auf einer Anklagebank zu sitzen. Die Scherben der zerbrochenen Kaffeetasse starrten ihn an wie ein Häuflein vereidigter Geschworener, die über seine Schuld oder Unschuld zu befinden hatten.

Er schloss die Augen.

In Gedanken zog jetzt der schicksalhafte gestrige Tag an ihm vorüber …

***

Er hatte den Sargdeckel gerade festgenagelt – vier acht Zentimeter lange Nägel so eingeschlagen, dass sie noch einen Zentimeter hervorstanden, damit er sie später leicht mit der Zange wieder herausziehen konnte.

Nach einem Blick auf seine Armbanduhr setzte er sich in den alten Ohrensessel und begann, sich zu konzentrieren.

Wie immer während der 20 Minuten, in denen die Teilnehmer seines Seminars in ihren Särgen lagen und ihren Scheintod starben, versuchte er auch heute, jene lichtdurchflutete gläsern wirkende Szenerie vor seinem geistigen Auge wieder heraufzubeschwören, in die ihn das Koma seinerzeit katapultiert hatte.

Doch diesmal gelang es ihm nicht.

Immer wieder schweiften seine Gedanken zu der Frau im Sarg ab. Ihre Ähnlichkeit mit Evi war frappierend. So hätte Evi als reife Frau aussehen können. Leider hatte sie die wunderbare Entwicklung vom Mädchen zur Frau nicht mehr erleben dürfen. Das Schicksal, die Götter oder auch nur der pure Zufall hatten es anders gewollt.

Egal wie viele Tausend Kilometer er zwischen sich und den Ort zu bringen versucht hatte, an dem das Unglück mit Evi geschehen war, die Erinnerung an sie hatte ihn als bittersüße Wegzehr überallhin begleitet.

Nie und nirgendwo konnte er bis zum heutigen Tag an Liebe denken, ohne gleichzeitig den Hauch des Todes zu verspüren. Doch langsam begann er zu begreifen, dass die Liebe keine Chance auf der Welt hätte, wäre da nicht der Tod, dieser ständig drohende Totalverlust alles Errungenen, Erkämpften und Eroberten.

Vielleicht war die Liebe ein noch größeres Geschenk als das Leben selbst und verhielt sich zu ihm wie die Perle zur Schale der Auster.

Luk sah jetzt wieder auf seine Uhr.

Die Frau im Sarg verhielt sich noch ruhig. Zehn Minuten waren bis jetzt vergangen.

Plötzlich fiel ihm auf, dass die Zange, die er zum Ziehen der Sargnägel benötigte, nicht an ihrem Platz lag. Er hatte sie zur Reparatur eines Fensterladens bei seiner Mutter drüben gebraucht. Weil der Termin für sein nächstes Sterbeseminar offiziell erst im Februar stattfinden sollte und er nicht mit der Frau aus Regensburg gerechnet hatte, hatte er sie noch nicht wieder zurückgelegt. Das musste er schleunigst nachholen.

Er stand auf, nahm den Schlüsselbund aus seiner Jackentasche und sperrte die äußere Stalltür auf. Als er draußen war, verschloss er sie wieder, wie es seiner Gewohnheit entsprach. Dann ging er ums Haus herum zum Vordereingang. Im Flur blieb er stehen und überlegte, wo er die Zange hingelegt hatte.

Natürlich, jetzt fiel es ihm ein, sie musste noch auf dem Fenstersims in der Küche liegen.

Als er die Tür zur Küche öffnen wollte, merkte er, dass sie von innen durch etwas blockiert wurde. Er stemmte sich dagegen und steckte seinen Kopf durch den entstandenen Spalt.

Seine Mutter lag reglos auf dem Boden.

„Mam!“

Seine Mutter rührte sich nicht.

Vorsichtig zwängte er sich durch die Tür und kniete neben ihr nieder. Sie lag auf dem Bauch. Er drehte sie um und fühlte ihren Puls – unregelmäßig und kaum spürbar … wie das Trippeln einer Ameise.

„Mam, hörst du mich?“, rief er und tätschelte dabei ihre Wange.

Nichts. Nur ein kaum merkliches Zucken ihres kleinen Fingers.

Luk stand auf und ging zur Spüle. Er hielt einen Lappen unter den Wasserhahn, wrang ihn aus und legte ihn dann seiner Mutter auf die Stirn.

„Mam, ich bin’s! Kannst du mich hören?“ Wieder tätschelte er ihre Wangen.

Nur ihr kleiner Finger begann, etwas schneller zu zucken, sonst gab sie kein Lebenszeichen von sich.

Luk zog jetzt sein Handy aus der Tasche und wollte den Notruf wählen. Fluchend schob er es wieder ein. Er wusste, dass er hier keinen Empfang hatte, und trotzdem passierte es immer wieder, dass er das Gerät zückte, um jemanden anzurufen. Die Grimmasse, die er dann schnitt, war jedes Mal die eines Rauchers, der nach einer leeren Zigarettenschachtel gegriffen hatte.

Er musste hinauf ins Labor und dort das Festnetz benutzen. Nur im Labor gab es einen Telefonanschluss, weil er sich dort die meiste Zeit aufhielt und öfter sogar darin übernachtete.

Suchend blickte er sich um.

Mit einem Ruck zog er jetzt den Holzkorb zu sich herüber, der neben dem Herd stand. Er leerte ihn aus, drehte ihn um und schob ihn seiner Mutter unter die Beine. „Beine hochlagern!“, war alles, an was er sich aus seinem Erste-Hilfe-Kurs bei der Führerscheinprüfung noch erinnern konnte. Dann zog er seine Jacke aus, rollte sie zusammen und platzierte sie im Nacken seiner Mutter.

Raus jetzt und hinaufgespurtet zum Labor, wo das Telefon stand!

Als er keuchend vor der Tür des Labors ankam, stieß er einen Fluch aus. Er hatte den Schlüsselbund in der Jacke vergessen, die er seiner Mutter unter den Kopf geschoben hatte. (Während er das Wohnhaus nur abends zusperrte, schloss er das Labor jedes Mal ab, sobald er es betrat oder verließ. Genauso verfuhr er mit dem Seminarraum im Stall. Es war ihm zur eisernen Gewohnheit geworden.)

„Mist!“

Er lief zurück.

Seine Mutter lag so reglos da, wie er sie verlassen hatte. Er holte den Schlüsselbund aus der Jackentasche. Dann kam ihm der Gedanke, dass sie sich auf dem kalten Küchenboden verkühlen könnte. Er hob sie auf, trug sie in ihre Schlafkammer hinüber und legte sie dort aufs Bett. Wieder spurtete er zum Labor hinauf, betrat es und setzte von dort einen Notruf ab. Er hatte das noch nie vorher getan und fluchte innerlich über die ruhige Stimme am anderen Ende der Leitung, die alle Zeit der Welt zu haben schien. Sie fragte und fragte … nach Namen, Adresse, Zufahrtsmöglichkeit, der betroffenen Person, deren Alter und nach dem, was passiert war. Als er den Hörer schließlich unsanft auf die Ladeschale spießte, kochte er inwendig, obwohl ihm klar war, dass es nur so laufen konnte.

Keuchend stand er endlich wieder vor der Schlafkammer seiner Mutter. Seine Stirn glänzte vor Schweiß.

Er öffnete die Tür.

Die Schlafkammer war leer.

Aus der Küche hörte er Geräusche. Er riss die Tür auf und blieb wie angewurzelt stehen.

„Mam!“

Da kniete sie vor dem Herd und legte Holz nach. Überrascht fuhr sie herum. Er hatte fast geschrien. Auf ihrem Gesicht spiegelte sich Verwirrung wider.

„Geht's dir gut?", fragte er verwundert.

„Ach, weißt du, Bub, ich glaub, ich werde alt ... alt und vergesslich. Stell dir vor: Da wach ich doch auf meinem Bett auf und kann mich gar nicht mehr erinnern, dass ich mich hingelegt hätt. Mit samt der Wäsch auf'm gemachten Bett ... und dann find ich den Holzkorb mitten in der Küch und alle Scheit daneben ... ich weiß wirklich nicht, was da ..."

„Du bist ohnmächtig auf dem Boden gelegen. Ich hab dich in deine Kammer gebracht und dann den Notarzt gerufen."

„Den Notarzt?"

„Ja, den Notarzt. Der Sanka kommt auch gleich mit, haben sie gesagt."

„Ich brauche keinen Notarzt nicht und einen Sanka schon gar nicht ... die nehmen einen mit, und heimkommen tut man nicht mehr! Weißt noch, wie's der Atzinger Zenz gangen hat im letzten Jahr? Heimkommen ist's nicht mehr!"

Luk musterte sie von oben bis unten. „Hast du dir wehgetan?"

Seine Mutter betastete ihren Hinterkopf. „Ich weiß nicht ... der Schädel brummt mir ein bisserl, sonst nichts."

„Egal, der Sanka ist unterwegs, und es kann nicht schaden, wenn dich mal wer untersucht."

„Nix da, ich brauch keinen, der mich untersucht, ich bin gesund ... hab nie einen Doktor braucht!"

„Mam, sei gescheit! Man liegt nicht bewusstlos auf dem Boden rum, wenn man gesund ist. Vielleicht brauchst ja nur was für deinen Blutdruck ... Lass dich anschaun vom Doktor!"

Leni stampfte jetzt mit dem Fuß auf den Boden. „Ruf an und sag, dass sie nicht kommen brauchen, mir geht's wieder gut!"

So zornig hatte Luk seine Mutter schon lange nicht mehr erlebt. Oder war der Zorn nur Ausdruck ihrer Angst?

Er steckte jetzt den Schlüsselbund zurück in die Jacke, die seine Mutter vom Boden aufgehoben und über eine Stuhllehne gehängt hatte.

„Schau, Mam, wenn wir das so machen, wie du sagst, dann müssen wir den Einsatz des Rettungswagens voll aus der eigenen Tasche bezahlen, das ist nun mal so geregelt."

„Dann ist es eben so ... ich brauch keine Rettung! Und jetzt lass mich meine Arbeit tun, und tu du die deine!"

„Mam!"

„Nix, ‚Mam'! Die kommen mir nicht ins Haus. Ich sperr zu und lass keinen rein!"

„Geh, spinn doch nicht, das kannst du nicht machen!"

„Und ob ich kann, das wirst schon sehn!"

Plötzlich durchfuhr es Luk siedend heiß. Dort auf der Fensterbank lag die Zange, die er eigentlich zu holen gekommen war. Er schnappte sie sich und warf einen gehetzten Blick auf die alte Pendeluhr an der Wand.

Die Frau drüben im Stall lag jetzt schon über 30 Minuten im Sarg. Länger als ausgemacht. Länger als für sie gut war ... Sie hatte ihm von den Medikamenten erzählt, mit denen sie vollgepumpt war ... deshalb auch ihre Fahruntauglichkeit.

„Bin gleich wieder da!", warf er seiner Mutter über die Schulter zu und eilte hinaus.

Draußen war es bereits dunkel geworden. Schnee lag in der Luft. Wahrscheinlich würde es in der Nacht zum ersten Mal schneien. Den ganzen Tag schon hatte sich bleigraues Gewölk zusammengeschoben und der Böhmwind hatte aufgefrischt.

Luk hatte noch keine fünf Schritte getan, als er hinter sich ein schweres metallisches „Klack ... Klack" vernahm. Genau dieses Geräusch aber brachte ihm den verdammten Schlüsselbund wieder in den Sinn, den er zurück in die Jacke gesteckt hatte ... in genau die Jacke, die jetzt in der Küche über der Stuhllehne hing.

„Verflixt und zugenäht!"

Er ging zurück.

Er hatte sich nicht getäuscht – die Haustür war verschlossen.

Er rannte zum Küchenfenster, schrie, fluchte und fuchtelte wild mit den Armen.

Nein, das war noch nie bei seiner Mutter angekommen.

Also auf die sanfte Tour!

Er versuchte es mit theatralischem Händeringen und einem gequälten Lächeln.

Sie würdigte ihn keines Blickes, klapperte nur emsig mit ihren Töpfen auf dem Herd herum.

Er begann, ans Fenster zu klopfen.

„Ritsch ... ratsch" waren die Vorhänge zugezogen. Nein, seine Mutter wollte nicht, und wenn sie nicht wollte, war da nichts zu machen. Ihr Kopf bestand aus echtem Bayerwaldgranit.

Luk wurde jetzt unwohl in seiner Haut. Er lief auf die andere Seite des Hauses und inspizierte die Fenster des Stalles. Durch diese Fenster war kein Hineinkommen. Alle vier hatten eine steinerne Einfassung, in die zwei senkrecht verlaufende Eisenstangen eingelassen waren.

Er ging zur Tür und lauschte.

Zuerst drang nicht das leiseste Geräusch aus dem Stall zu ihm heraus. Dann glaubte er, einen langgezogenen gedämpften Schrei zu vernehmen. Oder war es die Sirene, deren Klang jetzt in der Ferne erscholl und lauter und lauter anschwoll?

Luk fiel die Futterluke ein, durch die er vom Heuboden in den Stall gelangen konnte. Das war die Rettung.

Als er sich von der Tür abwandte, um zum Scheunentor auf der anderen Seite zu laufen, verstummte die Sirene plötzlich. Stattdessen nahm er das zuckende Blaulicht wahr, das jetzt durch das laubfreie Geäst der Buchen den Hang hinauf tanzte.

Luk blieb stehen.

Er wirkte wie eingefroren.

Volle 30 Sekunden lang stand er nur da und wusste nicht, was er als Nächstes tun sollte. Vor oder zurück? Hin oder her? Es war, als hätte etwas in seinem überhitzten Gehirn den Überlastungsschalter umgelegt. Zwei Befehle mit gleichstarker Dringlichkeit hatten einen Kurzschluss in ihm ausgelöst.

Der Notarztwagen war jetzt vor dem Haus angekommen. Der Sanka quälte sich noch über den ausgefahrenen Schotterweg den Hang herauf. Wenig später schwenkte auch er in die Hofeinfahrt ein. Jetzt wurde Luk von den Scheinwerfern erfasst. Er stand in seltsam verrenkter Pose auf der Hangwiese und wirkte dort wohl für die Ankömmlinge wie eine abstrakte Gartenskulptur.

„He, Sie da! Haben Sie angerufen? Wo müssen wir hin? Wo ist der Patient?", rief ihm der Notarzt zu, der mit einem Koffer in der Hand bereits aus dem Wagen gesprungen war.

Das grelle Licht der Scheinwerfer und der Zuruf des Arztes ließen Luks Batterien wieder anspringen. Das Schicksal hatte eingegriffen. Die Umstände nahmen ihm die Entscheidung ab. Eins nach dem anderen ... nur so kann der Mensch funktionieren!

„In der Küche!", rief er und winkte mit einer matten Handbewegung in Richtung der beleuchteten Fenster. „Aber meine Mutter ..."

Dem Arzt reichten die ersten drei Worte als Information. Alles, was Luk noch zu sagen hatte, war jetzt zweitrangig. Er besaß Routine, das konnte man sehen. Effizientes Handeln war für ihn oberstes Gebot. Er rannte zur Haustür, die er mit Schwung zu öffnen versuchte. „Rums" knallte seine Stirn gegen das schwere Eichenholz. Benommen blieb er stehen. Dann wandte er sich um.

„Was zum Teufel ... Na, kommen Sie schon, sperren Sie auf! Beeilung! Sowas hab ich doch noch nicht erlebt ... ruft den Notarzt, sperrt das Haus zu und geht spazieren!"

Die Sanitäter hatten mittlerweile eine Trage aus dem Wagen geholt und kamen jetzt auf Luk und den Arzt zu.

„Was gibt's?", fragten sie erstaunt.

Als sie von Luk erfuhren, was es gab, entspann sich eine Diskussion, die nahe daran war, in Handgreiflichkeiten auszuufern, als plötzlich wieder ein hartes metallisches „Klack ... klack" zu hören war.

Da stand sie im Türrahmen, die Krückl-Bäuerin. Kopf schräg zur Seite geneigt und die Hände in die Hüften gestemmt.

„Was ist jetzt das für eine Narretei? Ja, könnt ihr euren Händel nicht woanders austragen als vor meiner Tür?"

„Ist das die Patientin?", fragte der Arzt sichtlich verdutzt.

Luk nickte beklommen.

„Nein, bin ich nicht!", kam es mit Bestimmtheit aus dem Mund seiner Mutter. „Mir fehlt nix, solang man mir meine Ruh lässt! Und jetzt gute Nacht!"

„Klack ... klack" machte es wieder, und die Tür war zu.

Der Notarzt sah sich zu den Sanitätern um und meinte kopfschüttelnd: „Das ist ja ein Fall für die Psychiatrie!"

„Na, das geht jetzt aber zu weit!", kam es ohne rechte Überzeugung von Luk. Die ganze Sache war ihm höchst peinlich. Er wusste, dass er sich eigentlich entschuldigen musste, doch in seinem Kopf spukte nur die Frau im Sarg herum. Die Uhr tickte, und alles, was er wollte, war, dass diese Herren endlich verschwanden, damit er sich um die Frau kümmern konnte.

Die Augen des Arztes blitzten ihn hinter der Nickelbrille hervor feindselig an.

„Das geht Ihnen also zu weit, was ich da gerade gesagt habe? Dann passen Sie mal auf, wie weit das noch geht, mein Herr. Für diesen Einsatz werden Sie teuer bezahlen. Wir fahren nämlich nicht zum Spaß in der Gegend herum. Und wenn ich Ihnen noch einen guten Rat geben darf: Lassen sie Ihre Mutter mal untersuchen ... ich meine, vom entsprechenden Facharzt." (Er ließ seinen Zeigefinger vielsagend vor der Schläfe kreisen.) „Und wenn Sie schon dabei sind ..." (Eine wegwerfende Handbewegung.) „... ach, vergessen Sie's!"

Als die roten Schlusslichter der beiden Wagen im Dunkel der Nacht verglommen waren, ging erneut die Haustür auf – diesmal fast geräuschlos und nur einen Spalt breit.

„Sind sie weg?"

Luk schob seine Mutter grimmigen Blickes beiseite und rannte in die Küche. Er zog sich die Jacke über, zog den Schlüsselbund aus ihrer Tasche und war auch schon wieder auf dem Weg nach draußen. Ein flüchtiger Blick auf die Wanduhr sagte ihm, dass die Frau jetzt seit 50 Minuten im Sarg lag.

Natürlich hatte er seine Särge mehrfach selbst getestet, bevor er die ersten Teilnehmer zu einem Seminar einlud. Er hatte sich hineingelegt, den Deckel sauber auf den Falz geschoben und abgewartet. Immer dabei: seine Armbanduhr mit den Leuchtziffern und der Stoppuhr. 20 Minuten waren überhaupt kein Problem. Doch ab 30 Minuten begann der Zeiger der Uhr zu kriechen und wenig später auf der Stelle zu kleben. Das Gehirn, gewohnt, bei geöffneten Augen vom Sehnerv mit optischen Daten versorgt zu werden, fing nun, da die Lieferung solcher Informationen ausblieb, selbst an, Bilder in das schwarze Nichts zu projizieren. Seltsame Bilder. Bilder wie unter Stroboskoplicht aufblitzend und wieder verschwindend, noch bevor sich einem ihr Inhalt recht vermittelte. Ein Gefühl der Relativität aller Zeit stellte sich ein. Man begann, ihr zu misstrauen, der Zeit. Mit diesem Misstrauen jedoch krochen Ängste aller Art in einem hoch. Unbegründete Ängste in seinem Fall. Er konnte ja den Deckel jederzeit beiseiteschieben. Nach 40 Minuten glaubte er, mit jedem Atemzug zähe Flüssigkeit in seine Lungen zu ziehen. Die letzten Minuten, die er es im Sarg ausgehalten hatte, bevor er nach einer Dreiviertelstunde in Panik den Deckel vom Falz stieß, hatten ihn all seine Willenskraft gekostet.

Hastig zog Luk jetzt die Nägel aus dem Holz. Er hielt die Luft an, hob den Deckel vom Sarg und – ließ ihn krachend zu Boden fallen.

Zu spät!

Da lag die Frau, die sich vertrauensvoll dem 20-Minuten-Tod in die Arme geworfen hatte – verraten und um ihr Leben betrogen. Ihre gebrochenen Augen waren weit aufgerissen, ihre Gesichtszüge verzerrt. Unter ihren Fingernägeln steckten blutige Splitter aus Fichtenholz.

Luk versuchte, ihren Puls an der Halsschlagader zu fühlen.

„Lächerlich!", schrie ihn die Leere ihrer Augen an. „Aus und vorbei!"

Und so war es. Kein Leben würde je in diese menschliche Hülle zurückkehren. Jetzt nicht und auch nicht irgendwann. Die Auferstehung des Fleisches war eine Illusion – gestrickt aus der wärmenden Wolle geistiger Behäbigkeit für all jene, deren Intellekt noch von den schlafenden Mumien des alten Ägypten regiert wurde. Denn sie träumten immer noch denselben Traum wie diese, den Traum von der Auferstehung im Fleische. Ihre materialistische Weltsicht machte auch vor dem Jenseits nicht halt. Jedes Kilo, das sie sich hienieden angefressen, sollte auch in himmlischen Gefilden noch Gewicht haben. Jede Warze auf Nase oder Gesäß sollte möglichst mit ihnen transzendieren, damit sich ihr selbstverliebtes Ich dort auch wiedererkannte.

Luk schloss jetzt die Augen der Frau und streichelte zärtlich über ihr Gesicht. Seine Finger zitterten dabei, als stünde er unter Strom. Wieder tauchte das Bild vor ihm auf, das sich vor so vielen Jahren in seine Seele eingebrannt hatte: Das nächtliche sternenübersäte Firmament ... der verborgene Weiher im Wald ... sein Gewässer, schwarz wie die Fluten des Styx ... davor eine weiße elfengleiche Gestalt, die ihm zuwinkte ... Evi.

Langsam beugte er sich jetzt zu der toten Frau hinab und küsste ihre bleichen Lippen.

Als er den Deckel vom Boden aufhob, um ihn wieder auf den Sarg zu legen, hatte er das Gefühl, eine Schatztruhe zu verschließen, deren Inhalt ihm fortan niemanden mehr entreißen würde.

Es schauderte ihn. Doch es war ein Schauder der Freude und Erregung. Ein Schauder, wie man ihn empfindet, wenn ein lange gehegter Wunsch plötzlich und unerwartet in Erfüllung geht.

Etwas verband ihn mit der Frau im Sarg: Ein nichtstofflicher Ariadnefaden, der ins Jenseits hinüberführte, ein unsichtbares Glasfaserkabel, über das er mit der Toten kommunizierte.

Ihre Unterhaltung war einvernehmlich. Es war wie ein gegenseitiges Besitzergreifen. Kampflos. Einzig beseelt vom Gedanken untrennbarer Zusammengehörigkeit.

Ein zartes Flüstern drang jetzt aus der Kiste aus Fichtenholz an sein Ohr: „Nimm mich! Tu mit mir, was du willst!"

Und Luk antwortete: „So soll es sein! Ich werde dich nicht enttäuschen!"

8

Auszug aus dem Tagebuch der Magdalena Grünzinger vom 03. September 1992.

– Ludwig hat mit der Schule aufgehört. Geht jetzt bei einem alten Mann in die Lehr, der was tote Viecher ausstopft. Mein Gott, wenn ich nur dran denk, wird mir ganz schlecht.

Wie hätt ich es mir gewünscht, daß er einmal auf Pfarrer studiert. Hätt wirklich das Zeug dazu gehabt, der Bub. Aber nur im Kopf. Im Herzen hat er unserem Heiland schon längst Lebewohl gesagt. Denkt immerzu nur über das nach, was er im Koma gesehen hat. Mam, hat er gesagt: Das Paradies ist blau … wirst schon sehen!

Glaubt nur noch an seine närrischen Fantasien und nicht mehr an die Wahrheit, die was uns die heilige Kirche lehrt.

Dieses Jahr war hart für ihn gewesen. Im Juni hat er den Vater verloren, meinen guten Sepp, und im August seine Evi.

Seit dem Unglück mit seiner Freundin bringt der arme Bub das Maul kaum noch auf. Das Essen will ihm auch nicht mehr schmecken. Kommt letzthin zu mir und sagt: Mam, brauchst mir ab jetzt kein Fleisch mehr zu kochen, ich mag es nicht mehr. Ja Bub, sag ich, soll ich dir jetzt Sägspän in die Fleischpflanzerl tun? Hat nur mit den Schultern zuckt und mich stehenlassen.

Geh ich neulich in den Keller und will einen Schübel Kraut aus dem Faß heraufholen, da seh ich, daß im Regal mehr Weckgläser stehen, als ich eingemacht hab. Ich geh hin und schau mir das Vermehrungswunder näher an. Da hätt mich bald der Schlag troffen. Das erste Glasl, was ich nimm, fällt mir gleich vor Schreck aus der Hand. Auf dem Boden liegt ein toter Frosch und alles stinkt nach Spiritus.

Saubub elendiger, denk ich mir und schau mir die anderen Glasl an. Hat sie alle schön beschriftet. Auch das Datum draufgeschrieben, so wie ich es mit den Kirschen und den Zwetschgen mach. Nur war in seinen

Glasln lauter grausligs Zeug: Eidechsen, Tausendfüßler, Ratzen und Mäus.

Heiliger Antonius von Padua, laß den Buben wieder ein Mädel finden! Ein junger Mensch braucht was Lebendigs an seiner Seit. Was aus Fleisch und Blut, das er abbusseln kann, sonst geht er kaputt. –

Luk wischte die trüben Gedanken an den gestrigen Tag beiseite. Seine Finger begannen, auf den Küchentisch zu trommeln. Er war nervös. So nervös wie noch nie zuvor in seinem Leben. Er musste die Polizei verständigen und den Selbstmord seiner Mutter melden.

Zuvor aber musste etwas mit seinem „Schatz" geschehen.

Sein Unterbewusstsein hatte bereits eine Entscheidung gefällt. Zu verlockend klang das zarte Rufen aus dem Fichtensarg, das er jetzt immer deutlicher zu vernehmen glaubte. Wie lieblicher Sirenensang schwang eine Botschaft durch den Äther, für die nur eine von Sehnsucht verzehrte Seele empfänglich war.

Was konnte er von der Justiz schon erwarten, wenn er die ganze Wahrheit und nichts als die Wahrheit auf den Tisch legte? Im günstigsten Falle eine Anklage wegen fahrlässiger Tötung.

Wem war damit gedient, außer dem Gesetz?

Die Frau war, logisch betrachtet, das Opfer einer Verkettung widriger Umstände, ihr Tod die Folge von höherer Gewalt.

Die Wahrheit war gefährlicher als Nitroglyzerin. Selbst bei vorsichtigstem Umgang mit ihr und genauester Dosierung blieb ihre Wirkung stets unberechenbar. Im vorliegenden Fall hatte sie weder moralischen Wert noch ethisches Gewicht. Sie würde nur einmal mehr ihre destruktive Kehrseite zeigen.

Nein, hier machte die volle Wahrheit wenig Sinn. Sie würde nur Verwirrung stiften und zu verhängnisvollen Entscheidungen führen. Hier musste das Gesetz mit der halben Wahrheit vorlieb nehmen – eine Leiche war genug!

Aus der Unterhaltung mit der Frau wusste er, dass sie nach ihrer Scheidung allein gelebt hatte und das Seminar für sie eine Spontanidee gewesen war. Sie war auf sein Angebot im Internet gestoßen, hatte ihn umgehend angerufen und ihm einen Termin gleich für den nächsten Tag abgerungen; bereit, auch die fünffache Kursgebühr zu bezahlen, in bar. Sie war mit Zug und Bus nach Freyung gelangt. Kein Pkw also, der mit auswärtigem Kennzeichen irgendwo verdächtig lange herumstand.

Keine Mails waren hin und hergegangen. Keine Banküberweisung war getätigt und keine Anmeldebestätigung verschickt worden. Es gab also keine Spur, die zu ihm führte. Sie könnte höchstens einem Freund oder einer Freundin mitgeteilt haben, was sie vorhatte. Doch hinsichtlich dessen, was sie ihm über ihre derzeitige soziale Situation berichtet hatte, war dies eher unwahrscheinlich, noch dazu in der Kürze der Zeit.

Sie hatte ihm gesagt, dass sie zurzeit nicht fahrtauglich sei, wegen der Medikamente, die sie einnehme. Tatsächlich hatte sich ihre Handtasche, als er sie gestern untersuchte, als gutbestückte Apotheke entpuppt. Ein Sammelsurium an Tabletten und Pillen jeder Art und Farbe war da zum Vorschein gekommen. Dabei hatte sich ihm die Vermutung aufgedrängt, dass die Frau die knappe Stunde im Sarg, ohne die Chemie in ihrem Körper, vielleicht sogar überlebt haben könnte. Vielleicht war sie gar nicht erstickt … es könnte auch die Angst gewesen sein, die das Schlagen ihres Herzens gestoppt hatte.

Wie es schien, war die Frau auf der Suche gewesen … auf der Suche nach etwas, das ihr das Leben missgönnte.

Luk zog ihren Abschiedsbrief aus der Tasche und begann, ihn zum wiederholten Male zu lesen. Sein Inhalt schmeckte bitter wie Schierlingstrunk und besaß die Sprödigkeit eines erpressten Vaterunsers.

WARUM ICH STERBEN WILL:

Ich misstraue dem Leben, weil es sich mir vom ersten Augenblick an als etwas Vollkommenes aufzudrängen versucht hat. Als schön ge-

schmückter Geschenkkorb voll schillernder Verheißungen. Dabei spüre ich mit jedem Jahr, das vergeht, dass es mir einen Großteil der Wahrheit über sich verschweigt. Es behandelt mich wie meine zwei Ex-Ehemänner. Auch sie haben ihre wahre Natur vor mir verborgen. Ich musste ihnen erst selbst auf die Schliche kommen. Doch was ich dabei herausfand, war keineswegs erfüllte Verheißung.

Meine Geburt empfinde ich im Rückblick als einen Ruf zu den Waffen, ohne Kampferfahrung und Grundausbildung, als Einberufung ohne Recht auf Verweigerung. Über das Ziel des Kampfes und die mögliche Beute schweigt sich das Leben aus. Nur Gerüchte … nichts als vage altersschwache Gerüchte!

Ich weiß nicht, ob ich noch normal bin oder schon verrückt. Doch manchmal kommt es mir vor, als sei Verrücktheit die einzige Zuflucht vor den Lügen der Normalität.

Das Einzige, woran ich noch glauben kann, ist die Liebe. Je mehr der Sinn alles anderen verblasst, desto sinnvoller erscheint sie mir. Und finde ich sie nicht in dieser Welt, so gehe ich in einer anderen auf die Suche nach ihr.

Normalerweise bekam Luk die Abschiedsbriefe und Testamente nicht zu Gesicht, weil sie von den Kursteilnehmern in ein Kuvert gesteckt und versiegelt wurden. Nach der „Auferstehung“ wurden sie dann in einem feierlichen Ritual verbrannt.

Auch er hatte das Testament der Frau zusammen mit ihrer Handtasche, dem Handy, den Schuhen, der Kleidung, den Kreditkarten, dem Führerschein und dem Ausweis der Toten im Kanonenofen des Stalls verbrannt. Nur dieses Blatt, auf dem geschrieben stand, warum sie sterben wollte, hatte er aufbewahrt. Es war nicht unterschrieben und konnte von irgendjemandem stammen, doch sein Inhalt brachte etwas auf den Punkt, das die ganze Menschheit betraf: Ein Leben ohne Liebe entbehrt jeden Sinns!

Der kleine Rollkoffer mit dem ausziehbaren Griff, den die Frau mitgebracht hatte und der jetzt oben in seinem Haus in einem Zimmer der Einliegerwohnung stand, würde ebenfalls noch in den Ofen wandern.

Dass sie ihn in ihrem Testament bedacht hatte, schmeichelte ihm. Er wertete es als Zeichen, dass auch sie sich ihm irgendwie verbunden gefühlt hatte. Vielleicht war auch sie in einer Welt von Milliarden von Menschen einsam gewesen, so einsam wie er.

Aber damit war jetzt Schluss.

Er hatte Gesellschaft bekommen. Gesellschaft, die sein Herz frohlocken und seinen Geist jubilieren ließ.

Luks Entschluss stand fest: Er würde sich von nun an um diese Frau kümmern.

Ihr Tod hatte die Taue gekappt, die das Schiff seiner Sehnsucht im Hafen der Trauer festhielten. Nun segelte es mit geblähten Segeln neuen Horizonten entgegen.

„Vertrau mir, ich werde gut zu dir sein!“, kam es wie ein feierlicher Eid über seine Lippen. Dann stand er auf und begab sich in den Stall.

9

Bürgermeister Weber faltete die Zeitung zusammen und legte sie neben sich auf den Frühstückstisch. Seine Stirn unter dem grauen Haaransatz war gerunzelt. Seine buschigen Brauen hatten sich über den tief in den Höhlen liegenden Augen zusammengeschoben. Die Falten, die von seiner markanten Adlernase zu den Mundwinkeln hinab verliefen, wirkten wie Kerbschnitzerei auf gekalkter Eiche.

Er hatte gerade den Polizeibericht überflogen. Der Inhalt war ihm bereits bekannt. Die Informationen waren ihm zugetragen worden, noch bevor sie in die Redaktion der Passauer Neuen Presse gelangt waren.

Das Übliche im Großen und Ganzen: Alkohol am Steuer – Schlägerei in einer Disco – Sicherstellung von selbstgezogenen Hanfpflanzen etc.

Ein Ereignis aber, ein Todesfall der weniger schönen Art, hatte ihn nachdenklich gestimmt – ganz gegen seine Natur.

Er war kein nachdenklicher Mensch. Er war ein Macher. Das Leben hatte ihn gelehrt, dass allzu langes Nachdenken Entscheidungen immer schwieriger machte und deren Folgen nicht unbedingt besser. Er hatte sich häppchenweise durch Machiavellis „Il Principe" gearbeitet und sich mit „Die Kunst des Krieges" von Sun Zhou befasst. Letzterer beispielsweise riet: *„Wenn du dich nicht entscheiden kannst, von welcher Seite du die Burg des Feindes angreifen sollst, dann stürme durch das Hauptportal!"*

Das gefiel ihm. Das war seine Art. Er war ein Stürmer. Sein Credo lautete: Wer lange fragt, geht lange irr!

Doch das hier war etwas anderes – er kannte die Frau, die da mutmaßlich Selbstmord begangen hatte.

Versonnen begann er, mit seiner Kuchengabel in der Kaffeetasse zu rühren. Mechanisch. Sein Blick war dabei auf einen imaginären Punkt an der Wand gerichtet. In Gedanken spulte er die Zeit zurück.

Jahr um Jahr, Jahrzehnt um Jahrzehnt, bis in jene Faschingsnacht 1974, in der sich ihm diese Frau im Rausch der Sinne hingegeben hatte.

„Was ist mit dir, Walter? Hast du Ärger im Amt?“, fragte seine Frau vom anderen Ende des Tisches, wo sie in einer Modezeitschrift blätterte.

Walter Weber sah seine Frau an wie ein lästiges Insekt, das plötzlich in den Raum geflattert war. „Wieso?“

„Na, weil du jetzt schon eine Minute lang in deiner Tasse rührst. Vielleicht darf ich dich daran erinnern, dass du ihn schwarz und ohne Zucker trinkst, da gibt es eigentlich nichts zu rühren.“

Walter Weber nahm die Kuchengabel aus der Tasse und ließ sie klirrend auf die Untertasse fallen. Er fühlte sich ertappt, und wenn er sich ertappt fühlte, weckte das nicht Schuldgefühle bei ihm, sondern Kampfgeist. Aber er und Trudi hatten schon genug gekämpft. Den Großteil ihres Pulvers hatten sie bereits verschossen. Was davon noch übrig war, war feucht geworden und zündete nicht mehr. Und mit der Philosophie von Machiavelli oder den Strategien eines Sun Zhou war Frauen ohnehin nicht beizukommen. Frauen kämpften anders. Die Evolution hatte ihnen eingebläut, dass im Geschlechterkampf ein Frontalangriff ihrerseits nur selten gut ausging. Deshalb erfolgten ihre Attacken meist verzögert, wenn „Mann“ nicht mehr damit rechnete – und niemals durch das Hauptportal.

Walter Weber hatte den Spaß an derlei häuslichem Geplänkel verloren. Er wollte zu Hause nur möglichst seinen Frieden haben. Seine Kampfarena war das Rathaus. Dort erzielten Willenskraft und hemdsärmeliges Auftreten noch Erfolge. Hier zu Hause verpufften sie wirkungslos, weil dem Partner das Repertoire aller Tricks und Finten bekannt war. Mit Streit war nach Jahrzehnten der Ehe kein Blumentopf mehr zu gewinnen. Gelegentliche Ausbrüche dienten nur noch der Gemütshygiene. Mit Diplomatie verhielt es sich ähnlich – sinnloser Kraftaufwand!

Das einzig brauchbare Instrument in einer Beziehung wie der ihren war ein sechster Sinn für Distanz und Nähe, für Ausweichen oder Aufeinanderzugehen.

Bei Walter und Trudi waren die tausend Gründe für eine Scheidung, die in ihrer Ehe aufgetaucht waren, stets wie Seifenblasen an der Einsicht zerplatzt, dass eine Trennung und die Aufteilung ihrer Mittel und Güter keinesfalls zwei halbe Vermögen hinterlassen hätte, sondern allenfalls einen Scherbenhaufen auf beiden Seiten.

Naja, nicht ganz, denn Walter, der ihr gemeinsames Vermögen verwaltete, hatte da ein paar kluge, wenn auch hundsgemeine Vorkehrungen für diesen Fall getroffen. Aber auch für ihn stellte eine Trennung mit Getöse eine unkalkulierbare Gefahr dar.

Das Image, das er sich zusammen mit Trudi aufgebaut hatte – ein Beispiel von Frömmigkeit, Ehrbarkeit, Traditions- und Familienbewusstsein – galt es mit aller Kraft zu pflegen. Denn hier in der ländlichen Provinz hatte man auf dem politischen Parkett ohne ein solches Image denkbar schlechte Karten.

Walter brauchte seine Trudi als First Lady, so wie sie ihn als Finanzier brauchte. Ihre Ehe war ein Joint Venture und Effizienz der einzige Kitt, der sie noch rechtfertigte und zusammenhielt.

Ab dem Zeitpunkt, als er für das Bürgermeisteramt zu kandidieren begonnen hatte – und er hatte mit seinen 67 Jahren jetzt schon mehrere Amtsperioden hinter sich – war an Scheidung überhaupt nicht mehr zu denken gewesen. Image und gesellschaftlicher Status eines jeden waren so miteinander verstrickt, dass sie sich nicht ohne weiteres mehr trennen ließen. Jeder für sich allein wäre nur noch eine verkrachte Existenz gewesen.

Aber so lange sich Soll und Haben hübsch die Waage hielten, ging die Rechnung für sie auf. Beide hatten schon früh erkannt, dass es leichter war, einander zu ertragen als zu lieben. Für das gegenseitige Ertragen ließen sich klare Regeln aufstellen, für die Liebe niemals. Kurz und gut, sie hatten es sich gegenseitig nicht leichtgemacht, und deshalb waren sie immer noch zusammen.

Auch sie gingen jeden Sonntag zur Kirche, um sich mit dem frommen Wahlvolk der Region, das hier 90% ausmachte, für eine Stunde gleichzuschalten. Doch mit der Liebe, wie sie dort in den geweihten Hallen gepredigt wurde, konnten beide nichts mehr anfangen.

Walter z. B. bekam eine Gänsehaut, wenn 1. Korinther 13 verlesen wurde. Die Botschaft war für ihn grotesk:

... denn die Liebe erträgt alles, sie glaubt alles, sie hofft alles und hält allem stand ...

Er hatte diese Verse nach allen Regeln der Logik zerpflückt, sie unter dem Rasterelektronenmikroskop seines Intellekts beleuchtet und quasi unter Laborbedingungen getestet. Das Ergebnis:

Selbst zwei Götter wären mit dem Postulat einer solchen Liebe überfordert gewesen, deren Anwendbarkeit bedingte, dass zumindest einer Schuld auf sich lud, damit der andere ertragen, glauben, hoffen und standhalten konnte. Stets musste einer von ihnen Gott, der andere Teufel spielen, damit sie funktionierte. Nur wenn sich einer von ihnen aus reiner Nächstenliebe verpflichtete, den anderen zu misshandeln, konnte der andere nach diesem Prinzip der vollkommenen Liebe frönen.

Solche Botschaften, ob göttlichen Ursprungs oder nicht, waren für Walter Weber die sprichwörtliche Schlange, die sich vom Schwanz her selbst auffraß.

Misstrauisch schon von Amts wegen fragte er sich, was derjenige wohl bezweckte, der für solchen Umgang miteinander plädierte. Mit Sicherheit war es nicht die Läuterung aller Übeltäter, um sie dann als Gerettete an Bord der Liebe zu holen. Nein, solche Liebe wusste ja, dass ihr Boot mit jedem bekehrten Bösewicht schwerer wurde und irgendwann unweigerlich kentern würde. Also warf sie den verirrten Schafen nur öffentlichkeitswirksam bunte Rettungsringe zu und segelte weiter zur nächsten Rettungsaktion. Das war der eigentliche Sinn ihrer Existenz: Auch die Liebe wollte sich nur wohlfühlen in ihrer eigenen Haut, mehr nicht. Und dazu brauchte sie das Übel dieser Welt.

Walter Weber war kein schlechter Mensch, aber er ließ sich nicht mal von Gott höchstpersönlich ein „A" für ein „O" vormachen – er schrieb sich seine Gesetzestafeln selbst.

Für ihn stand fest, dass das Gute an der Titte des Bösen sog, wie das Böse an der Titte des Guten. Nur das Gleichgewicht der Kräfte machte das Leben auf Erden einigermaßen erträglich. Was die Menschheit immer wieder an den Abgrund brachte, waren die Horizontaldenker beider Fraktionen, die alles Gute oder Böse aus der Welt tilgen wollten.

Für Walter Weber waren Gut und Böse nicht bedeutender als seine Blutfettwerte: Auf die richtige Mischung und Dosis kam es an. Und so gönnte er sich ab und zu – reinen Gewissens – ein paar Sünden, die sein seelisches Gleichgewicht wiederherstellen sollten. Wie etwa nach einem überlangen weihrauchgeschwängerten Hochamt oder einer gelungenen Wohltätigkeitsveranstaltung.

Alles nur eine Frage der Balance. Alles nur Chemie. Säuren und Basen mussten in einem ausgewogenen Verhältnis zueinander stehen, um nicht zu ätzen. Insofern stellte es für ihn auch keinen Widerspruch dar, wenn er sich einerseits mit der offiziellen Statistik brüstete, sein Städtchen sei nuttenfrei, andererseits in intimem Kreis einen Toast auf den Billigtarif des horizontalen Gewerbes im nahen Tschechien ausbrachte. Oder etwa, dass er sich als Anhänger der Willkommenskultur outete, während er eine Kasse verwaltete, mit der leerstehende Wohnungen bezahlt wurden, damit sie nicht an Ausländer vermietet werden konnten.

Wie schon gesagt, Bürgermeister Weber schätzte den häuslichen Frieden. Es musste auch einen Platz geben, wo er sich ungestraft gehen lassen durfte. Wo er das Korsett der Etikette, in das ihn die Öffentlichkeit zwang, ablegen konnte. Wo er sich des schweren Panzers aus Macht und Einfluss entledigen und für Stunden als ungeschützte Nacktschnecke herumkriechen durfte. So ein Platz war Gold wert, und man war bereit, auch Opfer dafür zu bringen.

Aber sein Zuhause war schon lange nicht mehr die Nummer 1 unter den Oasen seligen Ich-sein-Dürfens. Es gab gleich mehrere solcher Plätze, für die er tatsächlich ein kleines Vermögen geopfert hatte.

Da war z. B. dieses Domina-Studio in Domazlice oder die Maisonettewohnung, die er in Passau eingerichtet hatte, um sie an bedürftige Studentinnen zu vermieten; wobei er ihnen großzügig freistellte, in welcher Währung sie bezahlen wollten.

Seit einigen Jahren war der Drang, diese Orte aufzusuchen, nicht mehr so stark in ihm. Maßgeblich dafür war vor allem seine Enkeltochter Trixi, an der er einen Narren gefressen hatte.

Wenn sie sich auf dem Sofa an ihn kuschelte, musste er, ob er wollte oder nicht, an die fast gleich alten Studentinnen der Passauer Maisonettewohnung denken, die ihm ohne umständliches Online-Banking die Miete auf den Tisch zählten – Kleidungsstück für Kleidungsstück.

In solchen Momenten hasste er sich dafür. Er empfand dann etwas, das ihm zeitlebens fremd gewesen war: Scham!

Er fragte sich, wie wohl seine Enkelin reagieren würde, wenn sie von einem Greis – und für sie und die Studentinnen in Passau war er ja ein solcher – aufgefordert würde, seinen nackten welken Körper zu liebkosen, einen Körper, der für jedes jugendliche Auge eine Beleidigung darstellen musste. Was würde in ihr vorgehen? Wie monströs musste ihr ein solches Ansinnen erscheinen?

Er stellte sich vor, wie geschockt sie wäre, und dass sie es für kein Geld der Welt je tun würde.

Er hatte viele Frauen in seinem Leben gehabt, doch es war ihm nie um ihre Gefühle zu tun gewesen. Er hatte sie gesammelt wie bunte Käfer, um sie nach einer Weile aufzuspießen und als Sammelobjekt in der Vitrine seiner Erinnerungen zu archivieren. Eingehend erforscht hatte er sie nie.

Wenn manchmal der irisierende Flügel eines solchen Käfers in seinem Gedächtnis aufblitzte, dann konnte er sich oft nicht mehr an seinen Namen, seine Art, seine Familie, Ordnung oder Klasse erinnern. Es hatte ihn einfach nie interessiert. Für ihn gab es nur blonde Käfer, braune Käfer und schwarze Käfer. Es war allein die hohe Stückzahl seiner gesammelten Objekte, die ihn in seiner Überzeugung bestärkte, ein Käferkenner zu sein. Dass auch ein einziger Käfer genügte, um einem die ganze Käferwelt zu erklären, wenn man ihn nur gründlich genug erforschte, das wäre ihm nie in den Sinn gekommen.

Es war seine Enkelin Trixi, die ihn nun allmählich erkennen ließ, dass ihn nicht Neugier in die Arme so vieler Frauen getrieben hatte, sondern blanke Gier.

Trixi hatte sich in den letzten zwei Jahren vor seinen staunenden Augen zur Frau entwickelt– aus der Puppe war ein Schmetterling geworden. Sie war die erste Frau in seinem Leben, in der er etwas Schützenswertes entdeckt hatte. Etwas von einzigartiger zarter Köstlichkeit, das nicht kaputt gehen durfte. Etwas, für das er bedenkenlos sein Leben aufs Spiel gesetzt hätte.

Durch sie erhielt er zum ersten Mal Einblick in die Seele einer Frau. Was er dort sah, ließ ihn vor Scham erblassen; vor Scham über seine Unkenntnis und vor Scham über die unzähligen Käfer, die er so bedenkenlos aufgespießt hatte.

So vernarrt er in seine Enkelin war, so wenig konnte er für seinen Sohn Xaver empfinden. Xav konnte sein Herz nicht rühren, und das war eine schlimme Sache. Vielleicht hatte er sich damals zu wenig Zeit für seine Erziehung genommen. Es war die Zeit gewesen, als seine politische Karriere gerade begann. Das Einzige, was Vater und Sohn verband, waren ihre schlechten Eigenschaften. Wie sollte auch etwas Neues in die Welt gelangen, wenn Söhne weder den Stolz noch den Anstand besaßen, andere Fehler zu machen als ihre Väter?

Für Walter war Xav ein aufgeblasener Gimpel, der seinen Erfolg nur Papas Brieftasche und Beziehungen verdankte. Aber er dankte ihm ja gar nicht dafür, sondern stellte alles immer so dar, als sei es sein eigener Verdienst.

Walter wusste, dass das Immobilienunternehmen seines Sohnes in dem Moment implodieren würde, in dem er seine schützende Hand von ihm abzöge und ihn nicht länger mit Finanzspritzen und geldwerten Insidertipps versorgen würde.

Da war seine Enkelin Trixi schon ein anderes Kaliber. Er spürte es bei jeder Unterhaltung und jeder Unternehmung mit ihr, dass in ihren Knochen dasselbe Mark steckte wie in den seinen. Mehr als beim eigenen Sohn hatten bei ihr seine Gene durchgeschlagen. Sie war ein echter Feger, sah blendend aus und hatte eine schnelle Auffassungsgabe. Sie erkannte Zusammenhänge intuitiv, die seinem Sohn selbst nach halbstündigem Vortrag noch nicht einleuchteten. Ihre Gegenwart war belebend für ihn wie ein Jungbrunnen. Es machte ihm großen Spaß, mit ihr zusammen zu sein. Sie war sein Augenstern, sein Herzenstrost und sein eigentliches Vermächtnis an diese Welt.

***

Walter schob jetzt die Zeitung über den Tisch und deutete mit dem Finger auf eine Stelle im Polizeibericht.

„Steht zwar kein Name dabei, aber ich weiß, um wen es sich handelt."

Trudi überflog die Textstelle und murmelte die gelesenen Worte halblaut vor sich hin: „... wurde die Polizei an den Ort einer Selbsttötung gerufen ... die Frau, die sich mit einem ..."

Angewidert schob sie die Zeitung von sich. Über die Gläser ihrer Lesebrille hinweg blitzte sie ihren Gatten entrüstet an.

„Sag mal, muss das sein, dass du mir sowas zum Frühstück servierst? Ich will gar nicht wissen, wer es war. Selbstmord ist die größte Geschmacklosigkeit, die sich ein Mensch leisten kann!"

Walter zuckte mit den Achseln, nahm noch einen Schluck aus seiner Kaffeetasse und stand auf. Ein Blick auf seine Armbanduhr sagte ihm, dass er los musste.

„Ich mach mich auf die Socken, bin schon spät dran."

Trudi ließ ihn bis in den Flur hinauskommen, dann hielt sie es nicht mehr aus.

„Jetzt sag schon! Wer war es?"

Walter ließ sich Zeit. Eines der wenigen Vergnügen, die er mit seiner Gattin noch hatte, war das Spiel mit ihrer Sensationslüsternheit. Trudi war neugierig wie der Finger eines Proktologen. Manchmal, wenn er beiläufig eine Andeutung gemacht hatte, um sie zu ködern, bohrte sie oft noch tagelang nach – und er genoss es.

Er hatte seine Schuhe angezogen und stand jetzt vor dem Spiegel, um den korrekten Sitz seiner Krawatte zu überprüfen. Trudi hatte sich inzwischen geschmeidig zwischen ihn und die Haustür geschoben. Sie trug noch ihren Morgenrock und war weder geschminkt noch frisiert. Doch selbst in diesem Zustand wirkte sie um zehn Jahre jünger als sie mit ihren 66 Jahren tatsächlich war.

Ihr Hauptberuf war „First Lady". Anstrengend genug: Einmal wöchentlich Frisör und Beauty-Shop. Zweimal wöchentlich Schwimmen, Sauna und Massage. Hinzu kam der Gesellschaftsabend der Damen vom Lions Club, die literarische Runde in der Buchhandlung Lang und ein bis zwei Geschäftsessen, zu denen sie ihren Mann begleitete.

„Wie ich mich erinnere, warst du früher sogar mal mit ihr befreundet", kam es jetzt von Walter, ohne dass er den Blick von seinem Spiegelbild abwendete.

„Ich, mit einer Selbstmörderin befreundet? Niemals! Ich hab mich immer an die Lebenslustigen gehalten und bin gut damit gefahren."

Walter schob sie beiseite und öffnete die Tür.

„Tja, bei manchen hört die Lebenslust eben irgendwann auf. Es war die Magdalena ... die Magdalena Veicht ... hat damals in den 70ern einen gewissen Josef Grünzinger geheiratet."

10

Die Tür hatte sich hinter Walter Weber geschlossen. Er hatte die Reaktion seiner Frau nicht abgewartet. Die Erinnerung an das, was zwischen ihm und Magdalena vorgefallen war, war ihm peinlich und hatte ihm schon am Frühstückstisch ein lästiges Sodbrennen beschert – er und diese Bäuerin!

Aus seiner heutigen Sicht einfach unvorstellbar.

Wie wenig wählerisch er doch in der Zeit von Sturm und Drang gewesen war. Erschreckend! Beängstigend! Gott sei Dank, hatte er es seinerzeit bei einem One-Night-Stand belassen, sonst würde er heute vielleicht irgendwo in dunklen Ställen Kühe melken.

Trudi stand im Flur an die Wand gelehnt und presste beide Hände an ihr pochendes Herz. Der geschnitzte Heilige auf der Kommode ihr gegenüber starrte sie aus seinen aufgemalten Augen mitleiderregend an. Es war der heilige Sebastian. Man konnte nicht genau sagen, was ihn mehr leiden machte, die Pfeile, mit denen sein Körper gespickt war, oder die Fernwasserversorgung, die ihn als Schutzpatron der Brunnen arbeitslos gemacht hatte.

„Ach, Leni … Leni … Leni!", seufzte sie und wischte sich eine Träne von der Wange. Es war weniger eine Träne der Trauer als vielmehr eine der Reue und des schlechten Gewissens.

Seit ihrer Heirat war sie an der Seite ihres Mannes nach und nach in die oberen Ränge der Freyunger Gesellschaft aufgestiegen. Heute stand sie als die Frau des Bürgermeisters an der Spitze. Sie hatte alles erreicht, was eine Frau von ihrer geistigen Konzeption erreichen wollte und konnte. Es hatte nie in ihrer Absicht gelegen, den Kontakt zu ihrer alten Freundin einschlafen zu lassen – es war einfach so passiert. Vor über 30 Jahren waren sie sich zum letzten Mal begegnet.

Ab dem Zeitpunkt, als ihr Mann in den Stadtrat gewählt worden war, hatten sich immer weniger Möglichkeiten aufgetan, sich mit Leni in irgendeinem Café der Kleinstadt auf einen ungezwungenen

Plausch zu treffen. Denn Leni hatte partout keinen Sinn für Stil und Format. Sie schien dem Irrglauben erlegen zu sein, dass Freundschaft keinerlei Etikette unterlag, dass es in Ordnung war, sich mit schlecht sitzendem Alltagsgewand in aller Öffentlichkeit neben die Frau eines Stadtrates zu setzen und mit ihr Vertraulichkeiten auszutauschen – eine Frau, die Kleider von Gucci trug und Chanel No. 5 auflegte.

Trudis edles Parfüm hatte bei jeder Begegnung im Wettstreit mit einer dezenten Note von Stallgeruch gelegen, der Lenis Frisur entströmte, die gar nicht als solche zu bezeichnen war. Außerdem war irgendwann auch der Gesprächsstoff zwischen ihnen knapp geworden. Leni, die nach der Volksschule, die sie mit mittelmäßigem Ergebnis abgeschlossen hatte, auf dem Hof ihrer Eltern zu arbeiten begann, schwärmte von Ackerbau und Viehzucht, während Trudi, die weiter auf die Oberrealschule ging, ihr vergeblich Schriftsteller wie Aleister Crowley, Aldous Huxley und Carlos Castaneda näherzubringen versuchte.

Kurzum, diese Art Freundin hatte irgendwann nicht mehr in Trudis Bild von angemessenem gesellschaftlichem Umgang gepasst. Für sie hatte jemand, der sich in einer ausgeleierten Jogginghose in die Öffentlichkeit begab, jede menschliche Selbstachtung verloren.

Sich privat zu treffen, war auch keine Option gewesen, denn Trudi hatte keine Lust gehabt, sich ihre sündhaft teuren Manolo Blahniks auf dem geschotterten Hof von Leni zu ruinieren; und sie zu sich nach Hause einzuladen, stand ebenfalls völlig außer Frage. Walter schien eine unerklärliche Abneigung gegen diese Frau zu haben. Er hatte ihr, Trudi, öfter zu verstehen gegeben, dass Leni nicht zu ihnen passe. Die zwei, drei Mal, wo sie ihr zufällig zusammen auf der Straße begegnet waren, hatte er sich immer seltsam zugeknöpft verhalten – er, der Charmebolzen, der sonst sogar des Teufels Großmutter in Smalltalk verwickelte.

Trudi ging jetzt ins Wohnzimmer, setzte sich auf die Couch und versank in Gedanken.

Was war sie doch für eine Marke gewesen, diese Leni: Immer geradeaus, unverstellt und natürlich. Nichts Falsches hatte in ihr gesteckt, aber auch kein Funke Ehrgeiz. Weder beim Sport noch im Unterricht noch wenn es um die Jungs gegangen war. Jede Form von Wettbewerb war ihr zuwider gewesen, weil es dabei immer einen Verlierer gab. Sie war von der Sorte gewesen, die mit dem zufrieden waren, was ihnen der Himmel in den Schoß fallen ließ. Was es auch war, sie akzeptierte es lachend oder weinend als für sie bestimmt. Für etwas zu kämpfen, schien ihr sinnlos. Aber ihre Meinung sagte sie jedem brühwarm ins Gesicht.

Einmal hatte sie auf die Worte der Katechetin „Unrecht Gut gedeihet nicht!“ erwidert: „Aber das von unserm Nachbarn, dem Blöchl Bauer, schon!“

Das Fräulein hatte verwundert gefragt, wie sie darauf käme, und Leni hatte geantwortet: „Weil seine Rüben größer sind als unsere, obwohl er jedes Jahr ein Stück weiter in unsern Acker hineinpflügt.“

Die ganze Klasse hatte damals lauthals aufgelacht.

Diese Begebenheit hatte Trudi nicht vergessen. In einer Phase des Lebens, in der es jedem darauf ankam, sich mit der Gruppe gleichzuschalten und ja nicht aufzufallen, hatte ein solches Verhalten jedenfalls die Tapferkeitsmedaille verdient. Aber darum war es Leni nicht gegangen. Sie hatte nur gesagt, was sie sagen musste. Genauso wenig unterlag sie später, als jeder die Normen der Gruppe abzustreifen versuchte, dem Drang, sich explizit von den anderen zu unterscheiden. Und indem sie die dahingehenden Bemühungen der anderen nicht teilte, gelang ihr, was den anderen nicht gelang – sie fiel wieder auf, ohne es zu wollen. Sie hob sich ab, sie unterschied sich, während die, die sich krampfhaft zu unterscheiden versuchten, in der schieren Masse derer untergingen, die alle diesen selben Wunsch hegten. Im Gegensatz zu Leni taten sie nur wieder das, was sie in der Gruppe so intensiv geübt hatten – sie taten, was die Mehrheit tat. Nur die Normen hatten sich geändert, nicht sie selbst.

Trudi überlegte jetzt, ob sie auf die Beerdigung von Leni gehen sollte. Gefühlsmäßig war es ihr ein echtes Bedürfnis. Doch als Frau des Bürgermeisters durfte sie nicht nur an ihre Gefühle denken. Immerhin hatte der Tod von Leni einen nicht unerheblichen Makel – sie hatte ihn selbst herbeigeführt.

Walter würde ihr bestimmt eine unschöne Szene machen, wenn er davon erführe. Er würde von ihr erwarten, dass sie vernünftigerweise in aller Stille um ihre Schulfreundin trauerte. Aber Scheiß drauf – sie würde trotzdem hingehen!

Mit gequältem Gesichtsausdruck und einem Seufzer auf den Lippen erhob sie sich und begab sich ins Bad, um sich zurechtzumachen. Das Leben war hart, das Leben ging weiter – um elf Uhr hatte sie einen Termin bei ihrer Kosmetikerin.

11

Josef Petzi, von allen nur „Joe“ genannt, hielt am Straßenrand an und stieß einen leisen Fluch aus. Der Weg zum Grünzinger Anwesen hinauf war noch nicht geräumt.

Er war der Briefträger. Seit fast zwei Jahrzehnten schon teilte er die Post in dieser Gegend aus. Normalerweise fuhr er mit dem Wagen direkt vors Haus, doch heute war das nicht zu machen. Zu viel Schnee auf dem Feldweg. Dazu die Steigung – unmöglich. Keinesfalls wollte er riskieren, hier schon am Anfang seiner Tour steckenzubleiben.

Was war los?

Für gewöhnlich nahm es Ludwig Grünzinger doch immer sehr genau mit dem Schneeräumen. Er besaß einen alten Fendt Traktor mit Frontladerschaufel, mit dem er im Winter oft zweimal am Tag die Zufahrt zum Hof vom Schnee frei machte.

Joe zog sich die Wollmütze über die Ohren, griff sich die vorsortierte Post aus der Box auf dem Beifahrersitz und stieg aus. Er hätte das jetzt nicht zu machen brauchen, denn wo um diese Zeit noch nicht geräumt war, da überbrachte er die Post eben einen Tag später. Das waren erzieherische Maßnahmen, die er auf seine eigene Kappe nahm. Doch mit der Grünzinger Witwe verhielt es sich anders. Dort wartete immer eine Tasse heißer Kaffee auf ihn und die konnte er gerade gut gebrauchen. Oft gab es auch ein Stück Kuchen dazu – selbstgebacken, versteht sich. Die alte Leni war eine ganz famose Bäckerin.

Nach der Hälfte des Weges kam Lenis Hof in Sicht. Darüber, am Hang, Luks Neubau mit dem angebauten Labortrakt.

Joe blieb stehen und beschattete mit einer Hand seine Augen. Der Schnee blendete. Sein Atem stand als weiße Wolke vor seinem Gesicht. In seinem roten Schnauzbart hing der Reif. Dieses Bärtchen, das gar nicht recht zu seinem bleichen sommersprossigen Spitzmausgesicht passen wollte, diente nur einem einzigen Zweck: Es verbarg gnädig eine schlecht operierte Hasenscharte.

Mein Gott, wie hatte man ihn doch während der Schulzeit wegen dieser Verwachsung gehänselt. Dazu noch die roten Haare! Nur ein bis zwei Prozent der Weltbevölkerung trug rotes Haar! Ein Aussätziger hätte unter seinem Aussehen nicht mehr leiden können, als er in seiner Kindheit und Jugend.

Kinder waren grausam. Anfangs verletzten sie einander vielleicht nur aus purer Neugier. Doch dann kam irgendwann dieses berauschende Gefühl von Macht ins Spiel, das sich einstellte, wenn sie erkannten, dass sie in der Lage waren, über einen ihrer Mitmenschen Gewalt auszuüben. Das war die Phase, in der die Weichen gestellt wurden. Wo sich die Spreu vom Weizen trennte und das künftige Verhalten als Erwachsener – empathisch oder grausam – in der menschlichen Matrix festgeschrieben wurde.

Heute waren die Wunden, die Joe durch jahrelange Hänselei erlitten hatte, vernarbt. Sein Haar hatte inzwischen eine Farbe zwischen Braun und Grau angenommen und mit dem schwindenden Melanin schwand auch die Erinnerung an die Zeit der großen Erniedrigungen. Doch tief in den Windungen seines Gehirns tickte etwas ohne Unterlass. Etwas, das die Pforte zu seinem Bewusstsein noch nicht durchschritten hatte. Ein Wunsch ohne Gestalt. Ein Phantom – das Phantom der Rache. Irgendwann, wenn die Sterne für ihn günstig standen, würde er jemand für alles, was er erlitten hatte, bezahlen lassen.

Joe war wie eine Spinne, die am Rande ihres Netzes eingeschlafen war. Doch wenn der Signalfaden zuckte, würde sie erwachen und sich auf ihr Opfer stürzen.

Ob die Zeit der großen Revanche, der Moment der Heimzahlung und Genugtuung für ihn je kommen würde, blieb dem Zufall überlassen. Doch Zufälle gab es genug. Seltsame Zufälle.

So z. B. an jenem Spätsommertag vor der Jahrtausendwende.

***

Joe war damals noch ein Frischling bei der Post. Die Arbeit machte ihm Spaß, und er verrichtete sie gewissenhaft. Ganz nebenbei entwickelte er sich zu einer munter sprudelnden Nachrichtenquelle. Die Informationen, die er wie ein Schwamm auf seiner Tour aufsog und wieder von sich gab, waren frischer als die in Zeitung, Pfarr- oder Gemeindeblatt.

Gerade die älteren Leute, die auf abgelegenen Höfen wohnten und nicht mehr so viel herumkamen, wussten den Extraservice zu schätzen, den er ihnen neben seiner eigentlichen Arbeit als Briefträger bot. Und da er die seltene Gabe besaß, jedem das Gefühl zu geben, er sei der Einzige, den er ins Vertrauen zog, verriet man ihm im Gegenzug bereitwillig Dinge, die man besser für sich behalten hätte.

Die Nachrichten und Gerüchte, die Joe verbreitete, trugen stets den Stempel der Exklusivität und das Siegel der Verschwiegenheit, und genau das beschleunigte auch ihre Zirkulation.

Man dankte es ihm hier mit einem Schnäpschen, dort mit einem Stück Kuchen oder Selbstgeräuchertem und wieder woanders mit frischem Gemüse oder Obst aus dem Garten. Zu Martini konnte er hier und da sogar mit einer frisch geschlachteten Gans rechnen, zu Weihnachten und Neujahr mit Extra-Präsenten und zu Ostern mit gebackenen Osterlämmern und bunten Eiern. Kurzum, an manchen Tagen im Jahr glich das Postauto am Ende seiner Tour dem Lieferwagen einer Feinkosthandlung.

Mit der Zeit aber erkannte er, dass der wahre Wert von Information weniger in ihrem Inhalt steckte, als vielmehr in der Tatsache, dass sie sich permanent im Zustand des Fließens befand. Information im Ruhezustand war totes Kapital, das keine Rendite abwarf.

Und so kam es, dass Joe bei mangelndem Nachschub dazu überging, selbst Nachrichten zu erfinden, damit der Fluss ungehemmt fließen konnte.

Wie ein Chef de Cuisine würzte er Tatsachen mit Erfundenem und peppte allzu Alltägliches mit gepfefferter Fiction auf. Seine Körpersprache war die einer Tarantel bei einem epileptischen Anfall, Rhetorik und Vokabular, die eines mittelalterlichen Marktschreiers.

Log er das Blaue vom Himmel, so erregte dies mittlerweile bei seinem konditionierten Publikum nicht mehr Skepsis als eine Schlagzeile der Tageszeitung. Er gab den Leuten, wonach sie lechzten, und sie lechzten, mehr als nach allem anderen, nach dem Unwahrscheinlichen.

Joe hatte weder einen Account bei Facebook noch bei Twitter noch bei Pinterest oder anderswo. Für ihn waren das beaufsichtigte Spielplätze für eine Generation, die überbehütet aufgewachsen war und sich folglich auch nach dem Flüggewerden unter Überwachung am wohlsten fühlte. Ein „Like" ersetzte ihnen jetzt Mamas Küsschen und ein abgeschickter „Post" Papas Statement: *„Fein hast du dein ‚Ding' ins Töpfchen gemacht!"*

Und dass sich dieses „Ding" auch noch „teilen" ließ, vermittelte ihnen Glücksgefühle, die sie als 3-Jährige in ihrer analen Phase gehabt hatten. Den meisten von ihnen war ihr Handy erogene Zone und Ausscheidungsorgan zugleich. Lust- und Unlusterfahrungen bezogen sie nach wie vor aus dem Hergeben oder Zurückhalten ihres „Dings" – wenn auch in steriler digitaler Form.

Joe bevorzugte den Direktkontakt. Er sah darin den Königsweg der Informationsübermittlung. Ein elektronisches Gerät übermittelte in seinen Augen nur einen Bruchteil der Information, die floss, wenn man einer Person Auge in Auge gegenüberstand.

An jenem Spätsommertag also, war er zum Hof der Grünzinger Witwe hinaufgefahren und hatte sie zunächst nicht angetroffen. Die Haustür war nicht abgesperrt. Er klopfte, trat ein und rief nach Leni, erhielt aber keine Antwort. Doch gehen wollte er auch nicht gleich wieder, denn dieser Tag war ein besonderer Tag. Er hatte einen Brief von Ludwig dabei, der zu dieser Zeit noch in der Welt unterwegs gewesen war. Damals hatte sich Joe oft gefragt, ob die alte Leni vielleicht nur deshalb so nett zu ihm war, weil er ungefähr dasselbe Alter wie ihr Sohn hatte. Fast konnte man meinen, dass sie ihn an seiner statt bemutterte.

Das Kuvert von Ludwigs Schreiben war in Bandjarmasin auf Borneo abgestempelt. Joe wusste zwar nicht, wo das war, aber er wusste, dass der Brief einen langen Weg hinter sich haben musste, denn Städte und Orte, die so hießen, lagen immer am anderen Ende der Welt.

Jedes Mal, wenn er einen dieser raren Brief überbrachte, konnte er sicher sein, dass die kleine Brotzeit, die ihm Leni für gewöhnlich vorsetzte, üppiger ausfallen und sie vor lauter Glück auch mal einen Fünfer oder Zehner springen lassen würde. Den Brief einfach in den hölzernen Kasten an der Hauswand zu werfen und wieder zu gehen, kam ihm also gar nicht erst in den Sinn. Solch kostbares Schriftstück musste persönlich überreicht werden. Nicht nur, um in den Genuss von Lenis gesteigerter Freizügigkeit zu gelangen, sondern auch wegen des sensationellen Gefühls, das ihn jedes Mal dabei durchrieselte. Es war ein Gefühl von Geltung und Bedeutsamkeit, ja, von Macht. Denn allein in seinem Ermessen lag es, diesen lange ersehnten Brief auszuhändigen, seine Übergabe zu verzögern oder ihn gar zu vernichten.

Er trat jetzt in die Küche und rief mehrmals nach der Witwe.

Keine Antwort.

Dann sah er das in Leder gebundene Buch, das auf dem Küchentisch lag. Es war aufgeschlagen. Daneben lag ein Füller.

Neugierig trat er heran und warf einen Blick darauf. So wie es aussah, handelte es sich um ein Tagebuch. Eine seltsame Vorstellung: Einödbäuerin schreibt Tagebuch!

Was konnte die alte Leni diesem Buch schon anzuvertrauen haben? Mit Sicherheit nur banales Zeug wie z. B. die Anzahl der Blüten, die der Rosenstock in ihrem Garten getrieben hatte, oder dass am Soundsovielten ein Hagelschlag niedergegangen war und ihr den Kopfsalat zermatscht hatte. Wichtigkeiten eben … Wichtigkeiten einer Einöde, um die das große Weltgeschehen einen weiten Bogen machte.

Joe begann zu lesen.

– 08. März 1974

Meine Tage sind ausgeblieben!!!

Geschieht mir recht, mir dummen Dirn. Hab mich halt geschämt, unsern Doktor, der was auch im Kirchenrat sitzt, um die Pille zu fragen. Außerdem habe ich nicht damit gerechnet, daß mich das heiße Blut so packt. Hab immer gedacht, mir kann das nicht passieren …

Joe leckte sich die Lippen und las weiter. Hier bahnte sich eine Sensation an, ein echter Leckerbissen, ein Filetstück für seine private Nachrichtenagentur.

Er kam nicht weit bei seiner Lektüre, aber weit genug, um zu erfahren, dass Josef Grünzinger, Lenis verstorbener Mann, nicht Ludwigs Vater war, sondern ein gewisser „Walter". Ebenso verstand er, dass Leni diese Tatsache für sich behalten, sie quasi tief in ihrem Frauenherzen verschlossen hatte. Es war anzunehmen, dass sie es keinem der drei beteiligten Männer je mitgeteilt hatte; nicht ihrem Gatten, nicht ihrem Sohn und auch nicht Walter, ihrem Geliebten für eine Nacht.

Wer dieser Walter war, das galt es nun für ihn herauszufinden. So eine Information konnte auf dem Nachrichtenmarkt leicht einen ganzen geräucherten Schinken wert sein.

Durchs Küchenfenster sah er jetzt, wie Leni mit einem Korb voll Pilzen über die Hangwiese herabkam. Sie durfte nicht merken, dass er in ihrem Tagebuch gelesen hatte. Also verließ er die Küche, trat in den Hof hinaus und schloss die Haustür hinter sich.

Als Leni schließlich ein Liedchen summend um die Ecke kam, saß er auf der hölzernen Hausbank und wedelte ihr mit dem blauen Luftpostbrief fröhlich zu.

***

Das alles lag jetzt schon viele Jahre zurück.

Joes Nachforschungen waren allesamt im Nichts verlaufen. Er hatte nächtelang Telefonbücher gewälzt und schließlich eine Liste von 28 „Walters“ aus der ganzen Region zusammengestellt, die vom Alter her als Ludwigs Erzeuger infrage kamen. Er hatte ermittelt und recherchiert, hatte seine Beziehungen spielen lassen, hatte sich aus dem Archiv der Passauer Neuen Presse die Artikel über alle Faschingsveranstaltungen im März 1974 zuschicken lassen, hatte die Bilder dieser Artikel mit der Lupe studiert, um vielleicht Leni mit ihrem „Begleiter“ wiederzuerkennen. Doch nichts! Kein Hinweis! Keine Spur! Irgendwann hatte er es resigniert aufgegeben, nach jenem ominösen Walter zu forschen. Ein Schlappe, die ihm, dem König der Nachrichtenbörse, schwer zu schaffen gemacht hatte. Sein Stolz war böse verletzt und eine daraus resultierende Magenschleimhautreizung hatte ihn dann endgültig die Segel streichen lassen – zum Henker mit allen Walters!

Doch manchmal erhitzte ihn der Gedanke an das ungeklärte Rätsel heute noch, zumal wenn er wie jetzt gerade wieder das Grünzinger Anwesen vor sich auftauchen sah. Vielleicht schaffte er es ja eines Tages, Leni selbst das Geheimnis aus der Nase zu ziehen. Frauen wurden mit fortschreitendem Alter immer redseliger. Mit Fug und Recht. Denn es war für sie oft der einzige Weg, endlich die Zinsen für das einzutreiben, was sie in jungen Jahren aus Liebe oder Hilflosigkeit schweigsam erduldet hatten.

Durch das laublose Geäst der Buchen und Haselnusssträucher, die den Weg zum Hof hinauf säumten, sah Joe jetzt etwas, das ihn stutzen ließ.

Er kniff die Augen zusammen.

Täuschte er sich oder ...

Was zum Teufel ging da vor sich?

Über die verschneite Hangwiese, die von Lenis Hof zum Haus ihres Sohnes hinaufführte, stapfte eine gebückte Gestalt, die etwas auf dem Rücken trug.

Als Joe erkannte, um was es sich dabei handelte, hätte er beinahe seinen Adamsapfel verschluckt. Es sah aus wie eine Schaufensterpuppe, deren Gelenke eingefroren waren – starr, mit seltsam verrenkten Gliedern und einer Art weißem Nachthemd bekleidet.

12

Auszug aus dem Tagebuch der Magdalena Grünzinger vom 15. Mai 1998.

– Heut ist eine Nachricht von Ludwig kommen. Ein himmelblauer Luftpostbrief. Schöne Briefmarken drauf mit bunten Blumen. ECUADOR steht auf den Marken und auf dem Stempel QUITO – 04.05.98.

Schreibt, daß er grad aus dem Regenwald in die Hauptstadt zurückgekehrt ist. Hat acht Wochen lang in einem Dorf bei den ACHUARA gelebt. Es geht ihm gut. Auf einem eigenen Blatt hat er mir was gezeichnet. Ein grausligs Gfrieß! Die Augen und der Mund verquollen und mit Bindfäden zugenäht. Lange zottige Haare mit einer Kordel dran. Die Augenbrauen und Wimpern dick wie Schweinsborsten. Drunter steht: Alles Gute zum Muttertag!

Auf der Rückseite schreibt er: Das ist die erste „Tsantsa", die ich selbst gemacht habe. Du kannst auch „Schrumpfkopf" dazu sagen. Ist nicht viel größer als ein Apfel. Aber keine Angst, Mam, es ist nur der Schädel eines ersoffenen Faultiers, das der Conambo bei unserem Dorf angeschwemmt hat.

Mein Gott, was hätt der Bub alles werden können, wenn er sein Abitur gemacht und zu Haus blieben wär. Work und Travel macht er jetzt, hat er mir erklärt. Was heißt, daß er immer nur so viel arbeitet, bis er sich den nächsten Flieger woandershin leisten kann. Was ist das für ein Leben? Drei Jahr ist er jetzt schon unterwegs!

Ich sag ja nix, wenn sich eins die Welt anschaun möcht, aber doch nicht an einem Stück. Da weiß eins irgendwann nimmer wos hingehört.

Und was ist, wenn er irgendwo bei die Neger im Busch krank wird? Sich ein Bein bricht? Von einem wilden Tier bissen wird oder giftige Erdäpfel ißt? Da gibt es keinen Doktor wie bei uns. Da verreckt man, bevor man bis Drei zählen kann. Und dann? Kein Pfarrer weit und breit, der einem das Sakrament spendet und niemand, der was einem einen Stein aufs Grab stellt und einen schönen Spruch drauf schreibt.

Heiliger Christophorus, Schutzpatron aller Reisenden, bring mir meinen Ludwig wieder gesund nach Haus zurück!

Wieviel Freud hat mir der Bub doch gemacht, als er noch klein war. Und jetzt?

Schrumpfköpf zum Muttertag!!! –

Ludwig Grünzinger hatte die Frau aus dem Sarg gehoben und sie sich über die Schulter gelegt. Ihre Glieder waren steif. Es würde wohl noch bis zum Nachmittag oder Abend dauern, bis sich die Totenstarre wieder löste und er sich weiter mit seinem Engel beschäftigen konnte. Ja, was er da auf seinen Schultern trug, war ein Engel, ein himmlischer Bote, der herabgestiegen war, um wieder Licht und Trost in sein düsteres Dasein zu bringen. Dieser Engel würde ihn niemals mehr verlassen.

Keuchend stapfte er mit seiner leblosen Last durch den frisch gefallenen Schnee zum Labor hinauf.

***

Der Raum, in dem Luk seine Präparate anfertigte, glich auf den ersten Blick einem Kuriositäten- wenn nicht einem Gruselkabinett.

An den Wänden hingen dicht an dicht Masken, Waffen und Kultgegenstände indigener Völker aus den verschiedensten Regionen der Erde. Aus deckenhohen Glasvitrinen grinsten die bleichen Schädel von Tieren der unterschiedlichsten Art; einige davon bleckten angriffslustig ihre Zähne. Verdrahtete Skelette überall. Ein makabres Ballett der Knochen – ein Totentanz der Tierwelt.

Der ganze Raum eine Bühne, auf der die Vergänglichkeit alles andere in den Hintergrund spielte. In stählernen Regalen stapelten sich Kisten mit Knochen jeder Größe und Form. Stapel von Fellen und gegerbten Tierhäuten lagerten dort sowie Kanister und Flaschen, auf denen gelb-schwarze Dreiecke mit eindeutigen Symbolen vor dem Inhalt warnten. Zwischen den Regalen eine zwei Quadratmeter große Weltkarte, auf der mit Nadeln und roten Wollfäden die Reiserouten markiert waren, die Luk vor Jahren um die Welt geführt hatten – ein dichtes Geflecht aus roten Linien.

In einem der Regale drängten sich seltsame Fabelwesen mit tückisch blitzenden Glasaugen; Wesen aus einer anderen Welt, der Welt der Fantasie. Einige trugen ein Federkleid, andere ein Fell und wieder andere Fischschuppen oder Schlangenhaut. Manche dieser bizarren Geschöpfe vereinten in ihrer Erscheinung drei oder mehr verschiedene Tierarten. Da gab es z. B. eines, das auf den ersten Blick aussah wie ein Biber. Doch wuchs ihm auf dem Kopf ein Rehgehörn. Aus seinem Mund hing die lange rote Zunge eines Fuchses und da, wo seine Kelle, der flache Schwanz, sein sollte, ringelte sich eine besenstieldicke Natter. Ein anderes dieser Geschöpfe trug den Kopf eines Wallers auf dem Körper eines Dachses, dem aus dem Rücken die Flügel eines Bussards wuchsen.

Im Volksmund hießen diese Mischwesen „Wolpertinger“. Für Luk war deren Anfertigung eine kreative Spielerei und gleichzeitig eine Demonstration seiner Kunstfertigkeit. Er vertrieb sie über eine separate Homepage in ganz Süddeutschland und Österreich. Einige davon hatten ihren Weg sogar bis nach Kanada und ins ferne Australien gefunden. Es war ein willkommenes Zubrot für Luk und noch dazu ein höchst einträgliches.

Weiter hinten im Raum standen drei große Kühltruhen, die nörgelnd vor sich hin brummten. Ab und zu ließen sie ein leises Gurgeln und Glucksen hören, ganz so, als hätten sie Schwierigkeiten, ihren eisigen Inhalt zu verdauen.

An einer Wand stand ein drei Meter langer Arbeitstisch aus Edelstahl. Mit seinen hochgezogenen Rändern wirkte er eher wie eine lange flache Wanne; und tatsächlich hatte er unter anderem auch diese Funktion. Der Boden der Arbeitsfläche neigte sich zu einer Seite hin kaum merklich, sodass Flüssigkeiten in einen Ausguss abfließen konnten. Unter dem Tisch standen mehrere geschlossene Rollcontainer, ebenfalls aus Edelstahl. Sie nahmen über ein mit Schiebereglern versehenes Rohrsystem die verschiedenen Abflüsse auf, damit sie, je nachdem, der Wiederverwendung oder Entsorgung zugeführt werden konnten.

Über die gesamte Länge war eine Abzugshaube gezogen, deren starkes Gebläse dafür sorgte, dass giftige Dämpfe und unangenehme Gerüche über einen filterbestückten Lüftungsschacht nach draußen gelangten.

In einer Ecke lungerte eine behäbige Couch, auf der Luk des Öfteren nächtigte. Daneben ein mit Papieren und Fachzeitschriften übersäter Schreibtisch mit einem PC und einer Telefonanlage. Am Fußende der Couch stand ein mannshoher Maschendrahtkäfig, in dem ein flinkes wendiges Tier auf totem Astholz herumturnte. Es war etwa einen halben Meter lang, und was seine Form und Geschmeidigkeit betraf, hätte man es für einen ferngesteuerten Latex-Dildo auf vier Füßchen halten können. Sein schimmerndes Fell hatte die Farbe von Schlagsahne, wie sie auf einem Foto mit leichtem Gelbstich erscheint. Zwei kleine schwarze Knopfaugen funkelten darin wie polierte Obsidiane. Die weitere Einrichtung des Käfigs bestand aus einer dicken Lage Baumwolllappen in der Bodenwanne, einem Rohrsystem aus grauen und orangen PVC-Rohren, einer Hängematte, einer Schlafbox, einer Klobox, einer Nippeltränke und einem Futternapf. Ein in die Mauer eingelassenes Rohr mit einer Klappe auf beiden Seiten führte hinaus in ein 20 m^2 großes Außengehege, eine überdachte Voliere, in der es eine isolierte Schlafbox gab und noch mehr Geäst und Rohre.

„Hallo Andy, schau, was ich mitgebracht habe!“, begrüßte Luk das Tier, während er die Frau aus Regensburg behutsam auf dem Arbeitstisch ablud.

Andy war ein Frettchenrüde, den Luk vor über acht Jahren völlig entkräftet im Wald gefunden hatte. Nach einem Besuch beim Tierarzt stand fest, dass er von jemandem ausgesetzt worden war – er war bereits kastriert. Da ein Frettchen, das einmal als Haustier gehalten wurde, wegen seines verkümmerten Jagdtriebes in der freien Wildbahn keine Überlebenschance mehr hatte, hatte er sich entschlossen, es zu behalten.

Als er sich damals gefragt hatte, wie er seinen neuen Mitbewohner nennen sollte, war ihm spontan der Name „Andy“ eingefallen, weil ihn das Fell des Tieres an die Perücke des weltberühmten Künstlers Andy Warhol erinnerte. Laut Tierarzt war Andy, als er ihn fand, bereits ein bis zwei Jahre alt. Da Frettchen in der Regel nur eine Lebenserwartung von sechs bis zehn Jahren hatten, war Andy heute ein alter Mann – ein weiser alter Mann.

Luk und Andy waren mit den Jahren dicke Freunde geworden, Verbündete im Geiste, Vertraute, die voreinander keine Geheimnisse hatten.

Zuerst war die Sache zwischen ihnen etwas einseitig verlaufen. Luk war der, der redete, das Frettchen hörte nur zu und schwieg. Doch dann, nach etwa eineinhalb Jahren, in denen Luk Andy in alle Details seines Lebens eingeweiht hatte, begann Andy, ihm eines Tages zu antworten.

Nicht etwa, dass er jetzt plötzlich statt seines glucksenden Muckerns menschliche Sprechgeräusche gemacht hätte, nein, Andys Frettchengeist musste irgendwie einen Weg in Luks Kopf gefunden haben. So wie sein gewandter Körper durch die PVC-Rohre seines Käfigs schlüpfte, so kroch sein Geist jetzt in Luks Gehirnwindungen herum, bis er ins Sprachzentrum gelangte und dort wild herumzuturnen begann.

Luk dachte zunächst, dass er Selbstgespräche führen würde. Doch dem war nicht so. Die Stimme, die er vernahm, war definitiv nicht seine eigene. Sie war mit einem glucksenden Muckern unterlegt, das kein menschlicher Kehlkopf nachahmen konnte. Diese Stimme hatte nichts mit ihm zu tun, sie kam von außen in ihn, und nur dann, wenn das Frettchen in seiner Nähe war. Wenn sie sich begegneten, war es, als tue sich ein Wurmloch zwischen ihren grundverschiedenen Welten auf, durch das sie mit Informationen gespickte Elementarteilchen hin und her schicken konnten.

Manchmal war das, was Andy ihm mitzuteilen hatte, so grotesk, so abgehoben oder so weit hergeholt, dass er, Luk, es sich unmöglich selbst ausgedacht haben konnte. Oft genug erhielt er auf seine Fragen Antworten, die er nicht verstand. Und wie bitteschön sollte sein eigenes Gehirn Antworten generieren, die es selbst nicht begriff? Nein, ausgeschlossen! Andy besaß eine ganz eigene Persönlichkeit mit einem Fundus an Wissen und Erkenntnis, von dem Luk nur träumen konnte.

Andy, an den Maschendraht des Käfigs gekrallt, verfolgte mit seinen schwarzen Knopfaugen aufmerksam, wie Luk die tote Frau auf dem Arbeitstisch ablegte.

„Wer ist das? Was ist mit ihr passiert?“, fragte er, und als ihm Luk nicht gleich Antwort gab, unterstrich er seine Frage mit einem katzenhaften Fauchen.

„Lass uns später darüber reden, Andy! Ich bin in Eile. Nur so viel: Mam hat sich heute Morgen umgebracht, und diese Frau hier hat gestern mein Sterbeseminar nicht überlebt … ein bedauerlicher Unfall. Ich weiß im Moment gar nicht mehr, wo mir der Kopf steht … ach ja, ich wollte die Polizei anrufen.“

Luk ging zum Schreibtisch, zog das Telefonbuch aus einer Lade und begann nervös darin herumzublättern. Schließlich hatte er die Nummer der Polizeiinspektion Freyung gefunden und machte dort seine traurige Meldung.

Andy ließ sich in den Lumpenhaufen am Boden seines Käfigs plumpsen und verschwand dann in einer der Röhren. Bei Nachrichten dieser Art war es besser, sich erst einmal zu verkrümeln und in aller Ruhe darüber nachzudenken.

13

Joe der Briefträger hatte diesmal ein an Ludwig Grünzinger adressiertes Päckchen dabei. Der Absender war eine Firma für Laborbedarf. Auf dem umlaufenden roten Klebeband war in Abständen ein zersprungenes Glas abgebildet. Darunter die Aufschrift: FRAGILE! PLEASE HANDLE WITH CARE!

Das Päckchen war für seine Größe schwer und es gluckerte darin.

„Alter Giftmischer!", murmelte Joe und stapfte an Lenis Hof vorbei zum Labor hinauf. Wenn er Luk das Päckchen übergeben hatte, würde er sich von Leni, wie üblich, eine Tasse Kaffee kredenzen lassen und ein paar Neuigkeiten mit ihr austauschen. Vor allem würde er sie fragen, was Luk da vorhin in sein Labor hinauf transportiert hatte.

Joe mochte Luk nicht. Schon das schulterlange schwarze Haar dieses Kerls, das er straff zurückgekämmt und zu einem Pferdeschwanz zusammengebunden trug, erfüllte ihn mit Neid. Luk war so anders wie seine Mutter. Kaum dass er das Maul aufbrachte, wenn man ihm begegnete. Verschlossen wie ein Safe. Von ihm erfuhr man so gut wie gar nichts, was man weiterverbreiten konnte – ein echtes Ärgernis für einen ambitionierten Nachrichtenhändler wie ihn. Wenn man trotzdem versuchte, ihm etwas aus der Nase zu ziehen, konnte er einen anschauen, dass einem jedes weitere Wort im Mund steckenblieb.

Joe wollte es sich ja nicht eingestehen, aber jedes Mal, wenn er Luk gegenüberstand, kam er sich klein und unbedeutend, ja, fast erbärmlich vor. Menschen wie Luk strahlten etwas Geniales aus. Etwas, das einem versicherte, dass man sich in Zeiten höchster Gefahr absolut auf sie verlassen konnte, und dass sie nicht nach dem Wert des eigenen Lebens fragten, wenn es ein anderes zu retten galt. Etwas latent Heldenhaftes umgab sie, und genau das ließ sie in gefahrlosen Zeiten so unausstehlich wirken. Sie waren wie Streichhölzer, die nur darauf warteten, entzündet zu werden – und manchmal ein Leben lang vergeblich. Sie waren Helden ohne Aufgabe und Gelegenheit, herrenlose Samurai, die einem bei jeder Begegnung die eigene Hasenherzigkeit bewusst machten.

Plötzlich, er war keine drei Schritte mehr von Luks Haus entfernt, ging die Tür vom Labor auf und Luk trat heraus. Er wirkte verdutzt, als er Joe sah. Kein Wunder. Normalerweise war das Postauto gut zu hören, wenn es den Hang heraufkam. Außerdem hupte Joe immer ein paarmal, um seine Ankunft anzukündigen.

Luks Blick streifte den Briefträger, das Päckchen in seiner Hand und wanderte dann weiter über den verschneiten Hang hinunter. Jetzt schien ihm zu dämmern, warum Joe zu Fuß heraufgekommen war. Der Weg war ja noch gar nicht geräumt. Höchste Zeit, dies in Angriff zu nehmen. Es würde sicher keine 30 Minuten mehr dauern, bis die Polizei hier eintraf.

Als er jetzt die Tür zum Labor abschloss, umwölkte sich seine Stirn. Hatte Joe etwa …?

Er drehte sich um. Seine buschigen Augenbrauen zogen sich zusammen. Die tiefen Falten, die von seiner Nase zu den Mundwinkeln verliefen, wirkten mit einem Mal wie vernarbte Schmisse. Die Flügel seiner markanten Adlernase begannen nervös zu zucken. Seine tiefliegenden Augen waren auf Joe gerichtet und glommen wie zwei Stückchen Kohle.

Joe begann sich wieder klein zu fühlen. Verlegen hielt er Luk das Päckchen hin, auf dem ein Unterschriftenpad nebst Stift lag. Luk griff nach dem Stift, ohne seinen Blick von Joe abzuwenden. Die Flüssigkristalle des Displays formierten sich unter dem Druck der Stiftspitze zu einem ungelenken Kreuz. Es war Luks Billigunterschrift, mit der er alles unterzeichnete, dem er keine Bedeutung beimaß. Noch nie hatte es deshalb eine Reklamation gegeben. Für ihn ein Zeichen dafür, wie nachlässig die Welt im Umgang mit wichtigen Ritualen geworden war.

Luk deutete das befangene Verhalten seines Gegenübers richtig: Joe musste gesehen haben, wie er die Leiche der Frau ins Labor geschafft hatte. Aber sicher nur von weitem, denn sonst hätte er selbst ihn bemerkt, als er aus dem Stall gekommen war.

„Tut mir leid, dass ich die Auffahrt noch nicht geräumt habe, aber Mam hat sich heute Morgen umgebracht." Er sagte dies so sachlich, als handle es sich um die letzten Spielergebnisse der Bundesliga.

Joes Kinnlade klappte nach unten und seine Augen wurden groß wie Suppentassen. „Umgebracht? Die alte Leni hat sich umgebracht?"

Luk nickte und nahm Joe gerade noch rechtzeitig das Päckchen ab, bevor es seinen zitternden Händen entgleiten und in den Schnee plumpsen konnte.

„Sie hat sich in der Scheune erhängt. Hab sie gerade vom Strick geschnitten und hier herauf gebracht. Die Polizei muss gleich da sein."

„Aber … aber …" Joe war sprachlos. Dass sich eine Frau wie die alte Leni selbst umgebracht hatte, wollte ihm einfach nicht in den Kopf gehen. Niemals hätte er damit gerechnet. Sie stand so fest im Leben ... und dann ihre Frömmigkeit: Kein Kaffeeplausch, bei dem sie nicht wenigstens einmal aus der Bibel zitierte. Kein Schwätzchen, bei dem nicht der Name eines Heiligen fiel … und jetzt? Jetzt hatte sie den Himmel verraten ... oder andersrum … wer konnte das schon sagen.

Luk hatte Joe einfach stehenlassen und war hinunter zu dem alten Schuppen neben dem Garten gegangen, um den Traktor herauszuholen und ihn fürs Schneeräumen startklar zu machen. Joe trottete ihm gesenkten Hauptes hinterher. Unglaublich war das alles … einfach unglaublich! Als er an Luk vorüberkam, hob er ungelenk eine Hand zum Gruß. „Mein Beileid Luk … mein herzliches Beileid!"

Luk entgegnete nichts darauf. Er kannte Joe. In seinen Ohren klang dessen Beileidsspruch wie „Herzlichen Dank für die sensationellen Nachrichten!" Er wusste, dass Joe es schon gar nicht mehr erwarten konnte, den Tod seiner Mutter in der ganzen Gegend breitzuquatschen.

Joe saß wieder in seinem Postauto. Er hatte die Hand schon am Zündschlüssel, startete aber den Motor noch nicht.

Irgendetwas an der ganzen Geschichte reimte sich nicht.

Erst jetzt konnte er wieder einen klaren Gedanken fassen, was ihm in Gegenwart von Ludwig Grünzinger unmöglich gewesen war. Auch hatte der Schock über Lenis Tod alle anderen Gedanken aus seinem Kopf verdrängt.

Er schloss die Augen und versuchte, nochmals das Bild aufzurufen, das er gesehen hatte, als er den Hang hinaufgestapft war.

Da war es wieder: Luks gebückte Gestalt – die steife Figur auf seinem Rücken – und ... das kurze blonde Haar, das in der Sonne aufgeleuchtet hatte wie pures Gold ... nein, er täuschte sich da ganz bestimmt nicht.

Leni aber hatte kein blondes Haar!

Joes Jagdinstinkt war erwacht. Es war der Instinkt eines Sensationsreporters der Boulevardpresse. Diese Story hatte jedenfalls noch mehr zu bieten, als sie bis jetzt hergegeben hatte.

Nun tauchten auch wieder die Passagen aus Lenis Tagebuch vor seinem geistigen Auge auf.

Joe musste grinsen. „Leni, Leni, Leni!“, murmelte er halblaut vor sich hin. „Hast deinem Josef ein Kuckucksei ins Nest gelegt und ihn wahrscheinlich unwissend sterben lassen. Jetzt bist selber hin und kannst es keinem mehr erzählen. Und wie ich deinen Luk einschätze, wird er all dein Graffel einheizen ... auch dein Tagebuch, ohne einen Blick hineinzuwerfen. Hat ja doch nur seine Wolpertinger im Kopf. Aber macht nix, ich bin ja auch noch da!“

Vielleicht sollte er sich doch nochmal auf die Suche nach jenem ominösen Walter machen.

Joe sah jetzt, wie Luk auf seinem Traktor den Hang herabkam, den Schnee mit der großen Ladeschaufel mal links, mal rechts an den Wegrand schiebend. Er startete den Motor und fuhr davon. Nach der ersten Biegung aber stellte er sich in eine vom Schneepflug freigeräumte Parkbucht neben einen Streugutcontainer.

Er musste nicht lange warten, bis ihm die Fortsetzung „seiner Story“ aus Richtung Freyung entgegenkam: Ein Polizeifahrzeug mit Blaulicht, dahinter der gestreckte schwarz-silberfarbene Kombi eines Bestattungsunternehmens.

Joe wartete einen Moment und fuhr ihnen dann hinterher. Die Auffahrt zum Grünzinger Anwesen war mittlerweile geräumt. Luks Traktor war nicht mehr zu sehen. Joe folgte den beiden Wagen in gewissem Abstand etwa 100 Meter den Fahrweg hinauf, dann stieg er aus und ging das kurze Stück, bis zu der Stelle, an der der Hof in Sicht kam, zu Fuß weiter.

Wenig später sah er, wie die beiden Fahrzeuge vor Lenis Hof ankamen. Zwei uniformierte Beamte und ein Mann in Zivil verließen den Polizeiwagen und gingen mit Luk, der auf sie gewartet hatte, ins Haus. Aus dem Leichenwagen stiegen ebenfalls zwei Männer, die über ihrem Anzug einen grauen Arbeitskittel trugen. Sie zogen aus dem Heck des Wagens einen unscheinbaren Sarg hervor und schafften ihn ins Haus.

Joe wartete.

Wieso gingen sie nicht zum Labor hinauf? Laut Luk hatte er seine Mutter doch dorthin geschafft.

Na ja, da gab es sicher eine Menge Formalitäten zu erledigen. Eine Ortsbegehung war unumgänglich, damit sich die Beamten vom Hergang der Selbsttötung ein genaues Bild machen und jedes Fremdverschulden ausschließen konnten. Die Papiere der Toten mussten zusammengesucht werden etc. Das alles kostete Zeit, und sicherlich war es für alle angenehmer, den Papierkram in Lenis gemütlicher Küche zu erledigen als in Luks Labor.

Jetzt sah er die beiden Uniformierten und den dritten Mann aus dem Streifenwagen hinauf zur Scheune gehen. Nach zehn Minuten kamen sie wieder heraus und begaben sich erneut in den Wohnteil des Hauses.

Joe stand frierend im Buchengestrüpp und hauchte sich ab und zu in die Hände. Geduld, Junge, Geduld! Dieser Polizeieinsatz mit Leichenwagen ist doch das Sahnehäubchen auf deiner Story. Den Abtransport der Leiche kannst du dir noch gönnen, dann musst du deine Tour zu Ende fahren.

Nach einer gefühlten Ewigkeit rührte sich dort oben endlich wieder was. Die zwei Männer vom Bestattungsunternehmen kamen mit dem Sarg aus dem Haus. An ihren Bewegungen merkte Joe, dass er jetzt nicht mehr leer war. Vorsichtig schoben sie ihn ins Heck des Kombis und machten Anstalten abzufahren. Die Beamten traten jetzt ebenfalls vors Haus, unterhielten sich noch kurz mit Luk und stiegen dann in den Streifenwagen.

„Was zum Henker ..." murmelte Joe. Er verstand nicht, was da ablief, aber er musste jetzt so schnell wie möglich zu seinem Wagen zurück, den er mitten auf dem Weg stehengelassen hatte.

Dort angekommen, legte er den Rückwärtsgang ein und manövrierte das Postauto zurück auf die Hauptstraße. Bevor die beiden anderen Fahrzeuge den Fahrweg herabkamen, war er außer Sicht.

Während seiner gesamten restlichen Tour fragte er sich, was das alles zu bedeuten hatte. Warum hatte ihm Luk erzählt, dass er die Leiche seiner Mutter ins Labor geschafft hatte? Jedenfalls konnte das, was er auf seinem Rücken getragen hatte, nicht Leni gewesen sein. Aber wer oder was war es dann?

Joe war so mit dieser Frage beschäftigt, dass er an diesem Tag nur Dienst nach Vorschrift machte. Er warf die Post in die Kästen und ging jedem ihn sonst so befruchtenden Palaver aus dem Weg. Die Zeit war noch nicht reif für seine Story, das fühlte er in seinen Knochen. Zu viele Ungereimtheiten! Sein Stolz gebot ihm nun mal, nur Nachrichten zu verbreiten, die absolut rundliefen und nicht eierten. Seine Nachrichten mussten Hand und Fuß haben und nicht auf Krücken daherkommen wie diese.

Als er seine Tour beendet hatte und sich schon auf dem Heimweg befand, musste er wieder an Leni denken. Der verstorbene Grünzinger Bauer hatte sie bestimmt geheiratet, weil er sie liebte ... und Leni hatte ihn geliebt, weil er sie heiratete.

Joe trat jetzt plötzlich auf die Bremse und wäre beinahe ins Schleudern geraten. Angetackert an die Bretter einer alten Scheune, direkt neben der Straße, hing ein altes Wahlplakat, das man vergessen hatte, wieder abzunehmen. Die Wahlen waren längst vorbei und das Plakat schon ziemlich verblichen. Doch das im Halbprofil dort abgebildete Porträt hatte auf Joe im Vorüberfahren die Wirkung eines Donnerschlags gehabt.

Er fuhr ein paar Meter zurück und starrte auf das Bild.

Das hagere Gesicht! Die buschigen Augenbrauen! Die Falten, die von der markanten Adlernase zu den Mundwinkeln hinab verliefen! Die tiefliegenden Augen! Bis auf die grauen Haare erinnerten ihn all diese Details an jemanden, dem er gerade erst begegnet war: Ludwig Grünzinger – das Kuckucksei!

Aber erst der Text auf dem Wahlplakat öffnete ihm die Augen und ließ die vielen lose in seinem Kopf herumschwirrenden Puzzleteile zu einem Bild verschmelzen. Es war die schon so lange von ihm ersehnte Offenbarung. Da stand in kapitalen Lettern: *WALTER WEBER*! Etwas kleiner darunter: *Für eine Politik, die …* Der Rest war nicht mehr zu lesen.

Joes Gesicht verzog sich zu einem breiten Grinsen. Sein Herz begann zu hüpfen. „Jetzt hab ich dich, Bürscherl!"

Diese Ähnlichkeit konnte kein Zufall sein – der mysteriöse „Walter" aus Lenis Tagebuch, Luks wirklicher Vater, war endlich aufgetaucht!

Auch der Name von Walter Weber war bei seiner ersten Recherche vor 17 Jahren auf der Liste der 28 Walters gestanden, die er ausfindig gemacht hatte. Doch dass Leni, die Einödbäuerin, einen Sohn mit dem Stadtrat haben sollte, der noch dazu als heißester Kandidat für das Bürgermeisteramt gehandelt wurde, das hatte Joe damals für so unwahrscheinlich gehalten, dass er gar nicht erst weiter nachgeforscht hatte. Auch war Luk damals noch als Globetrotter unterwegs gewesen und stand Joe für eine Ähnlichkeitsüberprüfung gar nicht zur Verfügung. Als er dann später auftauchte, trug er lange Zeit verfilzte Dreadlocks und hatte die charakteristischen Züge seines Vaters noch nicht klar ausgebildet. Außerdem hätte sich Joes Verstand sowieso geweigert, eine Verbindung zwischen dem zottelhaarigen Sonderling und einem der angesehensten Bürger der Stadt herzustellen. Nein, die Zeit hatte erst reif werden müssen, aber jetzt hatte sie endlich alles ans Licht gebracht.

In Joes Kopf überstürzten sich die Gedanken. Er musste jetzt erst mal zur Ruhe kommen, dann würde sich alles ordnen und zusammenfügen. Vor allem musste er herausfinden, was Ludwig Grünzinger da oben in seinem Labor trieb. Sein Näschen für Sensationen sagte ihm, dass dort etwas ganz und gar nicht mit rechten Dingen ablief.

14

Beatrix Weber (Trixi), die 17-jährige Tochter von Xaver Weber, war unterwegs zu ihrer Oma väterlicherseits. Es war nur ein Katzensprung vom Freyunger Gymnasium zum Haus ihrer Großeltern in der St.-Gunther-Siedlung.

Heute war Zahltag – Taschengeld-Inkasso!

Beatrix bezog nicht nur Taschengeld von ihrer vom Vater getrennt lebenden Mutter, sondern auch von ihrem Vater, den Großeltern und der Schwester der Mutter, die selbst kinderlos geblieben war. Was da zusammenkam, ließ sich sehen und manche ihrer Schulkolleginnen vor Neid erblassen.

Natürlich kam das Geld nicht von selbst zu ihr. Sie musste ihre Runde machen. Musste etwas dafür tun. Oft genug war das harte Arbeit. Doch sie erledigte diese mit der Bestimmtheit und Zielstrebigkeit eines Schutzgeldeintreibers der Mafia.

Manchmal meinte Oma Trudi: „Was, schon wieder ein Monat vorbei?“ Oder ihr Vater: „Tut mir leid, Schätzchen, aber im Moment bin ich ein wenig klamm!“ Dann war entweder zärtlicher Schmuseton und Augenklimpern angesagt oder Schmollen und exakt getimter Tränenausstoß. Schon von Kindesbeinen an hatte sie sich in zweckorientierter Theatralik geübt und beherrschte mittlerweile ein strategisches Repertoire, das ein erfolgreiches Fundraising garantierte.

Zurzeit lebte sie gerade mal wieder bei ihrer Mutter, weil ihr Vater sich geweigert hatte, seinen Ferrari bei der Versicherung als das Fahrzeug registrieren zu lassen, mit dem sie begleitet fahren durfte. Stattdessen gurkte sie jetzt mit Mama in deren spießigem Skoda durch die Gegend. Manchmal konnte das Leben so ungerecht sein!

Mit 13 hatte sie sich ein Pferd gewünscht – und es bekommen. Mit 14 wollte sie eins sein. Doch damals war der 16-jährige Max in ihrem Leben aufgetaucht und hatte ihr in feuchten Ritualen klargemacht, dass es ganz O.K. war, ein Mädchen zu sein. Bis auf ihre erstaunlich langen Wimpern und die schwarze Mähne, die sie bis zum Po hinunter trug, erinnerte heute nichts mehr an die noch rechtzeitig gestoppte Metamorphose.

Max war mittlerweile auch schon wieder Geschichte. Warum?

Zog er doch eines Tages bei einem Spaziergang – sie hatten die Abkürzung durch den alten Freyunger Friedhof genommen – ein Schloss aus der Tasche, auf dem ihre Namen eingraviert waren, hakte es ans Gitter des Friedhofstores und warf den Schlüssel über seinen Rücken in die Gräberreihen. „Bis dass der Tod uns scheidet!“, rief er und wollte zärtlich werden. Doch für Trixi klang sein Liebesschwur wie der Trinkspruch eines besoffenen Totengräbers. Solcher Poesie war sie noch nicht gewachsen. Noch nie in ihrem ganzen Leben war sie mehr erschrocken, und noch nie war sie schneller gerannt. Es war ein Abschied ohne Worte, ein glatter Schnitt – eiskaltes Katastrophenmanagement.

Als sie jetzt neben Oma Trudi in der Küche saß und sich noch überlegte, mit welchem harmlosen Prolog sie beginnen sollte, um ihre Oma behutsam an das eigentliche Kernthema „Taschengeld“ heranzuführen, kam ihr der Zufall zur Hilfe.

Trudi hatte anscheinend gerade in einem alten Fotoalbum geblättert, das aufgeschlagen vor ihr auf dem Tisch lag. Beatrix hatte sie noch nie bei so einer Tätigkeit erwischt. Oma Trudi war anders als andere Omas. Sie schien es zu hassen, sich mit der Vergangenheit zu beschäftigen. „Wer in der Vergangenheit kramt, wird früher alt!“, hatte sie einmal gesagt, und Beatrix war es ganz recht so, denn wer hatte schon eine Oma, die dem aktuellen Zeitgeist frönte.

„Hast du auf einmal deine nostalgischen Tage bekommen?“, fragte sie grinsend.

„Ach, Kindchen, mir ist heute gar nicht zum Spaßen zumute. Habe heute Vormittag erfahren, dass eine alte Schulfreundin von mir gestorben ist. Denk dir nur, sie hat sich …“

„Hat sich was?“

Trudi wischte sich eine Träne von der Wange und sah ihrer Enkelin direkt in die Augen. Um ihre Mundwinkel zuckte es. „Sie … sie hat sich umgebracht."

„Oh!", entfuhr es Beatrix. Zärtlich legte sie ihre Hand mit den strassbesetzten Fingernägeln auf die ihrer Oma und begann, sie zu streicheln.

„Schau her, die da ist es", sagte Trudi und deutete auf ein Foto im Album, das sie zusammen mit Leni zeigte.

„Wow, was für geile Frisuren ihr damals hattet … wenn man da überhaupt von Frisur sprechen kann … und die geblümten Stirnbänder dazu … und diese schrillen Schlaghosen!"

Trudis Blick verschwamm, als sei er in weite Ferne gerichtet. „Wir versuchten damals auch hier auf dem Land ein wenig wie echte Hippies auszusehen. Unser wichtigstes Accessoire war eine Riesensonnenbrille mit rosa getönten Gläsern. Der Blick durch diese Gläser hat unsere ganze Generation geprägt. Als diese Brillen dann aus der Mode kamen, begannen wir, an einem Mangel an Zuversicht zu leiden, weil sich die Welt uns plötzlich wieder so grau darstellte, wie sie wirklich war. Mein Gott, und die Musik, die wir damals hatten … sie war so anders als dieses elektronische Dosenfutter von heute."

„Ja, ja, Omi, früher war alles viel besser", frotzelte Trixi.

„Nein, wirklich, Liebes, die Musik hatte damals noch etwas, das auch ins Herz ging und nicht nur in Ohren und Beine. Wir tanzten zu den Songs von Mungo Jerry, Santana oder Middle of the Road. Bei den Schmuseballaden von Simon & Garfunkel tauschten wir die ersten Küsse aus, und bei *Nights in White Satin* von The Moody Blues waren wir nahe am … ach, Schwamm drüber! Jedenfalls hatte die Musik damals noch etwas Lyrisches!"

„Dafür haben wir heute den Rap, Omi."

„Meinst du dieses Wortgeklapper, das ein wurmstichiger Webstuhl von sich gibt, wenn er versucht, *O Tannenbaum* zu singen?"

„Was ist nur los mit dir, Omi? Du bist doch sonst immer für alles Neue aufgeschlossen."

„Ach Kindchen, vielleicht habe ich die moderne Oma auch nur für dich gespielt. Aber heute nicht. Heute nehme ich mir das Recht, in Erinnerungen zu schwelgen … wusste gar nicht mehr, wie gut das tut. Ach, hätte ich doch meine rosarote Brille noch von damals! Sie jeden Morgen nach dem Zähneputzen nur für fünf Minuten aufzusetzen, würde garantieren, dass der Rest des Tages fantastisch verliefe."

Trixi zog eine säuerliche Grimasse. Es war wohl besser, die Taschengeldverhandlungen auf einen anderen Tag zu verschieben, an dem die Voraussetzungen günstiger waren. Oma Trudi schien momentan in einer seelischen Krise zu stecken. Besser sie ging erst mal auf ihre Erinnerungskramerei ein.

„Und wer ist der coole Typ, mit dem du da gerade tanzt?", fragte sie und tippte dabei auf ein anderes Foto im Album, das Trudi mit einem langhaarigen jungen Mann zeigte.

„Dieser coole Typ, Kindchen, ist dein Großvater!"

„Opi?"

„Jawohl, Opi!"

„Opi mit langen schwarzen Haaren? Warum hast du mir diese Fotos nicht schon früher gezeigt? Ach ja: *Wer in der Vergangenheit kramt, wird früher …*"

Beide begannen zu lachen, während Trixi das Album zu sich heranzog, um ihren jugendlichen Großvater näher in Augenschein zu nehmen.

Plötzlich schüttelte sie ihren Kopf und machte ein Geräusch, das Verwunderung und Heiterkeit gleichermaßen ausdrückte.

„Was ist?", fragte Trudi.

„Ach, nichts! Ich habe nur für einen Moment … aber nein, das ist zu blöd …"

„Was denn, Kindchen?"

Beatrix sah ihre Großmutter an, dann wanderte ihr Blick zurück zu dem Foto, das sich über die Jahrzehnte in etwas verwandelt hatte, das einem duftig gemalten Aquarell glich. Die Farben wirkten unnatürlich und verwaschen und ließen die Zeit zwischen der Entstehung der Aufnahme und dem heutigen Tag als etwas spürbar werden, das einen anwehte wie ein Hauch von Trauer und Verlust.

„Nun spann mich nicht auf die Folter, Liebes, das kann ich heute gar nicht haben!“, beharrte Trudi auf eine Antwort.

Trixi zuckte mit den Achseln und schob das Album wieder zu ihrer Oma rüber. „Opi erinnert mich auf diesem Bild nur an jemand, dem ich vor ein paar Wochen im Wald begegnet bin.“

„Im Wald?“ Trudi sah ihre Enkelin mit großen Augen an.

„Jetzt schau mich nicht so entsetzt an, in unseren Wäldern gibt es keine wilden Tiere mehr … und auch keine Monster.“

„Darauf möchte ich nicht wetten!“

„Omi, jetzt komm wieder runter! Du weißt doch, dass ich Bronco zurzeit in einer Pferdepension am Ortsrand von Hinterschmiding eingestellt habe. Also, ich fahre mit dem Fahrrad dorthin, sattle Bronco auf und reite mit ihm zu Dads Jagdhütte hinaus. Dad hat mir erlaubt, den Zweitschlüssel zu benutzen, den er dort unter einem Stein versteckt hat. In der Hütte lässt sich unglaublich gut chillen. Auf dem Weg dorthin komme ich an einem Bach vorbei, an dem ein Typ auf dem Boden kauert und kleine Lehmfiguren knetet. Ich grüße ihn. Er grüßt zurück. Ich frage, was er da macht, und er sagt, dass er, immer wenn er traurig ist, solche Figuren knetet, sie auf ein Rindenfloß setzt und dann auf eine lange Reise schickt. Wohin, frage ich, und er sagt: Ins Paradies. Ein komischer Kauz. Aber Omi, ich schwör’s dir, der Typ sah aus wie Opi auf diesem Foto hier … ein bisschen älter vielleicht, aber seine Gesichtszüge, die Augen, die Nase, das schulterlange schwarze Haar …“

„Ach, das bildest du dir ein, Kindchen!“

„Nenn mich nicht immer ‚Kindchen‘, Omi, in drei Monaten bin ich erwachsen! Und ich weiß, was ich gesehen habe!“

Trudis Blick war jetzt unverwandt auf den jungen Mann auf dem Foto gerichtet. Ein plötzliches Engegefühl in ihrer Kehle veranlasste sie zu schlucken. Ja, das war ihr Walter. Ein geiler Hengst seinerzeit, der eine Menge Stuten rossig gemacht hatte. Seine Libido war heute noch ein Fass ohne Boden und sein Potenzial an „Liebe“ mit monogamem Verhalten nicht vereinbar. Zu viel Urtrieb in ihm. Zu viel Drang, den Samen des Alpha-Männchens möglichst breit zu streuen. In ihm tobte der Urkampf ums Überleben – *survival of the fittest* … oder sollte sie *survival oft the hottest* sagen? Walter war der Prototyp des modernen Neandertalers. Er konnte nicht anders. Es war in sein Blut geschrieben, dass er dem biologischen Kern seiner selbst Unsterblichkeit verschaffen sollte.

All die Enttäuschungen und Erniedrigungen, die er ihr in den langen Jahren ihrer Ehe beschert hatte, und die sie längst verdaut zu haben glaubte, kochten mit einem Mal als bitterer Sud in Trudi hoch. Sie war ihrem Mann eine Frau gewesen, die immer beide Augen zugedrückt hatte. Sie hatte sich von ihm nur eines ausgebeten: *„Bring niemals eine von deinen Tussis mit nach Hause, sonst starte ich ein Donnerwetter, das dich und deine Provinzkarriere in Schall und Rauch aufgehen lässt!“*

Sie hatte eingesteckt, was eine Frau nur einstecken konnte. Sie hatte geschwiegen – noblesse oblige – aber sie hatte sich eines geschworen: An dem Tag, an dem Walter aus der Politik ausstieg, würde sie aus dem Ehekarussell aussteigen.

Sie wollte ihren Lebensabend nicht mit jemandem verbringen, der nur Eier zeigte, wenn er eine Mehrheit hinter sich wusste. Auch reichte ihre Selbstverachtung nicht so weit, um einem zwanghaften Fremdbeschäler an ihrer Seite das Gnadenbrot zu gewähren.

Eine Frau konnte fast alles verzeihen – einen Seitensprung, zwei, drei oder auch Dauer- und Langzeitsprünge. Was sie nicht verzeihen konnte, war, wenn ihr bei alledem der eigene Schnabel trocken blieb. So weit reichte alle Kraft vergebender Liebe nicht.

Vor drei Jahren hatte Walter ein immer seltener in ihr aufflammendes Gelüste einmal mit folgendem Spruch schockgefrostet: *„Sorry, Schätzchen, aber glaubst du nicht, dass wir in unserem Alter anfangen sollten, uns auf unsere inneren Werte zu konzentrieren?“*

Das war hart.

Doch was sie zwei Wochen später wie ein Dolchstoß mitten ins Herz traf, war der Beweis, den sie fand, dass er just zu dieser Zeit seine 30 Jahre jüngere Sekretärin geschwängert und ihr einen Schwangerschaftsabbruch in Holland finanziert hatte.

Die Botschaft war klar: Walter konzentrierte sich nur zu Hause auf seine inneren Werte. Auswärts ließ er seiner Libido freien Lauf – solange sich Alter und Faltenwurf seiner Bettgenossinnen in Grenzen hielten.

Trudi klappte jetzt das Album zu und stand auf. Sie ging zu einer Kommode, öffnete eine Schublade und holte aus einer Kassette einen druckfrischen 100-Euro-Schein hervor.

„Hier, mein Liebes, du bist doch sicher wegen deines Taschengeldes gekommen, nicht wahr?"

Trixi machte ein überraschtes Gesicht. „Na ja, schon, aber wie …"

„Ich hab's dir an der Nasenspitze angesehen, schon als du hereinkamst."

Trudi hatte es ihrer Enkelin jedes Mal angesehen, wenn sie wegen des Taschengeldes kam. Aber nie war sie es gewesen, die sie darauf angesprochen hatte. Allzu sehr genoss sie die Show, die Trixi ablieferte, bevor sie nach einem langen Tanz um den heißen Brei endlich mit ihrem Anliegen herausrückte. Doch heute war ihr nicht nach solchem Theater zumute. Was Trixi da gerade über diesen Mann im Wald erzählt hatte, war nicht ernst zu nehmen, und doch hatte es sie innerlich aufgewühlt. Zuerst die Nachricht von Lenis Tod und jetzt die Story von Walters jugendlichem Doppelgänger. Beides hatte die Gespenster der Vergangenheit aufgescheucht, Gespenster, die nur den heimsuchten, der einsam war.

Sie musste unter Leute, und zwar sofort!

„Was hältst du davon, wenn wir noch einen kleinen Einkaufsbummel machen, bevor die Geschäfte schließen?"

Trixi machte ein langes Gesicht. „Hier in Freyung? Ist das dein Ernst, Omi? Lass uns lieber am Wochenende zusammen nach München fahren!"

„Na gut, aber dann gönnen wir uns irgendwo ein schönes Stückchen Torte, ja?“

„Tut mir leid, Omi, aber ich bin zurzeit auf Diät. Mich in diesem Zustand neben dich zu setzen und dir zuzusehen, wie du ein Cremetörtchen verschlingst, wäre wohl für uns beide ätzend, meinst du nicht auch?“

„Du hast recht, Liebes. Das schlechte Gewissen würde mir den Appetit verderben“, seufzte Trudi und gab ihrer Enkelin, die den Hunderter eingeschoben hatte und aufgestanden war, einen Kuss zum Abschied.

Immer wenn man die Jugend mal dringend brauchte, war sie verhindert.

Bevor Beatrix die Haustür hinter sich zuziehen konnte, hörte sie ihre Großmutter noch rufen: „Hat dir dieser Mann im Wald eigentlich seinen Namen verraten?“

„Ich glaube schon, aber ich habe ihn wieder vergessen. Wir haben etwa zehn Minuten über alles Mögliche gequatscht, über Pferde, über den Wald, und über die Seminare, die er veranstaltet ... lauter so Zeug eben.“

„Er gibt Seminare? Was für Seminare?“

„Sterbeseminare, das habe ich mir gemerkt, weil's so makaber klang.“ Beatrix ließ ein helles Lachen hören. „Der Tod auf Probe oder so ähnlich. Vielleicht melde ich mich auch mal dafür an. Muss ein geiles Feeling sein. Tschüss, Omi! Denk dran: Samstag Shoppingtour nach München! Küsschen!“

Als die Tür hinter Beatrix ins Schloss gefallen war, stand Trudi noch eine Weile in Gedanken versunken da. Sie war unschlüssig, was sie als nächstes tun sollte. Das Haus verlassen und in die Stadt hinunter spazieren? Oder ...

Zielstrebig steuerte sie ins Wohnzimmer zurück, holte ihren Tablet-PC aus einer Schublade und ging online.

Fünf Minuten später kannte sie den Namen des Mannes, den ihre Enkelin im Wald getroffen hatte, des Mannes, der diese seltsamen

Seminare gab: Ludwig Grünzinger! Ungläubig starrte sie auf ein Foto von ihm.

Trixi hatte recht gehabt: Er war ihrem Walter, wie er vor 30 Jahren ausgesehen hatte, wie aus dem Gesicht geschnitten.

Da waren sie wieder, die Gespenster der Vergangenheit.

„Leni und Walter? Ausgeschlossen! Aber konnte solche Ähnlichkeit Zufall sein?

Jetzt überflog sie die Kurzbiografie, die Ludwig Grünzinger von sich ins Netz gestellt hatte. Sein Geburtsdatum war der 24. November 1974.

Trudi begann nachzurechnen.

Wenn Walter mit Leni tatsächlich einen Sohn gezeugt hatte, dann musste es Anfang 1974 passiert sein, zu genau der Zeit, als sie selbst Walter zum ersten Mal begegnet war.

Trudi schaltete ihr Tablet ab und lehnte sich zurück.

Fasching! Ja, es war die Faschingszeit gewesen.

Wie alter Wein, der plötzlich wieder zu gären begann, schäumte die Erinnerung in ihr hoch.

All die lustigen Bälle, die sie seinerzeit besucht hatte ... und auf einem davon hatte sie Walter kennengelernt.

Jetzt fiel ihr auch wieder ein, was Leni über Walter gesagt hatte, als sie ihr von ihrer neuen Eroberung erzählt hatte ... er sei kein Mann zum Heiraten! So oder so ähnlich waren ihre Worte gewesen.

„Leni, du alte verkommene Schlampe!“, schluchzte Trudi auf und vergrub ihr Gesicht in den Händen.

15

Auszug aus dem Tagebuch der Magdalena Grünzinger vom 28. September 2003.

– Heut ist mein Ludwig aus der weiten Welt zurückgekehrt. Sagt, daß er jetzt zu Hause bleiben und sich was aufbauen will. Das Herz ist mir vor Freud fast aus dem Mund gehüpft.

Ist jetzt kein Bub nicht mehr, der Bub. Ist ein stattliches Mannsbild aus ihm worden.

Wie ich die Tür aufmach und ihn nach all den Jahren plötzlich wieder vor mir stehen seh, da hab ich zuerst glaubt, daß es der Walter ist. Der Walter, wie er ausgeschaut hat, als wir für eine Nacht verliebt gewesen sind. Die schwarzen Haar, das hagere Gesicht und diese Augen! Heilige Mutter Gottes, steh mir bei! Eine jede Lüg kommt irgendwann ans Licht!

Hat mir den ganzen Abend lang erzählt, der Bub. Erzählt, wie es in der Welt da draußen zugeht, was sie Übersee nennen. Von Menschen und Tieren, wie es sie nur im Fernsehen gibt. Hab gar nicht genug davon kriegen können. Hat bei einem Stamm in Amazonien gelebt, wo vom Kind bis zum Greis ein jeds nackig rumläuft und früher oder später den Freitod wählt. Das muss man sich einmal vorstellen! Nur ein kleines Mißgeschick in ihrem Leben oder auch nur Langeweile oder Unlust, und sie ziehen sich in eine Hütte zurück und nehmen Gift. Nehmen es wie eine Fahrkarte in eine andere Welt. Wollen bei ihren Ahnen vorbeischaun, grad so, wie zum Nachbarn auf einen Ratsch!

Der Bub sagt, daß dort fast niemand auf den natürlichen Tod wartet. Sagt, daß ihr Leben für sie nur eine Bahnstation ist, von wo aus alle Züge zu den Ahnen fahren. Und kommt der Zug nicht, wo ihr Platz reserviert ist, dann steigens einfach in einen anderen ein. Auch wenns dort nur einen Stehplatz kriegen, das Ziel ist dasselbe. Und ankommen tuns, wanns ihnen passt.

Könnt mir schon gefallen, eine solche Bahnstation, wenn ich mich nicht Sünden fürchten müßt.

Noch bevor der Bub zu mir heimkommen ist, hat er auf der Evi ihrem Grab vorbeigeschaut. Jetzt weiß ich, daß er sein Problem wieder mit nach Haus bracht hat.

Oh, all ihr 14 Nothelfer, bitte laßts den Buben wieder eine Frau finden, um die er sich mit ganzer Lieb kümmern kann! –

Luk hatte die Frau aus Regensburg entkleidet. Er selbst trug einen weißen Leinenkittel. Seine Hände steckten in leichenfarbenen Latex-Handschuhen.

Die Frau lag in Rückenlage ausgestreckt auf der Tischwanne in seinem Labor. Ihre vollen Brüste waren leicht zur Seite gesackt und wiesen eine bläuliche Marmorierung auf. Ein Phänomen, das bald verschwinden würde, wenn alles, was er vorhatte, reibungslos vonstattenging.

Die Augen der Frau waren geschlossen. Ihre Gesichtszüge hatten sich entspannt. Der Ausdruck des Horrors auf ihrem Antlitz war dem einer friedlichen Schicksalsergebenheit gewichen.

Jetzt setzte er das Skalpell an der Seite ihres Halses an und machte einen präzisen Schnitt. Wenige Augenblicke später hatte er die Arteria carotis freigelegt und eine großvolumige Kanüle eingeführt. Diese verband er jetzt mit einem Schlauch, der über eine zwischengeschaltete Pumpe zu einem großen Kanister führte, der an einem Galgen über dem Tisch baumelte. Dann widmete er sich dem rechten Bein der Toten und öffnete dort eine Vene.

Zuerst passierte nicht viel. Erst als er die Pumpe in Gang setzte und es in dem Kanister leise zu blubbern begann, trat aus der Vene eine dunkle Masse aus, die sich wie eine schläfrige schwarze Mamba langsam Richtung Abfluss schlängelte.

Es würde gute zwei Stunden dauern, bis die Kochsalzlösung aus dem Kanister das Blut aus dem Körper verdrängt und die Gefäße ausgespült haben würde.

Luk zog sich mit schnalzenden Geräuschen die Handschuhe von den Händen, warf sie in einen Eimer und begab sich zu der Couch, auf der ein dickes aufgeschlagenes Buch lag. Es war ein anatomischer Atlas des menschlichen Körpers mit ausklappbaren Schautafeln.

Als er es sich bequem gemacht hatte, fiel sein Blick auf Andy, das Frettchen. Das Tier hing am Maschendraht seines Käfigs und blickte abwechseln einmal zu ihm, dann wieder zu der Leiche hinüber. Andy schien verwirrt zu sein.

„Was?", fragte Luk ungehalten.

Wenn Andy ihn so ansah, appellierte er meist an sein Gewissen.

„Was machst du da mit ihr?"

Luk hatte ihm bereits erzählt, durch welches Missgeschick die Frau zu Tode gekommen war und dass er sie auf jeden Fall behalten wollte, weil sie ein Stück materieller Erinnerung für ihn bedeutete – Erinnerung an seine geliebte Evi.

Andy wusste um Evis tragischen Tod und seine nie erloschene Liebe zu ihr. Er würde ihn verstehen. Ganz sicher würde er ihn verstehen! Schließlich war auch er überrascht gewesen über die Ähnlichkeit der Frau aus Regensburg mit Evi.

„Was ich mit ihr mache? Du siehst doch, was ich mit ihr mache! Ich reinige sie von allem, was sie mir wieder nehmen konnte, Keime, Bakterien usw. Nach der Ausspülung mit der Kochsalzlösung werde ich Salafias ‚Perfection Fluid' in ihr Gefäßsystem pumpen."

„Du meinst nicht etwa Alfredo Salafia den ‚Meister der Mumien'?"

„Genau den meine ich! Ich habe dir doch von seiner bewundernswerten Kunstfertigkeit erzählt. Ein begnadeter Spezialist! Ein Meister mit wahrhaft göttlichem Talent. 1920 hat er den Körper der kleinen Rosalia Lombardo konserviert. Das Mädchen liegt seit fast 100 Jahren in seinem Glassarg und sieht heute noch so aus, als sei es nur mal kurz eingenickt. Ich habe ein Foto von der Kleinen im Internet gesehen … es ist einfach unglaublich. Ach, wenn es mir nur auch so gelänge!“

„Du willst sie also konservieren?“

„Was für ein kaltes Wort für das, was mir vorschwebt! Ich will ein Denkmal aus ihr machen! Die Frage ist nur, ob meine Kunst dafür ausreicht.“

„Oh, sie wird ausreichen … du bist gut, Luk, du bist sehr gut!“

„Dein Wort in Gottes Ohr, mein Lieber.“

Luk ging jetzt in Gedanken nochmal die Mischung durch, die er gleich ansetzen wollte. Das Rezept für Salafias „Perfection Fluid“ war erst 2009 im Nachlass einer Großnichte seiner zweiten Ehefrau entdeckt worden. Was für ein Fund!

Salafia benutzte zur Konservierung seiner Leichen einen Teil Glycerin, einen Teil Formalin, angereichert mit Zinksulfat und Chloriden, dazu einen dritten Teil Alkohollösung mit Salicylsäure. Der Alkohol in der Konservierungsflüssigkeit entwässerte den Leichnam, Formalin tötete Bakterien ab, Glycerin verhinderte ein zu starkes Austrocknen, Salicylsäure tötete Pilze ab und die Zinksalze halfen, das Gewebe zu fixieren. Durch die Zellwände verbreitete sich diese Mischung im ganzen Körper.

Andy turnte hinüber zu seiner Hängematte und machte sich’s darin gemütlich. Auch von hier aus konnte er den Raum gut überblicken.

Luk begann, in dem anatomischen Atlas zu blättern, und meinte nach einer Weile: „Leicht wird das nicht … ich muss ihr die Organe entfernen. Nach dem Tod beginnt der Zerfallsprozess zuerst bei den Organen und dem Gehirn.“

„Wir schaffen das!“, keckerte Andy zuversichtlich.

„Aber ich habe das bisher nur bei Tierkadavern gemacht.“

„Egal! Kadaver ist Kadaver, wir schaffen das!“

„Du bist wieder mal so lieb zu mir, Andy, so motivierend. Ich weiß nicht, ob ich mich ohne deine moralische Unterstützung überhaupt an dieses Projekt heranwagen würde.“

„Gern geschehen! Aber apropos Kadaver, könnte ich vielleicht …“

Luk patschte sich mit der flachen Hand vor die Stirn. „Ja natürlich! Entschuldige, hätte vor lauter Fachsimpelei beinahe dein Leckerchen vergessen.“

Er ging an eine der Kühltruhen, entnahm ihr etwas und legte es zum Auftauen kurz in die Mikrowelle. Dann trug er es zwischen Daumen und Zeigefinger an der ausblutenden Frau vorbei zum Käfig und ließ es durch eine Klappe in Andys Fressnapf fallen. Es war ein zartes Eintagsküken, auf das sich Andy heißhungrig stürzte und es sofort zu zerfetzen begann.

„Guten Appetit!“, wünschte Luk, doch er erhielt keine Antwort – Andy war im Blutrausch.

16

Xaver Weber, der Sohn des Bürgermeisters, pflegte mit Leidenschaft wechselnde Beziehungen. Allerdings bezog sich der Wechsel bei ihm nicht ausschließlich auf die Beziehung, sondern gleichermaßen auf Geschlecht und Spezies. Er nahm alles mit, was er kriegen konnte. Männchen, Weibchen etc. Für das „etc." nahm er auch schon mal einen Kurztrip nach Osteuropa auf sich.

Es entbehrte nicht einer gewissen Ironie, dass heute Diebesbanden aus den ehemaligen Ostblockstaaten über die offene Grenze in den Westen kamen, um sich hier zu nehmen, was sie sich in ihrem eigenen Land nicht leisten konnten, und sich im Gegenzug zwielichtiges westliches Wohlstandsgesindel gen Osten aufmachte, um sich dort zu nehmen, was es sich hier nicht leisten durfte. Es war ein Grenzverkehr von Raubtieren. Nur die Beute unterschied sich – die finstere Absicht war allen gemein.

Das Tier in Xaver Weber hatte lange geschlafen. Zuerst hatte es die Gitterstäbe des Ehekäfigs noch als etwas Ordnendes empfunden, als etwas, das seinem Leben Symmetrie und Richtung verlieh, etwas, an dem es sich in seiner ganzen Haltlosigkeit und Wildheit orientieren konnte. Doch ein banales Ereignis hatte dieses Gefühl von Ordnung jäh zerstört und das Raubtier aufgescheucht.

Es war der Tag, an dem er seine Frau bat, seine Hämorrhoiden zu begutachten. Spätestens von diesem Zeitpunkt an war beiden klar, dass der Zauber ihrer Ehe verflogen war. Sie hatte ihn unbesehen mitsamt seinen Hämorrhoiden zwar nicht zum Teufel, aber zum Arzt geschickt, was für ihn gefühlsmäßig aufs Gleiche hinauskam.

Heute war er seine Hämorrhoiden los und seine Ehe ebenso.

Wie sarkastisch das Leben doch zuweilen sein konnte! Und was das verdammte Gehirn nach so einer Scheidung für hundsgemeine Spielchen mit einem trieb! Jedes Mal, wenn er jetzt an seine Ex dachte, sah er eine Hämorrhoide vor sich. Das allein wäre so schlimm nicht gewesen, doch sein Körper reagierte auf dieses Bild und generierte an entsprechender Stelle einen peinigenden Phantomschmerz. So schaffte es seine Ex, auf perfide Art mit ihm in Verbindung zu bleiben und sich auf obszöne Weise in Erinnerung zu rufen.

Xaver stand vor der verspiegelten Wand im Badezimmer und betrachtete jeden Quadratzentimeter seines nackten Körpers mit aufrichtigem Wohlwollen – sein blondes Haar, die weichen fast weiblichen Gesichtszüge und sein makellos strahlendes Gebiss. All dies hatte er den Genen seiner Mutter Trudi zu verdanken. Vom Vater hatte er nur dessen unersättliche Lebensgier geerbt.

Der Auftrag des bärlauchgrünen Lidschattens war ihm heute ganz besonders gut gelungen. Verführerisch ließ er ein paarmal die langen künstlichen Wimpern klimpern und begann dann, wie oft in solch unbeobachteten Momenten, mit seinem Spiegelbild zu flirten:

„Wer sind Sie, holde Schönheit?"

„Ich bin ein Schwein!"

„Nur, weil Ihre Ex das immer behauptet?"

„Kann schon sein, aber ich fühle mich auch so."

„Wie fühlt man sich denn so als Schwein?"

„Saugeil!"

„Dann wollen Sie also ein Schwein sein?"

„Nicht wirklich! Aber besser, ich bleibe, was ich bin, als vorzugeben, etwas anderes zu sein. Das macht das Leben nur kompliziert und anstrengend."

„Gut gesprochen! Verleugne niemals deine wahre Natur! Das macht dich über kurz oder lang zu einem geistigen Krüppel."

„Genau! Lieber Schwein sein als Krüppel!"

„Wo wir recht haben, haben wir recht! Habe ich recht?"

„Logo!"

„Give me five!"

Xaver vollführte die entsprechende Geste vor dem Spiegel. Dann begann er mit größter Sorgfalt seinen Pailletten-Tanga mit eingearbeitetem Batteriespielzeug zurechtzuzupfen.

Im Keller unten, wo sich eine Sauna und ein pompös ausgestattetes Hallenbad befanden, warteten bei eisgekühlten Longdrinks schon ein paar Freunde auf ihn. Freunde mit ausgefallenen Neigungen, die den seinen knüppelhart entgegenkamen, und denen er nicht nur Tür und Tor seiner Luxusvilla öffnete.

„Showtime!", rief er seinem Spiegelbild zu. Mit einem letzten Blick kontrollierte er das Rouge auf seinen Wangen und presste die Lippen zusammen, damit sich der pinkfarbene Lippenstift gleichmäßig verteilte. Dann löschte er das Licht und trat in den Gang hinaus.

17

Auszug aus dem Tagebuch der Magdalena Grünzinger vom 17. Mai 2008.

– Die Eisheiligen sind vorübergangen, ohne großen Schaden anzurichten.

Hab heut die Tomatenpflanzerl ins Freibeet gesetzt und hoffe, daß es große starke Stauern werden. Hab dabei an die Predigt denken müssen, die was unser Pfarrer letzten Sonntag gehalten hat. Hat gesagt, daß sich der liebe Gott durch alle Erscheinungsformen offenbart, daß er durch Blumen, Bäume und das Abendrot zu uns spricht, ja, daß er sich den Mund fusselig redet und keiner ihm zuhört.

Ich hab es mit den Tomatenpflanzerln probiert. Hab ihnen alles Mögliche erzählt, aber sie selbst haben keinen Mucks getan. Vielleicht müssen sie erst noch ein bißerl wachsen, bevor sie zu Plappern anfangen, ist ja mit den Kindern genauso: Alles will gelernt sein! Werd es im Herbst noch einmal probieren, wenn sie Früchte tragen. So lang muss der Herrgott noch auf eine Unterhaltung warten. (Ist ja selber auch so ein Leimsieder!)

Frag mich oft, wieso er es so kompliziert eingerichtet hat auf derer Welt. Manchmal denk ich mir, daß er es hätt auch einfacher machen können.

Schon aller Anfang mag mir nicht recht einleuchten. Warum hat er für den Adam und die Eva mit dem verbotenen Baum überhaupt eine Falle im Paradies aufgestellt? Er hätt ihnen doch gleich die zehn Gebote mit ins Hirn kneten können, dann wär der Welt viel Leids erspart blieben. Stattdessen hat er eine halbe Ewigkeit gewartet, bis er dem Moses auf dem Berg Sinai endlich gesagt hat, wie er es gern hätt.

Aber zu spät, es hat nicht mehr funktioniert!

Mein Gott, vergib mir! Ich weiß ja, daß du ein armes Waisenhascherl bist, das ohne Vater und Mutter aufgewachsen ist und sich erst selbst hat erziehen müssen, aber ich halt nun mal nix von solcher Trödelei. Trau dich halt ganz einfach! Red, wie dir der Schnabel gewachsen ist, aber red! Sprich zu uns! Nicht auf dem Umweg über die Natur, sondern direkt. Lern endlich Deutsch! Oder meinetwegen auch Englisch, was jetzt die Weltsprach ist. Das kann uns der Pfarrer dann übersetzen und wir müssen nicht mehr auf die Tomatenpflanzerl warten.

Laß nicht wieder eine halbe Ewigkeit vergehen, bevor du jemand auf den Berg schickst und ihm sagst, wies weitergehen soll! Der Affenzirkus hier wird ja immer verrückter.

Der Pfarrer predigt nur schön, aber auf an Berg tät er auch nicht mehr für dich steigen! Sind jetzt von einem anderen Schlag, die Prediger. Nicht mehr zu vergleichen mit dem Moses. Kein Tröpfchen Schweiß darf die Erkenntnis heut mehr kosten! Manchmal frag ich mich, ob wir nicht allesamt nix anderes sind wie die Viecher auch. Und ob nicht der einzige Unterschied zwischen ihnen und uns nur der ist, daß wir in den Himmel kommen wollen. Vielleicht aber wollen wir das nur, weil wir eine überzüchte Rass sind. Die Säu im Atzinger Bauern seiner Großmästerei fangen ja auch schon zu spinnen an.

Vielleicht wartet auf uns gar nicht das Paradies, sondern ein himmlischer Schlachthof. Dann wärst auch du nicht der gütige Vater, sondern ein Metz … Herr, vergib mir meine sündigen Gedanken! Aber wenn ich den Fernseher einschalt, spritzt immer mehr Blut und Gedärm durch die Gegend. Nicht nur in den Nachrichten, auch in den Filmen, die was sich die Leut jetzt zum Spaß anschaun.

Möcht sich die Menschheit am End schon hier auf Erden an das gewöhnen, was sie im Paradies erwartet? –

Draußen war es längst dunkel geworden. Der Abzug über dem großen Arbeitstisch war eingeschaltet. Es war kühl. Doch die klagenden Klänge von Billy Idols Song *Sweet Sixteen*, die schwer wie Herzblut aus den Lautsprecherboxen sickerten und die Luft mit süßer Wehmut tränkten, machten Luk warm ums Herz.

Die Musik schien eine Frage in den Raum zu werfen: Warum nur üben gerade diejenigen Menschen und Dinge die erregendste Anziehung auf uns aus, die wir auf ewig verloren glauben, oder von denen wir wissen, dass wir sie niemals besitzen werden?

Vorsichtig durchstach Luk jetzt das Siebbein der Leiche, das sich am Ende der Nasenhöhle befand. Dann schnitt er die Hirnhaut auf, um Zugang zum Gehirn zu erhalten. Er wandte dabei dieselbe Methode an, wie schon die alten Ägypter. Mit einem durch die Nase eingeführten Haken begann er nun, das Gehirn zu verquirlen, bis es die Konsistenz eines dickflüssigen Breis hatte, der durch die dilatierten Nasenflügel abfließen konnte. Neben der Hirnsubstanz wurde auch die Hirnhaut mittels des Hakens durch die Nase entfernt. Dieser Vorgang erforderte größte Sorgfalt, damit das Gesicht der Leiche nicht beschädigt wurde.

Billy Idol sang:

„Someone's built a candy castle
For my sweet sixteen
Someone's built a candy brain
And filled it in."

Nachdem dieser schwierigste Teil erledigt war, schnitt er mit dem Skalpell die linke Flanke der Frau aus Regensburg auf und öffnete ihren Bauchraum. Zuerst entleerte und spülte er den Darm, dann entfernte er, eines nach dem anderen, ihre Organe und legte sie in einen bereitstehenden Edelstahlbehälter. Jetzt widmete er sich der langwierigen Arbeit des Vernähens verletzter Blutgefäße und des Bauchraumschnitts. Das System musste dicht sein, bevor er Salafias „Perfection Fluid" einleiten konnte.

Andy turnte inzwischen wie verrückt in seinem Käfig herum. Obwohl der Abzug über dem Seziertisch auf vollen Touren lief, hatten sich einige Duftmoleküle der geöffneten Leiche bis zu ihm verirrt und ihn in Raserei versetzt.

„Was hast du eigentlich mit den Eingeweiden vor?“, fragte er hechelnd.

„Die werden in aller Feierlichkeit beigesetzt. Ich weiß auch schon eine schöne Stelle oben am Waldrand. Da stehen drei große Birken, und man hat von dort einen wunderbaren Blick weit ins Land hinaus.“

„Ich verstehe, aber würde nicht das Herz allein schon, quasi als das edelste der Organe, stellvertretend für alle anderen, deinem Wunsch nach Feierlichkeit und Ritual gerecht werden? Ich meine, könnte ich nicht vielleicht ein kleines Stückchen von der Leber ...“

„Pfui, schäm dich, Andy, das ist nun wirklich geschmacklos!“

„Darüber ließe sich streiten!“

„Nein!“

„Doch! Ich denke da beispielsweise an die Himmelsbestattungen in Tibet, bei der die Leichen zerstückelt und den Geiern zum Fraß vorgeworfen werden. Das nenne ich wahre Tierliebe!“

„Das machen die dort doch nur so, aus Mangel an Brennholz für die Leichenverbrennung oder weil der Boden die meiste Zeit des Jahres zu hart gefroren ist, um ein Grab schaufeln zu können.“

„Ich weiß nicht ... ich glaube, sie machen es, um den Geiern eine Freude zu bereiten. Sie haben Verständnis für die hungernde Kreatur.“

„Du hast keinen Hunger Andy! Du hast erst vorhin ein Küken bekommen, und das Trockenfutter hast du noch gar nicht angerührt.“

„Trockenfutter! Wer hat schon Lust auf Trockenfutter, wenn der Tisch so reich gedeckt ist wie dort drüben?“

„Schluss jetzt! Du scheinst noch gar nicht richtig verstanden zu haben, um was es hier eigentlich geht.“

„Wohl habe ich das! Du versuchst gerade, der Liebe deines Lebens ein ewiges Denkmal zu setzen.“

„Na ja, ewig wohl nicht, aber 50 bis 60 Jahre sollte es schon halten. Zumindest so lange, bis ich selbst Abschied von dieser Welt nehmen muss.“

„Ich verstehe. Doch was ich nicht verstehe, ist, dass du es so machen willst, wie es immer schon gemacht worden ist. Du hast doch Fantasie!“

Luk folgte Andys Blick zu dem Regal hinüber, wo im Halbdunkel ein gespenstisches Schattenheer lauerte.

„Schwachsinn! Du glaubst doch nicht etwa, dass ich aus ihr einen Wolpertinger mache!“

„Das musst du ja auch gar nicht. Ich dachte nur, dass es vielleicht klüger wäre, ein abstraktes Kunstwerk aus ihr zu machen, in dem nur du sie wiedererkennst. Stell dir vor, es spaziert hier irgendwann – gebeten oder ungebeten – jemand herein und sieht einen Glassarg stehen, in dem dein strahlendes Idol liegt? Das mit dem Glassarg hast du doch vor, nicht wahr? Natürlich, denn anders würde es ja auch nicht den geringsten Sinn machen, sie so schön herzurichten.“

„Ich verstehe immer noch nicht ganz, auf was du eigentlich hinauswillst“, meinte Luk und kratzte sich nachdenklich den Stoppelbart. Er war heute noch gar nicht zum Rasieren gekommen.

„Es ist doch ganz einfach: So wie es das gegenständliche Kunstwerk gibt, das jedem Betrachter gleich vor Augen führt, was der Künstler damit ausdrücken will, so gibt es auch das abstrakte Kunstwerk, das außer dem Künstler alle anderen vor ein Rätsel stellt. Nur der Künstler erkennt die Seele hinter der Chiffre seines Werkes, während der interpretierende Betrachter sich nur in Spekulationen ergehen kann.“

„Hm … da ist was dran, Andy, da ist wirklich was dran!“, meinte Luk von plötzlicher Euphorie beflügelt. „Wenn ich nur daran denke, wie viel Arbeit und ständige Kontrolle die von mir geplante Konservierung nach sich ziehen würde. Nimm Lenins Leichnam z. B.: Einzelne Teile davon wurden bereits durch reine Wachsnachbildungen ersetzt. Regelmäßig wird er in einer Lösung aus Glyzerin und Kaliumacetat gebadet. Ständig müssen kosmetische Retuschierungen in Form von Wachs-Unterspritzungen vorgenommen werden … nein, nein, du hast recht, Andy: Es geht einfacher! Es geht besser!“

„Sag ich doch!"

„Danke, mein Bester, du hast mich da auf etwas gestoßen, das Gold wert ist."

„Ich mach mir nichts aus Gold, aber ein Stückchen Leber als Belohnung wäre durchaus ..."

„Nein, niemals! Und Schluss jetzt!"

„Alter Knauser!", muckerte Andy und zog sich beleidigt in sein Außengehege zurück. Hier war die Luft frisch und jungfräulich und ließ seine kulinarischen Fieberfantasien schnell abklingen.

Luk stand vor dem Seziertisch. Am Galgen blubberte der Kanister mit Salafias „Perfection Fluid". Nach und nach verteilte sich die Flüssigkeit im ganzen Körper. Wenn sie an der geöffneten Beinvene austrat, war es so weit, dann konnte er die Pumpe abschalten und den Venenschnitt und die Arteria carotis wieder vernähen. Aber eines dämmerte ihm jetzt: Mit Sicherheit würde er das Skalpell noch einmal in die Hand nehmen müssen.

Nach dem Gespräch mit Andy betrachtete er die Leiche der Frau aus Regensburg plötzlich mit völlig neuen Augen. Es waren die Augen eines Malers, der vor einer weißen Leinwand stand, eines Bildhauers, der Maß an einem noch unbehauenen Marmorblock nahm.

Nichts gegen die alten Meister der Konservierungskunst! Nichts gegen ihr Geschick und ihre Fingerfertigkeit, eingefallene Gesichtszüge und verwelkte Lippen mit Wachs zu unterspritzen und verrottete Gliedmaßen nachzumodellieren! Nichts gegen ihre raffinierten chemischen Rezepturen! Aber Fantasie? Nein, Fantasie hatten sie nicht bewiesen. Sie waren exzellente Handwerker gewesen – Künstler waren sie nicht!

Luk schloss die Augen. Er hatte eine Vision. Plötzlich sah er es, sah es bis ins kleinste Detail, das Kunstwerk, das er zu schaffen gedachte. Es weckte fantastische Erinnerungen in ihm – paradiesische Erinnerungen.

18

Xaver Weber hatte das Badezimmer im ersten Stock seiner Villa gerade verlassen und war in den Gang hinaus getreten, als ihn ein schriller Schrei zusammenfahren ließ.

„Iiiiii! Dad, wie siehst du denn aus? Und was ist das für ein komisches Ding, das du da anhast?“

Xaver, in seinem schimmernden Pailletten-Tanga, stand da wie vom Blitz getroffen. Das erste Geräusch, zu dem seine gelähmten Stimmbänder wieder fähig waren, hörte sich an wie das jaulende Aufkläffen eines Hundes, dem man versehentlich auf den Schwanz getreten war. Dann stammelte er mit ausdrucksloser Stimme: „Trixi! Ich ... ich dachte, du wolltest heute mit Oma zusammen ...“

Alle Farbe war aus seinem Gesicht gewichen, was den pinkfarbenen Lippenstift nur umso krasser hervorstechen ließ.

Trixi gaffte ihn mit großen Augen von unten bis oben an. Ungläubiges Staunen stand in ihr Gesicht geschrieben.

Dann begann sie zu lachen.

Xaver hatte seine Tochter noch nie so lachen gehört.

Zuerst waren es nur ein paar kurze abgehackte Ha-Has. Doch dann setzte ein Automatismus ein, gegen den sie sich nicht wehren konnte. Es war ein mechanisches Gelächter, ein hyperventilierendes Gelächter – ein Notfallventil für Situationen, die sie überforderten.

Xaver wich jetzt rückwärts trippelnd zum Badezimmer zurück. Die linke Hand hinter sich gestreckt, um die Klinke der Tür zu ertasten. Die Choreografie seiner Bewegungen erinnerte an die eines Tänzers des Bolschoi-Theaters. „Blamm!“, hatte er die Tür hinter sich zugeschlagen und verriegelt.

Trixi kriegte sich allmählich wieder ein. Nach einer Weile ging sie an die Tür und klopfte.

„Dad! Ich habe nicht über dich gelacht … ich … es kam ganz einfach über mich! Sag mir nur eins: Bist du eine Tunte oder so was in der Art?“

Sie lauschte.

„Mal so, mal so!“, drang es schließlich kleinlaut durch die verschlossene Tür. „Heute dies, morgen das!“

Trixi wäre ein klares „Ja“ oder „Nein“ lieber gewesen. Kopfschüttelnd entfernte sie sich von der Tür und rief über ihre Schultern zurück: „Macht ja nichts, Dad!“ *(Solange du mir deinen Ferrari leihst, wenn ich in drei Monaten allein fahren darf.)* „Ich kam eigentlich nur vorbei, weil ich ein paar Runden schwimmen wollte. Omi hat mich versetzt. Sie will auf eine Beerdigung gehen.“

Hinter ihr sprang jetzt die Tür des Badezimmers auf. Ihr Vater streckte den Kopf heraus und krähte seltsam heiser: „Nicht ins Schwimmbad, Trixi! Nicht in den Keller gehen! Versprich es mir!“

Trixi sah sich erstaunt um. Sein bleiches Gesicht mit dem Wangenrouge und dem Lippenstift grinste sie an wie eine zerbrochene Kabuki Maske.

„Wieso nicht?“

„Geschlossene Gesellschaft! Schwimmbad und Sauna sind heute besetzt … ein paar … äh … Freunde, wenn du verstehst, was ich meine.“

„Ah, ach so! Naja, wenn das so ist, vertrolle ich mich wieder. Vielleicht schau ich dann morgen nochmal vorbei, passt es da bei dir?“

„Ja, ja, so machen wir’s … und dann können wir auch über alles nochmal in Ruhe reden.“

Reden? Über was sollten sie reden, fragte sich Trixi. Ihr Dad hatte sich unfreiwillig als Tunte geoutet und hatte damit anscheinend ein größeres Problem als sie. *Lieber eine Tunte mit Schwimmbad und Ferrari zum Vater als nur eine Tunte!* Den Verwaltern lebenswichtiger Ressourcen musste man mit Toleranz begegnen, so viel hatte sie ihr junges Leben schon gelehrt.

Xaver wartete, bis Trixi um die Ecke gebogen war, dann kam er aus dem Badezimmer, huschte in sein Schlafzimmer hinüber und warf sich dort stöhnend aufs Bett. „Scheiße!"

Vielleicht sollte er seine bacchantischen Partys mit den Freunden doch lieber wieder in der Jagdhütte draußen feiern. Dort gab es zwar keinen Pool und keine Sauna, aber das Ambiente hatte ganz eigene Vorzüge. So konnte man beispielsweise in einer Winternacht, wenn es in der Hütte zu warm wurde, barfuß bis zum Haaransatz, „Haschen im Schnee" spielen, oder im Sommer, mit neckischen Farnröckchen und Farnkronen bekleidet, dem Paintball-Spiel „Last Man Standing" frönen.

Heute hatte er die Freunde zum ersten Mal zu sich nach Hause eingeladen und gleich die Quittung für seine Unvorsichtigkeit erhalten. Trixi besaß immer noch ihren eigenen Schlüssel fürs Haus und kam und ging, wann sie wollte. Das sollte auch so bleiben. Er liebte seine Tochter. Liebte sie wie eine streunende Katze, die sich nur blicken ließ, wenn ihr gerade mal nach ein paar Streicheleinheiten zumute war.

Aber heute war er sich sicher gewesen, dass sie mit ihrer Oma eine Schneiderin in Waldkirchen besuchen wollte. Dabei wurde es immer spät, weil sie danach noch zum Essen gingen, und für gewöhnlich setzte Trudi ihre Enkelin dann bei ihrer Mutter ab.

Xavers Blick wanderte jetzt zum Schrank hinüber. Dort oben saß der wahre Schuldige der ganzen Misere und glotzte ihn aus seinen Glasaugen blöde an. Der, der die ganze Katastrophe erst ins Rollen gebracht hatte – sein alter Freund „Teddybär".

Aus einem ihm lange unerklärlichen Antrieb hatte ihm Xaver als 8-Jähriger einen Tanga gestrickt. Liebevoll und mit Hingabe. Er hatte dieses Teil in einer Zeitschrift entdeckt, die in seines Vaters Kleiderschrank unter einem Stapel Hemden verborgen gelegen hatte. Er wollte seinem intimen Freund aus Kindertagen damals nur eine Freude bereiten. Es war ihm gelungen. Aus Dankbarkeit war Teddybär seitdem nicht mehr von seiner Seite gewichen. Er wurde ihm ein treuer Begleiter bis ins Erwachsenenalter. Mal saß er auf dem Kopfkissen des Bettes, mal auf einer Kommode, mal auf dem Schrank wie eben gerade. Er hatte jeden Umzug unbeschadet überstanden. Nur sein Fell war mit der Zeit etwas schütter geworden und eines seiner Glasaugen hing nur noch am sprichwörtlichen seidenen Faden. Doch die Pailletten auf seinem Tanga, mit denen er Jahre später sein Kunstwerk aufgepeppt hatte, glitzerten und blinkten noch in alter Pracht.

Teddybären alterten schneller als Menschen. Wahrscheinlich, weil sie ihre Augen vor dem Elend der Welt nicht verschließen konnten, wenn sie mal genug davon hatten.

Später, als Xaver schon verheiratet war, seine Frau neben ihm im Bett lag und aus dem Kinderzimmer Kleinkindgeräusche an sein Ohr drangen, setzte er sich oftmals mitten in der Nacht auf und starrte Teddybär an, der immer irgendwo in Blickweite saß. Starrte ihn an, wie ein Sterbender den Erlöser am Kruzifix anstarrt – mit einem stummen Hilfeschrei auf seinen Lippen. Und immer öfter war ihm dabei gewesen, als klage ihn Teddybär an. Seine wie Fixsterne in der Dunkelheit funkelnden Glasaugen schienen zu sagen: „Wer nie auszieht, um in Gedanken, Worten und Werken Grenzen zu überschreiten, wer nie unter Gefahr verbotenes Terrain betritt, der ist nur organischer Füllstoff. Er gibt der menschlichen Gesellschaft Volumen, niemals aber Kontur. Feigling! Wach endlich auf und lebe dein Leben!“

Irgendwann hatte er es begriffen und fing an, heimlich an einem zweiten Pailletten-Tanga zu stricken – diesmal in seiner eigenen Größe.

19

Joe, der Briefträger, war wieder unterwegs. Diesmal aber nicht mit der Post. Dafür war es schon zu spät. Viel zu spät. Die Leuchtzeiger seiner Uhr standen auf 23:35 Uhr.

Die Nacht war sternenklar, und es herrschte eine Stille, die an ihm nagte wie der Frost, der alles ringsum in seinen eisigen Klauen gefangen hielt. Sein roter Schnauzer strotzte vor Reif. Er war eingemummelt in einen alten Bundeswehr Parka mit Kapuze, trug gefütterte Moonboots und dicke Handschuhe, und trotzdem fror er sich den Arsch ab.

Schon seit einer Viertelstunde saß er hier oben am Waldrand und spähte hinunter zu den hellerleuchteten Fenstern von Ludwig Grünzingers Labor. Ab und zu bewegte sich ein Schatten hinter den Milchglasscheiben.

Joe hatte eigentlich vorgehabt, zu warten, bis das Licht ausging und Luk sich zur Ruhe begab. Aber so wie es aussah, war der Kerl eine Nachteule.

Joe hatte die Schnauze voll. Wenn er noch weiter hier kauerte, würde er bald kein Glied mehr rühren können. Also Action!

Er stand auf und stapfte den Hang hinab. Der Schnee war gefroren. Jeder seiner Schritte verursachte ein verräterisches Knirschen. Je näher er dem Labor kam, desto vorsichtiger trat er auf. Er näherte sich dem Gebäude von der Rückseite her, wo sich auch das Außengehege von Luks Frettchen befand.

Vorsichtig bewegte er sich an der Wand entlang zur Vorderseite.

„Shit!“, entfuhr es ihm plötzlich.

Beinahe wäre er gestolpert. Sein Fuß war an etwas Hartes gestoßen, das unter der Schneedecke verborgen lag. Den gitterförmigen Konturen nach, die sich weich unter dem Flockenteppich abzeichneten, musste es sich um irgendein landwirtschaftliches Gerät handeln.

Ein Blick ums Hauseck genügte, und Joe erkannte, dass auch auf der Vorderseite alle Fenster geschlossen waren. Er hatte gehofft, dass wenigstens eines von ihnen gekippt sein würde, sodass er durch den Spalt einen Blick ins Innere des Labors hätte werfen können. Also Plan „B“! Der Frettchen-Käfig!

Irgendwie musste das Tier ja von drinnen nach draußen gelangen. Er stapfte wieder zur Rückseite des Gebäudes. Die Tür zum Käfig war nur mit einem einfachen Riegel verschlossen. Das Frettchen war nirgendwo zu sehen. Es schien sich bei der Kälte wohl lieber im Innenkäfig aufzuhalten.

Joe schob den Riegel vorsichtig zur Seite, betrat den Käfig und zog die Tür wieder hinter sich zu.

Da war es, was er gesucht hatte: Die „Haustür“ des Frettchens! Ein in die Mauer eingelassenes Rohr mit einer Klappe dran.

Joe bückte sich, drückte die Klappe nach innen und spähte hinein.

Es war nichts zu sehen. Natürlich befand sich auch auf der Innenseite eine Klappe. Nur die gedämpften Klänge von Musik drangen wie aus einer anderen Welt durch die dunkle Röhre an sein Ohr.

Er kramte in der Tasche seines Parkas und zog ein Smartphone nebst teleskopierbarem Selfie-Stick hervor.

Er stellte die Funktion „Movie“ am Gerät ein und montierte es auf den Stick. Dann zog er diesen auf volle Länge aus und steckte ihn vorsichtig, Zentimeter für Zentimeter, in die Röhre.

Als das Smartphone die zweite Klappe passiert hatte und diese mit einem leisen Geräusch zurückfiel, zuckte Joe zusammen.

Er lauschte.

Aber von der anderen Seite war nichts zu hören als die leisen Klänge von Musik und ab und zu Fetzen einer ruhig geführten Unterhaltung. Hatte Luk etwa Besuch ... oder unterhielt er sich mit sich selbst? Keine eiligen Schritte oder sonst etwas Ungewöhnliches, das darauf hindeutete, dass man auf sein heimliches Eindringen aufmerksam geworden war.

Er drückte den Startknopf am Stick – Film ab!

Weil er nicht sehen konnte, was er da filmte, begann er, den Stick langsam in seiner Hand zu drehen, damit die Linse des Smartphones möglichst viel vom Raum erfasste.

Joe kam sich vor wie ein blinder Kameramann beim Drehen eines Stummfilm-Krimis.

Den Stick drehend, dann wieder pausierend, stellte er sich die Handlung seines Krimis vor.

Es war eine grausige Handlung, eine makabre Handlung, das spürte er mit jeder Faser seines Körpers. Dort in jenem Raum, auf der anderen Seite der Mauer, ging etwas Unheimliches vor sich. Schon trieb seine Fantasie die buntesten Blüten. Es war ihm, als befände er sich in einem Theater, in dem hinter geschlossenem Vorhang „Macbeth" aufgeführt wurde – Fontänen von Blut, Hexen, Magie und tückischer Mord! Und über allem die Stille einer sternklaren eisigen Nacht.

***

Joe musste jetzt wieder an die drei Briefe denken, die er auf seinem Weg hierher in den Postkasten geworfen hatte. Briefe, deren Inhalt ein bisschen Schwung ins Leben mancher Leute bringen sollte.

Er hatte sich lange gefragt, was er mit seinem Wissen um das Geheimnis der alten Leni anfangen sollte.

Einen der Beteiligten erpressen?

Niemals!

Erpressung war etwas für Kleingeister und Pfennigfuchser. Er, Joe Petzi, war keine Krämerseele, die es auf schnöden Mammon abgesehen hatte. Das Kapital, das er aus seinen geheimen Informationen schlug, war von einer anderen Art. Ihm lag daran, Gewalt über seine Mitmenschen auszuüben, so wie sie einst Gewalt über ihn ausgeübt hatten. Er wollte tief in ihr Leben eingreifen, ohne selbst in Erscheinung zu treten. Wie ein Gott, der das Geschick der Menschen aus dem Hinterhalt himmlischer Sphären lenkte, ohne sich je blicken zu lassen oder je dafür zu haften.

Für Joe war es ein prickelndes Erlebnis, endlich auch mal an den Hebeln der Macht spielen zu dürfen. Quasi im Ameisenhaufen seiner Mitmenschen herumzustochern, um dann zuzusehen, wie sie in ihrer Verwirrung mit dem angerichteten Chaos fertigwurden.

Er fragte sich manchmal, ob nicht Gott selbst nur ein bedauernswertes Wesen war, dem man wie ihm in jungen Jahren übel mitgespielt hatte. Ein Wesen, das sich mit der Erde und der Menschheit einen Abenteuerspielplatz für seine verletzten Gefühle geschaffen hatte. Dann wäre am Ende die gesamte Schöpfung nur Ausdruck einer göttlichen Neurose.

Wortlaut des 1. Briefes, adressiert an Frau Gertrud Weber:

„Sehr geehrte Frau Weber,
sicherlich dürfte Ihnen bereits einiges aus dem bewegten vorehelichen Leben Ihres Gatten zu Ohren gekommen sein, doch beileibe nicht alles.

Ich schreibe Ihnen heute, weil ich endlich Klarheit schaffen will. Ich habe lange genug damit gewartet. Wenn Sie mich, den unehelichen Sohn, den Ihr Gatte noch vor Ihrer Hochzeit gezeugt hat, kennenlernen wollen, bevor ich mich öffentlich dazu äußere, dann kommen Sie nächsten Freitag um 19:00 Uhr in den Gasthof Zur Alten Post nach Herzogsreut. Ich erwarte Sie dort. Kommen Sie nicht früher und nicht später, sonst gebe ich mich Ihnen nicht zu erkennen!
Mit freundlichen Grüßen
ein neues Familienmitglied"

Wortlaut des 2. Briefes, adressiert an Herrn Walter Weber:

„Sehr geehrter Herr Bürgermeister, lieber Papa,
endlich bin ich bereit, mich bei dir vorzustellen. Ich habe lange genug mit mir gerungen – jetzt will ich dich endlich persönlich kennenlernen!

Ich kann mir vorstellen, dass dir nicht unbedingt etwas daran liegt, dass ich damit an die Öffentlichkeit gehe. Dies kannst du verhindern,

indem du meiner Einladung folgst und nächsten Freitag um exakt 19:15 in den Gasthof Zur Alten Post nach Herzogsreut kommst. Komme nicht früher und nicht später, sonst gebe ich mich dir nicht zu erkennen!
Mit Spannung erwartet dich
Dein Erstgeborener"

Wortlaut des 3. Briefes, adressiert an Xaver Weber:

„Liebes Bruderherz, geschätzter Miterbe,
dies ist kein Scherz! Es liegen schriftliche Beweise vor, dass mich dein (unser) Vater Walter Weber gezeugt hat. Noch vor seiner Ehe mit deiner Mutter, aber nicht mit ihr. Wenn du mich kennenlernen willst oder deine veränderte Erbschaftssituation besprechen möchtest, dann komme nächsten Freitag um Punkt 19:30 Uhr in den Gasthof Zur Alten Post in Herzogsreut. Komme nicht früher und nicht später, sonst gebe ich mich dir nicht zu erkennen!

Da wir beide als Einzelkinder aufgewachsen sind, kann ich die Rührung, die dich bei diesen Zeilen überfällt, förmlich spüren. Auch mir geht es so. Kann es kaum erwarten, endlich einen Bruder an mein pochend Herz zu drücken.
Also dann bis Freitag, alter Nimrod!"

Joe hatte diese Schreiben abgefasst wie ein Drehbuch, mit Regieanweisungen und Timeline. Eine Familientragödie in drei Akten. Die Webers sollten hübsch der Reihe nach antanzen, damit der Spaß für ihn möglichst lange andauerte. Und er war sich fast sicher, dass alle Schauspieler erscheinen würden.

Der Star der Show würde natürlich nicht auftreten, nämlich der unerwartete Familienzuwachs, auf den alle warteten. Er hätte nur vorzeitig alle Spannung aus dem Spiel genommen. Nein, die Webers sollten erst mal eine Weile zusammen über die „Frohe Botschaft" nachgrübeln, die sie erhalten hatten.

Er, Joe, würde wie jeden Freitag, unauffällig plaudernd, unter den Leuten am Stammtisch sitzen und zusehen, wie sie im eigenen Saft schmorten. Szene für Szene würde er dieses köstliche Schauspiel neben ein paar Bierchen in sich hineinschlürfen.

Ludwig Grünzinger, den verlorenen Sohn, würde er mit einem erneuten Rundschreiben erst ins Spiel bringen, wenn die Gemütstemperatur bei den Webers den Siedepunkt erreicht hatte. Alles zu seiner Zeit.

Sicher würde ein Weber nicht mit dem Erscheinen des anderen rechnen. Das machte die Sache noch interessanter, und deshalb hatte er sie auch der Reihe nach einbestellt. Es war anzunehmen, dass jeder nach der Lektüre seines Briefes erst mal Fakten sammeln wollte, bevor er mit den anderen überhaupt darüber sprach, weil ja jeder glaubte, der Einzige zu sein, der einen Brief erhalten hatte.

Mein Gott, wie belebend es doch war, tief ins Leben der anderen hineinzupfuschen!

Nach etwa fünf Minuten begann Joe, den Stick wieder zurückzuziehen. Doch es gelang ihm nur wenige Zentimeter weit, dann spürte er einen Widerstand.

Er lugte in die Röhre.

Das Smartphone hatte sich zwischen Klappe und Rohrwand verkantet. Abwechselnd schob er nun den Stick vor und zurück. Gleichzeitig versuchte er, ihn zu drehen. Endlich gelang es ihm, Smartphone und Stick aus der Röhre zu ziehen.

Plötzlich erstarrte er.

Hinter ihm näherten sich knirschende Schritte im Schnee.

20

Auszug aus dem Tagebuch der Magdalena Grünzinger vom 23. Oktober 2011.

– Heut kann man nicht mal mehr übers Wetter mit den Leuten reden. Alle habens schon in diesem Internet nachgeschaut, was ich nicht hab. Und alle sinds jetzt schlauer wie der Herrgott selbst.

Früher war ein Tratsch übers Wetter noch so spannend wie ein Kartenspiel: Jeder hat ein anders Blatt in der Hand gehabt. Von Hagelsturm über Starkregen bis Hitzewelle war da immer alles dabei. Der Ausgang war offen. Meistens hatten die mit dem größten Hühneraug recht. Auch die, was der Ischias plagt hat, wenn das Wetter umschlagt, waren nicht schlecht mit ihrer Vorhersag.

Heut aber ist der Wetterschmatz a fade Sach.

Macht kein Spaß mehr! Ich weiß gar nicht, was ich mit die Leut nach der Kirch noch reden soll. Alle wissens alles. Nix überrascht kein mehr. Hör ihnen jetzt nur noch ein bißerl zu, dann geh ich wieder. Was ich zu sagen hätt, interessiert sowieso kein mehr. Die Weiber vom Landfrauenbund lassens mich auch schon kennen, daß ich nimmer recht dazugehör. Ständig schwafelns über einen neuen Trend in Garten oder Küch. Aber wenn ich mir ihre Gärten so anschau, dann seh ich keinen Unterschied mehr. Alle habens im selben Baumarkt denselben Krempel einkauft und ihn in ihrem Garten abgeladen. Verroste Eisenstangerl soweit das Auge reicht! Ja, ist denn das schön? Was läßt sich der Mensch denn noch alls aufschmatzen?

Früher haben wir noch gewetteifert, wer den größten Kürbis auf dem Mistbeet hat. Heut zählt ein Garten nur noch was, wenn man ihm ansieht, wie viel Geld man dafür in den Baumarkt tragen hat. Keiner denkt sich mehr selbst was aus. Alle machens dasselbe!

Wie fad doch die Welt geworden ist!

In der Küch von die Weiber schauts genauso aus. Mag schon gar nicht mehr auf ein Kaffeekränzchen gehen. Bei jeder Zweiten kommen jetzt diese langweiligen Kücherl auf den Tisch. Muffins glaub ich, heißens. Kein Streuselkuchen, kein Quarkstrudel und kein Schmalzbackenes mehr! Kost alles zu viel Zeit. Zeit, was die Leut nicht mehr haben, weils so beschäftigt sind mit dem Einkaufen von Sachen, die was ihnen Zeit sparen sollen.

Dann habens noch diese Mikrowellen, in denen alles ganz schnell gar wird, wenn es nicht explodiert. Diese Öfen muß man zuerst genau studieren, sonst hat man den Dreck im Schachterl. Viele haben sie noch gar nicht fertig studiert, da kaufen sie schon das nächste Trumm, was ihnen Zeit spart. Das Neueste ist jetzt eine Maschin, die was gleichzeitig backen, kochen, mixen, rühren und weiß Gott noch alles kann. Ist wie der Hut von einem Zauberer, man weiß nie, was aus ihm herauskommt. Ich rühr nix an von dem Zeug. Aber die Weiber reden von nix anderm mehr.

Was, Leni, du hast noch keinen Thermomix? Nein, sag ich, und sie sagen: Hol dir so ein Ding, das spart dir eine Menge Zeit!

Dann denk ich mir, ein guter Schweinsbraten kostet eben seine Zeit. Und daß er mir besser schmeckt, wenn er als Ganzes aus der Röhren kommt, statt als Brei aus einem elektrischen Zauberhut. Pfui Deibl!

Heilige Jungfrau Maria, laß die Bayerische Küch nicht auch noch vor die Hund gehn!

PS: Und laß meinen alten Holzofen noch lange halten!!! –

Luk saß in seinem Labor und starrte auf ein weißes Blatt Papier, das vor ihm auf dem Schreibtisch lag. Darauf befanden sich 20 unscheinbare Objekte, die er jetzt mit einer Pinzette langsam hin und her zu schieben begann. Es sah aus, als spiele er „Scrabble" mit Spielsteinen, auf denen keine Buchstaben standen.

Er war sich noch nicht klar darüber, wie er diese zwanzig Kostbarkeiten in sein Gesamtkunstwerk einbauen wollte. Aber dann fiel ihm ein Zitat von Pablo Picasso wieder ein, der gesagt hatte: *„Inspiration existiert, aber sie muss dich bei der Arbeit finden!“*

Also schraubte er den Deckel von dem kleinen Fläschchen, das er sich in einem Drogeriemarkt in Freyung besorgt hatte, und begann zu arbeiten.

Aus den Lautsprecherboxen der Musikanlage wogte die Stimme von Nancy Sinatra wie die eines himmlischen Cherubim durch den Raum:

„You only live twice, or so it seems
One life for yourself, and one for your dreams …“

Die Flüssigkeit in dem Fläschchen war sämig und roch intensiv. Während Luk mit einem kleinen Pinselchen, das im Deckel des Fläschchens steckte, die Objekte bestrich, drifteten seine Gedanken in die Vergangenheit zurück.

***

Es war ein warmer Frühsommertag. Luk und Evi saßen am Ufer des Saußbaches und ließen ihre nackten Füße ins Wasser hängen. Gerade hatten sie eine Forelle verspeist, die sie über einem kleinen Lagerfeuer an einem Stock gebraten hatten. Luk hatte keine Angelschnur gebraucht, um sie zu fangen. Er hatte nur beobachtet, wo sie unter einen Stein der Böschung geschlüpft war, hatte sich vorsichtig herangepirscht, blitzschnell zugepackt und sie auf die Wiese geworfen.

Der Fisch hatte auch ohne Salz und Pfeffer fantastisch geschmeckt. Allein das Feuer und der Rauch hatten ihm eine einzigartige Würze verliehen.

„Was machst du da?“, fragte Luk, als er Evi jetzt dabei zusah, wie sie mit einer dünnen Weidenrute zwei größere Rindenstücke zusammenband.

„Ich baue ein Floß für uns.“

„Ein Floß in dieser Größe?“

„Warts ab, du wirst schon sehen!“, lachte sie und bastelte munter weiter.

Nach einer Weile hatte sie einen klobigen Rumpf fertiggestellt. Sie bohrte ein Ästchen hinein und hisste an diesem mit Grashalmen ein Papiertaschentuch. Dann kratzte sie unter einem Stein einen Batzen Lehm zusammen und begann, ein kleines Figürchen daraus zu kneten.

„So, fertig! Das bist du!“, sagte sie und hielt ihm kichernd sein tönernes Ebenbild unter die Nase.

„So dick bin ich aber gar nicht“, protestierte er, „ und überhaupt: Was hängt mir da zwischen den Beinen? Du hättest mir leicht eine Hose anziehen können.“

„Nein, Adam hatte auch keine Hose an im Paradies!“

„Na, warte! Jetzt bin ich dran! Her mit dem Lehm!“

Er drehte sich von Evi weg und begann zu kneten. Schon kurz darauf präsentierte er ihr sein eigenes Machwerk.

„Hier, das bist du als Eva!“

Beide kugelten sich vor Lachen.

„He, du gemeiner Schuft! Was hast du mir da für Ballons an die Brust geklebt? Und diese Schenkel! Ich sehe aus wie die Venus von Villendorf!“

„So hat Eva eben ausgesehen, da kann man nichts machen!“

„Und wo bitteschön ist ihr Handwerkszeug?“

„Was für Handwerkszeug?“, fragte Luk verdutzt.

„Na, der Apfel!“

„Puh, führe mich jetzt bloß nicht in Versuchung! Die Folge wäre nur ein Sonnenbrand auf meiner Kehrseite.“

Lachend und prustend tauschten sie ein paar Küsse aus. Dann meinte Evi: „O.K., alles einsteigen! Floß fertig zur Abfahrt!“

Sie stellte die beiden Lehmfiguren auf das Rindenfloß und band sie mit Gräsern am Mast fest. Dann watete sie in die Mitte des Saußbaches und ließ das Floß zu Wasser.

Luk war ihr gefolgt. Jetzt standen sie mitten im Bach und sahen dem Floß nach, wie es sich langsam entfernte.

„Wo fließt der Saußbach eigentlich hin?", fragte Evi, nachdenklich geworden.

„Wieder mal nicht aufgepasst in Heimatkunde, was?", frotzelte Luk. „Er fließt in den Reschenbach und bildet mit ihm die Wolfsteiner Ohe, die in die Ilz fließt. Diese mündet dann bei Passau in die Donau."

„Das … das heißt ja, unser Floß könnte es sogar bis ins Schwarze Meer schaffen!", jauchzte Evi entzückt auf.

„Warum nicht?", meinte Luk mit der gespaltenen Zunge des Liebenden, der seinem Schatz den Glauben an ein Wunder nicht nehmen wollte.

Zärtlich legte er seinen Arm um Evi und zog sie fest an sich heran.

„Oh, schau doch!", rief Evi plötzlich.

Das kleine Floß war jetzt sichtlich in Bedrängnis geraten. Es hatte etliche größere Gesteinsbrocken im Bachbett umschifft. Dann aber war es in ein Kehrwasser geraten, das es nun im Kreis herumwirbelte und gefährlich ins Schlingern brachte. Noch standen die Figuren aufrecht am kleinen Mast mit dem Taschentuchsegel.

Plötzlich passierte es: Das Floß wurde von der Strömung an einen Fels gedrückt und kenterte mit Mann und Maus. Evi stieß ein paar spitze Schreie aus, die übergingen in ein hysterisches Kreischen. Kieloben treibend war ihr Wassergefährt noch eine Weile auszumachen, dann verschwand es auf Nimmerwiedersehen in einem Strudel.

Evi sah Luk an, als sei sie gerade Zeugin des Untergangs der Titanic geworden.

„Komm schon, Liebes, das war doch nur ein Stück Holz und ein bisschen Lehm!"

Evi zitterte am ganzen Körper. Eine Weile sagte sie nichts, doch dann brach es aus ihr heraus: „Luk, lach mich jetzt bitte nicht aus, aber für einen winzigen Moment war mir gerade, als sei ich selbst untergegangen und ertrunken … es war schrecklich! So ein Gefühl hatte ich noch nie in meinem ganzen Leben!"

Luk nahm sie zärtlich bei der Hand und führte sie aus dem Wasser in eine hohe Wiese nahe dem Ufer. Dort begannen sich beide wortlos zu entkleiden, in einer Hast, als liefe ihnen die Zeit davon; und sich im hohen Grase wälzend machten sie Liebe miteinander, als gäbe es kein Morgen mehr, als sei es ihnen auferlegt, durch diesen heiligen Akt ein letztes Mal die Welt zu retten.

Luk wusste in diesem Augenblick nicht, dass ihnen von da an nur noch knappe zwei Monate miteinander vergönnt waren.

***

Luk sah jetzt von seiner Arbeit auf und seufzte.

„Was ist?", fragte Andy, das Frettchen, das an einer Strickleiter in seinem Käfig baumelte.

„Nichts!", entgegnete Luk. „Ich habe nur nachgedacht."

„Natürlich wieder mal rückwärts, habe ich recht?"

„Wie immer, mein Lieber, aber die Erinnerung ist das einzige Paradies, aus dem mich niemand mehr vertreiben kann. Habe ich dir eigentlich schon mal von dieser seltsamen Begebenheit am Saußbach erzählt, als dieses kleine Floß kenterte, das Evi gebastelt hatte?"

„Schon drei Mal … mindestens!"

„Glaubst du, dass sie eine Vorahnung hatte?"

„Mag sein … es gibt mehr Dinge zwischen Himmel und Erde als …"

„Ach, verschone mich mit deinen Binsenweisheiten! Jetzt mal im Ernst, Andy: Glaubst du, dass es da noch eine Welt gibt, außer der, die wir als Menschen wahrnehmen können?"

„Ei freilich! Alles ist doch nur eine Sache der Wahrnehmung und der dazu zur Verfügung stehenden Mittel. Nehmen wir mal an, du seist ein Kühlschrank …"

„Ein Kühlschrank?"

„Ja, unterbrich mich nicht! Das ist jetzt lupenreine Philosophie …"

„Ah, Philosophie! Die Übertragung des Unsagbaren ins Unverständliche."

Andy ging nicht auf seine Frotzelei ein. „Also stell dir vor, du seist ein Kühlschrank … und ich ein Heizkissen …"

„Tolle Vorstellung!"

„Hör zu und antworte nur auf meine Fragen! Du stimmst mir doch zu, dass Dinge wie ein Kühlschrank und ein Heizkissen in unserer Welt existieren, oder nicht?"

„Ich stimme zu!"

„Also sind sie real?"

„Sie sind real!"

„Nun gut: Was tut ein Kühlschrank?"

„Er kühlt."

„Exakt! Er kühlt … Kann er sonst noch was?"

„Hm, ich glaube nicht."

„Du glaubst, du glaubst", äffte ihn Andy nach. „Nein, Mann, er kann nichts anderes als kühlen! Dafür ist er da, dafür wurde er gebaut, das ist seine Bestimmung. Genauso wie das Heizkissen nur heizen kann. So, und jetzt versetz dich einmal tief in diesen Kühlschrank hinein! Krieche ihm in die Eingeweide! Begib dich bis in die letzte Windung seiner Kühlspiralen und werde eins mit ihm … hast du's?"

„O.K., ich bin jetzt ein Kühlschrank, brrrr."

„Wunderbar, und jetzt – Achtung bitte! – versuch, dir ein Heizkissen vorzustellen."

„O.K., ich sehe ein Heizkissen vor mir."

„Scheiße, nein! Du bist ein Kühlschrank! Du kennst dein Kühlfach, du kennst deinen Thermostat, du kennst deine Innenbeleuchtung, die dir Tag und Nacht vorgaukelt, du kennst vielleicht Gemüse, Frischkäse, Eier und Wurst, und wenn du ein teures Markengerät bist, auch noch Kaviar und Lachs, aber du kannst dir, verdammt nochmal, kein Heizkissen vorstellen! Wenn ab und zu mal deine Tür aufgeht, dann staunst du ‚Aaah!' und ‚Oooh!' und wirfst verwundert einen Blick in die Küche, weil diese für dich schon der grenzenlose

Weltraum ist. Die Muster auf den Fliesen über der Spüle erscheinen dir als ferne Galaxien, die bauchigen Tassen auf dem Schrank als Planeten, von deren Besiedlung du zu träumen anfängst. Hast du's denn noch nicht kapiert? Wie um alles in der Welt sollte sich ein Kühlschrank ein Heizkissen vorstellen können? Er kann es nicht … er kann es einfach nicht! Er hat nie eins kennengelernt und deshalb entzieht es sich auch seiner Vorstellungskraft. Genauso wenig kann er sich Seidenstrümpfe, Kinderwägen und tibetanische Gebetsmühlen vorstellen. All diese Dinge existieren für ihn nicht, obwohl sie als reale Erscheinungen dieselbe Welt bevölkern wie er."

„Ich verstehe", gab Luk kleinlaut bei. „Aber was, wenn jemand trotzdem auf die Idee käme, ein Heizkissen in den Kühlschrank zu legen, sozusagen, um die beiden miteinander bekannt zu machen … um ihnen eine neue Erfahrung zu bescheren?"

„Gute Frage, gute Frage! Ich sehe, du bist endlich beim Kern unseres Themas angelangt. Also, gesetzt den von dir beschriebenen Fall, dass jemand auf die aberwitzige Idee käme, ein Heizkissen in den Kühlschrank zu legen … was glaubst du wohl, hätten die beiden davon, wenn jeder von ihnen weiterhin das tut, für was er geschaffen ist?"

„Hm, du meinst, wenn beide weiter fleißig ihre Arbeit tun?"

„Genau das meine ich."

„Tja, nun … ich denke mal, dass sich die von ihnen erbrachte Leistung gegenseitig aufheben würde … sie würden für einen Nulleffekt all ihre Energie verbraten."

„So ist es! Sie könnten ihre Arbeit genauso gut auch einstellen, es liefe trotzdem aufs selbe hinaus: auf einen unveränderter Zustand.

Warum aber arbeiten sie trotzdem unverdrossen weiter vor sich hin?"

„Keine Ahnung!"

„Versetz dich wieder in den Kühlschrank! Du, als Kühlschrank, kannst nicht anders, als in dem Heizkissen ein unbekanntes Gemüse zu sehen, das du sofort kühlen zu müssen glaubst. Das Heizkissen wiederum sieht in dir nur einen Raum, der beheizt werden muss. Du siehst also, dass es absoluter Blödsinn wäre, die beiden miteinander bekanntzumachen. Lass es uns zusammenfassen: Was immer in einen Kühlschrank hineingepackt wird, der Kühlschrank wird immer nur ein Kühlprodukt darin erkennen, mehr kann er nicht, mehr hat er nicht drauf. Und mag er auch noch so sehr nach höherer Erkenntnis streben, die höchste Erkenntnis, zu der er gelangen kann, ist und bleibt für ihn ein Kühlprodukt."

Luk musste schmunzeln. Mein Gott, wenn er sein Frettchen nicht hätte ... wie viel Spaß würde ihm da entgehen! „Sprich weiter, Andy, ich höre dir zu!"

Andy kramte mit seinen Pfoten durch den Inhalt in seinem Trockenfutternapf, fand aber nichts, wonach ihn gelüstete.

„Angenommen, du lädst alle Kühlschränke dieser Welt zum Besuch eines deiner Bewusstseinsseminare ein. Was glaubst du wohl, käme dabei heraus?"

„Äh ... ein erweitertes Kühlschrankbewusstsein?"

„Nein, Mann! Nur ein endloses Palaver über Kühlprodukte! Ein ätzendes Dauergezeter über kühlschranktypische Wehwehchen und Gebrechen, sonst nichts! Kein Kühlschrank verlässt sein Bewusstseinsformat durch die Tür eines kostspieligen Wochenendseminars. Nein, mein Junge, erst muss er eingestampft, recycelt und in etwas völlig anderes transformiert werden, damit das klappt."

„Das hast du jetzt wirklich schön gesagt", grinste Luk. „Deine Rede ist plastisch wie der Körper der Venus von Milo und bunt und duftend wie ein Rosengarten."

„Danke für die Blumen, aber genug der Lobhudelei, was ich sage, meine ich wirklich ernst: Das Streben nach höherer Erkenntnis schließt die Achtsamkeit für das Wesentliche immer aus!"

„Hm", meinte Luk nachdenklich, „das ist mir jetzt doch ein wenig zu allgemein und absolut formuliert. Wie verhält es sich denn mit der Wissenschaft? Muss nicht gerade sie beständig nach höherer Erkenntnis streben?"

„Ob jemand dösend am Ufer eines Flusses sitzt und angelt oder über den Konstruktionsplänen einer Rakete schwitzt, die die Menschheit zum Mars bringen soll, ist im Grunde dasselbe: im Großen und Ganzen nur Zeitvertreib, basierend auf Anlage, Alltagszwängen, kultureller Prägung und Geschmack. Ob das eine oder das andere, oder ob beides gleichermaßen zum wesentlichen Fortschritt der Menschheit beiträgt, ist noch ungeklärt. Aber ich selbst bin mir fast sicher, dass ein Mitarbeiter der Nasa nicht zwingend größeres für die Menschheit leistet, als ein Indio, der am Amazonas in seiner Hängematte schaukelt und an einem Grashalm kauend darüber nachsinnt, ob er auch alle Gewürze an die auf dem Feuer schmorende Beutelratte gegeben hat."

„Na, na, jetzt geht aber der Gaul mit dir durch, und das in vollem Galopp! Letzteres ist für mich ganz klar erholsamer Müßiggang, Ersteres hingegen harte Arbeit und Dienst an der Menschheit. Nimm z. B. die genialen Wissenschaftler, die am CERN bei Genf Tag und Nacht emsig nach der Urformel allen Lebens forschen. Wäre eine solche Entdeckung nicht ein Quantensprung des Fortschritts für die ganze Menschheit?"

„Fortschritt wohin, mein Junge? Was glaubst du denn, würden deine genialen Wissenschaftler mit dieser Formel entdecken?"

„Den Ursprung allen Lebens natürlich!", posaunte Luk euphorisch heraus.

„Nein, Luk, nein! Von was haben wir denn die ganze Zeit gesprochen? Nun komm schon, streng deinen Grips an!"

Luk kratzte sich ausgiebig am Kopf, dann meinte er resigniert: „Spuck's einfach aus, Andy, ich kann dir nicht mehr folgen!"

„Dummkopf! Sie finden natürlich nichts anderes, als das Heizkissen im Kühlschrank! Und sofort werden sie anfangen, es mit allen Mitteln zu kühlen. Mehr und mehr werden sie sich dem Kühlen profaner Dinge wie Eier, Wurst und Käse verweigern, bei denen Kühlung dringend nottäte, weil sie den Großteil ihrer Energie auf das Kühlen von Heizkissen verwenden. Die Wissenschaftler werden sich gegenseitig mit Preisen überschütten und unbändig stolz auf ihre Leistung sein … so stolz, wie Kühlschränke nur eben sein können."

Luk dachte eine Weile über das Gehörte nach, dann meinte er nicht ohne leichte Häme: „Vielleicht bist du ja wirklich weise, Andy, aber vielleicht bist du auch nur ein durchgeknalltes Frettchen. Jedenfalls haben wir einiges gemeinsam."

„Du meinst jetzt nicht etwa unsere Erdverbundenheit?"

„Doch, die meine ich, aber nicht mit dieser Erde!"

***

Luks Gedanken schweiften nun wieder in eine andere Richtung ab. Gestern hatte die Beerdigung seiner Mutter stattgefunden. Noch vor 100 Jahren hätte der Leichnam einer Selbstmörderin nie seinen Weg in geweihte Erde gefunden. Heute drückte die Kirche da beide Augen zu – Augen, auf denen sie sowieso schon immer blind gewesen war.

Luk hatte weder persönliche Todesbenachrichtigungen verschickt noch eine Sterbeanzeige in der Zeitung aufgegeben. Nur im Pfarrblatt war das Begräbnis als Termin unter vielen anderen erschienen. Deshalb war er nicht wenig überrascht gewesen, als er die Menge sah, die sich um das Grab seiner Mutter versammelt hatte. Meist ältere Leute aus der Gegend, von denen er viele nicht kannte. Eine ältere, nobel gekleidete Dame hatte ihn unentwegt angestarrt. Ihre Lippen hatten dabei gezittert, als würde sie jeden Moment in Tränen ausbrechen. Nicht in Tränen der Trauer, sondern in Tränen der Verbitterung. Erst nach der Beerdigung hatte er auf Nachfrage bei Bekannten erfahren, dass sie die Frau des Bürgermeisters von Freyung war. Er kannte sie nicht, weil er mit der Freyunger Schickeria nichts am Hut hatte. Und da er keine Regionalzeitung abonniert hatte, war sie ihm auch gesichtsweise fremd. Was hatte so eine auf der Beerdigung einer verwitweten Kleinbäuerin zu suchen?

Luk verschloss jetzt sorgsam das Fläschchen mit dem scharf riechenden Inhalt, stellte es beiseite und betrachtete das Ergebnis seiner Arbeit.

In seinen Blick trat etwas Verträumtes. Das irisierende Schimmern auf der Oberfläche der leicht gewölbten Objekte war perfekt. Ja, er konnte zufrieden sein. Der perlmuttfarbene Nagellack wirkte auf den Nägeln der Frau aus Regensburg fast genauso elegant wie auf den Nägeln von Evi seinerzeit, er musste nur noch trocknen.

Evi hatte nur immer diesen Nagellack verwendet. Ihr dabei zuzusehen, wie sie ihn auf Finger- und Zehennägel auftrug, war für ihn jedes Mal ein erotischer Augenschmaus gewesen. Im Zustand seines wallenden Blutes hatte er dabei stets die Vorstellung gehabt, sie bestreiche sich mit von Glitter veredeltem Sperma.

„Hast du eigentlich schon eine Idee, wie du ihre Nägel verwenden wirst?“, fragte Andy jetzt mit der Sachlichkeit des Fachmanns.

„Nicht direkt, aber mir schwebt da so was vor …“

„Schweben ist immer gut!“, meinte Andy. Dann begann er plötzlich aufgeregt zu muckern.

„Was ist?“, fragte Luk und sah zu ihm hinüber.

Andy gab nur noch unverständliche Geräusche von sich und schoss in seinem Käfig herum wie ein geölter Blitz. Rauf, runter, links, rechts, nach hinten, nach vorne. Etwas schien ihn in Rage versetzt zu haben.

Luk trat an den Käfig heran. Und plötzlich sah er den Grund für Andys Verhalten. Aus dem Rohr, das den Innenkäfig mit dem Außengehege verband, ragte ein schwarzes Ding, das sich, wie von Geisterhand bewegt, langsam um die eigene Achse drehte.

Es sehen und erkennen war eins – ein Smartphone!

21

Auszug aus dem Tagebuch der Magdalena Grünzinger vom 17. Februar 2012.

– Ludwig, hab ich zum Bub gesagt, so kann es nicht weitergehn. Du mußt dir endlich eine Frau suchen! Es tut nicht gut, wenn ein Mann in vollem Saft alleinbleibt!

Sagt er: Mein Saft ist ein anderer, als du denkst, und ich bin nicht allein, hat er gesagt.

Drauf ich: Ja, du lebst mit einer Toten zamm, einer Toten in deinem Kopf! Laß halt endlich ab von deiner Evi! Du brauchst eine Wärmflasch für dein Bett aus Fleisch und Blut!

Drauf er: Auch in deinem Kopf lebt seit 20 Jahren ein toter Mann, mein Vater!

Ich hab schwer geschluckt. Das letzte Wort von ihm hat mir einen Stich versetzt. Hab dann mit einem Knödel im Hals geantwortet, daß das bei mir was anderes ist. Daß ich keinen anderen Mann mehr brauch, weil ich die Erfahrung von der Ehe und vom Kinderkriegen schon gemacht hab und sie nicht noch mal machen muß.

Sagt er: Mam, manchmal möchte ich deinen Kopf aufhaben, dann wäre das Leben viel einfacher für mich!

Der arme Bub! Red immer so verdrehtes Zeug daher, aus dem man nie ganz schlau wird. Ich versteh ja, daß er seiner Evi nachtrauert, aber irgendwann muß auch ein End damit sein.

Heiliger Florian, bitte lösch die Glut der Trauer in seinem Herzen, bevor er mir noch vollends narrisch wird! Ja, lösch das Bild von Evi in seinem Kopf gleich mit. Lösch es aus, damit endlich ein Ruh wird. Sie war ja doch auch nur ein Mensch. Und wer weiß, obs überhaupt so lang bei ihm blieben wär, wie er jetzt schon um sie trauert. –

Luk wich jetzt langsam von Andys Käfig zurück und griff sich aus einem Regal den Oberschenkelknochen eines Merowingers, den er vor Jahren von einem Schüleraustauschprogramm in Frankreich mitgebracht hatte.

Er und sein französischer Freund hatten auf dem Grundstück von dessen Eltern zufällig ein Grab entdeckt, das ein umgestürzter Apfelbaum freigelegt hatte. Sie fingen zu graben an und entdeckten weitere Gräber. Das ganze Grundstück schien auf einem ehemaligen Friedhof zu liegen. Es war ein Friedhof aus dem 6. Jahrhundert, wie ein Archäologenteam später feststellte.

Bis dieses aber aufkreuzte, hatten er und sein Freund schon ein paar Überreste als „Andenken" beiseitegeschafft. Es herrschte eine andächtige Atmosphäre im Keller der Gastfamilie, wo sie die bräunlichen Schädel und Knochen mit Zahnbürsten gereinigt hatten. Das Gefühl, das er dabei gehabt hatte, glich dem, das ihn heute überkam, wenn er vor dem Einschlafen in Gedanken Evis Körper streichelte.

Vielleicht hatte er seine Berufswahl nur deshalb getroffen, weil ihn die Beschäftigung mit Kadavern halbwegs mit Evis Tod versöhnte. Bei seiner Arbeit war ihm, als zelebriere er einen Gedenkgottesdienst für sie. Jeder Handgriff, jeder Schnitt mit dem Skalpell durch totes Gewebe war eine weihevolle Handlung und das Ergebnis, die ausgestopften Tiere, jedes für sich ein Memento mori.

Die Sensibilität, die er mit der Zeit für den Tod entwickelt hatte, war die eines Liebhabers für seine Geliebte.

Auch wenn er gut in der Hand lag, legte Luk jetzt den Femur des Merowingers wieder ins Regal zurück. Zu schade, ihn als Waffe zu missbrauchen und vielleicht dabei zu zerstören … war ja auch nicht mehr der Jüngste.

Stattdessen griff er sich jetzt eine Kriegskeule aus Papua- Neuguinea von der Wand, die mit Haifischzähnen besetzt war. So bewehrt öffnete er die Tür des Labors und lugte vorsichtig hinaus in die eiskalte Nacht. Langsam begab er sich an der Front entlang zum Hauseck.

Er blieb stehen.

Vor ihm im Schnee – frische Fußspuren!

Er ging weiter, die Keule fest im Griff.

Automatisch machte er einen Bogen um die alte Egge, die nahe der Hauswand unterm Schnee begraben lag. Irgendwann würde er das Ding einem der Schrotthändler mitgeben, die mit klapprigen Lastwagen immer öfter aus dem Osten herüberkamen. Sie hatten das Land schon längst von jeglichem Schrott befreit. Schrott war zur Mangelware geworden. Doch Fleiß und Emsigkeit dieser Berufsgattung waren ungebrochen. Das führte zwangsläufig dazu, dass ihre Vertreter sich gezwungen sahen, den Schrott, den sie handeln wollten, selbst zu produzieren. Hier und dort verschwanden jetzt nagelneue Kupferdachrinnen von den Häusern und riesige Kabeltrommeln von den Baustellen. Ganze Bronzedenkmäler wurden in Nacht-und-Nebel-Aktionen von ihren Sockeln geschraubt, irgendwo zerlegt und eingeschmolzen. Getrost konnte man behaupten, dass die Öffnung der Grenzen in Europa ganz wesentlich zur Völkerverständigung beitrug. Denn denen, die vorher nichts hatten, wurde nun – ohne die Behörden mit der Umverteilung zu belasten – auf wundersame Weise gegeben.

Als er jetzt um die Ecke spähte, sah er die vermummte Gestalt, die sich in Andys Außengehege zu schaffen machte. Er wollte sich heranschleichen, doch das Knirschen des Schnees verriet ihn.

Der Mann – Luk nahm an, dass es einer war – zuckte zusammen, dann ließ er etwas in der Tasche seines Parkas verschwinden, riss den Verschlag des Käfigs auf und stürzte hinaus.

Luk breitete die Arme aus und versuchte, ihm den Weg abzuschneiden. Es gelang ihm. Der Kerl, der zuerst vorgehabt hatte, den Hang hinauf zum Wald zu entkommen, schlug jetzt einen Haken und rannte an der Mauer des Labors entlang zur Vorderseite. Luk konnte sein Gesicht nicht erkennen, es verbarg sich tief im Schatten der herabgezogenen Kapuze.

War es Xaver Weber, der dahintergekommen war, dass er seinen neuen Jagdstand angesägt hatte? Wollte er sich an ihm rächen? Was hatte er vorgehabt?

Jetzt hörte er einen kurzen Aufschrei und sah, wie die vermummte Gestalt plötzlich einen Purzelbaum mit halber Schraube schlug und mit ausgestreckten Armen auf dem Rücken liegen blieb. Der Kerl war über die verschneite Egge gestolpert.

„Hah, jetzt hab ich dich, Bürscherl!"

Luk rannte zu ihm hin, warf sich rittlings über ihn und zog ihm die verrutschte Kapuze vom Gesicht. Im Lichtschein, der durch die Laborfenster fiel, sah er ein Gesicht, das er nur allzu gut kannte. Ein Gesicht aber, mit dem er niemals gerechnet hätte.

„Joe!?" Es war Ausruf und Frage zugleich. „Was zur Hölle …"

Luk hatte die Keule schon bei seinem Herannahen in den Schnee fallen lassen. Er hätte sie sowieso nur zur Verteidigung eingesetzt. Das war jetzt nicht mehr nötig. Zunächst hatte er den am Boden Liegenden bei den Schultern gepackt. Als er jetzt aber den Briefträger erkannte, wich er überrascht zurück.

Auch Joe starrte ihn aus weit aufgerissenen Augen an. Schreck und Staunen standen ihm ins Gesicht geschrieben.

Luk packte ihn jetzt am Kragen und wollte ihn näher zu sich heranziehen, um ihm, Auge in Auge, ein paar Fragen zu stellen, auf die er eine plausible Antwort haben wollte.

Es ging nicht.

Joes Oberkörper hob sich zwar ein wenig, doch sein Kopf blieb am Boden.

Luk ließ ihn los.

Joes Züge wirkten wie eingefroren – maskenhaft, grotesk. So, als wartete seine Gesichtsmuskulatur auf einen Befehl des Gehirns, der nicht eintreffen wollte.

„Joe?"

Der Briefträger starrte ihn mit unverändertem Staunen an. Sein roter Schnauzer war gesträubt wie eine Flaschenbürste. Glitzernde Schneekristalle und kleine Eispartikel hafteten ihm an.

Luk versuchte, den Puls an seiner Halsschlagader zu fühlen.

Kein Puls … nichts!

Mit mulmigem Gefühl begann er, hinter Joes Kopf herumzutasten.

Da war etwas … etwas, das in Joes Schädel steckte!

Doch wie konnte das sein?

Die Egge war natürlich mit ihren Spitzen nach unten hier abgestellt worden. Wie sollte dann …

Hastig schob er mit den Armen den Schnee von der Egge. Alle Dorne zeigten nach unten – alle, bis auf den, der in Joes Kopf steckte.

Luk fasste sich an die Stirn. Es war einfach unfassbar: Irgendwann, vielleicht schon vor Jahrzehnten, hatte ein Stein den Dorn der Egge so verbogen, dass er jetzt weit genug nach oben stand, um Joes Kopf aufzuspießen.

Welche Kräfte waren da im Gang?

Es war aber nicht der Stein, der Joes Tod vor Jahren schon vorbereitet hatte, nein, die Planung seines Todes lag noch weiter zurück. Ein eiszeitlicher Gletscher hatte diesen Stein in einer Moräne genau dort abgelagert, wo er Jahrzigtausende später auf die Egge treffen würde. Doch auch dieser Gletscher konnte nicht als Urheber des gelungenen Anschlags auf Joes Leben gelten. Verantwortlich für seine Entstehung war ja eine radikale Klimaveränderung, die, wie jedes Schulkind wusste, wiederum von unzähligen anderen Faktoren abhing. Faktoren, die bis zum Urknall zurückreichten. Beispielsweise die Geschwindigkeit, mit der die Materie im All expandierte. Nur eine Abweichung von einer Milliardstelsekunde vor 14 Milliarden Jahren, und die Umstände wären völlig andere gewesen. Joe wäre jetzt noch am Leben und würde ihm Rede und Antwort stehen können … oder er wäre gar nicht Joe, sondern wer weiß was für ein Wesen mit Fangzähnen oder einem Rüssel …

Es war verrückt. Alles, was sich in Raum und Zeit ereignete, schien im Räderwerk alles möglichen Geschehens eine genau definierte und von Anfang an festgeschriebene Position einzunehmen. Der Mensch sah in den meisten Dingen, die geschahen, nur einen Zufall, weil er die Kette der Ereignisse, die zu diesem „Zufall" führten, nicht überblickte. Wäre er in der Lage dazu, würde er Anfang und Ende allen Seins in einem winzigen Punkt verschmolzen finden. Vielleicht funktionierte der gesamte Kosmos präzise wie ein Schweizer Uhrwerk. Dann waren Werden und Vergehen, Leben und Tod nur das Tick und das Tack einer „Grande Complication" von einzigartiger Perfektion.

Luk überlegte, was zu tun war.

Was immer Joe vorgehabt hatte, es war ihm gründlich misslungen. Er hatte den Löffel abgegeben. Dass er tot war, war so sicher wie das Amen in der Kirche. Ein Briefträger weniger auf der Welt! Bald würde man sich nur noch an die rote Flaschenbürste unter seiner Nase erinnern, die ihm als Rotzbremse gedient und seine Hasenscharte verdeckt hatte.

Aber das Auftauchen von Joe und sein jäher Tod hätten ungelegener nicht kommen können. Luks Projekt mit der Frau aus Regensburg befand sich gerade in der heißen Phase. Ablenkung, gleich welcher Art, konnte er sich jetzt nicht leisten. Der Tod eines Briefträgers war nichts im Vergleich zu diesem Projekt, das seine vollste Konzentration erforderte.

Joe musste weg!

Auch sein Auto, das er mit Sicherheit unten an der Straße geparkt hatte, musste verschwinden. Er hatte für seine Neugier einen hohen Preis bezahlt und sich ein anständiges Begräbnis verscherzt.

Luk begann jetzt, Joes Taschen zu filzen. Zum Vorschein kamen ein Müsliriegel, ein Schlüsselbund, eine Taschenlampe und ein Handy nebst Selfie-Stick. Sonst nichts – nichts, was irgendein Licht auf Joes heimlichen Besuch geworfen hätte. Sein Handy war natürlich gesperrt. Das Portemonnaie mit seinen Papieren hatte er vielleicht im Auto zurückgelassen. Bis auf den Schlüsselbund steckte Luk alles wieder in Joes Taschen zurück. Dann hob er die Keule auf, die er fallengelassen hatte und stapfte verdrossen ins Labor zurück.

Der Lack auf den Fingernägeln der Frau aus Regensburg war inzwischen getrocknet. Sorgsam bettete er sie auf das Samtpolster einer Schmuckschatulle, verschloss diese und brachte sie zu einer der drei Kühltruhen, deren Temperatur bei konstanten 4° Celsius lag.

Die Nägel hätten eigentlich nicht gekühlt werden müssen, aber Luks Sinn für Ordnung war ausgeprägt. Er wollte die Übersicht nicht verlieren. Besser, wenn alle Teile der Frau, die er für die Weiterverarbeitung vorgesehen hatte, an ein und demselben Platz lagerten. Fleisch und Gedärm waren gut zerkleinert im Container für Schlachtabfälle gelandet. Nur die verräterischen Knochen hatte er nach der vollständigen Entbeinung ihres Körpers zu den Organen gepackt, die in einer der anderen Truhen bei –18° Celsius lagerten. Für die großartige Komposition, die ihm vorschwebte, waren sie nicht von Bedeutung. Er würde sie irgendwann im Frühjahr, wenn der Frost aus dem Boden gewichen war und sich die ersten Schneeglöckchen zeigten, zusammen mit den Innereien oben am Waldrand bei den drei Birken bestatten.

„Was war das für ein Ding, das da durch meinen Verbindungstunnel gekrochen kam?“, hörte er jetzt Andys Stimme muckern.

„Wir hatten einen Besucher!“

„Einen Besucher um diese Zeit?“

„Es war ein heimlicher Besucher, aber die Sache hat sich bereits erledigt.“

„Erledigt? Hast du ihn etwa mit der Keule ...“

„Nein, Andy, ich bin doch kein Monster! Er hatte einen kleinen Unfall ... na ja, eigentlich war es ein größerer Unfall.“

„Ist er tot?“

Luk nickte. „Ist beim Weglaufen über die Egge gestürzt und hat sich dabei tödlich verletzt. Selber schuld!“

„Du scheinst den Tod in letzter Zeit anzuziehen. Wer war es?“

„Du wirst es nicht glauben … es war Joe, der Postbote."

Andy machte ein glucksendes Geräusch, das seine Verwunderung zum Ausdruck brachte. „Und was wollte er?"

„Keine Ahnung, das konnte er mir nicht mehr sagen. Jedenfalls hat er hier herumspioniert."

„Zerbrich dir nicht den Kopf darüber, er hat seine Nase diesmal eben zu tief in fremder Leute Angelegenheiten gesteckt.

„Du hast recht", seufzte Luk, „aber Joes Leiche und sein Auto müssen weg, sonst tauchen hier bald noch mehr ungebetene Gäste auf."

„Tu, was du tun musst", kam es von Andy mit Bestimmtheit, „aber sieh zu, dass du möglichst wenig Spuren hinterlässt!"

Luk zog sich Strickmütze, Handschuhe und Anorak über, löschte das Licht und verließ das Labor.

22

Trudi Weber saß in einem Sessel ihres Wohnzimmers und starrte auf das TV-Gerät, in dem gerade die 18:00 Uhr-Nachrichten liefen. Doch das große Weltgeschehen juckte sie im Augenblick nicht mehr als ein Mückenstich. Zu sehr war sie in Gedanken mit den Ereignissen in ihrer eigenen kleinen Welt beschäftigt. Ereignisse, die direkter auf ihr Leben einwirkten als die deutsche Handelskommission im fernen China, deren Mitglieder mit den obligaten Sektgläsern klirrten und der Welt statt handfester Ergebnisse wieder mal ihr selbstzufriedenes Ich-hab's-geschafft-Lächeln präsentierten.

Zuerst die Beerdigung von Leni, auf der sie deren Sohn Ludwig gesehen hatte – nicht nur gesehen, sondern in einem fort angestarrt. Trixi hatte sich das nicht eingebildet: Seine Ähnlichkeit mit Walter war frappierend. Es war, als habe sie, Trudi, plötzlich einen Zeitsprung gemacht und sei ihrem Mann vor 30 Jahren begegnet. Ein seltsames Erlebnis, eins, das ihr für einen Moment lang vorgaukelte, selbst wieder jung zu sein. Aber dieser Moment ging schnell vorüber und zurück blieb nur das brennende Verlangen nach Gewissheit. Hatte Leni mit Walter …? War Ludwig tatsächlich Walters Sohn?

Dann dieser Brief, den sie gestern erhalten hatte!

Wenn Ludwig Grünzinger, wie anzunehmen, der Absender war, dann würde sie ihm heute in der Alten Post in Herzogsreut gehörig den Marsch blasen. Sich nach über 40 Jahren in eine Familie zu drängen, die einem fremd war, das war der Gipfel der Unverfrorenheit. So etwas gehörte sich einfach nicht, es war in höchstem Maße geschmacklos.

Wie konnte er sich unterstehen, ihr diesen Brief zu schreiben? Was wollte er überhaupt? Ging es ihm um Zuneigung und Nestwärme, jetzt, wo er auch noch seine Mutter verloren hatte? Nein! Mit Bestimmtheit wollte er Geld. Das steckte doch meistens dahinter bei solchen Sachen. Geld dafür, dass er seine Abstammung nicht an die große Glocke hängte … und natürlich wollte er sich auch einen Erbteil erschleichen.

Ha, Walter würde sich niemals zu einem Vaterschaftstest zwingen lassen. Nein, der Mann würde keinen Cent sehen!

Eines machte Trudi jedoch stutzig: Warum hatte er diesen Brief überhaupt geschrieben? Er hätte sie ja schon auf der Beerdigung ansprechen können. Aber da hatte er sich verhalten, als kenne er sie überhaupt nicht, so, als sähe er sie zum ersten Mal. Seltsam.

Na ja, sie würde sehen. Jedenfalls war sie gerüstet wie ein Panzer für die Schlacht. Sie würde diesem Bankert die Meinung geigen, dass ihm Hören und Sehen verging.

Das Telefon spuckte jetzt eine Serie elektronischer Klänge in den Raum.

Es war Walter.

„Ähm … Trudi, bei mir wird's heute Abend später … eine Dringlichkeitssitzung wegen der neuen Umgehungsstraße!", hörte sie die Stimme ihres Mannes sagen und wusste im selben Augenblick, dass er log. Mittlerweile kannte sie fast alle Indikatoren, die darauf hinwiesen, z. B. dieses zögernde „Ähm" am Anfang eines Satzes. Walter war ein gewiefter Rhetoriker, ein Mann glänzender freier Rede. Füllwörter wie „Ähm" kamen ihm bei keinem seiner öffentlichen Auftritte über die Lippen. Wenn sie ein „Ähm" von ihm hörte, klingelten bei ihr sofort alle Alarmglocken. Aber davon wusste Walter nichts, und sie war Frau genug, es dabei zu belassen.

„Ist gut, ich muss auch nochmal weg … der Lesezirkel!", log sie ungeniert zurück.

„Ist der nicht immer dienstags?"

„Verschoben!"

„Aha … also dann bis später!"

„Bis später!"

Trudi legte auf und ging ins Bad, um noch etwas Schminke aufzulegen, bevor sie sich nach Herzogsreut in die Alte Post aufmachte.

Schminke war ein Segen. Sie war das einzige Mittel, mit dem sich einerseits tarnen, andererseits Flagge zeigen ließ.

Heute war der Tag, Flagge zu zeigen, auch wenn auf den, der Flagge zeigte, immer zuerst geschossen wurde. Aber Trudi befand sich in Kampflaune. Entschlossen griff sie aus dem Sortiment ihrer Lippenstifte, die wie scharfe Munition in Reih und Glied auf einem Glasboard standen, den blutroten heraus.

23

Früher war er es, heute trank er ihn. Walter Weber saß im Restaurant Veicht bei einem „Lady Killer“, ein Longdrink, der hier aus Gin, Triple Sec Curacao, Peach Tree, Maracuja- und Ananassaft zusammengemischt wurde.

Nach Büroschluss war dieses Lokal seine erste Anlaufstelle. Ohne Sedativa auf Alkoholbasis war der Wechsel ins „Traute Heim“ für ihn kaum noch vorstellbar. In nüchternem Zustand empfand er die ein bis zwei Stunden, die er abends mit seiner Frau vor dem TV zubrachte, wie eine Sitzung beim Zahnarzt mit Bohren ohne örtliche Betäubung.

Trudi brauchte nicht einmal den Mund aufzumachen und raubte ihm trotzdem den letzten Nerv, wenn sie gebannt in die Röhre glotzte und sich dabei über Kopfhörer aus einem Hörbuch vorlesen ließ.

Wie, in drei Teufels Namen, passte das zusammen? Was ging im Kopf eines Menschen vor sich, der es auch noch schaffte, sich die Nägel dabei zu feilen, sich ab und zu eine Handvoll Low-Fat-Gemüsechips in den Mund zu stopfen und gleichzeitig laut raschelnd in einem Gesundheitsmagazin zu blättern?

Zweifelsohne hatte seine Frau ein angeborenes Talent zum Multitasking, doch ein sinnvolles Konzept ihrer synchron ablaufenden Handlungen konnte er nicht erkennen. Nutzen und Gewinn, die sie aus ihrer mehrspurigen Geschäftigkeit zog, blieben ihm ein Rätsel.

Wenn er sie dabei aus den Augenwinkeln beobachtete, überkam ihn nicht selten das Gefühl, ein außerirdisches Wesen sitze da neben ihm und tue, was es tat, nur, um die Grenzen seiner menschlichen Geduld und Belastbarkeit auszuloten.

Die Krönung des Abends war dann dieses unsägliche Ritual vor dem Zubettgehen: Trudi kam aus dem Bad. Ihr Haar mit einer Stirnbinde zurückgeschoben. Ihr Gesicht unter einer Schönheitsmaske, die es grauenvoll entstellte. Mal schimmerte es bläulich, mal giftgrün, mal kalkweiß. In diesem Zustand war sie tabu – unnahbar, unantastbar.

Wie der Geist der frisch einbalsamierten Nofretete schwebte sie durchs Schlafgemach, während die Aromen ihres Schönheitskleisters der Luft das letzte Quäntchen Sauerstoff entzogen. Dann thronte sie vor ihrer Frisierkommode, die der Auslage einer Apotheke glich, und gewährte ihrem Spiegelbild gnädige Audienz.

Trudi gönnte ihrem welkenden Körper alles, was im Verdacht stand, gesund zu sein und das Leben zu verlängern. Zuerst schluckte sie hochdosiertes Vitamin D, das in allen Medien gerade einen hysterischen Hype erfuhr und unter Gesundheitsaposteln und Vitamin-Junkies als neue Wunderdroge gehandelt wurde. Dann folgten Globuli, in genau berechneter Stückzahl, für und gegen alles Mögliche. Das Zählen der winzigen Kügelchen allein kostete sie schon 20 Minuten gesunden Schlafes. Sie schluckte die Globuli und spülte sie mit einer Überdosis Vitamin C hinunter, das sie in einem Glas Silberwasser aufgelöst hatte. Oft verschluckte sie sich dabei, dann drangen aus ihrer Kehle Geräusche, die sich wie ein geröcheltes Credo anhörten.

Ja, Trudi glaubte an ihre Tinkturen, Salben und Pülverchen. Glaube konnte schließlich Berge versetzen, und wenn er das konnte, dann war es auch ein Leichtes für ihn, das gnadenlose Ticken ihrer biologischen Uhr zu verzögern. Sie handelte wie ein Kind, das die Zeiger einer Uhr anhielt, um Zeit zu gewinnen.

Nachdem sie ihren Zaubertrank hinuntergestürzt hatte, der ihre Vergänglichkeit einen Tick unvergänglicher machen sollte, blitzte Triumph in ihrem Gesicht auf. Auf Walter wirkte sie dann wie ein russischer General, der mit Wodka auf eine gewonnene Schlacht anstieß. Es hätte ihn nicht gewundert, wenn auch sie ihr Glas nach jedem Trunk in eine Ecke geschleudert hätte, dass es zersprang. Und apropos Zerspringen – Walter konnte sich nicht vorstellen, dass Trudi sich über die Wechselwirkungen im Klaren war, die all das Zeug, das sie in sich hineinschluckte, in ihrem Körper auslösen konnte. Dafür hätte sie eine promovierte Pharmakologin sein müssen – war sie aber nicht. Ihr Magen-Darm-Trakt war ein Alambic, in dem stets alchemistische Süppchen vor sich hin köchelten. Manchmal hatte er die Vision, dass Trudi plötzlich mit einem lauten Knall vor seinen Augen explodierte. Peng!

Das Letzte, was er von seiner Frau zu hören bekam, wenn sie nach einem neuerlichen Besuch des Bades endlich ins Bett gekrochen kam, war ein steriles „Gute Nacht!“, das in seinen Ohren immer öfter wie ein von Herzen kommendes „Fuck you!“ klang. Manchmal war er noch in der Lage, es mit einem resignierten Grunzer zu quittieren, doch meistens stellte er sich tot.

Walter wusste, was Trudi noch an seiner Seite hielt: Bequemlichkeit, Gewohnheit und schwer teilbares Kapital. Aber vor allem war es das Bild, das die Öffentlichkeit von ihnen hatte. Es glich einer Blechplatte, die sie zusammen über die Jahre mit Fleiß auf Hochglanz poliert hatten. Doch Wille, Kraft und Geduld für diese aufwendige Politur hatten sich bei beiden erschöpft. Wie ein toter Fisch vom Kopf her zu stinken begann, so begann auch die Blechplatte ihres Images allmählich von den Rändern her zu rosten. Noch glänzte die Oberfläche für den, der nur einen flüchtigen Blick darauf warf. Jemand, der genauer hinsah, konnte jedoch schon stumpfe Flecken ausmachen – die Korrosion schritt unaufhaltsam voran.

Nichts in der Welt kostet die Seele mehr Kraft, als das Aufrechterhalten einer Lüge, nichts erschöpft sie mehr, als die Wahrung des schönen Scheins.

Walter und Trudi hatten sich in ihrer Beziehung erschöpft wie zwei Wanderer in der Wüste. Die Karte, auf der die verborgenen Wasserstellen vermerkt waren, die ihre Ehe hätten neu beleben können, war längst unter dem Treibsand des Alltags verschwunden. Sie gingen im Kreis. Immer zusammen, doch jeder für sich allein.

Walter hatte mit Trudi keine Gütertrennung vereinbart. So etwas war damals, Anfang der 70er, noch ein Unding für ein verlobtes Paar gewesen. Seiner Liebsten einen Heiratsantrag zu machen und ihr gleichzeitig die Formulare für eine Gütertrennung unter die Nase zu halten, wäre von der Gegenseite wahrlich nicht als Sahnehäubchen auf dem süßen Pudding männlichen Werbens empfunden worden. Vielmehr hätte es so mancher vielversprechenden Verbindung den Todesstoß versetzt. Doch Walter hatte ihren gemeinsamen Besitz, in den mittlerweile auch drei beträchtliche Erbschaften eingeflossen waren, mit den Jahren zu einem Kapitalgeflecht geknüpft, das einem undurchdringlichen Dschungel glich. Nur er kannte die geheimen Pfade, die Zutritt und Passage gewährten.

Wenn Trudi je auf den Gedanken käme, ihn zu verlassen, würde sie staunen, wie wenig Früchte dieser Dschungel für sie bereithielt.

Walter ahnte, dass ihn sein Erfolgsstreben für viele Dinge des Lebens blind gemacht hatte, Dinge, die ihm das gnadenlos fortschreitende Alter nun immer öfter in grell aufblitzenden Bildern vor Augen führte und ihn damit quälte. Bilder, die schmerzten. Doch Reue und Bedauern lagen ihm fern. Sie waren etwas, das sich ein Erfolgsmensch getrost fürs Sterbebett aufheben konnte. Spieler, der er war, setzte er sowieso darauf, dass ihn dereinst ein schneller Tod ereilte, einer, der ihm jedes erbarmungswürdige Gezeter über verpasste Chancen ersparte.

***

Für gewöhnlich saß Walter Weber alleine hier im Lokal.

Nur eine halbe Stunde, nicht länger. Dann ging er. Er war der Bürgermeister, und die Bestellung eines zweiten alkoholischen Getränks konnte in einer Kleinstadt wie Freyung unversehens die übelsten Gerüchte nach sich ziehen.

Aber zu den Verpflichtungen eines Bürgermeisters gehörte es eben auch, Volksnähe zu zeigen, und so zeigte er sich jeden Abend in mindestens fünf verschiedenen Lokalen. In jedem Lokal nur ein einziges Getränk – Ehrensache!

Man bewunderte seinen eisernen Willen, sich niemals und nirgends auf einen zweiten Drink einladen zu lassen. Er wechselte nach jedem Getränk das Lokal, und bevor er ein anderes betrat, gurgelte er im Auto mit Essigwasser, das er in einer Bügelverschlussflasche im Erste-Hilfe-Koffer mitführte. Nur Trudi kannte seinen Verteilungsschlüssel und wusste, dass auch eine „Ehrensache“ bei entsprechender Häufung gehörig ins Blut ging.

Walter Weber – wie meist in einem dunkelblauen 1000-Euro-Anzug von Zegna – zog jetzt sein Handy aus der Jackentasche, um seine Frau anzurufen. Zuvor aber lockerte er seine ockerfarbene Krawatte und öffnete den obersten Knopf seines weißen Burberry-Hemdes.

Er wusste, dass Trudi ihn nie vor 23:00 Uhr zurückerwartete. Trotzdem rief er sie jeden Abend an. Gewohnheit ... alles nur Gewohnheit. Und fast jeden Abend erzählte er ihr eine andere Geschichte.

Nach drei Klingeltönen hatte er seine Frau am Apparat.

„Ähm ... Trudi, bei mir wird’s heute Abend später ... eine Dringlichkeitssitzung wegen der neuen Umgehungsstraße!“

Er hasste sich für das „Ähm“ am Anfang seines Satzes. Es war ein Verlegenheits-Ähm. Warum drängte es sich ausgerechnet bei einem Gespräch mit seiner Frau über seine Lippen? Trudi und er hatten schon längst alle Verlegenheiten zwischen sich aus dem Weg geschafft. War es das letzte Quäntchen Scham, zu dem er noch in der Lage war, wenn er sie belog?

Im Amt konnte er lügen, dass sich die Balken bogen, ohne ein einziges „Ähm“. Dort schämte er sich auch nicht dafür, denn eines hatte er schon früh begriffen: Ein Politiker musste lügen, um zu überleben. Gut dosierte Lügen waren die Nährlösung, ohne die Politik nicht funktionierte.

„Ist gut. Ich muss auch nochmal weg ... der Lesezirkel!“, hörte er Trudi sagen. Und die Art, wie sie es sagte, versicherte ihm, dass sie log. Eigentlich war es nur die kurze Pause, die sie vor den zwei Worten „der Lesezirkel“ gemacht hatte, die ihm diese Gewissheit gab, und vielleicht auch noch eine kaum wahrnehmbare dunklere Einfärbung ihrer Stimme.

„Ist der nicht immer dienstags?“, konnte er es nicht lassen, sie zu weiteren Lügen anzustiften.

„Verschoben!“

Peng! Da war sie, die nächste Lüge – eine Einwortlüge. Einfach genial! Wahrscheinlich war Trudi dabei nicht mal rot geworden am anderen Ende der Leitung.

„Aha … also dann bis später!“

„Bis später!“

Walter ging online und besuchte die Webseite der Buchhandlung Lang in Freyung. Der Lesezirkel war dienstags. Wie immer. Keine Notiz von einem verschobenen Termin.

Er ließ sein Handy wieder zurück in die Tasche gleiten und widmete sich gedankenverloren seinem „Lady Killer“.

Warum hatte Trudi gelogen?

Es war nicht ihre Lüge, die ihn beunruhigte, sondern die Tatsache, dass sie ihn sonst nie belog. Trudi hatte nämlich ein teuflisches Vergnügen daran, ihm ungeschminkt die Wahrheiten ins Gesicht zu sagen. Hätte sie in ihrem Alter noch einen Liebhaber gehabt, mit dem sie sich treffen wollte, dann hätte sie ihm das genüsslich und in fetten Lagen aufs Brot geschmiert. Und sie hätte ihn dabei beobachtet wie eine Laborratte, der sie gerade Gift gespritzt hatte.

Wenn Trudi also log, dann war sie außer sich, dann hatte sie etwas komplett aus der Bahn geworfen … Doch was konnte das sein?

Hatte es mit ihm zu tun?

Er war sich keiner Schuld bewusst.

Aber das hatte nichts zu sagen, denn als Politiker von echtem Schrot und Korn hatte er gelernt, an seine weiße Weste zu glauben – alles nur eine Sache mentalen Trainings.

Was war das sogenannte Gewissen denn schon? Ein Übel in jeder Hinsicht! Ein schlechtes Gewissen vergällte einem alle Lebensfreude, und ein reines ließ sich nur durch permanente Angst vor Strafe und Entdeckung aufrechterhalten. Besser also, man verzichtete gleich ganz darauf.

Für Walter Weber war das Gewissen akzeptierte Diktatur. Etwas für den kleinen Mann im Volke, der sich im Kampf ums Dasein gern in die hintersten Reihen verdrückte, um dort, wo nicht gekämpft wurde, mit dem stumpfen Säbel seiner Rechtschaffenheit zu rasseln.

***

Die Zeiger von Walter Webers goldener Rolex standen auf 18:30 Uhr. Für 20:00 Uhr hatte er einen Tisch im „Johanns“ in Waldkirchen reserviert. Er wollte sich dort mit seiner Anlageberaterin treffen.

Jetzt fiel ihm der Brief wieder ein, den ihm Frau Gerbel, seine Vorzimmerdame, gestern auf den Schreibtisch gelegt hatte. Er hatte sie verwundert angesehen, denn normalerweise war sie befugt, all seine Post zu öffnen. Doch sie hatte mit ihrem Zeigefinger, der wie ein Ausrufezeichen mit rot lackiertem Punkt wirkte, auf den unterstrichenen Vermerk auf dem Umschlag gedeutet: *„Nur von Walter Weber persönlich zu öffnen!“*

Er hatte den Brief genommen, von allen Seiten betrachtet, und als er keinen Absender fand, achtlos beiseitegelegt.

Später, als Frau Gerbel gegangen war, hatte er ihn geöffnet und gelesen. Nein, er war nicht bleich dabei geworden. Er hatte laut aufgelacht wie über einen gelungenen Witz. Dann war er aufgestanden und hatte schmunzelnd seinen Reißwolf damit gefüttert.

„Zahlen!“, winkte er jetzt der Bedienung.

Dann holte er seinen Mantel von der Garderobe und schlenderte über den Kirchplatz zum Bräustüberl hinüber, wo er sich noch einen Schoppen Roten genehmigen wollte, bevor er nach Waldkirchen aufbrach.

Die vergoldete Madonna auf dem Marienbrunnen blickte ihm nach, als wolle sie ihm noch einen guten Rat mit auf den Weg geben. Doch er dachte in diesem Augenblick nicht an die Jungfrau Maria, sondern an Ilona seine Anlageberaterin. Für eine saftige Einlage in einen der von ihr betreuten Investmentfonds war sie immer auch bereit, ein bisschen mit ihm zu spielen. Sie war eine Vollblutfrau: strotzend vor Tatkraft und umgeben von einer Aura spröder Strenge.

Walter schätzte spröde Frauen. Solche, denen mit lauwarmem Allerweltscharme nicht beizukommen war; noch dazu, wenn sie wie Ilona Porcelius Hosenanzüge trugen, Cohiba Zigarillos rauchten, eine Alain Mikli Brille trugen und hochintelligent waren. Das war eine Mischung, die seine Sinne reizte wie unverschnittenes Kokain.

Dass Ilona schon 46 war, kam ihm entgegen. Denn in ihr sah er nicht wie in den Studentinnen seiner Passauer Maisonettewohnung ständig seine Enkelin vor sich.

Schon öfter hatte Walter Weber versucht, dem Trinker und dem streunenden Kater in sich den Gnadenschuss zu verpassen. Vergeblich. Noch immer steckten zwei Seelen in seiner Brust. Und wenn die Nacht kam, wollten beide auf die Jagd – die eine nach einem steifen Drink, die andere nach einem geilen Fick.

Bevor auch Letztere zu ihrem Recht kam, war ein Besuch bei seinem verschwiegenen Freund, dem Apotheker, mittlerweile unvermeidlich.

24

Xaver Weber war geschafft, aber auch stolz und überglücklich. Er hatte sich gerade drei Tage in München aufgehalten, um eine erstklassig renovierte Gründerzeitvilla, am südlichen Stadtrand der Metropole, an den Mann zu bringen.

14 Monate lang hatte er das Millionenobjekt wie Sauerbier auf seiner Website angeboten. Jetzt endlich hatte sich ein Käufer dafür gefunden, ein Brauereibesitzer aus Passau, der sich in der Landeshauptstadt zur Ruhe setzen wollte. Die Verträge waren unterschrieben, das Geschäft unter Dach und Fach. 220.000 Euro Provision auf einen Schlag. Das kam nicht allzu oft vor. Das musste gefeiert werden.

Bevor er die Haustür seiner Villa aufsperrte, sah er noch in den Briefkasten. Die meiste Post landete bei ihm im Büro, nur wenige Briefe fanden den Weg zu seinem privaten Domizil. Insgesamt fischte er vier Briefe aus dem Kasten: Zwei Rechnungen, ein Werbeschreiben und einen Umschlag ohne Absender.

Nachdem er sich seiner Schuhe und des Mantels entledigt hatte, war sein erster Weg an die gut bestückte Hausbar. Er griff sich einen schweren Tumbler und füllte ihn bis über die Hälfte mit seinem Lieblingsscotch „Lagavulin" – ein Destillat mit dem Aroma von fermentiertem Eichenholz und einer Spur geräucherter Moorleiche im Abgang. Die erste Hälfte des Glases leerte er mit geschlossenen Augen im Stehen. Dann setzte er sich in einen Arik Brauer Sessel vor den Kamin, zündete per Fernbedienung das kaltbrennende abgasfreie Effektfeuer und begann, seine Post zu öffnen.

Den Brief ohne Absender las er mehrmals. Mit zunehmendem Kopfschütteln. Dann legte er ihn beiseite und starrte in die Flammen des Kamins.

„Liebes Bruderherz, geschätzter Miterbe …"

Scheiße! Was war das denn? Erlaubte sich da jemand einen üblen Spaß mit ihm?

In Gedanken ging er seinen Bekanntenkreis durch.

Wem war so eine Nummer zuzutrauen?

Ihm fiel niemand ein. Der Einzige, mit dem er ab und zu etwas Stress hatte, war dieser Einsiedler und langhaarige Waldschratt, Ludwig Grünzinger. Wo immer er ihm zufällig begegnete, versuchte dieser, an seiner Jägerehre zu kratzen.

Ein seltsamer Heiliger! Und was für Ideen er von der Jagd hatte! Am liebsten wäre es ihm, wenn die Jäger ohne Flinte in den Wald gingen – zum Rehestriegeln und Hasenstreicheln. Vielleicht war es ja auch er, der ihm Fallen und Kameras stahl und seine Jagdsitze ruinierte. Aber dafür kamen gleich mehrere Personen infrage. Z. B. der Atzinger Bauer, dem die Wildschweine schon ein paarmal seine Maisfelder verwüstet hatten, und der ihm deshalb ständig in den Ohren lag, er solle doch gefälligst mehr von diesen Viechern abschießen … mehr, als es die amtliche Abschussquote vorgab. „… und wenn du nicht bald in die Gänge kommst, besorg ich mir selbst ein Gewehr!“, hatte er noch letztes Jahr gedroht.

Mochte auch sein, dass der Sepp, der 16-jährige Sohn des Atzingers für die Schäden in seinem Jagdrevier verantwortlich war. Der musste sich schließlich den Frust, den sein Alter mit den Wildschweinen und Jägern hatte, tagtäglich anhören. Gut möglich, dass er, wie es der Jugend so eigen ist, statt vielem Herumgerede, auf seine ganz eigene Weise die Initiative ergriffen hatte. Vielleicht hatte er sich schon einen Jagdbogen zugelegt und würde demnächst lautlos auf Wildschweinjagd gehen.

Dass Ludwig Grünzinger auf günstig gelegenen Waldlichtungen Cannabis anbaute, dafür hatte er bereits einen Beweis. Er hatte die Pflanzen entdeckt und eine Kamera in ihrer Nähe installiert. Volltreffer! Luk bei der Ernte! Die Bilder waren zwar etwas grobkörnig, aber man konnte das Gesicht des Hobbygärtners ganz gut darauf erkennen. Ein typisches Grasrauchergesicht – eine Spur zu hager. Heute sagte man „asketisch“ dazu.

Xav hatte erst einmal abgewartet, da es gut möglich war, dass auch noch gewisse andere Delikte auf Luks Konto gingen, die einer Anzeige dann noch mehr Gewicht verliehen.

Xav hatte den Text des Briefes während des Lesens Wort für Wort memoriert. Er hatte ihn auswendig gelernt wie ein Gedicht, für dessen fehlerfreien Vortrag es statt eines Fleißbildchens ein paar Millionen Euro gab.

In seinem Kopf hatte bereits eine Rechenmaschine zu rattern begonnen, die ihm ausrechnete, wie viel von seinem zu erwartenden Erbe er in den Wind schreiben müsste, wenn sich herausstellte, dass es da tatsächlich jemanden gab, der die Hälfte davon für sich beanspruchen konnte.

„Es liegen schriftliche Beweise vor, dass mich dein (unser) Vater Walter Weber gezeugt hat …“

Das war der wunde Punkt an der Sache: So wie Xav seinen Vater kannte, konnte es durchaus sein, dass er ein paar uneheliche Kinder in die Welt gesetzt hatte.

Schon während der Pubertät, die einen für solche Beobachtungen sensibel machte, hatte er die Überzeugung gewonnen, dass sein alter Herr ein unverbesserlicher Schürzenjäger war.

Sein Vater arbeitete im Umgang mit Frauen vor allem mit seinen Augen. Es schien da eine Sprache der Blicke zu geben, die zu einer schnelleren und umfangreicheren Verständigung führte, als sie mit Worten je bewerkstelligt werden konnte. Das Wort verhielte sich zu so einem Blick wie ein Ottomotor zum Warp-Antrieb.

Oft hatte er seinen Vater beobachtet, wie er im Gedränge einer öffentlichen Veranstaltung irgendeiner Frau einen dieser Blicke zuwarf, die für ihn, Xav, keinerlei verwertbare Information enthielten. Und dann passierte es plötzlich: Beide mäanderten, jeder für sich, weiter durch die Menge, wie zwei Ameisen, die verschiedene Ziele verfolgten. Doch am Ende ihres Weges trafen sie abseits der Menge wie zufällig wieder aufeinander. Dann erst wurden Worte gewechselt. Wenige Worte. Nichtssagende Worte. Denn sie waren nur noch die Garnitur für die umfassende Information, die bereits geflossen war.

Es war für Xav jedes Mal wie ein kleines Wunder, wenn er dieses geheimnisvolle Spiel beobachtete. Die Botschaft eines einzigen solchen Blickes musste von einer unerhörten Komplexität sein. Sie musste ganze Enzyklopädien des Eros enthalten, Liebesromane, Sexfilme und Sigmund Freuds Schriften über das Lustprinzip obendrein.

Doch nur der passende Empfänger konnte diese kryptische Botschaft entschlüsseln, für alle anderen war sie nur ein unverfänglicher Blick. Der Sender vergab sich nichts. Er stellte sich nicht bloß, wie es beim Übermitteln seiner Botschaft durch das Wort geschehen wäre. Er konnte nichts verlieren, nur alles gewinnen.

Xav bewunderte seinen Vater dafür. Er selbst besaß diese Gabe nicht. Wenn ihm in den einschlägigen Clubs, die er von Zeit zu Zeit besuchte, ein junger Mann gefiel, dann stand ihm zur Übermittlung seines Gefühlsstatus nur der Ottomotor seines Wortschatzes zur Verfügung, und dieser knatterte, qualmte und hatte ganz abscheuliche Fehlzündungen. Oft genug verzichtete er deshalb darauf, ihn überhaupt in Gang zu setzen, glotzte sein Gegenüber nur hilflos an und hoffte, dass die Initiative von der anderen Seite kam.

„Also dann bis Freitag, alter Nimrod!“

Heute war Freitag.

Der Verfasser des Briefes hatte ihn für 19:30 Uhr in das Gasthaus Zur Alten Post in Herzogsreut bestellt.

Xav sah auf seine Patek Philippe am Handgelenk.

Die Zeiger unter dem gewölbten Kristallglas standen auf 21:40 Uhr.

Zu spät!

Er zuckte mit den Achseln, leerte seinen Tumbler und stand auf, um sich noch einen Schluck zu genehmigen.

Wäre er hingefahren, wenn er Zeit gehabt hätte?

Natürlich wäre er hingefahren! Allein schon, um herauszufinden, wer der Schreiber des Briefes war und ob er tatsächlich irgendwelche Beweise in der Hand hatte.

Aber egal. Wenn dieser Brief von einem Spaßvogel verfasst worden war, dann würde er wahrscheinlich nichts mehr von ihm hören. Denn durch sein Nichterscheinen heute Abend war dem Schreiber sicher klargeworden, dass man im Hause Weber auf solcherlei Ulk nicht reagierte.

Wenn es aber tatsächlich einen Halbbruder von ihm gab, der plötzlich auf die Idee gekommen war, sich seinen gesetzlichen Erbteil zu sichern, dann würde er sich auf jeden Fall wieder bei ihm melden.

Sollte er mit seinem Vater darüber sprechen?

Nein, ohne Fakten in der Hand war so ein Gespräch müßig. Er würde erst einmal abwarten.

Wenn der anonyme Schreiberling ein neuerliches Treffen vorschlug, dann würde er ihm in aller Offenheit ein klares Bild von „seinem" Vater malen. Der würde sich nämlich niemals von einem dahergelaufenen Möchtegern-Erben zu einem Vaterschaftstest überreden lassen. Der Bürgermeister von Freyung hatte in seiner Position keinen Bedarf an plötzlich auftauchenden Jugendsünden auf zwei Beinen mit leerem Beutel und Gelüsten nach Familienanschluss.

Xav fiel jetzt ein, dass er sein Handy schon am Nachmittag ausgeschaltet hatte, damit nichts und niemand ihn bei den heiklen Verhandlungen mit seinem Kunden aus Passau stören konnte. Jetzt zog er es aus der Tasche, schaltete es ein und checkte die inzwischen eingegangenen Nachrichten. Nicht, dass er heute noch Lust gehabt hätte, eine davon zu beantworten, nein, er würde das alles morgen vom Büro aus erledigen. Für heute hatte er genug geleistet. Noch immer schwappte ein Rest von Glückshormonen durch sein Gehirn, die ihn für seinen gelungenen Coup belohnten. 220.000 Euro Provision für eine einzige Transaktion! Das sollte ihm erstmal wer nachmachen. Sein Vater würde stolz auf ihn sein, auch wenn er bei diesem Deal, wie bei so vielen anderen, die Finger mit im Spiel gehabt hatte – der Kunde aus Passau war ein Schulkamerad von ihm gewesen.

Es waren insgesamt 13 Nachrichten eingegangen. Er überflog sie. An einer blieb sein Blick haften und seine Pupillen weiteten sich. Die

Nachricht stammte von genau dem Mann, über den er gerade noch nachgedacht hatte. Von dem Mann, der vielleicht auch der Absender dieses anonymen Briefes war … von Ludwig Grünzinger. Er hatte die E-Mail-Adresse des Büros benutzt.

Aber wieso sollte ihm Luk zuerst einen anonymen Brief schreiben, wenn er ihm wenig später eine Mail mit seiner vollständigen Internetadresse zukommen ließ? Das passte irgendwie nicht zusammen.

Der Text lautete: *„Besser, du kommst nicht mehr in meinen Wald, sonst landen diese Bilder im Netz!“*

Xav öffnete die angehängten Bilddateien und erstarrte.

Die Fotos waren in seiner Jagdhütte aufgenommen worden. Dem Winkel nach zu urteilen, musste die Kamera auf dem Bord gestanden haben, auf dem die alten Bierkrüge standen. Sein Hals wurde trocken. Er begann zu schlucken. Mit zittrigen Fingern fuhr er über das Display, um die Bilder der Reihe nach zu vergrößern.

„Oh Shit!“, stöhnte er und schloss die Augen. Jäh schoss ihm das Blut in den Kopf und ließ sein Gesicht vor Scham und Wut erröten.

Wie von einer unsichtbaren Keule getroffen, schwankte er zur Bar. Diesmal ließ er den Lagavulin nicht in den Tumbler laufen, sondern direkt von der Flasche in seine Kehle.

„Dreckskerl!“, stieß er hervor, als er die Flasche absetzte. „Du hundsgemeiner Dreckskerl!“

Aber als der Alkohol in seinen Kreislauf gelangte, erlangte er auch Pulsschlag für Pulsschlag seine Fassung zurück. Mit ihr kam die Erinnerung, an etwas, das …

Hastig eilte er an seinen Schreibtisch, öffnete dort eine Schublade und begann, darin zu kramen. Schließlich hielt er zwischen Daumen und Zeigefinger ein schmales Plättchen in die Höhe und betrachtete es im Schein einer Lampe wie eine geweihte Hostie. Es war eine SD-Karte. Langsam führte er sie an seine Lippen und küsste sie inbrünstig.

Er war gerettet.

25

Auszug aus dem Tagebuch der Magdalena Grünzinger vom 24. August 2012.

– Ist heut der Tag des Hl. Bartholomäus, der was auch der Schutzpatron von die Metzger ist. Haben ihm bei lebendigem Leib die Haut abzogen. Nicht die Metzger, sondern die Heiden.

Da muss ich gleich wieder an den Ludwig denken. Ist auch ein halber Metzger worden. Was er mit seinen toten Viechern anstellt, bis sie endlich ausgestopft sind, ist reine Metzgersarbeit. Heut Morgen erst ist wieder der LKW von der Tierkörperverwertung im Hof gestanden. Hat all die abgebalgten Kadaver abgeholt. Hat gestunken wie die Pest. Als er schon eine halbe Stund weg war, hats mich immer noch gehoben.

Aber Eins muss ich dem Bub lassen: Mit seiner grausligen Arbeit verdient er ein Heidengeld!

Im Bauernkalender steht: Wie der Bartholomäustag sich hält, ist der ganze Herbst bestellt. Gott bewahr, daß ich den ganzen Herbst lang diesen Gestank in der Nasen hab! –

Um die Giebel des Grünzinger Anwesens heulte der Wind und trieb den Schnee fast waagrecht vor sich her. Die Anzeige des Außenthermometers pendelte seit Tagen um den Gefrierpunkt. Doch wagte man sich aus dem Schutz beheizter Räume hinaus, so empfand man die Temperatur durch den eisig blasenden Nordost noch weitaus tiefer.

Der Winter hatte nun endgültig das Regiment übernommen. Er hatte sich heuer nicht mit regionalen Geplänkeln aufgehalten, um sich dann wieder zurückzuziehen und neue Kräfte zu sammeln. Er hatte gleich mit Entschiedenheit die Belagerung des gesamten Bayerischen Waldes in Angriff genommen. Bis weit in den April hinein würde er sich jetzt nicht mehr vertreiben lassen. Die Wipfel der Fichten bogen sich bereits unter der Schneelast. Bis auf die Hauptstraßen, die von den Schneepflügen freigehalten wurden, waren Weg und Steg verweht. Wenn der Wind sich legte, herrschte eine Stille, die das Ohr schmerzte. Ab 17:00 Uhr ging das Bleigrau des Himmels in ein teeriges Schwarz über. Dann gingen in den verstreut liegenden Gehöften die Lichter an, die im dichten Schneetreiben wirkten wie die Lichter von armen Seelen, die sich auf der Suche nach dem Paradies verirrt hatten.

Manchmal schleuderte eine Bö eine ganze Wolke von Eiskristallen an die erleuchteten Fenster des Labors. Dann sträubte sich Ludwig Grünzingers Nackenhaar, und er sah stirnrunzelnd von seiner Arbeit auf, als habe er das Klopfen eines ungebetenen Gastes vernommen, der Einlass begehrte.

War etwa Joe der Postbote von den Toten auferstanden? Ausgeschlossen! Die Auferstehung eines Postboten machte keinen Sinn. Austauschbar! Außerdem war er nicht bei Facebook, was auch sein digitales Weiterleben verhinderte. Die Gesellschaft hatte sich nun mal entschieden, alle Eigenbrötler und Nonkonformisten aus ihrem Kommunalen Gedächtnis zu tilgen. Joe war mausetot und tat keinen Mucks mehr. Er lag jetzt im alten Kuhstall in einem der fünf Fichtensärge, in dessen Deckel Luk 20 Nägel eingetrieben hatte. Das sollte ausreichen, um jede halbherzig unternommene Auferstehung zu vereiteln.

Luk hatte Joes Leiche vor drei Tagen kurzerhand vom Labor zum Stall hinuntergeschleift und sie dort in einem Sarg deponiert. Das war für den Augenblick die beste Lösung, denn Ablenkung, egal welcher Art, konnte er sich momentan nicht leisten.

Seine Beschäftigung mit der Frau aus Regensburg hatte inzwischen die kreative Phase erreicht. Das schmutzige Vorspiel mit Fleisch, Blut, Gedärm und Gebein war abgeschlossen. Jetzt begann der eigentliche Schöpfungsakt, der in der Klimax seiner heiligen Vision kulminieren würde. Und wie bei jedem Schöpfungsakt, der gelingen sollte, musste sich der Schöpfer in Trance versetzen, um ein Meisterwerk zu schaffen. Denn ohne völlige Versunkenheit in sich selbst konnte der göttliche Funke nicht zünden, der profanem Handwerk die Weihen der Kunst verlieh.

Das Paradebeispiel für schöpferischen Dilettantismus war der Mensch: Irgendjemand – ob Teufel oder Postbote – musste den Schöpfer bei der Erschaffung des Menschen gestört haben. Das Resultat: Ein missglücktes Genie. Ein unbeholfenes Konglomerat von Atomen, in dem richtungslose Geistesblitze herumgewitterten, die auch nach Jahrmillionen der Evolution noch immer keinen intelligenten Plan erkennen ließen. Es reichte gerade mal so für die Befriedigung der Grundbedürfnisse: Saufen – Fressen – Ficken – Twittern und Posten.

Luk hatte sich an jenem Abend mit Joes Schlüsselbund in der Tasche auf die Suche nach dessen Auto gemacht. Wie zu erwarten, stand es unten an der Hauptstraße direkt in der geräumten Auffahrt zum Hof. Recht viele andere Möglichkeiten zum Parken gab es jetzt nicht, da die Schneepflüge alle sonstigen Einfahrten zu den Waldwegen mit dem Schnee der Straße zugeschoben hatten.

Luk setzte sich in den Wagen, fuhr mit ihm nach Freyung und stellte ihn dort am Busbahnhof ab. Bevor er sich ein Taxi nach Hause nahm, warf er Joes Schlüsselbund in eine zur Leerung bereitstehende Mülltonne.

Wenn Joe irgendwann vermisst wurde und sein Wagen als verschneiter Dauerparker auffiel, würde man sicherlich annehmen, er sei in einen der Busse gestiegen. Dann würde das große Rätselraten bei der Kripo losgehen, und Rätselraten kostete Zeit, Zeit, die Luk dringend benötigte. Denn erst, wenn er mit der Frau aus Regensburg fertig war, konnte er sich um die restlose Beseitigung von Joes Leiche kümmern. Und wenn einer wie er – ein Profi im kreativen Umgang mit toten Körpern – „restlos" sagte, dann meinte er es auch so, weil er das Knowhow und die Mittel dazu besaß.

Joes letzte Spur auf dieser Welt würde sich im Rauch von Schwefelsäure verlieren. Die Filteranlage würde diesen absaugen und als reinen Wasserdampf in die kalte Winterluft abgeben. Joes Seele – falls er eine hatte – würde wie eine Comic-Sprechblase ohne Text noch ein Weilchen über dem Abluftschacht des Labors schweben und sich dann auflösen.

***

Während draußen Väterchen Frosts eisiger Atem alles erstarren ließ, sorgte im Inneren des Labors die herzergreifende Stimme von Terry Jacks für eine angenehme Atmosphäre. Sein Song *Seasons in the Sun* fügte der Raumtemperatur, die ein Thermostat auf konstanten 18°C hielt, gefühlte fünf Grad hinzu.

Luk saß vor seinem PC und summte leise den Refrain mit.

„We had joy we had fun
We had seasons in the sun …“

Sein Blick war unverwandt auf den Bildschirm gerichtet. Manchmal drückte er ein paar Tastenkombinationen auf dem Keyboard. Dann wieder setzte er mit der Maus ein paar Ankerpunkte in die Grafik, die auf dem Monitor zu sehen war: Linien – dicke Linien, dünne Linien, rote Linien, schwarze Linien, geschwungene Linien und gestrichelte Linien.

Er hatte sich ein Schnittmusterprogramm auf seinen Computer heruntergeladen und schon stundenlang damit geübt. Massenhaft Entwürfe waren bereits im Papierkorb gelandet.

Normalerweise war er kein Pedant, aber wenn es um Evi ging, konnte er sich nun mal keine Halbheiten erlauben – er musste weiter üben.

Das Denkmal, das er zu schaffen gedachte, musste bis ins kleinste Detail mit seiner Vision übereinstimmen. Er konnte sich mit der Haut der Frau aus Regensburg keinen Verschnitt leisten. Zu kostbar … kostbar wie das Goldene Vlies, dem einst Jason mit den Argonauten nachgejagt war.

Jeder Quadratzentimeter ihrer Cutis, die jetzt fein säuberlich zusammengerollt bei 4°C in der Kühltruhe lagerte, war unersetzlich – ein Schatz. Denn wann würde sich je wieder so eine Gelegenheit bieten? Nicht jedes Jahr tauchten Frauen bei seinen Seminaren auf, die

Evi so ähnlich sahen. Nicht jedes Jahr würde eine von ihnen durch unglückliche Umstände im Fichtensarg ihr Leben aushauchen … Nein, er musste hier äußerst behutsam vorgehen, so eine Chance kam nie wieder.

Also, üben, üben, üben!

Irgendwann würde der perfekte Entwurf vorliegen. Den würde er dann auf einem USB-Stick abspeichern und später im Maßstab 1:1 plotten lassen.

„*… Together we climbed hills and trees*
Learned of love and ABC's …"

„Wann hast du sie eigentlich kennengelernt, deine Evi?", fragte Andy das Frettchen, das in seiner Hängematte schaukelte und sich genüsslich die letzten Blutstropfen von der rosa Schnauze leckte. (Es hatte Frischfleisch zum Abendbrot gegeben.)

Andy fragte nicht aus Neugier. Er kannte die Geschichte bereits. Er fragte aus Höflichkeit, weil er wusste, dass Luk gerne darüber redete. Außerdem war er ihm dankbar für den blutigen Leckerbissen. Frischfleisch landete schließlich nicht jeden Tag in seinem Fressnapf.

Luk sah von seiner Arbeit auf und überlegte, ob er sich von Andy aus dem Konzept bringen lassen durfte. Aber seine Augen, die stundenlang auf den Monitor gestarrt hatten, waren müde und konnten eine Unterbrechung gut gebrauchen. Außerdem war ein Gespräch über Evi keine Ablenkung. Jedes Gespräch, das er mit Andy über sie führte, diente der Verinnerlichung einer Zeit, die niemals mehr zurückkehren würde.

„*… But the wine and the song*
Like the seasons have all gone …"

Er lehnte sich in seinem Sessel zurück und ließ den Blick über die Reihen ausgestopfter Tiere schweifen, deren Glasaugen ihn aus dem

Halbdunkel der Regale erwartungsvoll anblitzten. Er wirkte wie ein Dramaturg auf der Bühne, der mit schon geöffnetem Mund noch ein paar Sekunden lang zögerte, um die Aufmerksamkeit des Publikums auf sich zu ziehen, bevor er den ersten Satz deklamierte.

***

„Ich war neun oder zehn Jahre alt, als ich sie zum ersten Mal sah. Sie schwebte an mir vorüber wie ein himmlisches Wesen. Aber nur für mich schien es, als schwebe sie. Tatsächlich war ihr Gang beschwingt, und der Pferdeschwanz, den sie damals trug, wippte lustig hin und her.

Ich hatte nach der Schule noch das Freibad besucht und befand mich gerade wieder auf dem Rückweg zur Bushaltestelle, als sie mir entgegenkam. Sie wirkte fröhlich und belustigt, ganz so, als habe sie sich selbst gerade einen Witz erzählt.

Sie würdigte mich keines Blickes.

Sie war so mit sich selbst beschäftigt, dass die Welt um sie herum nicht für sie zu existieren schien.

Ich war Luft für sie!

Ich blieb stehen und starrte ihr nach; war wie vom Donner gerührt. Dann, als habe eine fremde Macht die Führung über meinen Körper übernommen, ging ich ihr nach. Steif und ungelenk wie eine an Schnüren gezogene Marionette.

Auch ich hatte jetzt die Welt um mich herum vergessen – den Bus, der mich nach Hause bringen sollte, die Hausaufgaben, die auf mich warteten und den ganzen Rest meines Schulkind-Alltags. All das war jetzt plötzlich unwesentlich geworden … nicht mehr da … ausgeblendet.

Meine Wahrnehmung konzentrierte sich einzig und allein auf den tanzenden blonden Pferdeschwanz vor meinen Augen und das köstliche Ding, an dem er hing – braune Beine, Denim Shorts, sonnengelbes Top, Flipflops.

Ich hörte in diesem Zustand weder die Autos, die an mir vorbeifuhren noch die Stimmen der Leute, die vorüberkamen. Nur das ‚Klipp … klapp' ihrer Flipflops, das mich auf der Spur hielt und in meinen Ohren klang wie: ‚Komm doch … komm doch!'

Alles, was jetzt noch gefehlt hätte, um mich vor meiner Umgebung komplett lächerlich zu machen, wäre gewesen, wenn ich meine Hände mit ungeduldigen Greifbewegungen nach ihr ausgestreckt hätte wie ein hungriger Säugling, der eine Nuckelflasche sieht. Aber genau dieses Verlangen hatte ich. Ich war plötzlich hungrig nach etwas, das ich noch nie gekostet hatte, aber von dem mir eine innere Stimme sagte, dass es für mich überlebenswichtig war."

„Und? Hast du?", fragte Andy keckernd nach.

„Was?"

„Sie angebaggert?"

„Was für ein abgeschmacktes Wort für diesen kostbaren Moment der ersten Kontaktaufnahme! Nein, ich war zu gehemmt. Ich hätte nur unverständliches Zeug gestammelt. Wir wurden erst Freunde, als sie später in meine Klasse kam."

„Du hast sie einfach so ziehen lassen?"

„Wie schon gesagt, ich war gehemmt … gehemmt vor aufrichtiger Ehrfurcht."

„Ah … die Ehrfurcht vor dem Weibe!"

„Spar dir deine Witzeleien, sonst setze ich dich für die nächste Woche auf Diät!"

„Sorry, erzähl weiter!"

„Mein Gott, Andy, ich war damals nicht älter als zehn. Von Mädchen wusste ich nur, dass sie untenrum etwas anders aussehen, dass sie viele und vor allem schrille Geräusche erzeugen und sich seltsam verhalten."

„Du warst mit zehn also noch … äh, ‚Jungfrau'?"

„So, jetzt hast du's geschafft: Pflanzliches Trockenfutter für die nächsten fünf Tage!"

Andy begann ganz herzergreifend zu muckern. Sein Fell sträubte sich, sein Buckel krümmte sich. Stracks turnte er aus seiner Hängematte, klammerte sich an das Käfiggitter und warf Luk einen seiner steinerweichenden Knopfaugen-Blicke zu. „Tut mir leid, tut mir leid! Ich meinte doch nur, ob ‚Sex' damals schon ein Begriff für dich war."

Luk beugte sich in seinem Sessel nach vorne. Seine Augen loderten.

„Andy, du bist ein Tier!"

„Gott sei Dank!"

„Sex kommt bei euch wohl immer an erster Stelle?"

„Was soll falsch daran sein? Außerdem, was kann ich dafür, dass einem Frettchenrüden schon mit zwölf Monaten die Hoden schwellen?"

„Andy, uns Menschenrüden schwellen auch irgendwann die Hoden, und doch sehen wir in der Liebe noch etwas anderes als puren Sex."

„Ist mir nicht entgangen, dass ihr eine komplizierte Spezies seid … ihr seht immer mehr, als eigentlich da ist."

„Mir scheint, es macht keinen Sinn, sich mit einem Tier über eine so edle Sache wie die Liebe zu unterhalten."

„Natürlich macht es Sinn! Nun sei nicht gleich beleidigt und erzähl weiter, ich höre dir ja zu."

Luk kaute an seiner Unterlippe und fragte sich, ob es überhaupt möglich sei, einem Frettchen das Wunder der Liebe zu erklären. Aber Andy war sein Freund und für Freunde musste man Geduld aufbringen.

„Sieh es einmal so", begann er. „Wenn wir Menschen uns einmal für einen Partner entschieden haben, dann wollen wir mit ihm nicht nur körperlich verschmelzen, sondern auch seelisch. Und wenn eine solche seelische Verschmelzung gelingt, dann bleiben wir ein Leben lang zusammen."

„Na und? Auch im Tierreich gibt's genügend Beispiele für monogames Verhalten. Der Unterschied ist nur der, dass wir uns keine so schönen Namen dafür einfallen lassen – ‚heiliges Sakrament der Ehe' – ‚seelische Verschmelzung'! Ja, glaubst du denn wirklich, dass ihr weniger von der Natur und von euren Trieben gesteuert werdet als wir? Mach die Augen auf, mein Freund! Die Heiligkeit eurer Ehen und die Verschmelzung eurer Seelen dauert nur genauso lange, wie die Natur sie euch als zweckmäßig empfinden lässt. In ein paar tausend Jahren feiert ihr andere ‚heilige Rituale', und nicht, weil sie euch besser gefallen, sondern weil die Natur sie euch als zweckmäßiger diktiert."

Luk lehnte sich in seinem Sessel zurück und warf zwei Aspirin ein. Das Kopfweh, das ihn in den letzten Tagen befallen hatte, kam jetzt immer regelmäßiger und nahm an Heftigkeit zu. Aber es war nicht Andys Rede, die diesen Schmerz in seinem Kopf verursachte. Es war etwas anderes. Etwas, das sich dort eingenistet hatte wie eine Zecke, die graue Zellen fraß.

„Wir unterhalten uns ein andermal weiter, Andy, ich muss mich wieder an die Arbeit machen. Morgen schon soll das Aquarium angeliefert werden, das ich bestellt habe. Bis dahin möchte ich mit dem Schnittmuster fertig sein."

„Immer wenn ihm die Argumente ausgehen, kneift er!", hörte er Andy noch muckern, bevor dieser durch die Röhre in der Wand in seinem Außenkäfig verschwand.

Luk widmete sich jetzt wieder den Linien auf dem Bildschirm, zog an ihren Ankerpunkten, verzerrte und krümmte sie.

Terry Jacks Stimme war schon eine Weile verklungen, doch in Luks Kopf hallte eine Strophe des Songs immer noch nach:

„Goodbye my friend it's hard to die
When all the birds are singing in the sky …"

26

Josef Petzi, genannt „Joe“, lag in seinem Fichtensarg und gewöhnte sich allmählich daran, tot zu sein. Er hatte auf dieser Welt nichts mehr zu melden – da biss die Maus keinen Faden ab.

Die einzige Selbstlosigkeit, zu der er noch in der Lage war, gestattete er sich jetzt, indem er langsam, aber unaufhaltsam zu Dünger zerfiel und damit die kleineren und größeren Umweltsünden abgalt, die er zu Lebzeiten begangen hatte.

Jedoch würde es ein mittelmäßiger Dünger sein, den er hinterließ, denn die paar Elemente, aus denen sein Postbotenkörper zusammengesetzt war, waren nichts im Vergleich zu industriell hergestellten Düngermischungen. Selbst im Tod erreichte der Mensch nicht die Qualität und Effizienz künstlicher Produkte. Vielleicht war ja „Künstlichkeit“ die Zauberformel fürs ewige Leben. Künstliche Organe, künstliche Knochen und schließlich eine künstliche Persönlichkeit, deren künstliche Intelligenz sich nicht länger mehr dem Diktat der Natur und somit auch nicht einer bestimmten Gestalt unterwerfen wollte. Eine Intelligenz, die ihre äußere Form frei von moralischen Bedenken selbst wählte.

Was waren diese moralischen Bedenken denn schon? Ein ängstliches Klammern an Bewährtes, das die Bewährung von Neuem verhinderte. Gerade in einer Zeit beschleunigten Wandels war es fatal, wenn sich die Moral diesem Wandel entzog und trotzig auf ihrem wackeligen Schemel hocken blieb. Schon immer hatte sie etwas latent Versnobtes an sich gehabt, diese Moral. Doch die rasanten Veränderungen der Gegenwart zeigten deutlich auf, wie unbegründet ihr gespreiztes Gebaren war. Sie führte sich auf wie verarmter Adel, der mit den Verdiensten längst verblichener Vorfahren hausieren ging.

Künstliche Persönlichkeit und Intelligenz würden es in Zukunft nicht mehr zulassen, dass eine überforderte himmlische Regie nach dem Prinzip von Trial & Error für sie die Wahl des Kostüms traf, in dem sie durch Zeit und Raum wandeln sollten; eines Kostüms, das in den meistens Fällen schlecht saß und nur selten zu der Rolle passte, die der Mensch auf Erden spielen wollte. Warum sollte er sich mit dieser ordinären One-Size-Fits-All-Lösung abfinden?

Warum nicht diese Wahl selbst treffen und sich aus dem unerschöpflichen Fundus der Formen diejenige aussuchen, die maßgeschneidert für die eigenen Absichten und Vorlieben war?

Die Sehnsucht nach selbstbestimmter Modifikation der eigenen Form wuchs von Tag zu Tag. Der Spaß an Kleidung und Verkleidung war dabei noch der dezenteste Ausdruck dieser Sehnsucht. Aber immer mehr Menschen waren jetzt auch bereit, Schmerzen auf sich zu nehmen, um ihrer gefühlten Persönlichkeit Ausdruck zu verleihen. So empfanden sie beispielsweise die Oberfläche ihres Körpers als weiße Leinwand, die förmlich danach schrie, nach Belieben gestaltet zu werden. Tattoos vom dezenten „Arschgeweih" bis hin zum Ganzkörpergemälde waren die Folge. Manche begnügten sich nicht mehr mit der zweidimensionalen Umgestaltung. Sie wagten sich an die plastische Modellierung von Körperpartien, die ihnen wichtig genug erschienen, sie hervorzuheben oder zu reduzieren. Eine Vielzahl verschiedenster Implantate sorgte dafür, dass sich der Zustand ihrer Seele auch nach außen hin manifestieren konnte. Der lauteste Aufschrei wider das Einheitskonzept einer gleichgültigen Natur kam von denen, die sich einer kompletten Geschlechtsumwandlung unterzogen.

Dies alles aber hatte wenig mit geschmäcklerischen Verrücktheiten oder Moden zu tun. Es war viel mehr. Weitaus mehr. Es waren Anzeichen für ein Ereignis galaktischen Ausmaßes. Vorboten eines geistigen Polsprungs, der unweigerlich die Umwertung aller Werte nach sich ziehen würde. Die Menschheit, die sich seit Jahrmillionen träge in der schützenden Plazenta der Natur gerekelt hatte, drehte sich langsam, aber unaufhaltsam von der bequemen Steißlage in die Kopflage und schickte sich an, den Schoß von Mutter Natur zu verlassen. Das Wesen „Mensch“ war endlich reif, sein Schicksal zum wählbaren Programm zu machen.

Joe hatte nicht zur Kategorie derer gehört, die eine solche Zukunft für möglich hielten, sie andachten, in Gedanken weiterentwickelten und versuchten, den Weg dorthin zu ebnen. Obwohl er sein Äußeres gehasst hatte – und er hatte es nur deshalb gehasst, weil er sich damit identifizierte – hatte ihn trotzdem jedes Mal große Verbitterung überfallen, wenn er sich vorstellte, was wohl aus seinem roten Schnauzer, der die Hasenscharte verdeckte, nach dem Tod einmal werden könnte.

Er hatte geglaubt, tatsächlich nur das zu sein, was er im Spiegel erblickte: Mensch und Postbote.

Den Menschen hatte er mit den Augen des Postboten wahrgenommen, den Postboten mit denen des Menschen. Sein Durchblick reichte nicht unter die Oberfläche seines Spiegelbildes. Joe hatte es schlicht und ergreifend verpasst, zu Lebzeiten aufzuwachen. Dabei hatte auch ihm sein Unterbewusstsein genügend Signale gegeben, Signale, laut wie das Heulen einer Schiffssirene. Erst vor kurzem hatte er einen Traum gehabt, von dem er noch den ganzen Vormittag lang wie benebelt war – benebelt vor Glück.

Er hatte geträumt, er sei als selbstfahrendes Auto ohne Insassen unterwegs gewesen. Ein gigantischer Traum! Ein Wahnsinnstraum! Noch nie hatte er sich freier und sicherer gefühlt als in diesem Zustand. *„Links!“*, *„Rechts!“*, *„Zurück!“*, *„Vorwärts!“*, *„Gas!“*, *„Bremse!“*, *„Kupplung!“* – all diese Entscheidungen wurden im Bruchteil einer Millisekunde von einem selbstlernenden Computerprogramm gefällt, das die Aufgabe von drei Pfund glibberiger Gehirnmasse übernommen hatte. Keine Schrecksekunde verzögerte mehr die Reaktionszeit. Kein Adrenalin ließ Puls und Blutdruck in die Höhe schnellen. Es war ein Zustand wie in Abrahams Schoß. Völlige Geborgenheit in der Gewissheit, dass für alle Fälle vorgesorgt war. Noch nie hatte er solche Perfektion gekostet. Es war eine Vollkommenheit, die einem unwillkürlich Ehrfurcht und Bewunderung abrang. Und das

Schönste daran – er selbst war es, dem diese Bewunderung galt. Dazu kam die Überzeugung, dass die Hochachtung, die er sich selbst entgegenbrachte, absolut gerechtfertigt war. Noch nie hatte er inbrünstiger an sich selbst glauben können. Kein Stoßgebet musste da mehr nach außerhalb abgesandt werden, an eine Gottheit, die sich irgendwo im Schnittpunkt unbekannter Dimensionen verbarg. Alles regelte sich jetzt im System selbst. Er brauchte nicht mehr auf die Gunst eines Überwesens zu hoffen. Seine Algorithmen spendeten schnelleren Segen als jeder überbeschäftigte Schöpfer mit Zeitdruck, schlechter Laune und Burnout.

Joe war nicht mehr dazu gekommen, diesen köstlichen Traum als Hinweis zu deuten, endlich etwas Großartiges aus seinem Leben zu machen. Der verrostete Zinken einer Egge hatte allen Bestrebungen von Mensch und Postbote ein jähes Ende gesetzt.

Hätte Joe gewusst, was aus seiner kleinen Inszenierung im Gasthof Zur Alten Post in Herzogsreut werden würde, er hätte sich in seinem Fichtensarg umgedreht und einen letzten resignierten Seufzer ausgestoßen. Bis auf einen nämlich, hatten die von ihm eingeladenen drei Akteure ihren Auftritt abgesagt.

27

18:25 Uhr.

Trudi Weber hatte ihren Lodenmantel angelegt und ihre Fuchspelzmütze aufgesetzt. Jetzt schlüpfte sie mittels eines langen Schuhlöffels in ihre Winterstiefletten und betrachtete ihre Erscheinung im Garderobenspiegel.

Das Klingeln der Türglocke, die sich direkt neben ihr befand, ließ sie zusammenfahren. Ihr Gesichtsausdruck bekam etwas Säuerliches. Sie war auf dem Sprung nach Herzogsreut in die Alte Post. Wer immer es war, sie musste ihn rasch abwimmeln. *„19:00 Uhr“* hatte es in dem Schreiben geheißen, und sie wollte pünktlich sein.

Als sie die Tür öffnete und sah, wer draußen stand, fiel ihr die Kinnlade herunter. Mit der flachen Hand patschte sie sich vor die Stirn. Wie hatte sie das nur vergessen können!

Bevor sie noch etwas sagen konnte, hatten sich schon zwei Arme um sie geschlungen und zwei Küsschen waren auf ihren gepuderten Wangen gelandet.

„Wie ich sehe, bist du schon startbereit“, sagte Trixi mit einem strahlenden Lächeln. Erst als sie sich von ihrer Oma löste, sah sie den verdutzten Ausdruck auf ihrem Gesicht. „Was ist? Du hast doch nicht etwa …“

„Ach Kindchen“, seufzte Trudi händeringend, „es tut mir ja so leid … aber es ist etwas dazwischengekommen, das mich an nichts anderes mehr denken ließ … ich geb’s zu: Ich habe den Rosenkavalier total vergessen.“

Schon vor Wochen hatte sie für sich und Trixi zwei Karten für die Premiere des Rosenkavaliers am Theater im Fürstbischöflichen Opernhaus von Passau reservieren lassen, das Event aber nicht im Organizer ihres Smartphones vermerkt. Diese peinliche Situation war jetzt die Strafe für ihre Nachlässigkeit. Ohne Organizer, der einen ständig erinnerte und alarmierte, ging in dieser hektischen Welt gar nichts mehr. Früher hätte ihr noch ein Knoten im Taschentuch gereicht. Heute brauchte sie einen Organizer für den Organizer – ein fatales Zeichen dafür, dass sie alt wurde.

Trixi wich einen Schritt von ihr zurück und starrte sie entgeistert an. „Das ist jetzt nicht dein Ernst, Omi!“

„Doch, mein Kind, ich muss da etwas regeln, das keinen Aufschub duldet … etwas, das unsere Familie betrifft und mir keine Ruhe lässt, bis ich Klarheit darüber habe.“

„Ach, Omiii!“, kam es ärgerlich von Trixi, während sie mit einem Fuß auf den Boden stampfte. „Ich habe eine Stunde vor dem Spiegel gestanden und an meinem Look und Outfit gebastelt, und jetzt sagst du mir, wir fahren nicht?“

Trudis Schultern sackten nach unten. Sie sah ihre Enkelin mit schuldbewusstem Blick an. Trixi hatte sich wirklich ganz zuckersüß herausgeputzt. Unter ihrem grauweiß melierten Kunstpelzjäckchen trug sie eine weiße Bluse mit Rüschenbesatz und eine schwarze Gabardine-Hose. Ihre Füße steckten in weißen Lacklederstiefelchen mit Pelzsaum. Ihr langes schwarzes Haar, das bis zum Po hinabreichte, lugte noch einige Zentimeter unter dem Rand der Jacke hervor. An ihren Ohren baumelten zwei in Sterlingsilber gefasste wasserblaue Aquamarine. Ihr Makeup war perfekt. Es lag wie ein Hauch von Feenstaub über ihrem Gesicht und unterstrich ihre Schönheit und Jugend.

„Komm!“, sagte Trudi und verkniff sich, ihrer Enkelin zärtlich in die Wange zu kneifen, um ihren Teint nicht zu ruinieren. (Nur Frauen mit Niveau waren in der Lage, für perfektes Aussehen jede haptische Zärtlichkeit zu opfern.) „Du kannst mit mir kommen. Schließlich geht es um die Familie und du bist alt genug, um auch ein paar Schattenseiten über sie zu erfahren.“

„Schattenseiten?“

„Ja, mein Liebes! Leider ist nicht alles Gold, was glänzt. Auch in der Beziehung zwischen deinem Opa und mir gibt es ein paar unschöne Flecken, die sich mit keinem Wundermittel der Welt mehr entfernen lassen. Aber komm, ich erzähle dir alles unterwegs.“

„Unterwegs wohin?“, fragte Trixi. Die Enttäuschung stand ihr ins Gesicht geschrieben.

„Wir fahren in die Alte Post nach Herzogsreut.“

„In ein Bauernwirtshaus? Oh Mann, Omi, das ist jetzt wirklich eine echt geile Alternative zum Theater!“

Trudi drängte ihre Enkelin aus der Tür und schloss ab.

„Ich verspreche dir hoch und heilig, dass wir eine der nächsten Vorstellungen des Rosenkavaliers besuchen werden.“

„Aber heute ist Premiere, Omi!“, begehrte Trixi bockig auf.

„Schätzchen! Eine Premiere bietet künstlerisch gesehen keinen Mehrwert. Sie ist auch nur eine Probe. Die erste vor Publikum. Erst ab der dritten öffentlichen Aufführung wird der Genuss perfekt. Da sind die Schauspieler in ihrer Rolle angekommen und haben ihr Lampenfieber im Griff.“

Hätte Trudi Weber geahnt, was sie diesmal von der Einhaltung ihres hoch und heilig gegebenen Versprechens abhalten würde, hätte sie ihr Haus an diesem Abend um keinen Preis verlassen. Nein, auf sie und Trixi wartete definitiv kein Rosenkavalier.

28

Auszug aus dem Tagebuch der Magdalena Grünzinger vom 24. Dezember 2014.

– Heiligabend …

Wie schön war das doch früher, als der Bub noch unterm Christbaum rumkrabbelt ist und nach Geschenken gesucht hat. Mein Sepp, Gott hab ihn selig, hat dagesessen und mächtig Dampf aus seiner Tabakspfeife blasen und im Radio habens Stille Nacht gespielt.

Heut gibts keinen Christbaum mehr und keine Geschenke. Sitz allein am Küchentisch und die einzige Ansprach, die ich hab, ist mein Tagebuch … wird eh nie niemand nicht lesen. Interessiert keinen, was so ein altes Mensch wie ich zu sagen hat. Könnt genauso gut auch Selbstgespräche führen, aber das Schreiben ist mir halt lieber. Ausgesprochene Gedanken sind wie rohe Erdäpfel, aufgeschriebene wie feines Püree mit Butter und Rahm.

Fühl mich wie ein Kaibl, dems die Mutter weggenommen haben. Blöken möcht ich, weil niemand mehr da ist, mit dem ich feiern kann. Der Christbaumschmuck liegt schon etliche Jahr in Schachteln auf dem Schrank in meiner Kammer. Hat seine Schuldigkeit getan. Hat ausgedient. Glanz und Gloria machen halt keine Freud, wenn man sie mit keinem teilen kann.

Oh, du mein Sepp, ich vermiß dich so stark! Frohes Fest!

Der Bub sitzt in seinem Bunker droben und macht wie immer mit den toten Viechern rum. Hat mir gestern ein Packerl getrocknete Kräuter auf den Tisch gelegt und gemeint: Mam, das sind Gesundheitskräuter, die tust mir in den Platzerlteig und machst ein extra Blech für mich. Aber nix davon stibitzen!

Hab grad ein paar davon probiert. Haben gar nicht mal verkehrt geschmeckt, aber vielleicht sollt ich doch noch etwas Handfestes nachschieben, weil mir mit einmal so leicht in Bauch und Kopf wird.

Der Bub hat gesagt, daß er mich in die Kirch fährt, wenn ich mag. Aber ich mag nicht. Hab keine Lust mehr auf eine Mette. Grad vorhin hab ich noch Lust gehabt, aber nach dem Tee und die Platzerl ist mir nimmer danach. Als ob sich alles in meim Hirn verschoben hätt. Auf einmal seh ich viel klarer. All die Metten und Messen, die was ich besucht hab, all die Vaterunser und Rosenkränz, die ich bet hab … wenn ich ehrlich bin, hab ich damit nur auf einen Rabatt auf mein Eintrittsbilettel in den Himmel spekuliert. Wie hab ich nur glauben können, daß man sich beim Herrgott einschmeicheln kann? Daß man mit ihm die Sünden verhandeln kann wie die Schulden mit dem Dorfkramer: Schreibs o, zoin tua i später!

Jetzt habens in einer Nachbargemeinde an Neger als Pfarrer eingestellt. Die Leut sagen, daß es wieder wie früher ist bei der lateinischen Mess, wo man auch nix verstanden hat. Der Wimmer Wig, der was unsere Hangwies pacht hat, meint, daß sie es machen wie in die 50er und 60er Jahr, wo sie die Katzelmacher aus dem Italienischen und aus dem Türkischen reingeholt haben, damit sie die Drecksarbeit machen, die was der Deutsche nicht mehr hat machen wollen.

Ja, mit der Kirch geht es bergab! Will keiner mehr drinsitzen, wenns unten ankommt und zerscheppert. Springen alle schon vorher ab. Da hilfts auch nix, wenns die armen Neger jetzt als Ärbäg einbaun. Früher haben wir Geld in die Diaspora geschickt, heut schickt uns die Diaspora an Neger.

Manchmal glaub ich, daß unser lieber Herre Christ der Erste war, der aus der Kirchen austreten ist. Wär ja auch kein Wunder. Im Fernsehen sagens, daß im Vatikan zugeht wie bei der Mafia. Daß dort Leichen im Keller liegen und um Posten gerangelt wird wie um das letzte Stückl Brot auf Erden. Wie kanns denn bittschön sein, daß ein Papst zurücktritt, außer daß er Angst hat oder Dreck am Stecken? Und jetzt noch die Sach mit den mißbrauchten Kindern überall! Eine Schand ist es!

Vielleicht hat sowas wie die Kirch keinen Bestand mehr in einer Zeit, wo die Offenbarung in der Zeitung steht. Vielleicht funktioniert sie ja nur da, wo die Leut nix nachlesen können.

Es ist ganz langsam kommen, daß ich mit meiner Kirchenrutscherei aufgehört hab. Ist mir gangen wie mit einem Mannsbild, mit was ich ins Bett gestiegen bin und dann gemerkt hab, daß ers nur auf meine Tutterl und mein Arsch abgesehn hat und nicht auf mein Herz. Ja, ausgschmiert komm ich mir vor! Und manchmal schäm ich mich auch ein bißerl vor mir selbst, weil ich ihn hab unter meine Decke kriechen lassen. Hat mir halt allzeit viel Honig ums Maul gschmiert und schöne Versprechungen gmacht. Und wenn ich mal wegrucken wollt von ihm, hat er mir droht und Angst gmacht … höllische Angst.

Werden wohl nicht mehr viele Päpste kommen. Ist halt auch dem Letzten schon aufgangen, daß es keine Unfehlbarkeit nicht gibt. Höchstens auf dem Papier. Im wirklichen Leben nicht. Wer strebt, macht Fehler. Und auch ein Papst strebt weiter hinauf. Möcht vielleicht gar Erzengel werden. Und ist er es, dann fängt er an, am Thron vom Herrgott zu sägen.

Ich weiß nur, daß ich mich früher mit dem Glauben leichter tan hab, als ich vor lauter Arbeit nicht zum Nachdenken kommen bin. Mei, war des a schöne Zeit!

Was ist nur mit meim Kopf los? Ich hätt vielleicht doch dem Bub seine Kräuterplatzerl nicht essen dürfen. Mir ist, als tät ich auf einer Wolken schweben. Ich glaub, ich geh zum Speiben … –

Heute war endlich das Aquarium angeliefert worden, auf das Luk schon so sehnlich gewartet hatte. Der Nachschub an Chemikalien – mehrere Fässer und Kanister – war schon gestern eingetroffen.

Das aus 12 Millimeter Panzerglas bestehende Becken hatte die Form eines Kubus mit den Maßen 120 x 120 x 120 Zentimeter. Der Spediteur hatte es mit einem Gabelstapler durch das große Rolltor befördert, das sich an der Giebelseite des Labors befand und nur von innen geöffnet werden konnte. Luk hatte den Fahrer angewiesen, es auf einen vorbereiteten Stapel von Paletten zu hieven, über den er einen kostbaren Brokatstoff geworfen hatte. Jetzt stand es auf Blickhöhe. Es war in Edelstahlwinkel gefasst wie auch die Deckelplatte, die in einem separaten Karton verpackt war und erst später, nach der Befüllung, mit dem Becken verklebt werden würde.

Wie ein frommer Muslim die Kaaba in Mekka umkreist, so war auch er gemessenen Schrittes ein paarmal um sein künftiges Heiligtum herumgegangen und hatte es mit kritischem Auge von allen Seiten betrachtet. Es war perfekt. Er war zufrieden. Hochzufrieden. Schon jetzt entfaltete das gläserne Behältnis die weihevolle Wirkung eines Altars. Das genau war es, was er beabsichtigt hatte. Wenn erst einmal der Tabernakel mit dem Allerheiligsten beschickt war, dann würde er vor diesem Altar auf die Knie fallen und seit langer Zeit zum ersten Mal wieder aus vollem Herzen beten – anbeten.

Auf dem Tisch lagen die geplotteten Schnittmuster bereit und warteten darauf, auf die Haut der Frau aus Regensburg übertragen zu werden. Diese hatte er gestern mit einer alkalischen Lösung bestrichen und sie dann 24 Stunden lang ruhen lassen. Das Rezept stammte von einem alten Schamanen der Chibcha, das er in vielen Versuchen noch verfeinert hatte. Es bewirkte, dass Häute, die man damit behandelte, nicht nur transluzent wie Pergament wurden, sondern fast vollständig transparent.

Gerade hatte Luk die letzten Lösungsrückstände aus der Haut gespült. Jetzt trug er sie zu der alten Wäschemangel, die seine Mutter früher benutzt hatte, und ließ sie ein paar dutzend Male mit stetig gesteigertem Druck durch die hölzernen Walzen laufen. Nach und nach wurde die Haut dünner, vergrößerte ihre Oberfläche und wurde gleichmäßiger in ihrer Stärke.

Die Arbeit war schweißtreibend – schweißtreibend für ihn und seine eigene Haut; die der Frau aus Regensburg hatte ihre Arbeit eingestellt. Sie schwitzte nicht mehr, ihre Talgdrüsen produzierten keinen Talg mehr, die Haarbalgmuskeln, die für das Aufstellen der Vellushaare verantwortlich waren, hatten jegliche Verantwortung abgegeben und die Melanozyten, die die genetische Information im Zellkern vor UV-Strahlung schützen sollten, waren durch die Einwirkung der Alkalilauge funktionsunfähig geworden. Keinesfalls aber war dieses größte der menschlichen Sinnesorgane sinnlos geworden. Im Gegenteil: Die Bestimmung, der Luk es zuführen wollte, war eine übersinnliche.

Nach einer Stunde emsigen Kurbelns war endlich der Zustand erreicht, den er beabsichtigt hatte. Vorsichtig nahm er die noch feuchte Haut aus der Mangel, legte sie sich über den Arm und ging mit ihr zu der Leine hinüber, die er entlang der Regale gespannt hatte. Mit bunten Wäscheklammern befestigte er sie daran, trat dann einen Schritt zurück und betrachtete sie aus dem Abstand. Voller Genugtuung stellte er fest, dass sie einen Grad von Transparenz erreicht hatte, die es ihm ermöglichte, die Gegenstände im dahinterliegenden Regal deutlich, wenn auch ein wenig verzerrt, zu erkennen.

Das Böse hat seine Wurzeln im Banalen – alles sah aus wie an einem gewöhnlichen Waschtag im Hause Grünzinger: Die „Wäsche" an der Leine ... die blauen, grünen, gelben und roten Wäscheklammern, deren flaches oberes Ende grinsende Bärchen-Köpfe darstellte, und die sanfte Musik, die den Raum durchflutete ... Alles wirkte bieder, friedlich und erschreckend normal.

Im Grunde seines Herzens war Luk ein Schöngeist. Er hatte das Album *Inside The Great Pyramid* von Paul Horn als musikalische Untermalung ausgewählt. Horn hatte dieses in den 70ern in der Königskammer der Cheops-Pyramide aufgenommen. Es war nur eine Altflöte zu hören, doch ihr Klang wurde von den Wänden der jahrtausendealten Gruft in einer Weise zurückgeworfen, dass man glaubte, das Echo der letzten Worte des Pharaos zu vernehmen. Es war eine Musik, die dem Tod eine Stimme gab, eine Stimme, die einen erschauern ließ; nicht vor Grauen, sondern vor Sehnsucht nach einer Welt, die hinter dem Ende aller Zeiten lag, und vor Hoffnung, dass der grimmige Schnitter sich dereinst als Sämann entpuppte.

Bis die Haut so weit getrocknet war, dass Luk sie schneiden konnte, würden noch ca. zwei Stunden vergehen. Er wollte sich schon auf die Polster des Diwans werfen, um sich eine wohlverdiente Rast zu gönnen, als er den Rucksack sah, den er vor Tagen, als er von seiner

Nachtwanderung aus dem Wald zurückgekehrt war, achtlos in eine Ecke des Labors gestellt hatte. Er ging hin, öffnete ihn und entnahm ihm die beiden Wildkameras, die er heimlich vor und in der Jagdhütte von Xaver Weber aufgestellt hatte. Die tragischen Ereignisse der letzten Tage hatten ihn die beiden Geräte völlig vergessen lassen.

Er nahm die Speicherkarte aus der ersten Kamera, die er im Außenbereich installiert hatte, und steckte sie in den dafür vorgesehenen Schlitz seines Rechners.

Die Kamera hatte tatsächlich ein paarmal ausgelöst. Nach wenigen Klicks hatte er die Bilder auf dem Monitor. Es waren insgesamt sieben Stück. Die Zeitanzeige im unteren Bereich der ersten drei Aufnahmen gab Zeiten kurz nach 20:00 Uhr an. Sie zeigten in den typischen Grauwerten, die beim Einsatz von Infrarotlicht entstanden, eine Gruppe von drei Männern und zwei Frauen, die sich dem Eingang der Hütte näherten.

23:10 Uhr. Zwei weitere Bilder – Ein Pärchen verlässt die Hütte.

01:34 Uhr. Die letzten zwei Bilder – Der Rest der Gruppe verlässt die Hütte. Sichtlich angetrunken. Die Frau wird von den beiden Männern gestützt.

Luk speicherte die Bilder in einem Ordner, den er „XAV" benannte. Dann steckte er die zweite Speicherkarte in den Rechner.

Sie war voll – der Akku der Kamera leer.

Hunderte Bilder aus dem Inneren der Hütte.

Alles in Farbe.

Was er zu sehen bekam, verschlug ihm den Atem. Es war, als blicke er durch ein Schlüsselloch ins alte Rom zurück, wo er Zeuge einer der berüchtigten Orgien Kaiser Caligulas wurde.

Luk brütete eine Weile über den geschossenen Fotos und fragte sich, wie eng doch Lust und Schmerz, diese Siamesischen Zwillinge der menschlichen Natur, miteinander verknüpft waren. Das, was diese Fotos zeigten, hatte nichts mehr mit fantasievollem Liebesspiel zu tun. Es war gegenseitiges Foltern zum Zweck des Lustgewinns. Wie tief musste ein Mensch verletzt worden sein, der nur noch beim Zufügen oder Ertragen von Schmerz Lust empfinden konnte?

Einen Moment lang war er versucht, das gesamte Material unwiderruflich zu löschen. Aber die Gelegenheit, Xaver Weber ein wenig an die Kandare zu nehmen, wollte er so einfach nicht fahrenlassen.

Er wählte drei Bilder aus, auf denen Xav in alles sagender Pose und Situation zu sehen war, und speicherte sie ab. Dann öffnete er seinen Browser, ging auf die Seite von Xaver Webers Immobilienfirma und schickte ein Mail mit Fotoanhang ab.

29

18:54 Uhr.

Die Straße von Freyung nach Herzogsreut war am späten Nachmittag bereits zum zweiten Mal an diesem Tag geräumt worden. Doch jetzt, etwa drei Stunden später, lag die Fahrbahn schon wieder unter einer geschlossenen Neuschneedecke. An den Straßenrändern war der zusammengeschobene Schnee bereits so hoch aufgetürmt, dass die schwarz-orange markierten Schneestangen von 2,5 Metern Länge nur noch zur Hälfte daraus hervorragten.

Trudi fuhr vorsichtig. Hinter jeder Biegung war jetzt mit einem entgegenkommenden Schneepflug zu rechnen, und so ein Zusammentreffen war wirklich kein Spaß. Die Jungs von der Straßenmeisterei wollten „Strecke machen" und fuhren dementsprechend zügig. Mit schaurigem Schneekettengeklirre, das mächtige Pflugschild donnernd und rumpelnd vor sich herschiebend, tauchten sie manchmal so unvermittelt auf, dass man unwillkürlich auf die Bremse stieg, was man beim Herankommen eines solchen Kolosses besser unterließ. Zumal wenn die Fahrbahn glatt war, denn dann konnte ein leichter Ausrutscher bewirken, dass sich das eigene Gefährt im günstigsten Fall in die Schneemauer am Straßenrand bohrte, im ungünstigsten vom Pflugschild erfasst und zerfetzt wurde.

Trudi hatte ihrer Enkelin während der Fahrt behutsam und mit gnädigen Umschreibungen einen kurzen Abriss des Doppellebens ihres Mannes geliefert. Natürlich konnte sie nur von dem berichten, was sie selbst herausgefunden hatte, aber das genügte allemal, um den Begriff „Doppelleben" zu rechtfertigen.

Es ging ihr nicht darum, Walter bei seiner Enkelin anzuschwärzen. Sie wusste, dass Trixi ihren Opa liebte und trotz allem auch weiterhin lieben würde. Ihr ging es vielmehr darum, dass Trixi verstand, was der anonyme Brief, von dem sie ihr ebenfalls berichtet hatte, für die Familie bedeuten könnte.

„Dann hätte ich ja sozusagen einen Onkel mehr“, kam es freudiger, als es ihrer Oma recht war, von Trixi, in deren Kopf bereits die Registrierkasse angesprungen war.

Trudi erzählte ihr jetzt von ihrem Verdacht, dass es sich bei dem „Onkel“ um Ludwig Grünzinger handeln könnte, jenen Mann, dem Trixi vor Wochen, bei ihrem Ausritt in den Wald, begegnet war.

„Der?“, fragte Trixi überrascht.

„Genau der!“, entgegnete Trudi mit einem gereizten Unterton in der Stimme.

„Mensch, geil Omi! Der Kerl war mir vom ersten Augenblick an sympathisch, auch wenn er so seltsame Sachen erzählt hat wie mit dem Floß, das er schwimmen lässt, wenn er traurig ist. Und diese Ähnlichkeit mit Opa als der noch jung war … du hast mir doch dieses Foto im Album gezeigt … ganz ohne Zweifel, er muss zur Familie gehören.“

Trudi stieß einen Grunzer des Unmuts aus. „Familie, Familie! Wir kennen ihn doch gar nicht, und er kennt uns nicht!“

„Dann lernen wir ihn eben kennen! Wo ist das Problem?“

Trudi musterte ihre Enkelin mit einem kurzen eindringlichen Blick, bevor sie sich wieder auf die Straße konzentrierte. So war die Jugend eben – blauäugig, unbefangen und rücksichtslos.

„Kindchen, das Problem ist, dass ihm, wenn er seine Abstammung beweisen kann, auch ein Teil des Kuchens zusteht, den dein Opa für die Familie in emsiger Arbeit über Jahrzehnte gebacken hat. Übersetzt für Dummies heißt das, dass das Kuchenstück, das dein Opa an deinen Vater und dieser dann irgendwann an dich weitergeben wird, nur noch halb so groß ist.“

Die Rechenmaschine in Trixis Kopf machte eine Vollbremsung. Und nicht nur das, sie schaltete auf Schubumkehr. Jäh ging sie vom Additionsmodus in den Subtraktionsmodus über.

„Du meinst also …“

„Ja, ich meine, dass es diesem Kerl nur um Geld geht … unser Geld! Was sonst sollte ihn veranlassen, mir nach über 40 Jahren

Schweigen plötzlich einen Brief zu schreiben? … *Wenn Sie mich kennenlernen wollen, bevor ich damit an die Öffentlichkeit gehe …*, hat er geschrieben. Was ist das anderes als eine Drohung? Er versucht, uns zu erpressen. Das ist so typisch für Männer, die in den Vierzigern plötzlich ihr verkorkstes Leben überdenken und dann mit einem einzigen gewagten Coup wieder alles glattbügeln wollen. Ein Verzweiflungsakt! Glaub mir, Kleines, der Kerl ist ausgebrannt … seelisch wie finanziell."

Trixi dachte eine Weile über das Gehörte nach, dann meinte sie: „Von seiner finanziellen Situation habe ich keine Ahnung, aber seelisch ausgebrannt hat er auf mich nicht gewirkt … eher im Gegenteil. Er hatte so ein Leuchten in den Augen. Mir war, als hätte er mir …"

Ein messerscharfer Blick von Trudi ließ Trixi das Ende ihres Satzes hinunterschlucken.

„Wir werden ja sehen!", meinte Oma Trudi mit erzwungener Gelassenheit.

***

19:03 Uhr.

Sie waren jetzt vor der Alten Post in Herzogsreut angekommen. Nur zwei Autos standen auf der schneefrei gehaltenen Parkfläche neben dem Gebäude, was jedoch nur wenig über die anwesenden Gäste verriet.

Die Kundschaft setzte sich um diese Zeit hauptsächlich aus Dörflern zusammen, die hier zu Fuß eintrafen, um ihr Quantum Gerstensaft mit reinem Gewissen konsumieren zu können.

Mit oder ohne Auto, der Heimweg erfüllte bei einigen den Tatbestand einer strafbaren Handlung. Deshalb war für sie das Motto klar: *Jedes Weichen von der Flasche, ist ein Schritt in die Gefahr!* Und so saßen sie denn auch, bis Wirt und Sperrstunde ihnen diesen Schritt nolens volens aufnötigten.

Trudi klappte die Sonnenblende herunter, auf deren Rückseite sich ein Spiegel verbarg und kontrollierte ihr Makeup.

Unter Frauen wirkte diese Ritual genauso ansteckend wie Gähnen – auch Trixi tat jetzt so, dann stiegen sie aus und betraten die Wirtsstube.

Auf den ersten Blick erkannte Trudi, dass sich der, den sie erwartet hatte, nicht unter den Gästen befand.

Am Stammtisch saßen vier Männer und spielten „Schafkopf". Ein Spiel, das noch einen Hauch der Begeisterung erahnen ließ, mit der sich ihre Vorfahren mit Keulen gegenseitig die Köpfe eingeschlagen hatten. Die Trümpfe hatten zwar die Keulen ersetzt, doch immer noch lag etwas Brutales in der Luft – martialisches Gebaren, versteinerte, schmerzverzerrte und zornentbrannte Gesichter. Dieses Spiel war ein Surrogat für die Lust, die man früher beim Töten empfand, eine Droge, die homöopathisch verdünnter Blutrache gleichkam. Ja, man durfte es getrost sagen: Schafkopfen ist die kultivierte Form der Stammesfehde, eine intelligente Variante der Wirtshausrauferei. Nicht von ungefähr zählte man wie ehemals noch die „Augen". Doch während man sie früher dem Feinde de facto aus den Höhlen schnitt und als Trophäen auffädelte, um sie Frau und Kindern zu Haus als Beweis der eigenen Tapferkeit zu präsentieren, begnügte man sich heute mit ihrer rein symbolischen Zählung. Nichtsdestotrotz schwollen dem Sieger immer noch Kamm und Heldenbrust, während der Unterlegene, gebückt von der Schmach der Niederlage, mit eingezogenem Schwanz von dannen schlich und auf Rache sann. Rache, die man heute in frankophiler Verniedlichung als „Revanche" bezeichnete, die aber nach wie vor das lodernde Verlangen nach Vergeltung war. Kurzum, Kultur war auch an diesem Ort nur ein dünnes empfindliches Häutchen, das sich über die archaische Lust am Gemetzel spannte.

Am Nebentisch saßen zwei weitere männliche Gestalten, deren rundum mit Strichen verzierte Bierdeckel Auskunft über ihren Konsum und Zustand gaben. Ihre Unterhaltung setzte sich inzwischen aus rudimentären Codes zusammen, denen ein nüchterner Kopf nicht mehr zu folgen vermochte. Sie selbst aber verstanden sich, wie es schien, glänzend; und was ihre schweren Zungen nicht mehr vermitteln konnten, übernahmen Mimik und Gestik.

Sowohl ihnen wie auch den vier Männern am Stammtisch waren die Neuankömmlinge nur einen flüchtigen Blick wert. Nur einer nickte ihnen zu, ohne freundlich dabei zu wirken.

Trudi hängte ihren Lodenmantel an die Garderobe. Die Fuchspelzmütze behielt sie auf dem Kopf; allzu lange hatte sie nicht vor zu bleiben.

Trixi hängte ihr Kunstpelzjäckchen dazu und setzte sich Trudi gegenüber an einen freien Tisch. Ihr langes Haar fiel wie ein schwarzer Schleier über die Stuhllehne hinunter. Man sah ihr an, dass sie jetzt lieber im Theater von Passau gesessen hätte, umgeben von kunstsinnigen Menschen in feiner Garderobe.

Ihr fiel jetzt ein Gedicht wieder ein, das ihr ein Verehrer – der besser dichtete, als er aussah – einmal nach einem Konzertbesuch zugesteckt hatte. Sie hatte es auswendig gelernt, weil sie es lustig fand. Den Typ selbst hatte sie längst schon wieder vergessen.

Pause im Konzertsaal

Murmelnd plätschert durch die Enge
Eitel aufgeputzter Intellekt
Jeder harrt in steifer Pose
Auf devotesten Respekt

Schwüle Blicke schloher Greise
Tief ins hoffnungsvolle Klaffen
Hochgezwängter Weiberbrüste
Die man wusste wohl zu raffen

Würdig wiegt die taftumfloorten
Hüften man durch alle Gänge
Bis man endlich sekterheitert
Aufsucht die verlassnen Ränge

Stille wird es bald im Saale
Stille lauscht man dem Orchester
Und im Finsteren der Logen
Baut man heimlich Liebesnester

Der Wirt kam. Gesicht und Haltung strahlten Neutralität und Toleranz aus, wie es sich für einen Meister seiner Zunft gehörte. Hätten zwei Marsmenschen die Wirtsstube betreten, er wäre in der nämlichen Haltung an sie herangetreten. Der Kunde durfte sich hier noch als König fühlen, auch wenn er in grüner oder gesprenkelter Haut daherkam – vorausgesetzt, in seinem Säckel klimperte die richtige Währung.

Trudi bestellte einen heißen Pfefferminztee, Trixi eine Cola.

Die Zeit zog zähe Fäden durch den Raum.

Mehrmals sah Trudi auf die Uhr. Ihre Finger begannen, auf den Tisch zu trommeln. Wo blieb dieser Kerl? Hatte er in seinem Schreiben nicht ausdrücklich auf Pünktlichkeit gedrängt?

Sie fing an, die Anwesenden einer kritischen Überprüfung zu unterziehen. Sollte vielleicht ein anderer als Ludwig Grünzinger hinter dem anonymen Brief stecken?

Ihr Blick bohrte sich nach der Reihe in die anwesenden Männer. Fünf davon kamen schon wegen ihres Alters nicht als Walters uneheliche Sprösslinge infrage. Der einzige, der jung genug dafür gewesen wäre, lallte dort am anderen Tisch unverständliches Zeug vor sich hin.

Nein, der konnte es auch nicht sein. Eher schon Ludwig Grünzinger, das sagte ihr ihre weibliche Intuition. Zum einen war da diese frappante Ähnlichkeit mit ihrem Mann, zum anderen, das Verhalten

Lenis. Seit der Verdacht gegen Leni in ihr erwacht war, stellten sich viele ihrer Begegnungen im Rückblick plötzlich in einem ganz anderen Licht dar – Leni hatte vor ihr etwas zu verbergen gehabt, dessen war sie sich jetzt gewiss. Immer mehr Situationen blitzten in ihrer Erinnerung auf, die dieses Gefühl untermauerten … es konnte nicht anders sein: Leni hatte sich Walter als junge Frau hingegeben und das Ergebnis dieser Hingabe ein Leben lang verheimlicht. Mit Sicherheit hatte sie es weder ihrem Sepp noch dem Pfarrer gebeichtet. Was für ein ausgekochtes Weibsbild … „Was für ein Flietscherl!", murmelte sie halblaut vor sich hin.

„Was hast du gesagt, Omi?"

„Ach nichts, Kindchen, ich habe nur laut gedacht."

„Wie lange willst du hier eigentlich noch auf ihn warten? Vielleicht ist ihm ja was dazwischengekommen", sagte Trixi und leerte den Rest Cola aus ihrem Glas.

„Ich weiß nur eins, nämlich, dass ich so nicht mit mir umspringen lasse. Wenn er nicht zu mir kommt, dann komme ich zu ihm!"

Trixi machte große Augen, aus denen jugendliche Abenteuerlust flammte.

„Im Ernst? Du willst ihn besuchen?"

Trudi stand auf und legte einen Schein unter ihr Teeglas.

„Besuchen? Nein, ich will diese Sache nur ein für alle Mal geregelt haben … Komm, lass uns sehen, ob wir ihn zu Hause antreffen, es liegt ja auf der Strecke."

„Super, Omi! Wenn der Berg nicht zum Propheten kommt, muss der Prophet eben zum Berg kommen", trällerte Trixi ihre Weisheit in den Raum und schlüpfte in ihr Kunstpelzjäckchen.

Trudi sah ihr nachdenklich dabei zu. Für einen kurzen Augenblick fragte sie sich, ob es richtig war, ihre Enkelin bei dieser Unternehmung dabeizuhaben. Aber dann gab sie sich einen Ruck, ging zur Garderobe und warf sich den Mantel über.

Die Würfel waren gefallen.

30

Auszug aus dem Tagebuch der Magdalena Grünzinger vom 04. Oktober 2015.

– Heut ist mir der Schreck in alle Glieder gefahren.

Sitz grad in der Küch und les die Zeitung, da klopft es.

Ich ruf: Komm rein, ist offen! Aber es kommt keiner.

Ich geh zur Tür, mach auf, aber da ist keiner.

Wie ich wieder sitz, klopfts nochamal. Jetzt erst merk ich, daß es ans Fenster klopft. Wie ich mein Kopf dreh und hinschau, bleibt mir das Herz fast stehn.

Sitzt ein schwarzes Monstrum von Rabe auf der Fensterbank und schaut zu mir herein. Wetzt seinen Schnabel am Glas. Dann hackt er in eins von unsere Herbstkatzerl, das er mit den Klauen festhält. Hackt und schnabelt, hackt und schlingt, zieht dem armen Viecherl die Eingeweid aus seinem kleinen Baucherl. Dann wetzt er wieder den Schnabel an der Scheiben … tock, tock … klack, klack … und schaut mich an, als wollt er sagen: Schau, wies mir schmeckt! Komm raus, dann kriegst auch an Happen ab!

Bin raus so schnell ich konnt und hab ihn von meinem Fenster verscheucht. Hat sich aber nicht ganz vertreiben lassen, der schwarze Gesell. Ist mit dem Katzerl in den Klauen nur auf das Dach vom Buben sein Labor geflogen und hat dort seine grauslige Mahlzeit zu End bracht.

Ist allemal ein schlechtes Zeichen, wenn sowas geschieht. –

Luk lag mit geschlossenen Augen auf der Couch in seinem Labor. Um seine Mundwinkel zuckte es. Er versuchte sich gerade Xaver Webers Gesicht vorzustellen, wenn dieser seine E-Mails abrief und die kompromittierenden Fotos entdeckte, die er ihm geschickt hatte. Oh nein, die würden ihm ganz und gar nicht gefallen … Sicher würde er die Androhung der Veröffentlichung nicht auf die leichte Schulter nehmen und es sich von nun an zweimal überlegen, ob er sich die Flinte umhängte und hierher in den Wald kam.

Luk ertappte sich dabei, boshaftes Vergnügen bei dieser Vorstellung zu empfinden. Normalerweise gehörte er zu den empathischen Menschen, denen Schadenfreude fremd war. Nur wenn ihn selbst etwas quälte, neigte er dazu, auch seine Mitmenschen unter Druck zu setzen. Das war ein natürliches Ventil, dem sich kein Mensch leicht entziehen konnte – geteilte Qual war eben halbe Qual.

Aber was quälte ihn?

Vor einer Stunde hatte er die Haut der Frau aus Regensburg, die jetzt nur noch eine Restfeuchtigkeit von etwa 10% aufwies, entsprechend der Schnittmuster fein säuberlich in verschiedengroße Teile zerschnitten. Alles war gut gegangen. Kein Schnitt daneben. Ausgezeichnete Arbeit. Doch als er schließlich jedes Teil für sich noch einmal betrachtete, verfinsterte sich seine Miene. Er hatte etwas Wesentliches nicht bedacht.

Siedend heiß durchzuckte ihn plötzlich die Frage nach dem Material, mit dem er die einzelnen Teile zu der Form zusammenfügen konnte, die ihm vorschwebte.

Es waren doch immer die kleinen unscheinbaren Dinge, die auch das größte Projekt zum Scheitern verurteilen konnten. Ungestüm und Euphorie hatten mal wieder zu unverzeihlicher Nachlässigkeit geführt.

Er könnte sich ohrfeigen, weil er nicht schon bei der Zerteilung der Leiche an diesen Arbeitsschritt gedacht hatte. Ideal wäre ein Faden aus Haar gewesen. Doch die Frau hatte einen Kurzhaarschnitt gehabt, und ihr Skalp war mit dem fein zerhackten Gekröse, aus dem sich ebenfalls ein gedrillter Zwirn hätte herstellen lassen, im Container bei den Tierkadavern gelandet. Inzwischen war dessen Inhalt auch noch vom Zweckverband für Tierkörper- und Schlachtabfälle abgeholt worden. Ach, es war einfach zu ärgerlich …

Eines stand für ihn jedoch unabänderlich fest: Keinesfalls würde er für das, was er zu schaffen gedachte, irgendetwas Künstliches verwenden. Alles musste aus organischem Material bestehen. Noch das kleinste Detail musste menschlichen Ursprungs sein, und ganz explizit: weiblichen Ursprungs. Davon durfte und wollte er kein Jota abweichen.

So auf dem Diwan liegend, den er in letzter Zeit auch immer öfter als Nachtlager benutzte, wirkte er wie jener Oblomow, die traurige Hauptfigur aus dem Roman von Gontscharow. Wie dieser nämlich, war auch er in Lethargie versunken. Allerdings war seine Lethargie eine tätige. So paradox das auch klingen mochte, all seine Arbeit an der Frau aus Regensburg speiste sich einzig und allein aus dem Phlegma beständigen schmerzlichen Erinnerns, aus dem es für ihn kein Entrinnen mehr gab.

Er hatte all seine Seminare bis auf weiteres abgesagt. Alles, was sein Wesen ausmachte, – Körper, Geist und Seele – kreiste nur noch um das Werk, das er im Begriffe war zu schaffen. Die Realisierung seiner Vision hatte höchste Priorität und verdrängte alles andere in seinem Leben.

Tief in seinem Inneren spürte er, dass nach diesem weihevollen Akt nichts Wesentliches mehr in seinem Leben folgen könnte. Sein Werk würde, wenn es ihm gelang, einen Abschluss darstellen … einen Point of no Return. Er hatte den Rubikon bereits überschritten und war jetzt bereit, für ein Gelingen alles zu opfern – auch seine Menschlichkeit.

Und noch eine Parallele gab es zu jenem Oblomow: Wie dieser sich hauptsächlich mit seinem Faktotum Sachar unterhielt, so unterhielt Luk sich mit seinem Frettchen.

Luk öffnete jetzt die Augen und sah zu Andy hinüber, der unruhig in seinem Käfig herumturnte und ab und zu einen schrillen Warnlaut ausstieß.

„He Alter, was ist mit dir?", fragte er, sich langsam von der Couch erhebend.

Dann hörte er das Klopfen an der Tür.

31

Die wirbelnden Flocken im Scheinwerferlicht machten Trudi Weber ganz wirr im Kopf. Ihr war, als flöge sie mit Lichtgeschwindigkeit durch einen Sternenhaufen. Als sei sie in den Sog eines Schwarzen Loches geraten, das sie und Trixi gerade verschlang.

Unwillkürlich schaltete sie einen Gang herunter. Bald musste linker Hand die Abfahrt auftauchen, die zum Grünzinger-Anwesen hinaufführte.

Da war sie auch schon.

Verschneit!

„Mist!“, entfuhr es Trudi. „Mit dem Wagen kommen wir da nicht hoch.“

„Aber zu Hause scheint er zu sein“, meinte Trixi und deutete auf einen zarten Lichtschein, der durch das Schneetreiben an der Stelle auszumachen war, wo der Hof liegen musste.

Trudi bog nach links in die Auffahrt ein und blieb stehen. Sie ließ den Motor laufen und schaltete das Licht aus.

„Du hast recht, er muss zu Hause sein“, sagte sie, den Hang hinaufblickend, wo sich jetzt, bei ausgeschalteten Scheinwerfern, der Lichtschein, den Trixi zuvor schon wahrgenommen hatte, noch deutlicher abzeichnete.

Trudis Wunsch nach einer knallharten Debatte mit Ludwig Grünzinger hatte plötzlich nicht mehr die Kraft wie noch eben im gut geheizten Wirtshaus Zur Alten Post. Die Vorstellung, bei Dunkelheit und Schneetreiben fast 200 Meter einen verschneiten Hangweg hinaufzustapfen, hatte ihrer Angriffslust den Stachel genommen.

„Wir können das Ganze auch auf ein andermal verschieben“, meinte sie unentschlossen zu ihrer Enkelin.

Trixi blickte sie erstaunt an. „Was? Zuerst machst du mich neugierig und dann kneifst du? Wo wir jetzt schon mal hier sind, können wir auch noch die paar Meter dort hinaufgehen. Ich bin schon so gespannt, wie der Typ so lebt."

Bei diesen Worten öffnete sie ihren Sicherheitsgurt und schickte sich an, auszusteigen.

„Warte noch, Kindchen! Bist du dir sicher, dass wir nicht lieber nach Hause fahren sollten? Es ist schon spät und außerdem habe ich plötzlich so ein seltsames Gefühl ..."

„Ach Omi, komm schon ... ich bin ja sooo neugierig!"

Trudi zuckte mit den Achseln, zog den Zündschlüssel aus dem Schloss und stieg aus. „Dann soll es so sein! Aber mach dich auf was gefasst, Kindchen, ich habe nicht vor, ihn mit Samthandschuhen anzufassen."

Zehn Minuten später standen sie vor Ludwig Grünzingers Labor und klopften an die Tür.

32

Auszug aus dem Tagebuch der Magdalena Grünzinger vom 24. Juni 2016.

– Mein Glaube ist schütter worden wie mein Haar. Fehlt ihm an Saft und an Kraft. Hat alle Farb verloren.

Trotzdem sprech ich jeden Morgen und Abend mein Gebet. Ist mir über die Jahr halt so in Fleisch und Blut übergangen. Kann nicht mehr davon lassen.

Geht mir wie dem Sepp, Gott hab ihn selig, mit seiner Raucherei. Hat gesagt: Ist nicht wegen dem Geschmack, daß ich rauch, ist wegen dem Qualm!

Alles wird mit der Zeit zur Gewohnheit, nur Schmerz und Kummer nicht. Die beiden kommen immer frisch daher.

Vielleicht sollt ich doch endlich mit ein paar Gewohnheiten Schluß machen. Mit dem Beten, mit dem Kopfzerbrechen über den Buben und sein Einsiedlerleben und auch mit dem Tagebuchschreiben. Ja, mit dem Tagebuch fang ich an. Ich mag nicht mehr. Ist halt alles so, daß es nicht mehr schmeckt, ist nur noch Qualm.

Bin mir immer vorkommen wie eine Zwiebel. Hab den Grund im Altwerden nur darin gesehen, daß sich Haut für Haut die verschiedenen Menschlein herausschalen können, die in mir stecken. Aber meine letzte Häutung liegt schon lang zurück und ich spür, daß da kein weiteres Menschlein mehr in mir steckt, das heraus möcht. Hab alle Rollen gespielt, die mir zudacht waren. Jetzt steh ich nur noch da wie bestellt und nicht abgeholt.

Ist eine Schand, daß man diesen Zustand aussitzen soll. –

Luk fuhr zusammen. Das Klopfen an der Tür drang wie ein Eiszapfen durchs Ohr in sein Gehirn.

Wer konnte das sein, der zu dieser Stunde noch bei ihm vorbeischaute? Er hatte durch die Fenster weder Scheinwerferlicht wahrgenommen noch hatte er Motorengeräusche gehört.

Hastig warf er eine Plane über die auf dem Arbeitstisch liegende Haut der Frau aus Regensburg und ging zur Tür.

„Wer ist da?" Seine Stimme klang genauso schroff, wie er es beabsichtigt hatte. Wer es auch war, er sollte sich gefälligst zum Teufel scheren.

„Ich bin's, Gertrud Weber … die Frau des Bürgermeisters von Freyung … ich habe mit Ihnen zu reden, Herr Grünzinger!"

Luk war nicht wenig überrascht. Zuerst war diese Frau am Grab seiner Mutter erschienen, jetzt stand sie plötzlich vor seiner Tür.

Was hatte das zu bedeuten? Was trieb sie bei Nacht und Schneetreiben zu ihm in die Einöde hinauf? Sie klang nicht, als würde sie sich leicht abweisen lassen, trotzdem unternahm er einen Anlauf, sie loszuwerden.

„Kommen Sie morgen wieder, ich habe zu tun!"

Er hörte Getuschel vor der Tür. Anscheinend war da noch jemand bei ihr.

„Wenn ich morgen wiederkomme, bringe ich die Polizei mit! Sie haben die Wahl, Herr Grünzinger!", hörte er die Frau sagen, und der Ton, in dem sie es sagte, vermittelte ihm sofort, dass es keine leere Drohung war.

Hier konnte es sich nur um ein Missverständnis handeln, und Missverständnisse mussten aus dem Weg geräumt werden, bevor sie ohne Grund und Ursache Schaden anrichteten. Nichts wäre ihm im Augenblick ungelegener gekommen als ein Besuch der Polizei.

Langsam drehte er den Schlüssel im Schloss und öffnete die Tür einen Spalt breit. Draußen standen zwei Gestalten, die sich den Schnee von ihrer Kleidung klopften und Anstalten machten, einzutreten.

„Was gibt's denn?", fragte er nochmals barsch. Es widerstrebte ihm, gerade jetzt, in der Endphase seines geheimen Projekts irgendwem Einlass in sein Refugium zu gewähren.

„Das lässt sich nicht in drei Sätzen sagen … also, wie ist es jetzt, wollen Sie uns im Schneegestöber stehenlassen, oder dürfen wir auf ein Wort eintreten?“

Luk musterte Trudi durch den Türspalt wie ein exotisches Insekt, das gerade seinen giftigen Stachel aufgerichtet hatte.

Jetzt erkannte er auch die junge Frau, die neben ihr stand.

„Ach Sie sind das!“, sagte er verwundert. „Wir sind uns vor einiger Zeit im Wald begegnet, nicht wahr?“

Trixi strahlte ihn an. „Ja, ich war damals mit meinem Pferd Bronco unterwegs.“

Luk öffnete jetzt die Tür und trat zur Seite, sodass die beiden eintreten konnten.

„Was verschafft mir die Ehre Ihres unangekündigten Besuches? Und wieso drohen Sie mir mit der Polizei?“

„Deshalb!“, antwortete Trudi, indem sie den Brief aus ihrer Manteltasche zog und ihm damit unter der Nase herumwedelte. „Wegen dieses anonymen Schreibens hier!“

Luk wich einen Schritt zurück. „Und wieso kommen Sie damit zu mir?“

Trudi sah ihm eine Weile forschend ins Gesicht, dann entfaltete sie den Brief und begann ihn vorzulesen.

Luk fasste sich an die Stirn. Das, was er da zu hören bekam und überhaupt die ganze Situation waren so grotesk, dass er nicht umhin konnte, in schallendes Gelächter auszubrechen.

„Sie nehmen doch nicht etwa an, dass ich diesen Brief verfasst haben könnte. Sein Sie versichert: Ich weiß genau, von wem ich abstamme, und Ihr werter Gatte hat damit nicht das Geringste zu tun.“

Trudi musterte ihn schweigend. Noch nie hatte sie Gelegenheit gehabt, ihn aus so unmittelbarer Nähe zu betrachten. Dieses Haar! Diese Augenbrauen! Diese charakteristischen Falten, die von der Nase zu den Mundwinkeln verliefen!

„Aber bitte nehmen Sie doch hier auf der Couch Platz!“, forderte Luk die beiden Frauen auf. „Sie müssen wissen, ich liebe fantastische Geschichten. Auch wenn ich im Moment Hals über Kopf in Arbeit stecke, werde ich für Sie eine Ausnahme machen und mir ein wenig meiner kostbaren Zeit stehlen lassen.“

Trudi und Trixi sahen sich verstohlen um. Es war ein seltsamer Ort, an dem sie hier gelandet waren – interessant und beunruhigend zugleich. Diese ausgestopften Tiere überall ... diese furchterregenden Masken und Waffen an den Wänden, diese Knochen, Schädel und Felle ... und dann diese gruseligen Mischwesen, die da auf den Regalen standen und sie aus funkelnden Glasaugen neugierig anglotzten.

Trudi war die Erste, die sich auf der angebotenen Couch wie auf einem Richterstuhl niederließ. Trixi folgte ihr als Beisitzerin.

„Sie behaupten also, diesen Brief nicht geschrieben zu haben?“, begann sie, das Corpus Delicti in die Höhe haltend, mit ihrem Verhör. Sie hatte sich vorgenommen, diesem schrägen Vogel mit seinem seltsamen Kuriositätenkabinett beinhart auf den Zahn zu fühlen.

Luk grinste sie an wie eine Diva, die ihre Sprechrolle mit falschem Text begonnen hatte. „Entschuldigen Sie, dass ich gelacht habe, aber es passiert eben nicht alle Tage, dass jemand sich durch Dunkelheit und Schneegestöber zu mir aufmacht, um mir zu erklären, ich hätte einen anonymen Brief geschrieben und den falschen Vater gehabt. Nur so viel: Ich habe nichts mit diesem Wisch zu tun und bin, solange ich denken kann, der Sohn von Josef Grünzinger. Eine beglaubigte Geburtsurkunde kann ich Ihnen gerne vorlegen, falls Sie tatsächlich vorhaben, sich in dieser Sache so weit aus dem Fenster zu lehnen und die Polizei hinzuzuziehen.“

Trudi beobachtete Ludwig Grünzinger genau. Kein Zucken in seinem Gesicht entging ihrem forschenden Blick. Wenn der Kerl log, dann log er ausgezeichnet. Aber wieso sollte er überhaupt lügen? Wenn er der Verfasser des Briefes war und sich in der Alten Post sowieso zu erkennen geben wollte, dann machte jetzt eine Lüge nicht den geringsten Sinn. Wenn er behauptete, den Brief nicht geschrieben zu haben, dann musst es wohl auch so sein, denn der Verfasser des Briefes hatte das Gespräch mit ihr ja ausdrücklich gesucht.

Trudi war innerlich hin und her gerissen. Einerseits diese frappante Ähnlichkeit, andererseits … ach, sie wusste selbst nicht mehr, was sie denken sollte. Jedenfalls wirkte Ludwig Grünzinger entwaffnend aufrichtig. Kein Wunder, dass Trixi so begeistert von ihm gesprochen hatte. Sie war sich mit einem Mal gar nicht mehr so sicher, ob es die richtige Strategie gewesen war, wie ein Panzer hier hereinzurollen und direkt eine Anklage auf ihn abzufeuern. Sie hätte es auch diplomatischer anstellen können. Auch wenn sie es sich nur ungern eingestehen wollte, der Mann wirkte ungemein anziehend auf sie. Sie war verwirrt – verwirrt von ihm und verwirrt von der Frage, wie sie mit ihrem Verdacht umgehen sollte. Auch der sonderbare Raum, in dem sie hier saß, und die eigenartigen Gerüche, deren Quelle sie sich nicht erklären konnte und auch nicht wollte, trugen zu ihrer Verwirrung bei.

Sie musste unbedingt ihre Gedanken ordnen. Behutsamkeit war jetzt gefragt. Keinesfalls wollte sie sich da in etwas verrennen, das am Ende nur zu einer großen Peinlichkeit geführt hätte.

Während sie noch überlegte, wie ihr nächster taktischer Zug aussehen könnte, verschaffte ihr Ludwig Grünzinger etwas Luft, indem er sagte:

„Sie wirken beide etwas durchgefroren. Vielleicht lässt sich das, was Sie mir zu sagen haben, bei einer Tasse heißem Kräutertee besser sagen. Wie wär's damit?“ Luk deutete mit einer Geste auf die große Teekanne, die auf einem Stövchen in einem der Regale stand.

„Gerne!“, meinte Trixi, die sich noch immer in ihre ausgekühlten Hände hauchte.

Trudi warf ihrer Enkelin einen missbilligenden Blick zu. Doch dann sagte sie sich, dass sich das Ritual gemeinsamen Teetrinkens nur günstig auf die Gesprächsatmosphäre auswirken konnte. Durch ein kurzes Nicken nahm auch sie Luks Angebot an.

„Oh, was ist denn das dort hinten?“, fragte Trixi entzückt, als sie jetzt Andy wahrnahm, der an seinem Käfiggitter hing und mit seinen kleinen Knopfaugen zu ihnen herüberstarrte. Seine anfängliche Aufregung über die späten Besucher war unverhohlener Neugier gewichen.

„Das ist mein Frettchen Andy“, meinte Luk. „Sag schön Guten Abend zu unseren Gästen, Andy!“

Andy keckerte etwas Unverständliches, aber als Trixi aufstand, um zu seinem Käfig hinüberzugehen, verschwand er schnell wie der Blitz in dem am Boden liegenden Lumpenhaufen.

„Mein Freund ist ein bisschen scheu“, versuchte Luk, das Verhalten Andys zu erklären. „Kein Wunder ... außer mir hat er ja hier keinen anderen Ansprechpartner.“

„Ansprechpartner?“, fragte Trixi belustigt. „Heißt das etwa, dass ihr euch zusammen unterhaltet?“

„Wir verstehen uns ganz gut“, meinte Luk ausweichend.

Er war gerade dabei, Tee in drei altertümliche Tassen aus drei verschiedenen Services zu gießen. (Aus einer Tasse hatte er schnell noch ein paar Spinnweben und eine vertrocknete Motte entfernt.) Jetzt stellte er die Tassen neben die Zuckerdose auf ein Tablett, legte den einzigen Teelöffel dazu, den er finden konnte, und brachte alles zum Couchtisch hinüber. Dann setzte er sich auf seinen Schreibtischsessel, drehte ihn zu seinen Gästen herum und forderte sie mit einer einladenden Geste auf, sich zu bedienen.

„So, und jetzt erzählen Sie mir bitte, wie Sie darauf kommen, dass ich Ihnen diesen Brief da geschrieben haben könnte.“

Trudi rührte eine Weile unentschlossen in ihrem Tee. Ihr Blick war unverwandt auf die Schwaden gerichtet, die aus der Tasse aufstiegen, ganz so, als erwarte sie von ihnen die Dienste eines Teleprompters. Dann reichte sie den Löffel an Trixi weiter und begann, jedes Wort abwägend, zu erklären, was sie zu ihrer Annahme veranlasst hatte.

33

Ilona Porcelius, die Anlageberaterin von Walter Weber, hatte ihrem treuen Kunden in dieser kalten Winternacht ordentlich eingeheizt. Die gepfefferte Nachspeise hatte sie ihm nach dem gemeinsamen Abendmahl im „Johanns" in einem Hotelzimmer serviert. Wiedermal hatte sie es geschafft, den Puls des Freyunger Stadtoberhauptes für bedenklich lange Zeit in ungesunde Höhen zu katapultieren. So etwas löste vor dessen geistigem Auge immer eine fettgedruckte Schlagzeile aus, die früher oder später unweigerlich in der Passauer Neuen Presse erscheinen würde: *Bürgermeister von Freyung – Exitus bei Koitus!*

Für das Prozedere zwischen ihnen wirkten sich solche Vorahnungen nicht gerade förderlich aus, aber auf die „Kleine Blaue" war wie immer Verlass gewesen.

***

„Verdammt!", entfuhr es Walter Weber jetzt. Auch nach dem fünften Anlauf gelang es ihm nicht, das vermaledeite Ding ins Loch zu dirigieren.

„Ah, na endlich!", stöhnte er erleichtert auf.

Der Schlüssel steckte im Schloss. Leise öffnete er die Haustür. Natürlich hatte er ein Taxi für die Hin- und Rückfahrt nach Waldkirchen genommen. Den Triumph seiner Standfestigkeit hatten er und Ilona noch mit einer halben Flasche Metaxa gefeiert. Er war zwar noch nicht blau, aber doch gehörig bläulich. Seine Laune war ausgezeichnet. Mit der angenehmen Aussicht auf ein warmes Bett und das bevorstehende Wochenende betrat er sein Heim.

Als er das Licht im Flur angeschaltet, seine Schuhe ausgezogen und seinen Mantel an die Garderobe gehängt hatte, blieb er stehen.

Etwas war anders als sonst.

Seine Nasenflügel zuckten.

Das war's: Er vermisste die unbeschreibliche Wolke, die ihm sonst entgegenschlug, wenn er spät nachts heimkehrte. Jene Wolke, die nach der Abendtoilette seiner Frau durch alle Räume waberte – grauenvoll und gefährlich wie unsichtbare Antimaterie.

Er warf einen Blick auf seine goldene Rolex.

03:34 Uhr.

Die Schlafzimmertür stand einen Spalt breit offen. Er lugte hinein. Nichts regte sich. Er knipste das Licht an. Das Bett seiner Frau war unberührt.

„Trudi!", rief er jetzt einigermaßen verwundert und ging ins Wohnzimmer. Auch dort war sie nicht.

Jetzt sah er das rote Licht am Telefon blinken, das anzeigte, dass Nachrichten eingegangen waren.

Alle drei Nachrichten waren von Erika, seiner Ex-Schwiegertochter. Sie erkundigte sich nach dem Verbleib von Trixi. In ihrer letzten Nachricht von 02:45 Uhr klang sie genervt und besorgt.

Was hatte das zu bedeuten?

Walter Weber setzte sich in einen Sessel und versuchte, sich zu konzentrieren. Seine gehobene Stimmung war dahin. Trudi hatte ihm gesagt, sie wolle in den Lesezirkel. Das war gelogen, denn dieser hatte heute gar nicht stattgefunden; er hatte es ja gleich nach ihrem Anruf überprüft. Aber was hatte sie dann vorgehabt? Er konnte sich nicht daran erinnern, dass seine Frau schon jemals über Nacht ausgeblieben war, ohne irgendeine Nachricht zu hinterlassen. Und jetzt auch noch Trixi … waren die beiden etwa zusammen auf der Stanz? Aber wieso sollte Trudi ihn deshalb belügen? Was könnte er schon dagegen gehabt haben? Jung gebliebene Oma macht mit ihrer fast volljährigen Enkelin einen drauf … na und?

Kopfschüttelnd griff er zum Telefon, doch noch bevor er die Nummer von Erika wählen konnte, klingelte das Gerät in seiner Hand und brachte ihn fast an den Rand eines Herzinfarkts.

Es war Erika. Sie klang erleichtert, als sie seine Stimme hörte.

„Walter, Gott sei Dank, dass ihr endlich zurück seid! Habe schon angefangen, mir Sorgen zu machen … konnte Trixi nicht auf ihrem Handy erreichen. Sicher hat sie es während der Opernaufführung ausgeschaltet und dann nicht mehr … ach, egal, hol sie mir doch bitte kurz ans Telefon, oder ist sie etwa schon zu Bett gegangen?"

(Trixi übernachtete gern mal bei ihren Großeltern oder bei ihrem Vater, wenn sie nach einem überzogenen Disco-Besuch keinen Bock mehr auf mütterliche Schelte hatte.)

Walter mochte Erika. Er schätzte ihr klar strukturiertes Denken, das immer zu klarem Handeln führte, etwas, das er bei seinem Sohn schmerzlich vermisste. Kein Wunder, dass Xaver und Erika nicht miteinander harmoniert hatten.

Walter räusperte sich. „Hallo Erika … du sprichst da von einer Opernaufführung. Ich war nicht in der Oper und wusste auch nicht, dass Trixi und Trudi irgendeine Vorstellung besuchen wollten … sie sind jedenfalls beide noch nicht zu Hause."

Eine Weile herrschte Schweigen in der Leitung, dann kam Erikas Stimme zurück. „Meinst du, wir sollten uns Sorgen machen?"

„Ach, i wo! Bleib mal kurz dran, ich werde Trudi auf ihrem Handy anfunken …"

Walter zog sein Handy aus der Tasche und wählte Trudis Nummer.

„Tut mir leid, Erika, anscheinend hat sie zurzeit kein Netz, aber ich werde es weiterversuchen und dir Bescheid geben, sobald ich …"

„Walter, ich habe kein gutes Gefühl. Irgendwas stimmt doch da nicht … schau auf die Uhr, es ist gleich vier Uhr morgens! Wo sollten sie sich da denn noch herumtreiben? Vielleicht sind sie auf der Rückfahrt von Passau irgendwo in den Straßengraben gerutscht … es hat ja stundenlang geschneit …"

Walter lockerte seine Krawatte und öffnete den obersten Knopf seines weißen Burberry-Hemdes. Er hatte plötzlich das Gefühle schlecht Luft zu bekommen. Er war hundemüde, und nichts wäre ihm jetzt lieber gewesen, als ins Bett zu kriechen, sich die Decke über den Kopf zu ziehen und beim Gedanken an Ilonas köstliche Zungen-

und Fingerfertigkeit selig zu entschlummern. Aber Erika, die Klarsichtige, hatte recht: irgendetwas an der Sache roch nicht gut. Angefangen von Trudis Schwindelei mit dem Lesezirkel, bis hin zu der Tatsache, dass Trixi, eine ausgemachte Kommunikationsfanatikerin, ihr Handy für länger als unbedingt nötig abgeschaltet haben sollte, war hier nichts logisch. Beide Frauen verhielten sich definitiv nicht so, wie man es gewohnt von ihnen war.

„Walter, bist du noch dran?“, hörte er jetzt Erikas Stimme durch den Äther klingen. Sein erneutes Räuspern war ihr Antwort genug. „Sollten wir nicht die Strecke abfahren und uns nach ihnen umsehen?“

„Gib mir ein paar Minuten zum Nachdenken, Erika, ich melde mich gleich wieder bei dir!“

Er hörte, wie Erika am anderen Ende genervt Luft abließ, dann folgte ein gepresstes: „OK, ich bleibe wach und warte auf deinen Anruf! Wenn ich in der Zwischenzeit was erfahren sollte, melde ich mich bei dir.“

Walter legte das Mobilteil des Telefons neben sich auf ein Kissen und stand auf. Dabei rutschte der Hörer unbemerkt zwischen Kissen und Sessellehne.

Er begab sich in die Küche. Jetzt brauchte er erst mal einen Muntermacher. Er schaltete die Kaffeemaschine an und setzte sich an den Küchentisch.

Nach wenigen Minuten hatte ihn das besänftigende Gurgeln des Küchengeräts in den Schlaf gewiegt.

34

Andys Neugier war erneut erwacht. Vorsichtig schob er seine Schnauze aus dem Berg von Lumpen, die den Boden seines Käfigs bedeckten, und witterte in Richtung der beiden Besucherinnen. Sein Blick blieb an der jüngeren der beiden Frauen haften. Leise begann er, vor sich hin zu keckern.

Luk, der den Ausführungen von Trudi Weber lauschte, versuchte, sich mit einem Ohr auf das zu konzentrieren, was ihm sein vierbeiniger Freund mitzuteilen hatte.

„He, sieh dir doch mal das prachtvolle Haar von der Jungen an! So lang ... so edel ... so gepflegt!"

Luks Blick richtete sich unwillkürlich auf Trixis Haar. Alles um ihn herum verschwand plötzlich hinter einem Nebelschleier, aus dem nur noch dieses göttliche Haar hervorleuchtete. Trudis Worte klangen jetzt gedämpft, als drängen sie durch eine meterdicke Watteschicht an sein Ohr.

Und da war sie wieder ... seine Vision ... sein Ideal von einem noch nie dagewesenen Denkmal der Liebe.

Sein über 40 lange Jahre mühsam aufgebauter Wertehaushalt begann sich zu verschieben. Der Unterschied zwischen Gut und Böse, Recht und Unrecht relativierte sich. Sein Ziel war zu groß, um klein zu denken. Er war jetzt bereit, eine Grenze zu überschreiten, die er noch vor kurzem für unüberwindbar gehalten hatte.

„Hol mich der Geier, wenn dieses Haar nicht über 80 Zentimeter lang ist!", hörte er Andy verschwörerisch tuscheln. „Ich will in Zukunft auf mein Frischfleisch verzichten, wenn das nicht eine glückliche Fügung ist!"

Luk musste Andy wiedermal beipflichten. Sein Freund hatte die bewundernswerte Gabe, Dinge, die tief im Sediment seines, Luks, Unterbewusstseins feststeckten, zu lösen und als Geistesblitze an die Oberfläche seines Denkens zu befördern.

Das Haar der jungen Frau war in der Tat superb. Es war zwar pechschwarz, doch mit den entsprechenden Chemikalien ließen sich bestimmt alle Farbpigmente oxidativ zerstören. Am Ende würde er genau das erhalten, was ihm vorschwebte: Ein halbtransparentes Blond – „Evi-Blond"!

Die junge Frau, die inzwischen ihre Jacke abgelegt hatte, saß jetzt plötzlich mit blondem Haar vor ihm. Ihren Namen hatte er bereits an den Rand des Vergessens verdrängt. Namen stellten immer irgendwie eine Beziehung her, doch nichts war im Augenblick gefährlicher für sein Projekt als eine menschliche Beziehung.

Luk war jetzt ganz Sachlichkeit. Das blutjunge Ding, das ihm da gegenübersaß, war als Person völlig ausgelöscht. Ihr frischer Teint, ihr freundliches Lächeln – ausgelöscht! Ihre unter der weißen Bluse schwellenden Brüste, strotzend vor jugendlicher Spannkraft – ausgelöscht!

Alles an diesem jungen Menschen war plötzlich nebensächlich, ja, wertlos. Für Luk zählte nur noch das prächtige Haar. In ihm sah er das einzig akzeptable Material, mit dem er die Hautstücke der Frau aus Regensburg fachgerecht vernähen konnte – er war seinem Ziel so nah!

Sicher würde sich das hübsche Mädchen nicht freiwillig von ihrer Haarpracht trennen. Kein Charme der Welt würde sie davon überzeugen können, es zu opfern; selbst nicht für eine so gute Sache, wie es die seine war. Trixi Weber wirkte auch nicht wie jemand, der für Geld eine wochenlange Verunstaltung seines Aussehens in Kauf nehmen würde. Schon gar nicht würde sie einen solchen Deal in Gegenwart ihrer Großmutter abschließen. Nein, hier gab es, genau betrachtet, nur einen einzigen gangbaren Weg: Das Nützliche musste ohne falsche Emotionen vom Wertlosen getrennt werden.

Spätestens jetzt hätten Oma und Enkelin die Flucht ergriffen, wären sie des Gedankenlesens fähig gewesen. Aber Luk saß so selig lächelnd da, als sei er der aufmerksamste Zuhörer und der angenehmste Gastgeber der Welt.

Keine der beiden Frauen hatte die Veränderung bemerkt, die in ihm vorgegangen war. So grundlegend diese Veränderung auch war, sie hatte sich innerhalb weniger Sekunden in aller Stille und ohne ein einziges Wimpernzucken abgespielt. Ludwig Grünzinger hatte sich gerade als Homo sapiens verabschiedet und zum Homo Deus aufgeschwungen. Ein Schritt, der unwiderruflich auch einen tief in seinem Wesen verankerten Selbstzerstörungsmechanismus auslöste. Denn es konnte nur Einen geben – den neuen Ludwig Grünzinger oder den alten.

Alle Empathie, zu der er jetzt noch fähig war, galt einzig und allein seinem Ideal – Evi.

Dass ihr Körper mittlerweile jahrzehntelangem Zerfall in dunkler feuchter Erde ausgesetzt war, spielte für ihn keine Rolle. In seiner Erinnerung erstrahlte Evis Person immer noch in der Gestalt, in der sie ihm bei ihrer letzten Begegnung an jenem abgelegenen Waldweiher erschienen war.

Über die Jahre hatte seine Fantasie sie mit allen erdenklichen weiblichen Vorzügen ausgestattet, von denen nicht recht klar war, ob sie diese jemals besessen hatte oder besessen haben würde. Nach und nach hatte seine Sehnsucht ihr Erinnerungsbild in etwas umdekoriert, das einem buntgeschmückten Christbaum glich. Kein Tag war seit Evis Tod vergangen, an dem er nicht eine neue glänzende Kugel oder einen weiteren glitzernden Lamettafaden an diesen Baum gehängt hätte. Er war verliebt in seine eigene Fantasie, was ihn gleichzeitig zu deren Opfer machte.

Unbemerkt von Trudi und Trixi Weber grinste hinter der Maske seines vertraumten Blicks der Wahnsinn. Sie ahnten nicht, dass er in ihnen nicht länger mehr zwei lebendige weibliche Wesen sah, sondern nur noch ein vom Himmel geschicktes Materiallager, das ihm den Baustoff für sein heiliges Denkmal lieferte.

Wenn es einen Gott gab, so war er auf seiner Seite. Daran zweifelte Ludwig Grünzinger jetzt nicht mehr im Geringsten … *Bittet, so wird euch gegeben; suchet, so werdet ihr finden; klopfet an, so wird euch aufgetan* … Außerdem würde alles, was er vorhatte, aus Liebe geschehen. Und Gott würde Verständnis haben für die Kollateralschäden solch selbstloser Liebe.

35

Luk war jetzt aufgestanden, um den beiden Frauen noch Tee nachzuschenken. Er ging zu dem Regal hinüber, wo die Kanne auf dem Stövchen stand.

„Was meint eigentlich Ihr Mann dazu?", fragte er Trudi Weber über die Schulter. „Wenn jemand Licht in diese Sache bringen kann, dann doch nur er. Nicht ich, sondern er ist die Schlüsselfigur in Ihrer ganzen Geschichte."

Er stand jetzt mit dem Rücken zu seinen Besuchern. Mit flinker Hand zog er eine verkorkte Glasampulle aus einem Styroporständer, in dem noch ein Dutzend anderer steckte, und entleerte ihren Inhalt, ein weißes Pulver, in die Teekanne. Die leere Ampulle, auf deren Etikett neben einer chemische Formel das in Klammern gesetzte Wort „Borneo" vermerkt war, steckte er wieder in den Ständer zurück. Dann trug er die Kanne zum Couchtisch hinüber und schwenkte sie dabei unauffällig.

Trudi Weber hatte befürchtet, dass Luk diese Frage früher oder später stellen würde, und sich ein paar Antworten zurechtgelegt. Aber jetzt, da sie ausgesprochen war, überfiel sie eine peinliche Verlegenheit, die ihren Redefluss jäh ins Stocken brachte. Dankbar nahm sie die Unterbrechung an, die sich ihr durch das Nachschenken des Tees bot. Während sie den Zucker in ihrer Tasse verrührte, versuchte sie, ihre Gedanken neu zu ordnen.

„Bevor ich meinen Mann mit dieser Sache belästige, will ich erst einmal herausfinden, wer überhaupt hinter diesem anonymen Schreiben steckt", meinte sie und reichte den Löffel an Trixi weiter, die nun ebenfalls in ihrem Tee zu rühren begann.

„Also, ich war es jedenfalls nicht, darauf gebe ich Ihnen mein Ehrenwort!", meinte Luk und hob, gleichsam zur Besiegelung seiner Worte, die Tasse.

Seine Geste wirkte auf die beiden Frauen versöhnlich und einladend zugleich. Auch sie erhoben ihre Tassen, und nachdem sie ein paarmal geblasen hatten, tranken sie. Trudi sah ihn dabei unentwegt an. Luk hielt ihrem Blick stand. Er sah, dass in ihren Augen noch Reste von Verdacht und Ressentiment flackerten. Doch diese bezogen sich, dessen war er sich sicher, ausschließlich auf seinen möglichen Status als erpresserischer Bankert. Was er wirklich vorhatte, konnte niemals Gegenstand von Trudis Verdacht sein. Nie und nimmer würde ihre Vorstellungskraft ausreichen, sich ein Bild von dem zu machen, was ihr und ihrer Enkelin bevorstand.

Mit Genugtuung stellte Luk, der seine eigene Tasse nur mit den Lippen berührte, fest, dass den Damen der Tee zu munden schien. Noch ein paar Schlucke mehr, und die Droge, deren Rezeptur er von einem Medizinmann der Penan auf Borneo erhalten hatte, würde Wirkung zeigen.

„Du hast es geschafft!“, hörte er jetzt Andys Frettchenstimme keckern. „Ihr Haar gehört dir! Alles nur noch eine Frage von Minuten!“

Trixi begann jetzt, in der Jackentasche nach ihrem Handy zu tasten.

„Werde Mami schnell eine Nachricht schicken, von wegen dem geplatzten Opernabend und dass wir früher wieder zu Hause sind.“

Luk räusperte sich. „Oh, tut mir furchtbar leid, aber hier haben wir in weitem Umkreis keinen Empfang ... ‚outer space‘ sozusagen!“ Dann log er noch dazu: „Und mein Festnetz hat ebenfalls gerade eine Störung ... passiert hier immer wieder mal und dauert dann Tage, bis es wieder in Ordnung kommt.“

Trixi checkte die Balken auf ihrem Handy. Frustriert steckte sie es wieder in die Jackentasche zurück.

„Tot!“

Trudi zuckte zusammen. „Wie meinst du?“

Sie hatte gerade das große Aquarium betrachtet und war mit ihren Gedanken ganz woanders gewesen.

„Kein Funkverkehr, Omi! Wir sind hier abgeschnitten vom Rest der Welt.“

Trudis Blick wanderte über die ausgestopften Tiere, die im Halbdunkel der Regale lauerten wie ein Schattenheer der Unterwelt. Ihr war auf einmal gar nicht mehr wohl. „Tot!“, hatte Trixi gerade gesagt, und die Tiere mit ihren starren Glasaugen schienen ihr dasselbe entgegenzuschreien: „Tot, tot, tot!“

Schwerfälliger als sonst erhob sie sich von der Couch. Ein leichtes Sodbrennen machte sich in ihrer Magengrube breit.

„Komm, Trixi, wir gehen!“, meinte sie zu ihrer Enkelin. „Es ist alles gesagt, was es zu sagen gibt.“ Dann an Luk gewandt: „Entschuldigen Sie, Herr Grünzinger, dass wir Ihre Zeit in Anspruch genommen haben, aber dieser Brief hat mich ein wenig aus der Fassung gebracht. Sicher hat sich da nur jemand einen dummen Scherz erlaubt und ich bin darauf hereingefallen.“

„Oh, keine Ursache! Bestimmt hätte ich in Ihrer Situation ähnlich reagiert.“

Luk spürte eine Hitzewelle durch seinen Körper jagen. Nur die beiden jetzt nicht gehen lassen! Er musste ihren Aufbruch unbedingt verzögern.

„Warten Sie doch noch, bis das Schneetreiben etwas nachlässt. Ich möchte nicht Schuld daran sein, wenn Sie sich dort draußen den Tod holen … noch etwas Tee vielleicht?“

Trudi, die Trixi hinter sich herzog, blieb auf halbem Weg zur Tür stehen und drehte sich zu Luk um. Für eine Millisekunde glaubte sie, in seinen Augen etwas aufblitzen zu sehen, das ihr Angst machte, und sie hatte noch nie zu den Ängstlichen gehört.

„Nichts für ungut, Herr Grünzinger, aber ich brauche jetzt frische Luft! Vielen Dank für den Tee und guten Abend!“

In diesem Moment wünschte Trudi Weber alles zum Teufel – den Typ, ihre blödsinnige Recherche und vor allem den Brief. Gleich, wenn sie heimkäme, würde sie dieses schändliche Stück Papier, das ihre Fantasie lange genug gereizt hatte, dorthin befördern, wo es hingehörte – in den Ofen. Die Ähnlichkeit Grünzingers mit ihrem Mann in jungen Jahren konnte genauso gut nur eine Laune der Natur sein, wie sie häufiger vorkam. Kein Grund, sich als die Frau des Bürgermeisters lächerlich zu machen, indem sie als schnüffelnde Miss Marple durch Wind und Wetter irrte.

Jetzt drückte sie die Klinke nieder.

Die Tür war verschlossen.

Die beiden Frauen warfen sich einen alarmierten Blick zu. Ihnen war gar nicht aufgefallen, dass der Mann sich hier mit ihnen eingeschlossen hatte.

„Warten Sie, ich werde ihnen die Tür aufsperren! Nur eine Gewohnheit von mir ... ich mache das automatisch, verstehen Sie?"

Umständlich begann Luk. in seiner Tasche nach dem Schlüsselbund zu kramen. Er musste auf Zeit spielen. Jede Minute, die verstrich, war ein Punkt für ihn.

Trudi war plötzlich, als lege sich eine kalte knochige Hand auf ihre Schulter, die sie festzuhalten versuchte.

„Nun machen Sie schon!", herrschte sie Luk an. Ihr Vorrat an Freundlichkeiten war für diesen Tag erschöpft. „Wir müssen zu unserem Auto, bevor es vollends eingeschneit ist!" *Fort! Nur fort von diesem sonderbaren Menschen!*

„Ah, hier ist er ja schon!"

Luk hielt den Schlüsselbund wie eine Trophäe in die Höhe und sah seine Besucherinnen an, als erwarte er für seinen Fund einen Extraapplaus von ihnen. Von Trudis mörderischem Blick getroffen, entschied er sich aber dann doch, den Schlüssel ohne weitere Umschweife ins Schloss zu stecken und die beiden Frauen in die eisige Winternacht zu entlassen. Zähneknirschend schloss er die Tür hinter ihnen.

Hatte er die Droge etwa falsch angesetzt, deren Rezeptur ihm Dawat Lupung, der Medizinmann der Penan, vor Jahren verraten hatte?

36

Luk fühlte sich müde und enttäuscht. Obwohl er sich zwischen den einzelnen Phasen seines Projekts immer wieder mal ein halbes Stündchen Schlaf gönnte, hatten ihn die letzten Tage doch spürbar ausgelaugt.

„Schöne Pleite!“, hörte er jetzt Andys Stimme vom Käfig herüberkeckern. „Dahin, das wallende Haar! Dahin die schöne Maid!“

„Ach, halt die Klappe und lass mich in Ruhe!“, entgegnete Luk, während er den Rest des Tees weggoss und die Tassen auswusch. Trixi Weber hatte ihre Tasse nur halb geleert.

„Was glaubst du? Lag es an der Dosis oder an der Rezeptur?“

„Ich weiß es nicht, Andy, ich weiß es wirklich nicht. Normalerweise hätte das Gift schon nach zehn Minuten Wirkung zeigen müssen.“

„Was, wenn sich die Wirkung, durch was auch immer, nur verzögert hat?“

„Dann, mein liebes Frettchen, sind wir im Arsch! Wenn sie es bis nach Hause schaffen, bevor das Gift wirkt und dort jemandem erzählen, sie hätten zuletzt diesen Tee bei mir getrunken, dann ist alles vorbei. Dann kann ich mein ganzes Projekt begraben. Sie werden mich holen kommen und einsperren, und du, mein Freund, wirst den Rest deiner Tage in einem Tierheim verbringen … in einer Behausung, die sich zu deiner jetzigen ausnehmen wird wie Schloss Neuschwanstein zu einer Abfalltonne.“

Andy gab ein paar gereizte Laute von sich, die unübersetzbar waren, dann meinte er: „Aber vielleicht kommen sie ja gar nicht bis nach Hause!“

Luk sah zum Käfig hinüber und begann, sich am Kopf zu kratzen. Er überlegte. Bis zur Straße hinunter brauchten die Frauen bestimmt zehn Minuten. Ihr Auto vom Schnee zu befreien, würde sie weitere zehn Minuten kosten …

Sein Gesicht hellte sich auf.

„Bin gleich wieder da!“, rief er Andy zu.

Dann schlüpfte er in seinen Anorak, schnappte sich Wollmütze, Schal und Handschuhe und trat hinaus vor die Tür.

Das Schneetreiben war heftig. Nur wenige Meter weit beleuchtete das Licht, das aus den Laborfenstern fiel, den Weg hinunter zum Hof seiner Mutter. Darüber hinaus herrschte absolute Finsternis. Einen Augenblick lang überlegte er, ob er seine Wärmebildkamera mitnehmen sollte, aber ihre Wirkung würde bei diesem Wetter gleich Null sein. Stattdessen knipste er die LED-Lampe an, die er immer im Anorak mit sich führte. Der Effekt war eher kontraproduktiv. So dicht war das Gemisch der tanzenden Flocken und Eiskristalle, dass es wie ein Reflektorspiegel wirkte und das Auge blendete. Nur wenn er die Lampe direkt vor sich auf den Boden richtete, brachte sie einen Nutzen. Er konnte immer nur drei bis vier der bereits halbverwehten Fußstapfen der Frauen erkennen. Das reichte ihm. Getrieben von einem inneren Impuls folgte er der Spur.

Etwas in ihm war plötzlich erwacht. Etwas, das ihm bis jetzt fremd gewesen war und das er bei anderen stets verachtet hatte: Der Jagdinstinkt – ein uraltes Erbe, das sich nur so lange verleugnen ließ, solange die rechte Beute den Weg des Jägers noch nicht gekreuzt hatte.

Luk aber hatte seine Beute klar ausgemacht. Und wie der Jäger bereit war, das Wild zu töten, dessen Fleisch er essen wollte, so war auch er nun bereit, zu töten, für das, was er im Moment mehr als alles andere begehrte: Das lange schwarze Haar von Trixi Weber. Er würde es in goldene Fäden verwandeln … Fäden, die dazu bestimmt waren, die Vergangenheit mit der Gegenwart zu verbinden.

Er war noch keine 50 Meter weit gekommen, als aus dem Wirbel der Flocken ein Geräusch an sein Ohr drang – es war ein Hilfeschrei.

37

Trudi und Trixi Weber hatten schon nach wenigen Schritten die Orientierung verloren. Sie wussten nur eins: Solange sie bergabgingen, mussten sie irgendwann auf die Hauptstraße stoßen.

Trudi begann plötzlich zu keuchen und presste beide Hände an die Brust.

„Was ist mit dir, Omi?“, schrie Trixi in den Wind.

„Kindchen … ich …“

Weiter kam Trudi nicht. Sie sackte zusammen und fiel mit dem Gesicht voran in den Schnee.

„Omi! Omiii!“, schrie Trixi auf und warf sich neben sie auf die Knie.

Sie versuchte, sie umzudrehen.

Es gelang ihr.

Sie wischte ihr den Schnee aus dem Gesicht, richtete ihren Oberkörper auf, griff von hinten mit beiden Armen unter ihren Achseln hindurch und versuchte, sie hochzuziehen.

„Komm schon, Omi, du musst mithelfen! Du erfrierst, wenn du nicht aufstehst!“

Doch Trudis Glieder schienen aus Gummi zu bestehen. Ihr Körper glich einem Sack voll Gelatine. Immer wieder entschlüpfte sie Trixis Griff, bis diese sie schließlich zurück in den Schnee gleiten ließ und sich erschöpft neben sie kauerte.

„Sag doch was, Omi!“

Trudi blieb stumm.

Trixi brachte ihr Gesicht jetzt ganz nah an das ihrer Großmutter. Sie umschloss ihrer beider Köpfe mit den Armen, um Wind und Flocken abzuhalten. Dann hielt sie den Atem an. Sie hoffte, einen warmen Lufthauch zu spüren, der aus Trudis Nase oder Mund strömte … doch da strömte nichts.

Abrupt richtete sie sich wieder auf. Etwas anderes hatte sie angehaucht und bis ins Mark erschreckt. Etwas, das sie sich nicht erklären konnte und auch nicht wollte, weil es unfassbar und unbegreiflich war. Ihre geliebte Omi atmete nicht mehr. Aber das war es nicht, was sie so erschreckte, sondern das Gefühl, dass dort im Schnee etwas Fremdes neben ihr lag, etwas, das mit dem vertrauten Wesen, das sie so verehrte und liebte, nicht das Geringste mehr zu tun hatte.

Leise begann sie, vor sich hin zu wimmern. Ihr Oberkörper wippte dabei unablässig vor und zurück, immer wieder vor und zurück. Dann ging das Wimmern in Schluchzen über und das Schluchzen schließlich in Schreien.

Trixi Weber schrie, wie sie noch nie in ihrem Leben geschrien hatte. Sie schrie um Hilfe.

Sie war verzweifelt. Sollte sie bei ihrer Großmutter bleiben und versuchen, sie wiederzubeleben, oder sollte sie sich durch den Schneesturm zurück zum Labor von Ludwig Grünzinger kämpfen?

Wie belebte man einen Menschen wieder, der zu atmen aufgehört hatte? Alles, was sie darüber wusste, war graue Theorie.

Apathisch stand sie auf und versuchte, den Schnee aus ihrer Jacke zu klopfen, doch der war inzwischen so mit den Fasern ihres Kunstpelzes verbacken, dass er wie eine Lage aus Zement an ihr hing.

Als sie sich umwandte, um auf ihrer eigenen Spur zurück zum Labor zu stapfen, sah sie es plötzlich – das zarte Licht, das durch das wilde Flockengestöber auf sie zutanzte wie die Zuckerfee im Nussknacker-Ballett.

Gab es etwas Schöneres, als ein Licht in der Dunkelheit? Licht bedeutete Hoffnung und Hoffnung Leben.

Trixi atmete auf.

Das musste Ludwig Grünzinger sein! Die Rettung nahte!

Jetzt würde alles gut werden … bestimmt würde alles wieder gut werden. *Oh, lieber Gott, lass meine Omi nicht sterben!*

Dann begann sie, erneut zu rufen. Nein, sie brüllte aus Leibeskräften: „Hierher! Hier bin ich … Hilfe!“

38

Luk sah jetzt in der weißen Wand des fast waagrecht dahinstiebenden Schnees einen Schemen auftauchen. Nach ein paar Schritten erkannte er Trixi Weber im Lichtkegel seiner Taschenlampe. Sie hatte aufgehört zu rufen und winkte ihm nun mit wirbelnden Armen zu. Hinter ihr konnte er die am Boden liegende Gestalt von Trudi Weber ausmachen. Das Gift hatte seine Arbeit anscheinend getan … spät, aber doch.

Wann würde es bei Trixi zu wirken beginnen?

Als er jetzt näherkam und in ihr Gesicht blickte, fühlte er sich plötzlich verunsichert. Noch nie hatte er in ein Antlitz gesehen, das so viel unschuldiges Vertrauen ausstrahlte. Es war, als habe dieses Mädchen all seine Hoffnung nur auf ihn geworfen … als sei er, Ludwig Grünzinger, für sie der rettende Engel des Augenblicks.

So ein plötzliches Upgrade im Urteil eines anderen Menschen konnte einen unversehens aus der Bahn werfen. Auch Luk stellte jetzt nicht ohne Überraschung fest, dass ihn etwas wie Mitleid mit diesem jungen Ding überkam.

Was hatte er getan?

War er verrückt geworden?

Nein, alles lief nach Plan … nach seinem Plan, dem er sich mit Leib und Seele verschrieben hatte. Nur jetzt nicht aus Gefühlsduselei einen Fehler begehen, der nicht mehr gutzumachen war!

Trixi zog ihn jetzt am Ärmel zu ihrer Großmutter hin.

„Kommen Sie! Sie ist zusammengebrochen … hat zu atmen aufgehört! Wir müssen sie ins Warme bringen und wiederbeleben!"

Luk richtete die Lampe auf Trudi Webers Gesicht. In ihren Wimpern hing der Schnee. Die Augen waren halb geschlossen.

Die Frau war tot und würde es auch bleiben.

Nur er wusste in diesem Moment, dass kein Wiederbelebungsversuch das Gift aus ihrem Körper treiben konnte. Das Gift blockierte die Verschmelzung der synaptischen Vesikel und der präsynaptischen Membran und verhinderte so die Ausschüttung von Transmittern. Kurz und gut, es führte zu einer Lähmung der Atemmuskulatur. Der Tod trat dann durch Atemstillstand ein.

„Am besten wir schaffen sie erst mal ins Haus meiner Mutter, das liegt von hier aus näher als mein Labor."

Trixi hielt das für eine gute Idee. Sie nickte eifrig. Dann packte sie Trudis Füße und hob sie hoch. „Na los! Worauf warten Sie noch? Ich nehme sie unten, Sie oben!"

Luk steckte sich die Stablampe zwischen die Zähne und hob Trudis Körper an. Die Tote mehr schleifend als tragend gelangten sie schließlich zum Altbau. Während Luk vor der Tür nach dem Schlüssel in seinen Taschen kramte, stapfte Trixi von einem Fuß auf den anderen und hauchte in ihre klammen Hände.

„Nicht mal den Rettungsdienst können wir verständigen, weil ihr blödes Telefon nicht geht!", zeterte sie.

Luk sperrte die Tür auf und machte Licht.

„Wir legen sie erst mal in der Küche auf den Tisch, dort können wir uns am besten um sie kümmern."

„Mein Gott, hier ist ja gar nicht geheizt!", jammerte Trixi, als sie ihre leblose Last auf dem Küchentisch abgeladen hatten.

Gut, dass ihn das Mädchen daran erinnerte. Mit all den anderen Dingen, die nach dem Tod seiner Mutter zu regeln waren, hatte er ganz vergessen, hier in der Wohnung den Hauptwasserhahn abzudrehen. Das musste unbedingt noch geschehen, bevor sich der Frost endgültig durch die Mauern fraß und die Leitungen sprengte.

„Warten Sie hier, bin gleich wieder zurück! Sie können ja inzwischen schon mal mit der Herzdruckmassage beginnen!", rief er Trixi zu und verschwand im Flur, wo er die Tür öffnete, die zum Stall hinüberführte, in dem sich der Hauptwasserhahn befand. Alles hatte schließlich seine Prioritäten – zuerst das Leben, dann der Tod.

Trixi war für einen Moment wie vor den Kopf gestoßen, aber dann sagte sie sich, dass Ludwig Grünzinger bestimmt nur lief, um einen Notfallkoffer oder sowas in der Art zu holen.

Rittlings kniete sie sich jetzt über ihre auf dem Tisch liegende Großmutter und begann, anders wie von Luk vorgeschlagen, mit einer Mund-zu-Mund-Beatmung. Sie legte eine Hand auf Trudis Stirn, hielt ihr mit Daumen und Zeigefinger die Nase zu und begann, Luft in ihren Mund zu blasen.

Trudis Brustkorb hob und senkte sich bei jeder Fuhre Luft, die in sie drang. Doch außer den sonderbaren Geräuschen, die die wiederentweichende Luft verursachte, zeitigten Trixis Bemühungen keinen weiteren Effekt.

„Wo bleiben Sie denn?“, schrie sie verzweifelt in Richtung Flur.

Keine Antwort.

Frustriert ging sie jetzt doch zur Herzdruckmassage über. Sie fühlte Panik in sich aufwallen. Sie war viel zu hektisch. Sicher machte sie alles falsch, was falschzumachen war.

Sie öffnete Trudis Mantel, legte ihren linken Handballen auf das Brustbein, die rechte Hand darüber, dann begann sie zu pressen … einmal, zweimal … dreißigmal. Dann wieder Mund-zu-Mund-Beatmung. So wie sie es im Erste Hilfe Kurs der Fahrschule gelernt hatte … theoretisch, denn sie hatte nur dabei zugesehen, wie ein Mitschüler die Sache vorführte.

***

Luk ließ sich Zeit bei seiner Verrichtung im Stall.

Die Tür zur Wohnung hatte er hinter sich zugezogen und abgeschlossen. Nachdem er den Haupthahn zugedreht und das Restwasser aus der Leitung in einen Eimer hatte ablaufen lassen, zog er sich die Kapuze des Anoraks tief über den Kopf und nahm in dem Sessel Platz, in dem er immer saß, wenn seine Kursteilnehmer den 20-Minuten-Tod starben.

Heute aber war es kein fingiertes Sterben, das auf dem Programm stand, sondern ein endgültiges. Wie lange es dauern würde, lag diesmal nicht in seiner Hand. Aber das Sterben von Trixi Weber hatte schon begonnen. Es hatte von dem Zeitpunkt an begonnen, als sie den ersten Schluck seines Tees trank.

Ab und zu hörte er sie verzweifelt nach ihm rufen. Dann war sie an der Tür und donnerte mit ihren Fäusten dagegen. Dann begann wieder dieses dumpfe rhythmische „Klock-klock", das der wackelnde Küchentisch bei ihren Wiederbelebungsversuchen machte.

Doch auf einmal war alles still – totenstill.

Luk wartete. Schließlich musste man auch dem Tod eine faire Chance geben, seine Sache gut zu machen.

Langsam kroch der Frost in seine Glieder, doch er rührte sich nicht. Das Schummerlicht, das den alten Stall sonst in eine so angenehme Atmosphäre tauchte, war heute dazu nicht in der Lage. Alles vermittelte in diesem Augenblick nur Kälte und Tod. Das einzige Lebenszeichen im Raum waren die weißen Wölkchen, die sich bei jedem Ausatmen vor seinem Gesicht bildeten.

Auch in Luks Seele herrschte tiefster Winter. Sein Kopf war leer. Seine Gedanken hatten sich verkrochen wie die Spinnen und Asseln, die in den verborgenen Ritzen und Hohlräumen des alten Gemäuers zu überleben versuchten. Sein Blick war unverwandt auf die fünf Fichtensärge gerichtet, sein Kopf etwas zur Seite geneigt. Es hatte den Anschein, als lausche er einem Vortrag – einem Vortrag über den Unsinn des Lebens und den Sinn des Sterbens.

Irgendwann erhob er sich.

Auf seinem Weg zur Tür, die zur Wohnung seiner Mutter hinüberführte, strich er im Vorbeigehen zärtlich über das Holz der Särge. Vor dem fünften Sarg, dem einzigen, der geschlossen war, blieb er stehen, beugte sich darüber und presste sein Ohr an den Deckel.

„Joe?", flüsterte er.

Alles blieb ruhig.

Dann klopfte er drei Mal gegen das Holz, so, wie er es einst schon am Sarg von Evi getan hatte; als ob Klopfen die Sprache der Toten sei. Er kam sich kindisch dabei vor, doch hieß es nicht irgendwo *„Wenn ihr nicht werdet wie die Kinder, werdet ihr nicht ins Himmelreich eingehen!"?*

Als er sich wieder aufrichtete, spielte ein bitteres Lächeln um seine Lippen. Das Jenseits schwieg … ja, auf das Jenseits war Verlass. Es war ein Ort, von dem niemand zurückkehren wollte oder durfte … Paradies oder Gefängnis … Himmel oder Hölle.

Was immer es war – auch Joe, der Postbote, hatte alle Verbindungen hinter sich gekappt. Er wollte nicht gestört werden in seinem endlosen Glück … oder seiner ewigen Verdammnis.

39

Walter Weber fuhr jäh aus dem Schlaf hoch. Verwirrt blickte er sich um. Er saß in der Küche. Der Kaffee in der Kaffeemaschine roch bereits malzig. Er musste hier schon vor einiger Zeit eingenickt sein. Jetzt hörte er erneut das Klingeln an der Haustür, das ihn soeben aus dem Schlaf gerissen hatte. Er sah auf die Uhr.

07:30 Uhr.

Ächzend erhob er sich und ging, um die Tür zu öffnen. Er erwartete Trudi zu sehen, die von ihrer nächtlichen Unternehmung zurückkehrte. Nicht wenig überrascht blickte er jetzt ins besorgte Gesicht seiner Ex-Schwiegertochter Erika.

„Erika … du?"

„Ja, ich! Warum gehst du nicht ans Telefon, wenn du zu Hause bist? Ich habe in einem Fort versucht, hier anzurufen. Sind sie inzwischen da oder haben sie sich gemeldet?"

Walter Weber brauchte ein paar Sekunden, um seine Gedanken zu ordnen. Seine Gehirnwindungen waren vom Alkohol der letzten Nacht und dem unruhigen Schlaf auf dem Küchenhocker ähnlich zerknittert wie sein weißes Burberry-Hemd.

„Du meinst Trudi und Trixi?"

„Ja, wen sollte ich sonst meinen … ah, ich sehe schon, sie sind noch nicht da und mein lieber Schwiegerpapa hat sich eine Mütze voll Schlaf gegönnt, während ich mich händeringend gefragt habe, wo meine Tochter abgeblieben ist."

„Tut mir leid, Erika, ich …"

„Ach was, sag mir lieber, was wir jetzt tun sollen. Ich bin dafür, dass wir die Polizei verständigen. Trixi ist erst in drei Monaten volljährig, sie …"

„Sie ist immerhin in Begleitung einer erwachsenen Person!"

„So? Bist du dir da sicher? Ich weiß überhaupt nicht mehr, was ich glauben soll. Zu mir hat Trixi gesagt, sie wolle mit Trudi in die Oper und dass sie das schon länger ausgemacht hätten. Als ich dir das am Telefon sagte, meintest du, du wüsstest von nichts. Was hat Trudi denn zu dir gesagt?“

Walter sah keinen Grund, Erika mitzuteilen, dass Trudi ihn angelogen und gesagt hatte, sie wolle den Lesezirkel besuchen, der gestern gar nicht stattgefunden hatte. Obgleich er sich mit seiner Frau auseinandergelebt hatte, hatte er sich doch eine Spur Ritterlichkeit und Loyalität ihr gegenüber bewahrt. Nicht so sehr, weil er es Trudi schuldig zu sein glaubte, sondern wegen seines Selbstwertgefühls, das er nicht gerne leiden sah.

Die Sache mit Trudi und Trixi stank zwar irgendwie zum Himmel, aber deswegen gleich die Polizei hinzuzuziehen und eine Vermisstenanzeige aufzugeben … nein, das musste er sich als Stadtoberhaupt zweimal überlegen. Eine Anzeige bedeutete immer unnötiges Aufsehen und Gerede. Sicher würde man bei der Polizei schon seines Amtes wegen mehr Hebel in Bewegung setzen und umfangreichere Maßnahmen ergreifen als bei einer Anzeige von Hinz und Kunz. Zu was für einem imageschädigenden Eklat würde es kommen, wenn die ganze Maschinerie erst einmal in Gang gesetzt war, auf Hochtouren lief und dann am Ende herauskäme, dass sich Frau Bürgermeister mit ihrer Enkelin nur einen etwas ausgedehnteren Wellnesstrip gegönnt hatte?

„Erika, lass uns noch bis heute Abend warten! Sie werden sich im Lauf des Tages wieder einfinden oder sich zumindest melden. Trudi mag zwar manchmal ihr eigenes Ding durchziehen, aber sie würde nie für längere Zeit einfach verschwinden, ohne irgendwem in der Familie etwas zu sagen … schon gar nicht, wenn sie Trixi bei sich hat. Warte, ich werde Xaver anrufen, vielleicht weiß der etwas.“

„Das kannst du dir sparen! Ich habe ihn schon heute Nacht angerufen. Er war gerade aus München zurückgekommen und wusste von gar nichts … klang ein bisschen benebelt, aber das kennen wir ja von ihm. Meinte, ich solle mir keine Sorgen machen und doch der Jugend etwas mehr Freiraum gönnen. Ich war so verärgert, dass ich einfach aufgelegt habe.“

Walter war nachdenklich geworden, aber noch immer widerstrebte es ihm, die Pferde scheu zu machen.

„Hör mal, Erika, Trudis Auto steht zwar nicht in der Garage, aber das heißt ja nicht, dass sie damit bis nach Passau gefahren ist. Vielleicht haben sie sich wegen des Schneetreibens entschieden, nur bis zum Busbahnhof zu fahren und von dort aus einen Bus nach Passau zu nehmen. Nach der Oper haben sie sich vielleicht noch ein Gläschen Sekt gegönnt, den letzten Bus verpasst und sich dann notgedrungen ein Hotelzimmer genommen. Glaub mir, Erika, sie werden sich in den nächsten Stunden melden."

„Dann lass uns aber wenigstens zum Bahnhof fahren und nachsehen, ob ihr Wagen dort irgendwo steht!"

„Einverstanden!", brummte Walter, warf sich den Mantel über und verließ mit seiner Ex-Schwiegertochter das Haus.

Sie fuhren mit Erikas Wagen – Walters Restalkoholfahne war ausschlaggebend für diese Entscheidung.

Während der Fahrt stieg Walter Weber der Geschmack von bitterer Galle in den Mund. Vor ihm tauchte plötzlich das Porträt eines Mannes auf, das gestern auf der dritten Seite der Passauer Neuen Presse geprangt hatte. Es zeigte Josef Petzi, einen Postboten, den er gesichtsweise kannte. Unter dem Bild stand: *Wer hat diesen Mann gesehen?*

Auch Josef Petzi war, ohne beim Arbeitgeber oder der Familie irgendeine Nachricht zu hinterlassen, einfach verschwunden. Sein Auto hatte man inzwischen am Busbahnhof entdeckt.

Walter fragte sich, ob es da vielleicht Parallelen gab.

War Trudis Herz plötzlich für einen 20 Jahre jüngeren Proletarier entflammt?

Undenkbar!

Und doch – wer kannte schon das Herz von rüstig gebliebenen Frauen in ihren 60ern? Nicht ohne Grund gab es das Sprichwort: *Wenn ein alter Stadel Feuer fängt, brennt er gleich lichterloh.*

40

Nur auf den ersten Blick hatte das Bild, das sich Ludwig Grünzinger bot, als er die Küche betrat, etwas von einer lesbischen Orgie: Zwei Frauen, die es auf dem Küchentisch trieben – die Jüngere oben, die Ältere unten – die Arme der Jüngeren ausgebreitet, als wolle sie die Ältere mitsamt dem Tisch umarmen – Gesicht auf Gesicht – die Lippen verschmolzen zu innigem Kuss.

Erst auf den zweiten Blick wurde klar, dass sich hier soeben eine Tragödie abgespielt hatte. Eine Tragödie, die jemand in einem Stillleben eingefangen zu haben schien. Keine der Figuren rührte sich. Ein dekoratives Arrangement lebloser Gegenstände. Nature morte. Ein Kunstwerk per se. Eins, das nur der große Meister Tod in dieser ernsten Würde zu schaffen in der Lage war.

Luks Gedanken waren weit weg. Sie weilten in der Vergangenheit – sie weilten bei Evi.

Alles, was er von der Szenerie wahrnahm, war das lange schwarze Haar, das unter der Pelzjacke von Trixi Weber hervorquoll, das aber für ihn, in seiner Entrücktheit, in goldblondem Glanz erstrahlte.

Er hatte es geschafft: Der Eckstein für sein Denkmal der Liebe, der alles zusammenhalten sollte, war ihm soeben frei Haus geliefert worden. Er musste ihn nur noch in das Bauwerk einfügen.

Luk konnte es schon gar nicht mehr erwarten, an die Arbeit zu gehen. Aber die Gegenwart mit ihren zwingenden Notwendigkeiten nahm jetzt wieder klare Konturen an. Mählich nur und widerstrebend kehrte sein Geist aus der Vergangenheit zurück.

Erst einmal galt es, die Flanken zu sichern, um jeden Überraschungsangriff auf die letzte Phase seines Projekts auszuschließen – das Fahrzeug der beiden Frauen musste von der Straße weg!

Er hatte sich zunächst überlegt, es wieder in der Bahnhofsstraße in Freyung abzustellen. Ein am Bahnhof abgestelltes Auto einer vermissten Person vergrößerte den Vermutungsspielraum der Ermittler enorm. Das gesuchte Individuum konnte sich von dort aus in die ganze Welt begeben haben.

Aber diesmal war es etwas anderes. Er konnte so kurz vor Beendigung seines Projekts nicht riskieren, auf dem Weg nach Freyung, mit einem Wagen, der ihm nicht gehörte, in einer Schneewehe steckenzubleiben. Er würde das Fahrzeug mit dem Traktor in den alten Stadel hochschleppen und sich seiner später entledigen, wenn das Wetter wieder besser war.

Luk machte sich gar nicht erst die Mühe, den Puls von Trixi Weber zu fühlen, bevor er sie auf den Küchenboden legte. Auch wenn ihr Herz noch flimmerte – es würde nicht mehr lange flimmern.

Jetzt nahm er einen Arm von Trudi Weber und zog sie sich quer über die Schultern. Dann ging er mit ihr hinüber in den Stall, wo er sie in einen der offenen Särge wuchtete. Nachdem er aus ihren Taschen Ausweis, Handy und Autoschlüssel gefischt hatte, schloss er den Deckel. Acht Nägel und ein paar Hammerschläge – das war's. Ruhe in Frieden!

Zurück in der Küche hob er das Mädchen vom Boden auf und legte es sich über die Schulter. Trixis Körper war leicht und warm. In ihrem Kunstpelzjäckchen fühlte sie sich an wie ein schlafendes Kätzchen.

Luk mochte Katzen ... irgendwie schon, aber er konnte nicht viel mit ihnen anfangen. Zu eigenwillig! Zu eingebildet auf ihre Selbständigkeit, was sie veranlasste, nur wenig vom Menschen anzunehmen. Schlecht erziehbar also und wenig gesprächig! Er vermisste bei ihnen die Dialogfreudigkeit eines Frettchens. Mit Katzen ließ sich nur spielen, mehr war nicht drin. Wenn er sich's recht überlegte, mochte er eigentlich nur ihr flauschiges Fell.

Er löschte das Licht, verließ das Haus seiner Mutter und stapfte mit seiner Last durch den flirrenden Flockenwirbel hinauf zum Labor. Dort angekommen, legte er das Mädchen auf den stählernen Wannentisch mit der Blutrinne und dem Ablaufsieb an der Seite und betrachtete es eine Weile. Er war innerlich hin- und hergerissen. Sollte er sich zuerst um das Auto kümmern oder um das Haar?

Die Entscheidung fiel spontan. Er konnte der Versuchung einfach nicht widerstehen – das Haar zuerst! Das Auto konnte warten.

Luk nahm sich nicht einmal die Zeit, seinen Anorak auszuziehen. Nur die wollenen Handschuhe zog er sich von den Händen, bevor er zu Werke ging.

Eine Viertelstunde später war alles vorbei.

Er hatte das Haar, so nahe es ging, an der Kopfhaut abgeschnitten, an einem Ende mit einem Stück Schnur zusammengebunden und es in Seidenpapier gewickelt. Um das Bleichen würde er sich später kümmern. Jetzt war erst mal das Auto der beiden Frauen dran.

Vom Computer herüber hörte er das zarte „Plingling“, das eine neu eingegangene E-Mail signalisierte. Er ging, um sie zu öffnen.

Sie kam von Xaver Weber.

Wenn das hier heute nicht ein verdammtes Familientreffen war … fehlte nur noch ein Lebenszeichen von Walter Weber, um das vierblättrige Weber-Kleeblatt komplett zu machen.

Luk musste unwillkürlich grinsen. Was war wohl die Reaktion von Xav auf die aufschlussreichen Bilder, die die Wildkamera von ihm und seiner geilen Entourage in der Jagdhütte geschossen hatte?

Unter der Nachricht, die er Xaver Weber geschickt hatte –

„Besser, du kommst nicht mehr in meinen Wald, sonst landen diese Bilder im Netz!“ – stand nur ein einziges Wort als Antwort:

„Dito!“

Luk betrachtete es mit zusammengezogenen Brauen und konnte sich zunächst keinen Reim darauf machen. Erst als er den Bildanhang öffnete, den Xav mitgeschickt hatte, wurde ihm klar, dass hier eine Pattsituation vorlag. Fünf Bilder zeigten ihn, Ludwig Grünzinger, mit einem verklärten Lächeln im Gesicht, draußen im Wald bei der Hanfernte. Das Sahnehäubchen dabei waren die exakten GPS Koordinaten, die unter jedem Bild prangten – Sahnehäubchen mit Chili-Geschmack.

Zähneknirschend überlegte Luk für einen Augenblick, dann hieb er eine Antwort in die Tastatur:

„Bin dafür, die SD-Karten auszutauschen und etwaig auf anderen Geräten abgespeicherte Bilder auf Ehrenwort zu löschen. Wo treffen wir uns?“

Er drückte auf „Senden“.

Dann lehnte er sich in seinem Schreibtischsessel zurück, drehte sich einen Joint und sog den würzigen Rauch tief in seine Lungen. Das war seine Geheimwaffe gegen Nervosität. Trotzdem trommelten seine Finger ungeduldig auf den Schreibtisch, bis endlich das erlösende „Plingling“ ertönte, das Xavs Antwort ankündigte.

Eine Antwort jedoch, die ihn nicht glücklich machte.

„Wozu der ganze Umstand mit dem Austausch? Das Gleichgewicht der Kräfte ist doch ideal. Wer glaubt, schießen zu müssen, wird selbst erschossen!

Gute Nacht!“

Obwohl ihm die kühle Logik dieser Worte durchaus einging, war Luk nicht in der Laune, sie kommentarlos hinzunehmen. Seine Antwort kam wie aus der Pistole geschossen:

„Arschloch! Und keine gute Nacht!“

Das war wohl das Ende des Dialogs.

Luk zog den Reißverschluss seines Anoraks wieder hoch und holte sich die Handschuhe, die er beim Haareschneiden auf Trixi Webers Brust abgelegt hatte.

Trixi lag wie ein schlecht gerupftes Huhn auf dem Edelstahltisch. Da und dort schimmerte an ihrem Schädel die nackte weiße Kopfhaut durch. Nur Stoppeln und hier und da ein paar kurze zausige

Sträußchen zeugten noch von ihrer einst so wundervollen Haarpracht.

Luk war schon an der Tür und wollte gerade das Licht ausschalten, als wieder das *„Plingling"* ertönte.

„Ach, lass mich in Ruhe, Idiot!", brummte er genervt. Doch dann siegte die Neugier. Rasch kehrte er noch einmal an den Schreibtisch zurück, um die angekommene Mail zu öffnen.

„Ach du meine Güte! Wie empfindlich der Naturbursche doch ist! Aber ich will mal kein Unmensch sein. Meinetwegen treffen wir uns Sonntagmittag um 12:00 Uhr zum Austausch der Speicherkarten in meiner Jagdhütte."

Luks Antwort war kurz.

„OK, ich werde da sein!"

Er brauchte fast eine Stunde, bis er den Weg hinunter zur Hauptstraße geräumt hatte. Unzählige Male fuhr die breite Ladeschaufel des Traktors in die hüfthohen Verwehungen. Die Schneeketten an den fast mannshohen Hinterreifen klirrten und rasselten, und der bis an die Grenzen belastete Motor röhrte wie ein waidwunder Elch durch die Nacht. Doch hier draußen war weit und breit niemand, der daran hätte Anstoß nehmen können. In einer solchen Nacht und bei solchem Schneegestöber überkam selbst Luk das Gefühl, er lebe in einem abgelegenen Krater auf der dunklen Seite des Mondes.

Trudis schwarzer 7er BMW stand unten in der Bucht vor der Auffahrt. Die Fahrerseite steckte bis zu den Fenstern in einer Schneewehe. Mit der mitgebrachten Schaufel räumte er den Wagen frei. Wenig später hatte er die Handbremse gelöst, den eingelegten Gang herausgenommen und die Limousine an eine schwere Kette gelegt.

Der Weg hinauf zum alten Heustadel glich einem Hindernisparcour mit unerwarteten Schikanen. An manchen Stellen verlor der

Traktor seinen Grip. Dann rutschte das ganze Gespann, ineinander verkeilt, wieder ein paar Meter rückwärts den Hang hinab.

Als der BMW endlich im Stadel untergebracht war, glich er nicht mehr länger dem Vorzeigeobjekt, das die First Lady von Freyung unten an der Hauptstraße abgestellt hatte.

Doch das Schicksal war gnädig mit Trudi Weber. Es ersparte ihr, sich in ihrem jetzigen Zustand noch über Lappalien wie ein zerbeultes Auto zu entrüsten.

41

Luk hatte gerade sein Labor aufgesperrt.

Während er jetzt mit einer Hand die Klinke drückte und die Tür nach innen schwingen ließ, tastete er mit der anderen nach einem der vier Lichtschalter, die sich rechts von ihm befanden.

Er betätigte einen davon.

An der Decke sprangen drei der zwölf Leuchtstoffröhren an.

Auf den ersten Blick sah er, dass etwas nicht stimmte.

Der Arbeitstisch, auf dem die Leiche von Trixi Weber liegen sollte, war leer.

Noch schneller als der Schreck, der ihm bei dieser Erkenntnis in die Glieder fuhr, schnellte jetzt etwas hinter der Tür hervor. Luk kam nicht mehr dazu, abwehrend die Hände hochzureißen … „Wuuusch!“, sauste der Femur des Merowingers auf seinen Kopf nieder.

Sein Schädel war härter.

Der 1500 Jahre alte menschliche Oberschenkelknochen zerbarst auf seinem Haupt, als bestünde er aus Gips.

Man konnte es nehmen, wie man wollte – das Alter hatte auch seine Vorzüge. Ein mit dieser Wucht ausgeführter Schlag mit einem nur 100-jährigen Knochen hätte seinen Schädel wahrscheinlich wie einen reifen Kürbis zerplatzen lassen.

Luk war mit einem Aufschrei in die Knie gegangen. Einen Moment lang waberte dichter Nebel vor seinen Augen, in dem tausend glühende Funken stoben. Er wusste, dass die Kopfschwarte gut durchblutet war, dennoch überraschte ihn die Menge Blutes, die jetzt unter der Strickmütze hervorsickerte, sich in seinen Augenbrauen verfing und wie von einer Traufe herabtropfte.

Er versuchte, sich aufzurappeln, sackte aber wieder zusammen. Etwas schien die Befehlskette unterbrochen zu haben, die sein Gehirn mit den Muskeln der Beine verband.

Mechanisch tastete er nach der Tür hinter sich und warf sie ins Schloss. Der draußen tobende Sturm hatte bereits eine Wolke von Schnee ins Labor verfrachtet.

Von den Regalen her hörte er es krachen und scheppern.

Sofort war ihm klar, dass Trixi Weber auf der Suche nach einer neuen Waffe war, einer, die diesmal härter als sein Schädel sein würde. Das Überraschungsmoment jedoch war jetzt nicht mehr auf ihrer Seite.

Der Nebel lichtete sich.

Jetzt konnte Luk Trixis Gestalt erkennen, die wie ein Derwisch im Raum herumwirbelte und alles Mögliche aus den Regalen warf. Ihr Gesicht war von Angst, Hass und Zorn verzerrt. Ihr Blick loderte wie der einer Amazone im Blutrausch – wild und angriffslustig. Nie hätte er diesem zarten jungen Wesen eine derartige Entschlossenheit im Handeln zugetraut.

Trixis Handeln aber beruhte nicht auf klarer Überlegung, es war ein Reflex, ein Reaktion auf einen plötzlich erlittenen, gewaltigen Schock. Sie gehörte zu jenen wenigen menschlichen Naturen, die der Schock nicht lähmte, sondern zu Heldentaten anstachelte. Ihr Treibstoff war pures Adrenalin. Alles, was sie im Augenblick empfand, war blanker Horror. Horror vor diesem Raum, Horror vor ihrer Situation und Horror vor diesem Mann.

Doch, was ihren Zorn am meisten entfachte, war ihre eigene verdammte Blauäugigkeit.

Das Monster im Menschen war ihr bekannt. Sie hatte darüber unzählige Geschichten gehört und in Zeitungen und Büchern darüber gelesen. Wie viele Slasher-Filme hatte sie sich spät nachts schon angesehen und dabei mit wohligem Grusel abwechselnd Chips und Fingernägeln gekaut? Sowas tat man doch nur, um für den realen Horror in der Welt gewappnet zu sein, und nicht, um blindlings in eine Situation wie diese zu tappen. Aber sie war hineingetappt, und die Falle war zugeschnappt. In ihrer jugendlichen Freiheit vom Ballast des Verdachts, der das Alter so sicher und gleichzeitig so armselig machte, war sie wie Rotkäppchen dem bösen Wolf auf den Leim gegangen.

Nichts hatte sie auf das Monster in Ludwig Grünzinger vorbereitet. Sein Verhalten war ihr ein Rätsel. Zumal sie sich fragte, warum das Monster nicht schon damals zugeschlagen hatte, als sie ihm bei ihrem Ausritt allein im Wald begegnet war. Die Gelegenheit wäre viel günstiger gewesen. Nie und nimmer hätte sie diesem Mann etwas Schlechtes zugetraut. Seine Augen, seine sanfte Art zu sprechen … all das passte nicht zusammen mit dem, was hier ablief.

Ohne Zweifel musste er ihr und ihrer Oma etwas in den Tee getan haben, K.-o.-Tropfen oder Schlimmeres. Wie anders hätte er ihr unbemerkt die Haare abschneiden können? Aber zu was?

Was hatte er mit dem Haar vor?

Was hatte er mit ihr vor?

Der Mann war verrückt! Vollkommen verrückt!

Als sie im Dunkel auf diesem Edelstahltisch erwacht und soweit zu sich gekommen war, dass sie sich ihrer Lage bewusst wurde, hatte sie zunächst ihren Kopf befühlt. Ein ungewohntes Gefühl von Kälte und Nacktheit hatte sie dazu veranlasst. Doch dann war ihre Hand jäh unter ihre schwarze Gabardine-Hose in den Schlüpfer gefahren, um dort noch nach anderen Spuren von Missbrauch zu tasten.

Dass sie keine fand, hätte sie eigentlich beruhigen sollen, aber das tat es nicht. Das Monster, in dessen Fänge sie geraten war, wurde für sie dadurch nur noch undurchschaubarer.

Trixi wirkte auf Luk wie eine rasende Furie, und ihre neue Frisur verstärkte diesen Eindruck noch. Gott sei Dank hingen die Langmesser, Dolche, Blasrohre und Speere seiner Sammlung zu hoch für sie. Aber da gab es noch andere Gegenstände … vor allem die Keulen, die in den Regalen lagen.

Bevor er das Wort Keule auch nur denken konnte, kam Trixi jetzt schon mit jener haifischzahnbesetzten Schlagwaffe auf ihn zugestürmt, die er bei der Verfolgung von Joe, dem Postbote selbst noch in der Hand gehabt hatte.

Einen Schritt vor ihm, die Rechte mit der Keule hoch über dem Kopf zum Schlag erhoben, blieb sie plötzlich stehen, als sei sie gegen eine unsichtbare Wand gelaufen.

Ein Zittern ging durch ihren Körper.

Sie begann zu röcheln und nach Luft zu schnappen.

Die Keule entglitt ihrer Hand und fiel zu Boden.

Luk hatte sich inzwischen aufrichten können. Geistesgegenwärtig packte er zu, bevor Trixis Körper zusammenklappte.

Sie hing jetzt schlaff in seinen Armen. Ihr Röcheln verebbte.

„Verdammte Pfuscherei!“, stöhnte er auf.

Das hatte er nicht gewollt.

Er fühlte sich schäbig. Nach allem, was er über das Gift wusste, hätte es schnell und gründlich wirken sollen. Niemals war es seine Absicht gewesen, dieses Mädchen einen qualvollen Tod sterben zu lassen.

Jemanden zu quälen, bedurfte es, dass man selbst schon zu den lebenden Toten gehörte. Doch dieses Stadium hatte Luk noch nicht erreicht.

Ein Gefühl von Mitleid und Fürsorge wallte plötzlich in ihm auf. Doch bevor es sich breitmachen konnte – er war nahe daran, den halbgeöffneten Mund der reglos in seinen Armen Hängenden zu küssen – mischte sich jetzt Andy ein.

Eindringlich wie nie zuvor hörte Luk seine Stimme vom Käfig herüberkeckern: „Nun mach schon ein Ende mit ihr! Versetz ihr den Gnadenstoß! Das ist ja nicht länger mehr mit anzusehen!“

Luk fuhr herum und zischte zurück: „Halt gefälligst dein Maul, wenn du nur Gift damit verspritzen kannst!“

„Apropos, wenn wir schon über Gift reden, dann sollten wir über deins reden, großer Meister. Du hast es falsch dosiert!“

„Ach, lass mich in Ruhe, ich muss nachdenken!“

„Bevor du damit anfängst, schau einmal zu dem Aquarium hinüber … es ist immer noch leer. Du fängst an, dein Projekt zu vernachlässigen. Du bist nicht bei der Sache! Du lässt dich ablenken!“

Luk stand da und blickte abwechseln zu Andy hinüber, dann zum großen Glasbehälter auf dem Palettenstapel und dann wieder in das Gesicht des Mädchens in seinen Armen.

In seinem Kopf kreisten Mühlsteine. Und es dauerte eine Weile, bis das Mahlgut eine Körnung erreicht hatte, mit der sein Gehirn etwas gebacken bekam.

Langsam kam Bewegung in ihn. Er brachte Trixi zur Couch hinüber und legte sie dort ab. Dann zog er Handschuhe und Anorak aus und begann, nach ihrem Puls zu fühlen. Er tat es mit dem Rücken zum Käfig. Andy brauchte nicht zu sehen, was er da tat.

Wenn der Puls jetzt weg war, waren all seine Probleme gelöst … wenn nicht, fingen sie erst an.

Aber da war etwas. Etwas Zartes. Etwas, das in Trixis Arteria radialis flimmerte wie ein einsamer Spinnenfaden im Wind.

Ohne sich recht im Klaren darüber zu sein, was er eigentlich tat, lagerte Luk jetzt Trixis Beine hoch.

„Ja, mach es ihr nur schön bequem!“, meldete sich Andy wieder zu Wort. „Wenn sie aufwacht, wird sie dir das nächste Ding über deinen blutigen Schädel ziehen, das sie in die Hände bekommt. Wie doof kann man eigentlich noch sein?“

Luk antwortete nichts darauf. Er stand nur da und rang mit seinen Gefühlen, während ihm das Blut übers Gesicht herablief und im Kragen seines Pullis versickerte.

„Du musst dich jetzt entscheiden!“, muckerte es eindringlich vom Käfig herüber. „Soll sie sich weiter quälen, oder willst du sie endlich von ihrem Leid erlösen?“

Luk hob Trixi jetzt von der Couch und brachte sie zum Käfig hinüber. Er öffnete die Tür und legte sie auf dem Lumpenhaufen ab.

Andy war außer sich.

Wie ein geölter Blitz schoss er an dem soliden Maschendraht der Käfigwände rauf und runter und keckerte sich, ob dieses Einbruchs in seine Privatsphäre, voller Entrüstung die Frettchenseele aus dem Leib. Nachdem er all sein Pulver verschossen hatte, zog er sich beleidigt durch das Rohr in der Wand in seinen Außenkäfig zurück; nicht aber, ohne Trixis Kunstpelz vorher noch ausgiebig markiert zu haben.

Luk ging zum Schreibtisch, holte ein Vorhängeschloss aus einer Schublade und hängte es an den Riegel der Käfigtür. Dann wusch er sich das Blut vom Kopf, versorgte seine Platzwunde und ging an die Arbeit.

Während Luk die Bleiche für Trixis langes schwarzes Haar vorbereitete, überlegte er, wie es weitergehen sollte. Er spürte, dass er eine Grenze überschritten hatte, von wo aus es kein Zurück mehr für ihn gab … nur noch ein Vorwärts und Voran.

Drüben im Stall warteten jetzt schon zwei Leichen auf ihre spurlose Beseitigung. Eine technische Herausforderung – aber machbar.

Ob zwei oder drei Leichen, das stellte jetzt keinen großen Unterschied mehr dar … es war in einem Aufwasch zu erledigen.

Wieder kreisten seine Gedanken um das Gift des Medizinmanns Dawat Lupung. Er hatte es schon vor Jahren angesetzt. Vielleicht hatte es über die lange Lagerzeit an Wirksamkeit eingebüßt. Wahrscheinlicher war jedoch, dass es bei Trixi Weber nur deshalb nicht so gewirkt hatte wie bei ihrer Großmutter, weil sie erstens nicht so viel davon zu sich genommen hatte – sie hatte ihre Tasse ja nur halb geleert – und zweitens, weil ihre Organe noch gesünder und widerstandsfähiger waren als die der Alten.

Nicht unbedingt ein Glück für das Mädchen. Die verminderte Dosis und die Widerstandskraft ihrer Organe konnten auch sehr gut nur eines bedeuten: einen qualvolleren Tod.

Vielleicht hatte Andy doch recht, und er sollte ihr noch ein wenig von dem Gift einträufeln.

Luk schwankte hin und her. Natürlich wäre es jetzt die bequemste Lösung gewesen, einfach nur abzuwarten. Vielleicht erledigte sich die Sache ja über kurz oder lang von selbst.

Aber was, wenn nicht?

Was, wenn sie wieder aufwachte?

Ach, das Leben konnte manchmal so entsetzlich grausam sein. Warum stellte es einen immer wieder vor Entscheidungen von solch bleiernem Gewicht?

Abwarten oder nachhelfen? Qual oder Erlösung?

Für was er sich auch entschied, er würde seine eigene Seele damit verstümmeln.

Die sicherste und zugleich gnädigste Lösung war es, dem Mädchen im Zustand ihrer Bewusstlosigkeit noch eine finale Dosis des Gifts zu verabreichen. Dazu bedurfte es nur einer ordentlichen Portion Heimtücke, die er vor sich selbst mit dem Druck der Umstände und der absoluten Notwendigkeit rechtfertigen konnte. Sie aber, wenn sie nochmals erwachte, bei vollem Bewusstsein zu töten, gleichsam Auge in Auge, dazu gehörte eine Kaltblütigkeit, die er nicht besaß.

Luk hatte jetzt eine Entscheidung gefällt, aber die Erkenntnis, die mit ihr kam, behagte ihm ganz und gar nicht. Er sah sich nicht länger mehr als legitimierten Henker, der im Auftrag der Liebe vollstreckte, sondern als Mörder, der zu feige war, selbst zu töten. Er hatte einen Profikiller engagiert, der für ihn die Drecksarbeit erledigen sollte – das Gift. Es gab keinen Killer, der effizienter mordete, keinen mit mehr Stilbewusstsein und Sinn für Ästhetik. Wenn er seine Sache gut machte, gab es weder Blutsudelei noch Geschrei noch Gegenwehr.

Sein Blick schweifte jetzt dahin, wo die zierlichen Glasampullen in dem Styroporständer lagerten, dann weiter zum Käfig, in dem Trixis regloser Körper lag.

Wie in Trance erhob er sich und schlich zum Regal hinüber. Ja, er schlich; anders konnte man die Art seiner Fortbewegung auf leisen Sohlen nicht bezeichnen.

Es war, als wolle er sein Tun vor sich selbst verbergen.

42

Walter Weber hatte mit Erika das Gelände um den Bahnhof herum nach Trudis schwarzem BMW abgesucht. Ohne Ergebnis.

Erika roch den Restalkohol, der noch immer durch Walters Poren dunstete. Sie traute ihm zu, dass er mit einer Vermisstenanzeige nur deshalb zögerte, weil er in seinem Zustand nicht bei den Beamten vorstellig werden wollte und vielleicht einen Lapsus beging, der dem Oberhaupt einer Stadt nicht anstand.

„Ich bring dich jetzt wieder nach Haus", sagte sie. „Dort legst du dich hin und versuchst, Schlaf nachzuholen. Du siehst scheiße aus!"

„Danke, ich weiß deine Freundlichkeit wie immer zu schätzen!"

„Falls sich Trixi und Trudi inzwischen nicht melden, treffen wir uns um 17:00 Uhr vor der Polizeistation am Rot-Kreuz-Weg!"

„In Ordnung! Aber setz mich zuerst bei Xaver ab. Ich möchte das mit ihm besprechen. Schließlich ist Trixi seine Tochter. Er sollte auch dabei sein, wenn wir später eine Vermisstenanzeige aufgeben."

Erika schwieg die weitere Fahrt über. Bei der Villa von Xaver Weber angekommen, ließ sie Walter aussteigen.

„Denk dran: 17:00 Uhr!"

Sie fuhr los, ohne noch einmal zurückzuschauen. Zu viel hatte sie in dieser protzigen Villa erlebt, das sie noch immer zu vergessen versuchte.

Xaver Weber lag noch in den Federn, als es an seiner Haustür klingelte. Er schlief den Schlaf des Selbstgerechten, der noch tiefer war als der des Gerechten.

Es dauerte eine Weile, bis er in die Höhe kam und sich den seidenen Morgenmantel mit chinesischer Brokatstickerei überwarf. Dann ging er zur Haustür hinunter und öffnete sie einen Spalt.

„Ah, du bist's, Paps! Ein seltener Gast in meiner Hütte. Komm doch rein! Wie lange ist es eigentlich schon her, dass du …"

„Wir haben zu reden, Xav!“, sagte Walter kurz angebunden, während er seinen Mantel an die Garderobe hängte. Er war nicht aufgelegt für Smalltalk und oberflächlichen Floskelaustausch, schon gar nicht mit seinem Sohn. Ohne sich nach Xaver umzusehen, steuerte er sofort Richtung Wohnzimmer, wo er sich in den Arik Brauer Sessel setzte und übelgelaunt in den erloschenen Kamin starrte.

„Kaffee?“, fragte Xav.

„Ja, bitte … schwarz!“

„Weiß ich doch, Paps – kein Zucker, keine Milch … nichts, was weich macht. Bin gleich wieder bei dir!“

Während Xaver in der Küche verschwand, sah sich Walter um. Sein Sohn lebte nicht schlecht hier. Aber der Luxus, mit dem er sich umgab, strahlte etwas Unpersönliches aus, etwas Freud- und Liebloses. Es war, als habe das Haus mit Erika seine Seele verloren. Xav schien diesen Verlust durch kostspieligen Schnickschnack ersetzen zu wollen.

Walters Blick fiel jetzt auf ein geöffnetes Kuvert, das neben dem Sessel auf einem Beistelltischchen lag. Normalerweise hätte er kein Interesse an der Post seines Sohnes gehabt. Doch ein unterstrichener Vermerk auf der Vorderseite des Briefes ließ ihn unwillkürlich nach dem Umschlag greifen.

„Nur von Xaver Weber persönlich zu öffnen!“

Kein Absender!

Sofort fiel ihm der Brief wieder ein, den ihm seine Sekretärin vorgestern auf den Schreibtisch gelegt hatte.

Er zog das Schreiben aus dem Kuvert und begann zu lesen.

„Liebes Bruderherz, geschätzter Miterbe,
dies ist kein Scherz! Es liegen schriftliche Beweise vor, dass mich dein (unser) Vater Walter Weber gezeugt hat. Noch vor seiner Ehe mit deiner Mutter, aber nicht mit ihr. Wenn du mich kennenlernen willst oder deine veränderte Erbschaftssituation besprechen möchtest, dann komme nächsten Freitag um Punkt 19:30 Uhr in den Gasthof Zur Alten Post in

Herzogsreut. Komme nicht früher und nicht später, sonst gebe ich mich dir nicht zu erkennen!
Da wir beide als Einzelkinder aufgewachsen sind, kann ich die Rührung, die dich bei diesen Zeilen überfällt, förmlich spüren. Auch mir geht es so. Kann es kaum erwarten, endlich einen Bruder an mein pochend Herz zu drücken.
Also dann bis Freitag, alter Nimrod!"

Walter ließ die Hand mit dem Schreiben in seinen Schoß sinken. Der Inhalt dieses Briefes rief bei ihm nicht dieselbe Heiterkeit hervor, wie der des Schreibens, das er vor zwei Tagen selbst erhalten hatte. Dieses Papier hauchte unverkennbar geschäftlichen Charakter. In ihm wurde eine veränderte Erbschaftssituation angesprochen, und das ließ bei ihm alle Alarmglocken schrillen.

Er starrte zur Küche hinüber, in der er seinen Sohn mit dem Geschirr hantieren hörte.

„Xav!"

Xaver Weber erschien mit einem Tablett, auf dem zwei Tassen und ein Teller mit Schoko-Keksen standen. Als er seinen Vater mit dem Schreiben in der Hand sah, blieb er stehen.

„Du liest meine Post?"

„Ist sonst nicht meine Art, meine Nase in anderer Leute Angelegenheiten zu stecken, aber das hier ist etwas anderes."

„Und wieso, wenn ich fragen darf?"

„Weil ich vor zwei Tagen ein ähnliches Schreiben erhalten habe! Gleicher Umschlag – gleicher Vermerk: Nur persönlich zu öffnen! – selbe Schrifttype – gleicher Schreibstil. Ich hielt es für einen dummen Scherz und habe meinen Reißwolf damit gefüttert. Aber jetzt, wo ich sehe, dass der Kerl anscheinend mehrere Briefe in Umlauf gebracht hat, denke ich, dass ich der Sache doch ein wenig mehr Aufmerksamkeit schenken sollte."

„Wieso? Weil es vielleicht doch kein Scherz ist?", meinte Xaver und sah seinen Vater mit einem forschenden Blick an.

„Ach, Schwachsinn! Ich hab keine anderen Kinder außer dir! Ich möchte nur wissen, wer solche Gerüchte in die Welt setzt und warum. Und wenn ich es herausgefunden habe, werde ich demjenigen so auf die Finger klopfen, dass er nie wieder eine Schreibtastatur bedienen kann."

Xaver stellte das Tablett ab und reichte seinem Vater eine Tasse.

„Dann bist du also als Jungfrau in die Ehe mit meiner Mutter gegangen?", fragte er grinsend.

Walter warf ihm einen lodernden Blick zu. „Pass auf, wie du mit mir sprichst, mein Junge!"

Er nahm einen Schluck Kaffee.

„Natürlich habe ich auch schon vor der Ehe meine Erfahrungen gesammelt, aber ich habe aufgepasst. Und glaub mir, zu dieser Zeit hätte es keine Frau gegeben, die sich hätte schwängern lassen, ohne danach Heirat oder Unterhalt einzufordern. Aber etwas anderes … hast du diesen Termin gestern Abend wahrgenommen? Ich meine, bist du nach Herzogsreut in die Alte Post gefahren?"

„Nein, bin erst spät abends von München zurückgekommen. Es war schon fast 22:00 Uhr, als ich den Brief geöffnet habe."

Walters Stirn hatte sich in Falten gelegt. Mit beiden Händen massierte er seine Schläfen. Schließlich meinte er: „Auch mich hat er in dieses Wirtshaus eingeladen … was könnte er damit bezweckt haben?"

„Eine Familienzusammenführung vielleicht?", rätselte Xav augenzwinkernd.

„Hör auf mit deiner Rumblödelei! Wir sollten der Sache wirklich auf den Grund gehen."

Das Wort, das Xav gebraucht hatte, schwang in Walters Kopf nach – „Familienzusammenführung".

Was, wenn der anonyme Schreiber auch noch anderen Familienmitgliedern einen Brief hatte zukommen lassen? Trudi und Trixi z. B. oder vielleicht auch Erika?

Wenn Trudi eine Einladung in die Alte Post bekommen und sie wahrgenommen hatte, würde das zumindest erklären, warum sie ihm die Lüge mit dem Lesekreis aufgetischt hatte.

„Komm, Xav, zieh dich an, wir fahren in die Alte Post nach Herzogsreut!"

„Was ist mit dem Kaffee?"

„Den kannst du trinken, wenn du zurückkommst, dann ist er kalt und macht dich noch schöner als du schon bist."

Kurz darauf waren sie in Xavs Jeep unterwegs, und Walter erzählte seinem Sohn, dass sich Trudi und Trixi seit gestern Abend nicht mehr gemeldet hatten.

„Glaubst du, sie sind zusammen unterwegs?"

„Keine Ahnung!", entgegnete Walter achselzuckend. Dann teilte er Xav seine Vermutung mit, dass auch Trudi vielleicht einen Brief erhalten haben und der Einladung in die Alte Post gefolgt sein könnte.

43

Luks Hand, die das Wasserglas mit der neu angesetzten Giftmischung hielt, zitterte, als er sich jetzt dem Käfig näherte. Trixi Webers Gestalt lag dort reglose auf dem Boden.

Andy hielt sich immer noch im Außenkäfig auf. Er schmollte. Die Einquartierung des Mädchens in seine Frettchen-Behausung behagte ihm ganz und gar nicht.

Luk kniete jetzt neben Trixi nieder, hob mit einer Hand ihren Kopf an und führte das Glas an ihren spaltbreit geöffneten Mund.

Plötzlich schlug Trixi die Augen auf.

Luk glaubte, sein Herz müsse stillstehen.

Beide starrten sich an.

Trixi schien verwirrt zu sein. Dann begann sie zu schreien.

Schreck und Entsetzen waren auf beiden Seiten.

Luk ließ das Glas fallen, dessen todbringender Inhalt sich in die am Boden liegenden Lumpen und den Napf mit dem Trockenfutter ergoss. Er wich zurück und entschlüpfte durch die Käfigtür, deren Schloss er hinter sich zuschnappen ließ.

Jetzt tauchte auch Andys schnuppernde Schnauze unter der Klappe des Verbindungsrohrs auf. Seine Neugier war noch größer als sein Frust. Auch er stieß jetzt kurze laute Schreie aus, die sich in Trixis Kreischen mischten wie schrille Flötentöne in Falsettgesang. Es war ein höllischer Chor, der Luk veranlasste, sich die Ohren zuzuhalten.

„Psssst … psssst … psssst!“, versuchte er die beiden zu beruhigen. Doch es war, als würde sein eigener Geräuschbeitrag die anderen nur zu immer noch gewagteren Stimmkapriolen anfeuern.

Er lief zur Musikanlage und drehte die Boxen bis zum Anschlag auf – „Donauwalzer“ von Johann Strauss Jr., eine Aufnahme der Wiener Philharmoniker unter Leitung von Herbert von Karajan.

Walzermusik beruhigte.

Und so war es auch. Takt für Takt verkümmerte das Geschrei aus dem Käfig, bis nur noch die wogende Klangwolke des Walzers den Raum erfüllte. Die Fächer der Regale verwandelten sich in Logen und Ränge, in denen die ausgestopften Tiere als kunstsinnige Zuhörer lauschten. Klang für Klang und Takt für Takt verwandelte sich das grausige Labor von Ludwig Grünzinger in den prachtvollen Ballsaal der Wiener Staatsoper.

„Taramtadam … taramtadam … taramtatadada … taramtadam …“

***

Luk war kurz davor gewesen, das Thema „Trixi Weber“ ein für alle Mal abzuhaken … und dann das!

Nichts funktionierte, wie es funktionieren sollte. Egal, wie sorgfältig man etwas plante, der Zufall konnte einem immer noch im letzten Moment einen Strich durch die Rechnung machen.

Einstein hatte falsch gelegen – Gott würfelte doch!

Der Mensch klammerte sich an seine Zahlen und Berechnungen, ohne mit dem Zufall zu rechnen, der ebenso wenig wie seine Zahlen ein Gedächtnis hatte. Er passierte einfach … wann und sooft er wollte. Die Quantenphysik hatte den Beweis dafür geliefert.

In Luk herrschte Katastrophenstimmung. Und wie die meisten Menschen verhielt auch er sich in der gegebenen Katastrophe irrational. Er tat einfach so, als existiere sie überhaupt nicht. Ein berechtigtes Schutzverhalten, dessen Ursprung vielleicht in der simplen Tatsache lag, dass es im Laufe der Evolution mehr Leben erhalten als gekostet hatte.

Jetzt holte er die zerteilte Haut der Frau aus Regensburg aus der Kühlung und begann, sie an einer alten Pfaff-Nähmaschine mit Fußpedal, entsprechend der auf dem Arbeitstisch ausgebreiteten Skizzen, zusammenzunähen.

Die perfekt ausgebleichten Haare hatte er zuvor schon mit Fischerknoten verbunden und auf Zwirnspulen gewickelt.

Das Ding, das da unter seinen schöpferischen Händen entstand, nahm langsam Gestalt an. Ruck für Ruck glitt das kostbare Material unter den Transportschuh. Stich um Stich fraß sich die Nadel in die Haut.

„Ratatatat …“ machte die alte Nähmaschine. Sie klang gleichgültig. Es schien ihr egal zu sein, was sie vernähte. Sie war eine Maschine ohne Gewissen und tat doch gewissenhaft ihre Pflicht.

Im Käfig drüben war es ruhig geworden. Trixi Weber rührte sich nicht mehr. Tot oder bewusstlos – Luk bekümmerte es nicht. Ihn hatte der Schaffensrausch gepackt. Begeistert sah er der Vollendung seines Werkes entgegen. Im Überschwang seiner Gefühle begann er, den Walzertakt mitzusummen – „taramtadam … taramtadam … taramtatadada … taramtadam …“

44

Es war bereits dunkel geworden. Das schneeschwangere Gewölk, das seit Tagen über der Kleinstadt Freyung hing, hatte sich schon tagsüber des größten Teils seiner Schneelast entledigt. Wenn überhaupt, so würde der Himmel in der bevorstehenden Nacht nur noch seine eisige Nachgeburt loswerden. Für den nächsten Tag hatte der Wetterbericht, wie es sich für einen Sonntag gehörte, klaren Himmel und Sonnenschein angekündigt.

Es war kurz vor 17:00 Uhr. Walter und Xaver Weber standen mit dem Rücken zum Wind auf dem Parkplatz vor der Polizeistation. Ihre Mantelkrägen waren hochgeklappt, ihre Mienen eingefroren. Sie warteten auf Erika, die gerade angekommen und aus ihrem Wagen gestiegen war. Sie begrüßte Walter mit einem Nicken. Für ihren Ex hatte sie nur einen frostigen Blick übrig. Ihr Verhältnis zueinander entsprach der momentanen Wetterlage.

Die Beamten, die wenig später ihre Vermisstenanzeige aufnahmen, waren in Habachtstellung. Hier handelte es sich um die Crème de la Crème der Stadt, bei der man andere Register ziehen musste als beispielsweise für einen vermissten Postboten. Da Josef Petzis verlassener Wagen am Bahnhof aufgefunden worden war, hatte man seinem Verschwinden nicht allzu große Bedeutung beigemessen. Es kam ja öfter vor, dass jemand, der Hals über Kopf in der Midlife-Crisis steckte, plötzlich alle Brücken hinter sich abbrach, um irgendwo, unter radikal veränderten Bedingungen, einen Neustart zu wagen. Jedenfalls war bis heute noch kein Hinweis auf Petzis Verbleib eingegangen. Für ihn stand der Zeiger auf der Wichtigkeitsskala der Polizei auf: Abwarten und Tee trinken.

Bei der vermissten First Lady der Stadt nebst Enkelin bedurfte es schon anderer Aufmerksamkeit. Man stand unter dem Druck, zu zeigen, dass man sein Gehalt und den Posten als Staatsdiener wert war.

Sofort wurde ein Streifenwagen mit zwei Beamten losgeschickt, die den Wirt der Alten Post in Herzogsreut nochmals befragen sollten. Denn den Angaben von Walter und Xaver Weber zufolge, die den Wirt aufgesucht hatten, war dieser der Letzte gewesen, der die beiden Frauen gesehen hatte, bevor sich ihre Spur verlor.

Es war nicht Xaver Webers Art, sich viele Gedanken zu machen. Schon gar nicht über Familie. Seine Sippschaft glich einem blutigen Steak, das vom Schicksal geschnetzelt worden war. Die Fasern waren durchtrennt, eine feste Verbindung nicht mehr gegeben. Doch heute, während er auf der Fahrt nach Herzogsreut neben seinem Vater im Auto gesessen hatte, war ein Schwall von Fragen in ihm hochgeschwappt. Fragen bezüglich dessen Vorleben, speziell des Lebens, das er vor seiner Heirat geführt hatte. Doch die Fahrt war zu kurz gewesen, um ein ausführliches Gespräch darüber zu beginnen.

Jetzt, da sie die Vermisstenanzeige aufgegeben, ihre Kontaktdaten hinterlassen hatten und wieder draußen auf dem Parkplatz standen – Erika war bereits abgefahren – hatte er eine Idee.

„Wie wär's, wenn du morgen so gegen 14:00 Uhr zur Jagdhütte hinauskommst? Das Wetter soll schön werden. Wir könnten einen Topf Glühwein aufs Feuer stellen und uns mal ein wenig aussprechen."

Xav hatte sich überlegt, dass er das Treffen, das er zwecks Austauschs der Speicherkarten mit Ludwig Grünzinger um 12:00 Uhr vereinbart hatte, möglichst kurz gestalten wollte. Er hatte nicht vor, mit dem Kerl mehr Worte zu wechseln als unbedingt nötig. Bis 14:00 Uhr hätte er die Hütte dann gemütlich eingeheizt und den Glühwein heiß gemacht.

Walter Weber sah seinen Sohn an, als habe dieser ihm gerade einen Witz ohne Pointe geliefert.

„Aussprechen?"

„Na ja, wir haben zwar keine Übung darin, aber vielleicht ist es doch an der Zeit, es endlich mal zu tun."

„Spielst du da auf etwas Bestimmtes an?"

„Überhaupt nicht! Ich denke nur, dass wir nach so vielen Jahren des Schweigens zwischen uns einmal alles auf den Tisch legen sollten, was uns verbindet oder trennt. Es kann nicht schaden, wieder mal Resümee zu ziehen."

„Was sollte uns trennen?", fragte Walter, seinen Sprössling aus schmalen Augenschlitzen musternd. „Wir sind Vater und Sohn!"

„Genau das!"

„Ein andermal vielleicht … ich werde zu Hause bleiben und auf einen Anruf von deiner Mutter, Trixi oder der Polizei warten."

„Das kannst du auch bei einem Glas Glühwein in der Hütte machen. Die Kuppe, auf der sie steht, gehört zu den wenigen Punkten im Wald, wo der Handyempfang gegeben ist."

Walter war in der Zwickmühle. Er wollte nicht den Anschein erwecken, als fürchte er ein offenes Gespräch mit seinem Junior.

„Also gut, 14:00 Uhr. Von wo aus gehst du zur Hütte hinauf?"

„Ich stelle meinen Jeep am Hochsitz bei den drei Eichen ab. Bis dorthin ist der Weg geräumt."

Walter nickte seinem Sohn zu, setzte sich in seinen Wagen und fuhr los. Während die Räder vorwärts rollten, rollten seine Gedanken in eine Zeit zurück, in der er sich nicht allzu viele Gedanken gemacht hatte über die Folgen seiner diversen Schäferstündchen. Doch jetzt fragte er sich, was wohl aus all den bunten Käfern seiner Sammlung geworden war, mit denen er einst Pfühl, Autositz oder Kornfeld geteilt hatte. Entsprechend dem, was der anonyme Schreiber in seinem Brief an Xav angedeutet hatte, konzentrierte er sich bei seiner gedanklichen Recherche auf diejenigen, mit denen er vor seiner Ehe beieinandergelegen hatte. Hätte er sich auch noch über den Rest Gedanken machen müssen, so hätte keine Zeit der Welt dafür ausgereicht. Von den meisten der ersten Kategorie wusste er, dass sie erst lange nach dem Techtelmechtel mit ihm geheiratet und Kinder bekommen hatten.

Jetzt blitzten die Faschingsbälle von 1974 in seiner Erinnerung auf … und dann ein Gesicht. Es war voll und rosig, wie er es damals geschätzt hatte … umrahmt von prachtvollem blondem Haar. Mein Gott, hatte diese Frau ihn scharf gemacht! Schon während des Tanzens, wenn sie ihren Unterleib wie zufällig an den seinen drückte – natürlich immer schön züchtig nach den Regeln des musikalischen Takts – hatte sich sein Unersättlicher dermaßen versteift, dass es ihm beinahe die Hose gesprengt hätte.

Er drang jetzt tiefer in den Staub seiner Erinnerungen ein. Lage um Lage fegte er die Spinnweben beiseite, die sich über die Bilder der Vergangenheit gelegt hatten. Und plötzlich sah er es klar und deutlich: Wenn überhaupt, dann konnte es nur Leni gewesen sein, die von ihm schwanger geworden war … Leni Grünzinger, geborene Veicht!

Nur bei ihr konnte er diese Unstimmigkeiten ausmachen, die ihr beider Zusammensein, die kurz darauffolgende Hochzeit mit Josef Grünzinger und die Geburt ihres Kindes wenige Monate später, begleiteten. Bei keiner anderen, mit der er in der möglichen Zeitspanne zusammengelegen hatte, war das so.

Walter Weber fuhr an den Straßenrand und stellte den Motor ab. Seine Hände krampften sich um das Lenkrad. Tief durchatmend, versuchte er gegen den Aufruhr anzukämpfen, der in ihm tobte.

Kein Mensch fühlte sich wohl dabei, wenn ihn die Vergangenheit einholte; zumal wenn es eine war, von der er keine Ahnung gehabt hatte.

45

Luk hatte die ganze Nacht fieberhaft durchgearbeitet. Jetzt lag er erschöpft auf der Couch und blickte hinüber zu dem großen Glasquader, den er bis obenhin mit 8%iger Formaldehydlösung befüllt hatte. Den oberen Abschlussfalz hatte er mit Silikon ausgespritzt und die Deckelplatte darübergeschoben. Alles war nun luftdicht abgeschlossen und für die Ewigkeit konserviert.

Das Allerheiligste schwebte im Tabernakel.

Alles war ihm gelungen, wie er es beabsichtigt hatte. Seine Augen glänzten – es war vollbracht.

Doch die überschwängliche Freude, die er über sein gelungenes Meisterwerk empfand, währte nicht lange. Schon mischte sich ein anderes Gefühl in seine Begeisterung und verwässerte sie bis zur Ungenießbarkeit. Es war ein Gefühl von auslaufender Zeit … ein sich Bewusstwerden der eigenen Überflüssigkeit. Langsam sickerte es in ihn und flüsterte ihm zu: „Deine Arbeit ist getan, dein Werk vollendet … es gibt hier nichts mehr zu tun für dich!"

Luk schloss die Augen. Und bald schon driftete sein Geist hinüber ins Traumland – ins Reich der unbegrenzten Möglichkeiten.

***

In Luks Labor herrschten Ruhe und tiefer Friede. Nichts regte sich. Nur die Klänge festlicher Tafelmusik – das Konzert in F-Dur für drei Violinen von G.P. Telemann – wirkten dem Eindruck entgegen, dass die Zeit stehengeblieben war.

Luks gesamter Musikschatz lief in einer Endlosschleife. Er stellte die Anlage so gut wie nie ab. Tag und Nacht war der Raum von Klängen durchflutet. Nur ab und zu wählte er gezielt einen Titel.

Andy befand sich im Außengehege. Trixi schlief, war ohnmächtig oder tot.

Nach etwa drei Stunden fingen Luks Augenlider zu flattern an. Er erwachte.

Im Käfig rührte sich etwas.

Andy schien die Abneigung gegen seine Untermieterin abgelegt zu haben. Vorsichtig umkreiste er sie und fing an, sie von allen Seiten zu beschnuppern.

„Ich glaube, sie atmet noch!", warf er in den Raum. Es klang wie eine Warnung.

Luk fuhr in die Höhe.

Auf seinen Augen lag noch ein leichter Schleier des Traums, den er gehabt hatte. Ein Traum von bodenloser Tiefe und ergötzender Schönheit. Endlich hatte er wieder jene transparente Landschaft gesehen, in die ihn als 12-Jähriger das Koma entführt hatte. Alles schien dort aus Glas und Kristall zu bestehen, aus durchscheinendem Kristall in den Farben Weiß, Indigo und Türkis. Und dann war da auch wieder dieses Ding auf ihn zugeschwebt, das so viel Liebe ausstrahlte und so vollkommene Geborgenheit vermittelte.

Unwillkürlich wanderte sein Blick zum Aquarium hinüber, und auf seinem Gesicht machte sich ein zufriedenes Lächeln breit. Ja, „Es" war wirklich perfekt.

„Was hast du gesagt, Andy?"

„Ich glaube, sie atmet noch!"

Luk berührte das nicht sonderlich. Er fühlte sich wie ein Gott, der den Schöpfungsprozess abgeschlossen und seinen Spaß gehabt hatte. Die Schöpfung konnte nun gedeihen oder verderben, wie es ihr beliebte. Denn ein Schöpfer zog all seine Lust nur aus dem Prozess des Schaffens, nicht aus der Schöpfung selbst. Jegliche Verantwortung war der Kreativität fremd.

Das 1. Buch Mose zeichnete ein klares Bild von solcher Kreativität. Sie hielt nicht lange an. Maximal sechs Tage. Schon am siebten Tag war für einen Gott Ruhe angesagt. Das aber, was am achten Tag geschah, hatte die Scham aus dem Schöpfungsberichtgestrichen: „… *und als Gott am achten Tag mit einem Burnout erwachte, sah er, dass nicht alles gut war, was er geschaffen. Voll Grauen erkannte er, dass das Ebenbild, das er am sechsten Tag versucht hatte, von sich zu schaffen, noch bei weitem nicht seine göttlichen Züge trug. Enttäuscht wandte er sich ab und machte sich daran, eine neue Welt zu erschaffen. Doch diesmal nahm er sich mehr Zeit dazu …"*

Auch Luk war ausgebrannt. Was er bis jetzt im Leben geleistet hatte, kam ihm plötzlich belanglos vor. Es hatte kein Gewicht mehr. Alles Nichtigkeiten, ohne die die Welt da draußen genauso gut zurechtkam. Ihm war, als sei er nur auf diese Welt gekommen, um die unmenschlichen Qualen eines Verlusts zu erleiden, von dem er in seiner Sprachlosigkeit der Welt nicht anders Kunde geben konnte, als in der Erschaffung dieses Dings, das dort im Glasbassin schwebte.

„Willst du sie so liegenlassen?", fragte Andy, der am Käfiggitter klammerte.

Luks Hände vollführten eine unbestimmte Geste in der Luft. „Soll das Schicksal entscheiden!"

Er sah auf die Uhr. 10:35 Uhr. Gerade noch Zeit für ein kurzes Frühstück, dann musste er sich auf den Weg machen, um Xaver Weber in seiner Jagdhütte zu treffen. Er würde den Schlitten mitnehmen und ein Bündel Heu, das er auf dem Weg dorthin in eine Futterkrippe füllen wollte. Xav, dessen Aufgabe dies als Jäger eigentlich gewesen wäre, war darin sehr nachlässig. Für ihn zählte in erster Linie der Abschuss des Wildes, nicht dessen Hege.

Bevor Luk das Labor verließ, zog er ein Kabel aus der Telefonanlage und warf es beim Hinausgehen in eine Kiste voller Knochen – sicher war sicher!

46

Es war ein Bilderbuch-Sonntag.

Die Landschaft glich einer von Sahne bedeckten Festtagstorte. Sie lag unter einer fetten Schicht frisch gefallenen Schnees, auf den die Sonne schien. Alles gleißte und glitzerte, als habe sich die Natur entschieden, dem Tag des Herrn die gebührliche Pracht zu verleihen.

Der Himmel erstrahlte in sattem Blau. Die Äste und Wipfel der Fichten bogen sich unter der Last der weißen Polster, die sich während der letzten Tage auf ihnen abgelagert hatten.

Und wie die Umgebung auf den Menschen wirkt und ihn prägt, so wirkte sie auch in diesem Moment auf die Stimmung von Xaver Weber, der in seinem Jeep auf dem Weg zur Jagdhütte war.

Auch in seiner Gedankenwelt spiegelte sich der Glanz des äußeren Gefildes wider.

Er dachte an Ludwig Grünzinger.

Doch der Hass, der sonst in ihm aufkam, wenn er an ihn dachte, hatte an diesem wundervollen Tag keine Chance. Jeder im Ansatz gedachte schlechte Gedanke warf ihn nur zurück auf sich selbst und seine eigene Unvollkommenheit – ein seltenes, doch umso intensiveres Erlebnis für ihn.

Er hatte jetzt den Hochsitz bei den drei Eichen erreicht. Von hier aus musste er zu Fuß weiter. Nachdem er den Wagen abgestellt hatte, öffnete er die Heckklappe, hängte sich das mitgebrachte Gewehr über und steckte den kurzläufigen Revolver, den er als Fangschuss-Waffe benutzte, in die Tasche seiner daunengefütterten Steppjacke. Er hatte sich überlegt, vielleicht noch ein wenig auf die Pirsch zu gehen, wenn sein Vater, der sicherlich nicht allzu lange bleiben würde, sich verabschiedet hatte.

Dann hängte er sich den Jagdrucksack um, in dem sich zwei Flaschen Glühwein und sein Laptop befanden, zog die Ohrenklappen seiner Pelzmütze herunter und marschierte los. Von dieser Seite aus war die Hütte in etwa 20 Minuten zu erreichen.

47

Irgendetwas hatte sie berührt.

Etwas Weiches, Zartes, das sie wie ein liebevolles Streicheln empfand. Trixi versuchte, ihre Augen zu öffnen.

Nur mit Mühe gelang es ihr.

Es war, als habe jemand ihre Lider versiegelt, jemand, der nicht wollte, dass sie jemals wieder einen Blick in die Welt der Lebenden warf.

Der samtige Schwanz eines Tieres hatte sie gestreift. Jetzt nahm sie einen scharfen Geruch wahr. Anscheinend hatte das Frettchen ihres Peinigers sie schon als Besitz markiert.

Als sie sich jetzt auf ihre Ellenbogen stützte, verschwand das Tier blitzartig durch eine Röhre in der Wand. Eine Weile noch konnte sie sein aufgeregtes Keckern hören, dann war alles ruhig, bis auf die gedämpften Klänge, die aus der Musikanlage kamen.

Trixi sah sich um.

Keine Spur von Ludwig Grünzinger.

Sie erinnerte sich, dass sie ihm diesen Knochen über den Schädel gezogen hatte … dann war sie mit dieser komischen Keule auf ihn losgestürmt … danach wusste sie nichts mehr. Hatte sie ihn damit erwischt? Wenn ja, dann bestimmt nicht heftig genug. Jedenfalls hatte er sie noch in diesen Käfig verfrachten können.

Lag das menschliche Monster jetzt irgendwo sterbend zwischen den Regalen, oder lag es auf der Lauer?

Ihr Blick schweifte durch den Raum.

Nichts regte sich.

Sie schauderte.

Alles wirkte seltsam friedlich. Und genau das war es, was das Grauen in ihr perfekt machte. Der nie versiegende Strom der Klänge, den die Musikanlage in den Raum erbrach, log ihr schamlos ins Gesicht. Noch nie war Musik ihr so verdächtig vorgekommen.

Was war mit ihrer Großmutter geschehen?

Das Letzte, an was sie sich erinnern konnte war, dass sie versucht hatte, sie wiederzubeleben.

Ihr Atem ging keuchend. Ihre Brust schmerzte. Ihr war, als söge sie die Luft durch einen meterlangen Schnorchel in ihre Lungen. Mühsam erhob sie sich und fing an, ihr Gefängnis näher zu inspizieren. Der Maschendraht war zwar stabil, aber wenn sie sich mit ihrem ganzen Gewicht dagegen warf, würde er vielleicht irgendwo nachgeben und sich vom stählernen Rahmen lösen.

Trixi Weber wusste in diesem Augenblick nur eins mit absoluter Gewissheit: Sie musste raus hier – und das so schnell wie möglich!

48

Aus dem verrosteten Ofenrohr, das an der hinteren Giebelseite der Jagdhütte bis über den First hinausragte, stiegen dicke Wolken von Rauch auf. Dunkler Rauch. Rauch, der nur entstand, wenn man ungeeignetes Material verbrannte oder vom Anheizen eines Holzofens nur wenig Ahnung hatte.

Luk tippte auf Letzteres. Das passte zu dem Bild, das er von Xaver Weber hatte. Xav wirkte trotz seiner Angeberei unbeholfen auf ihn. Ausgesetzt in der Wildnis würde er keine 24 Stunden überleben. Er war ein Weichei, und hinter seinem aufgeblasenen Ego versteckte sich ein kümmerliches Selbstbewusstsein. Auch sein Weidwerk betrieb er nicht aus Passion, sondern aus Eitelkeit, und das war in Luks Augen noch verachtungswürdiger.

Er stand schon eine Weile hinter dem Stamm einer mächtigen Fichte und beobachtete die Hütte. Zunächst hatte er sie in weitem Bogen umgangen, bis er auf Xavs Fußspuren getroffen war. Er wollte wissen, ob er allein gekommen war. Sicher war sicher. Er hatte keine Lust auf eine Überraschungsparty.

Das Heu hatte er bereits bei der Futterkrippe abgeladen. Jetzt ließ er den Schlitten stehen und stapfte auf die Hütte zu.

Der Empfang war frostig.

„Ah, da ist er ja!“, sagte Xav mit eisiger Miene. Von Luks ausgestreckter Hand nahm er keine Notiz. „Hast du deine Speicherkarte dabei?“

„Wie abgemacht“, entgegnete Luk.

Die Hütte maß nicht mehr als fünf auf vier Meter. An der hinteren Wand ein Holzofen, in dem es jetzt zu knistern und zu knacken begann. Eine Eckbank, drei Stühle, ein Tisch. Ein Wandbord mit Bierkrügen. Auf der gegenüberliegenden Seite eine wacklige Spüle und ein billiger Kühlschrank, der nicht in Betrieb war. An den Wänden verschiedene Felle und Jagdtrophäen: Spießer, Böcke, Wildschweinhauer. Dazwischen ein paar verblasste Fotos. Manche gerahmt, andere nur an die verbretterte Wand gepinnt – Jagdgesellschaften stolz hinter ihrer Strecke kniend.

„Wie bist du eigentlich hier hereingekommen mit deiner Kamera?", fragte Xav, während er auf der Eckbank Platz nahm und Luk mit einer Kopfbewegung bedeutete, sich auf einen der Stühle ihm gegenüber zu setzen.

Einen Moment dachte Luk daran, Xav aufs Brot zu schmieren, dass es sich bei der Kamera um dessen eigene gehandelt hatte, aber er unterließ es. Kein Grund, die Sache kompliziert zu machen und in die Länge zu ziehen. Er war nur wegen des Austausches der Speicherkarten hierhergekommen. *Rein, raus, ohne großes Palaver,* hatte er sich vorgenommen.

„Ich bin durch die Tür gekommen."

„Also hast du das Schloss geknackt … das ist Einbruch!"

„Nein, wieso, ich habe den Schlüssel benutzt."

Xav sah ihn überrascht an. „Du hast den …"

„Ja, den, der draußen unter dem Stein vor der Hütte liegt."

Xav machte sich eine gedankliche Notiz. Er musste ein neues Versteck für seinen Zweitschlüssel finden.

„Egal, es bleibt immer noch unbefugtes Betreten."

„Ich habe kein Schild gesehen, das den Zutritt zur Hütte untersagt, zumal mit dem dazugehörigen Schlüssel."

„Haarspalterei! Diese Gedankengänge sind typisch für euch Hanf-Brüder. Lass dir gesagt sein: Du hast in meiner Hütte nichts zu suchen, und solltest du dir trotzdem nochmal Zutritt verschaffen, egal wie, dann erfolgt eine Anzeige."

„Hanf-Brüder?"

„Ja, genau, du weißt, was ich meine."

„Na ja, egal, lass uns die Sache abkürzen, bevor wir auch noch über die warme Bruderschaft zu sprechen kommen."

Xav funkelte ihn mit hasserfüllten Augen an. Seine Kaumuskulatur bewegte sich, als beiße er auf einem Stück Hartholz herum. Aber er schluckte es hinunter. Auch ihm war daran gelegen, sein Gegenüber so bald wie möglich wieder loszuwerden. Dieser Mensch war ihm fremd, mit allem was er sagte, dachte und verkörperte.

Er griff in die Tasche, holte seine Speicherkarte hervor, legte sie auf den Tisch und schob sie mit einem Finger zu Luk hinüber. Sein Finger aber blieb auf der Karte, bis Luk auch seine auf den Tisch gelegt hatte.

„Hast du Kopien gemacht?", fragte Xav. Sein Blick scannte dabei Luks Mimik. Er würde es merken, wenn er log.

Luk sah ihm direkt in die Augen. „Mit solchen Bildern würde ich meinen Computer nie belasten … hast du welche gemacht?"

„Ja, aber alle wieder gelöscht."

Die beiden Männer sahen sich eine Weile an, mit Blicken wie Röntgenstrahlen. Jeder versuchte, in die Gedankenwelt des anderen einzudringen, was über keinen anderen Weg als das Auge möglich war.

Luk schob jetzt Xavs Speicherkarte ein und wollte aufstehen, um zu gehen.

„Moment noch!", hielt ihn Xav zurück. „Will erst mal sehen, ob du mir da keinen Blindgänger geliefert hast."

Mit diesen Worten öffnete er den Rucksack, den er auf der Bank abgestellt hatte, und zog seinen Laptop heraus.

„Gute Idee", meinte Luk, „aber wenn du schon dabei bist, dann checkst du alle beide Karten!"

In diesem Moment vibrierte das Handy in der Brusttasche von Xavs Anorak und signalisierte ihm, dass eine Textnachricht für ihn eingegangen war. Er bedeutete Luk mit einer kurzen Handbewegung zu warten und zog das Handy aus der Tasche. Mit dem Zeigefinger wischte er ein paarmal über das Display und begann zu lesen.

Plötzlich fing seine Hand, die das Gerät hielt, zu zittern an.

Luk spürte instinktiv, dass etwas nicht in Ordnung war – ganz und gar nicht in Ordnung.

Er witterte Gefahr.

Als Xav jetzt sein Handy auf den Tisch gleiten ließ, als sei es ihm mit einem Mal zu schwer geworden, sah Luk, dass alle Farbe aus seinem Gesicht gewichen war.

49

Der Käfig war gerade groß genug, um zwei Schritte Anlauf nehmen zu können. Trixi hatte dies mehrere Male getan und sich mit dem Rücken gegen den Maschendraht geworfen. Er beulte zwar aus, löste sich aber nicht aus den Stahlwinkeln der Grundkonstruktion.

Ihr war schwindlig.

Sie musste sich ausruhen.

Erschöpft sank sie in den Lumpenhaufen am Boden des Käfigs und sah sich nach einer anderen Möglichkeit um, aus ihrem Gefängnis zu entkommen.

Da waren zum einen die verknoteten Seile, an denen das Frettchen herumzuturnen pflegte, zum anderen die verspreizten Äste, die ihm als Laufstege dienten.

Trixi überlegte. Dann hatte sie eine Idee.

Zuerst löste sie eines der Seile und fädelte seine Enden, nahe des Metallwinkels, schlangenförmig durch mehrere Maschen. Dann brach sie einen Ast ab, verknotete das Seil daran und begann, ihn zu drehen.

Mit jeder Umdrehung ging es schwerer.

Aber als sie, am Ende ihrer Kraft, schon aufgeben wollte, wurde ihr Einsatz doch noch belohnt. „Klack, klack, klack …“ machte es, und eine um die andere Masche löste sich aus ihrer Befestigung. Angespornt von diesem Erfolg, vollzog sie dieselbe Prozedur noch einmal ein Stück weiter unten. „Klack, klack, klack …“ machte es auch hier wieder. Und schließlich hatten sich so viele Maschen gelöst, dass sie das ganze Geflecht mit den Händen weit genug zur Seite drücken konnte, um durch den entstandenen Spalt hinauszuschlüpfen.

Sie hatte es geschafft!

Doch sie war immer noch gefangen. Gefangen in diesem Raum mit seinem unsäglichen Geruch, der von wer weiß was herstammen mochte. Und dann, all diese ausgestopften Tiere und Mischwesen, die wie Wächter auf den Zinnen von den Regalen auf sie herabglotzten. Ihre in allen erdenklichen Farben funkelnden Glasaugen schienen eine unmissverständliche Botschaft zu versprühen:

„Warte, warte nur ein Weilchen,
bald kommt Haarmann auch zu dir,
mit dem kleinen Hackebeilchen
macht er Schabefleisch aus dir.
Aus den Augen macht er Sülze,
aus dem Hintern macht er Speck,
aus den Därmen macht er Würste
und den Rest, den schmeißt er weg.“

Ja, genau dieses Liedchen war es, das ihr jetzt wieder in den Sinn kam. Ein Lied, das grotesker Humor jenem Massenmörder aus Hannover in den 20er Jahren gewidmet hatte.

Opi hatte es ihr als Kind einmal vorgesungen, um ihr das Gruseln zu lehren, aber sie hatte damals nur darüber gelacht. Jetzt aber holte sie der verpasste Grusel mit Siebenmeilenstiefeln wieder ein. In ihren Ohren klang der Text nur etwas anders: *„… bald kommt Ludwig auch zu dir …“*

Immer noch keuchend und mit Panik in den Augen sah sie sich um wie ein gehetztes Reh.

Wo war der Kerl? Hatte er den Lärm gehört? War er nur ins Nebenhaus gegangen und würde jeden Augenblick in der Tür erscheinen?

Dort auf dem Tischchen neben der Couch, wo sie und ihre Großmutter so ahnungslos Tee getrunken hatten, gewahrte sie jetzt ihre beiden Handys. Der Schlüssel des BMWs mit der kleinen Christophorus-Medaille lag auch dabei. Beinahe hätte sie einen Freudenschrei ausgestoßen, aber dann fiel ihr wieder ein, dass hier in dieser Einöde kein Empfang gegeben war. Sie probierte es trotzdem.

Nein, nichts zu machen.

Enttäuscht schob sie die beiden Handys und den Schlüssel in ihre Jackentasche und sah sich nach dem Festnetzanschluss um.

Dort, auf dem Schreibtisch drüben, stand Ludwig Grünzingers Telefonanlage. Sie ging hin, nahm den Hörer von der Ladeschale und drückte entschlossen drei Tasten.

1-1-2.

Notruf!

Die Leitung war tot – so tot, wie alles hier in diesem Raum.

Wieder wallte Panik in ihr auf.

Sie musste raus hier.

Zuerst versuchte sie die Klinke der Eingangstür.

Abgeschlossen ... natürlich!

Vorsichtig näherte sie sich jetzt der anderen Tür, die das Labor mit dem Wohnhaus von Ludwig Grünzinger verband.

Sie lauschte.

Auf der anderen Seite war nichts zu hören.

Sie drückte die Klinke.

Abgeschlossen! Auch hier!

„Danke lieber Gott, für deine tatkräftige Unterstützung!", murmelte sie verbittert.

Jetzt nahm sie die hohen schmalen Milchglasfenster in Augenschein. Würde sie da hindurchpassen? Zum ersten Mal in ihrem Leben war die Frage nach ihrem Gewicht und ihrer Figur keine ästhetische, sondern eine essentielle. Ein Pfund zu viel konnte hier über Leben oder Tod entscheiden.

Sie machte sich an einem der Fenster zu schaffen. Doch schon nach wenigen Augenblicken war klar, dass sich dieses Patent nur kippen ließ. Das hieß, dass sie das Glas herausschlagen musste. Das wiederum würde weiteren Lärm verursachen, der das Monster anlockte. Wie sollte sie sich entscheiden?

So jung Trixi Weber auch war, sie hatte bereits begriffen, dass Hoffen und Bangen nur untätig und feige machten, während die Verzweiflung dem Menschen Kraft und Stärke verlieh.

Ihr blieb keine Wahl. Die Fenster boten die einzige Chance zu entkommen – eine Fifty-fifty-Chance. Alles hing nur davon ab, ob sie durchpasste oder nicht.

Jetzt sah sie in dem Chaos der Gegenstände, die sie bei ihrem Angriff auf Ludwig Grünzinger aus den Regalen geworfen hatte, die Keule mit den Haifischzähnen liegen. Sie schnappte sie sich und fing an, das Fenster mit ihr zu bearbeiten. Sie wusste, dass jetzt alles schnell gehen musste … sehr, sehr schnell. Sie konnte es sich nicht leisten, innezuhalten, um zu lauschen, ob das Monster durch den Lärm alarmiert worden war. Was sie jedoch über das Klirren des splitternden Glases hinweg vernahm, war das aufgeregte Keckern des Frettchens, das aus seinem Außengehege gekommen war, um nachzusehen, wer da so wütete. Jetzt war es durch den Spalt geschlüpft, durch den auch sie aus dem Käfig entkommen war. Schon hatte es die Regale erklommen und wieselte dort geschmeidig zwischen seinen ausgestopften Verwandten herum. Doch die Verwandtschaft zeigte ihm die kalte Schulter. Sie reagierte weder auf seine neugierige Schnüffelei noch auf seine beherzten Begattungsversuche. Hier war keine Gegenliebe mehr zu erwarten.

Trixi schlug gerade die letzten Splitter aus dem Rahmen. Jetzt zog sie ihr Kunstpelzjäckchen aus, um ihr Volumen noch weiter zu verringern. Hier ging es um jeden Zentimeter.

Sie legte die Jacke als Polsterung in die Fensterleibung und hatte schon ihr rechtes Bein durch die Öffnung geschoben, als sie plötzlich ein überwältigender Drang überkam. Ein Verlangen, das noch mächtiger war, als ihr Überlebenstrieb.

Sie zog ihr Bein nochmal zurück und tastete in ihrer Jacke nach dem Handy. Dann trat sie ein paar Schritte in den Raum zurück, betätigte die Kamera und hielt sie mit ausgestrecktem Arm vor sich. Langsam sich um die eigene Achse drehend, begann sie zu filmen – ihr bleiches, chaotisch geschorenes Haupt mit den großen angstgeweiteten Augen immer im Mittelpunkt.

50

Trixis weiße Bluse war bei ihrer Flucht durchs Fenster zerrissen, ihre schwarze Gabardine-Hose ebenfalls. Sie hatte sich gewunden wie ein Schlangenmensch, und um ein Haar wäre sie in der Fensterleibung steckengeblieben – ein wehrloses Häppchen für die Bestie.

Am Rücken und am rechten Arm blutete sie aus mehreren Schnittwunden. Aber sie hatte es geschafft – zumindest aus dem Labor heraus.

Sie sah sich um.

Das makellose Weiß ringsherum, das eine gleichgültige Sonne zum Gleißen brachte, wurde nur von einer einzigen Spur unterbrochen. Sie führte vom Labor hinunter zur Scheune des alten Anwesens. Von dort zog sich eine Schlittenspur weiter in den Wald hinauf.

Sich immer wieder ängstlich umblickend, kämpfte Trixi sich durch den kniehohen Schnee. Sie traute dem Frieden nicht. Nicht dem eitlen Sonnenschein und auch nicht den Spuren. Sie rechnete jeden Augenblick damit, dass hinter ihr plötzlich die Tür von Ludwig Grünzingers Haus aufsprang und er ihr nachgelaufen kam.

Nur weiter, immer weiter, bis zur Straße hinunter! Dort stand der BMW ihrer Großmutter. Erst wenn sie ihn erreicht hatte und der Zündschlüssel im Schloss steckte, würde sie sich sicher fühlen.

Zitternd vor Kälte erreichte sie 20 Minuten später die Hauptstraße. Einer ihrer Schuhe war irgendwo im Schnee steckengeblieben. Mit ungläubigem Staunen sah sie sich um. Das Auto von Oma Trudi war weg.

Tränen der Verzweiflung schossen ihr jetzt in die Augen. Sie war am Ende ihrer Kräfte.

Was war geschehen?

War ihre Omi wieder zu sich gekommen und hatte sich bis zum Auto retten können? Aber nein, sie hätte ja keinen Schlüssel gehabt.

Schluchzend sank Trixi in eine Schneewehe nieder. Sie hatte jetzt den Punkt erreicht, wo einem Menschen alles egal ist, wo er aufhört, aktiv mitzusteuern und das Ruder an das Schicksal übergibt. Sie blickte sich nicht einmal mehr nach einem möglichen Verfolger um. Sie war mit der Welt fertig. Und zu all ihrem Elend gesellte sich jetzt wieder dieser Druck in ihrer Brust, der ihr das Atmen schwer und schwerer machte.

***

Auf der FRG14 herrschte selbst werktags nicht viel Verkehr. Sonntagmittag aber, wenn sich die Leute nach der Kirche zu Hause an ihrem Festtagsbraten delektierten, musste man Glück haben, um hier überhaupt ein Auto vorbeikommen zu sehen.

Trixi Weber hatte Glück. Das Glück, dass in dem alten Toyota, der gerade an ihr vorbeigefahren war, nicht nur Max K. saß, sondern auch seine Frau Maria.

„Hast du die grad gesehen, Max?"

„Ja, hab ich. Bestimmt eine von diesen Punks. Mit so einer Frisur läuft doch kein anständiges Mädel rum."

„Jetzt halt doch mal an, mit der stimmt was nicht!"

„Sag ich doch! Die sind alle entweder besoffen oder bekifft."

„Max, halt an und fahr zurück!"

Max K. hielt an, aber noch legte er nicht den Rückwärtsgang ein.

„Wir sind schon spät dran, Maria, und du weißt genau, wie giftig unsere Tochter werden kann, wenn das Essen auf dem Tisch steht und die lieben Eltern auf sich warten lassen. Das letzte Mal, als wir zu spät zu ihrer Einladung kamen …"

Maria K. löste jetzt demonstrativ ihren Gurt.

„Schluss mit der Diskussion, ich kann auch zu Fuß zurücklaufen!"

Mit knirschender Gangschaltung und nicht minder knirschenden Zähnen gab Max K. schließlich nach und fuhr die ca. 60 Meter zurück. Lieber eine giftige Tochter, die man nur noch sporadisch sah, als ein giftiges Weib, neben dem man jeden Morgen aufwachte.

Trixi hatte weder die Kraft noch den Willen gehabt, dem vorüberfahrenden Wagen zuzuwinken. Sie befand sich in einem Zustand absoluter Gleichgültigkeit. Aber genau diese Apathie war es, die dem weiblichen Instinkt von Maria K. Gefahr signalisiert hatte.

Maria stieg aus, überquerte die Straße und näherte sich dem Mädchen.

„Grüß Gott!“, sagte sie und ging vor dem Häufchen Elend, das da vor Kälte und Erschöpfung zitternd im Schnee saß, in die Hocke.

Das Mädchen schien durch sie hindurchzuschauen. Sein Blick war in weite Ferne gerichtet. Es war dieses typische 2000-Yard-Starren, mit dem traumatisierte Soldaten aus dem Kampfeinsatz zurückkehrten.

„Max, komm hilf mir!“, rief Maria ihrem Mann zu, der im Auto sitzen geblieben war. Dann wandte sie sich wieder an das Mädchen: „Was ist mit dir? Was, um Himmels Willen, ist denn passiert?“ Schon beim ersten Blick in ihre Augen war ihr klar geworden, dass das Mädchen unter Schock stand. Jetzt bemerkte sie auch die zerfetzte Kleidung und das Blut.

Max K. hatte inzwischen die Straße überquert. Er stand hinter seiner Frau und wirkte immer noch unschlüssig.

„Komm, Max, wir müssen sie ins Krankenhaus schaffen! Wahrscheinlich ist sie angefahren worden.“

„Aber ihre Haare … das kann doch kein Unfall ge …“ Er verstummte mitten im Satz. Seine Gattin hatte ihm einen Blick zugeworfen, der mörderischer nicht sein konnte. Er verstand ihn auf Anhieb.

Beide bemühten sich nun, das Mädchen aufzustellen und es vom gröbsten Schnee zu befreien. Es von beiden Seiten stützend, gelang es ihnen schließlich, das arme Ding auf den Rücksitz ihres Wagens zu verfrachten. Maria K. setzte sich daneben.

Die Stimme der Frau, die beruhigend auf sie einredete, sowie die Heizung des Wagens, die Max K. auf die stärkste Stufe gestellt hatte, bewirkten, dass Trixi Weber nach wenigen Minuten Fahrt aus ihrer geistigen Starre erwachte.

„Polizei …“ war das erste Wort, das sie hervorstammelte. Dann deutlicher: „Bitte … bringen Sie mich zur Polizei … es … es ist ein Verbrechen geschehen!“

„Was hat man dir angetan, mein armes Kind?“, fragte Maria, während sie zärtlich über Trixis Wange streichelte.

Max K. warf einen Blick in den Rückspiegel. Er hatte sich bereits vom Boeuf Stroganoff verabschiedet, das bei seiner Tochter auf ihn wartete.

Trixi antwortete nicht auf die Frage der Frau. Sie spürte, dass sie Kraft sparen musste, wenn sie gleich bei der Polizei ausführlich über das Vorgefallene berichten wollte.

Jetzt zog sie ihr Handy aus der Jackentasche und checkte den Empfang. Sie hatten das Funkloch hinter sich gelassen.

Sie wollte ihren Vater verständigen, aber sie wusste, dass er sie, wenn sie ihn anrief, mit einer Flut von Fragen überschütten würde. Also begann sie, mit zittrigen Fingern eine Textnachricht an ihn zu verfassen:

„ludwig grünzinger hat wahrscheinlich omi ermordet – mir die haare abgeschnitten und mich in einen käfig gesperrt – konnte fliehen – bin auf dem weg zur polizei in freyung – komm dorthin – schnell – trixi“

Sie drückte auf „senden“ und schob das Handy wieder ein. Plötzlich spürte sie wieder diesen Druck auf ihre Brust. Heftiger als vorher. Langsam begann sich ihr Gesichtsfeld zu verengen. Von den Rändern her wurde es schwarz, bis nur noch ein winziger heller Punkt im Zentrum übrigblieb. Als der erlosch, stoppte auch das Räderwerk ihrer Gedanken.

„Max, sie ist ohnmächtig geworden! Fahr zuerst ins Krankenhaus, die Polizei kann warten!“

51

Luk starrte plötzlich in die Mündung eines kurzläufigen Revolvers, den Xaver Weber blitzschnell aus der Tasche seines Anoraks gezogen hatte.

„Du Scheißkerl!“, brüllte Xav ihn an, „Jetzt rechnen wir ab!“

Luk begriff nicht, was los war.

War es die Nachricht, die er gerade auf seinem Handy erhalten hatte? Aber was sollte das für eine Nachricht sein? Nein, Xav hatte sich wohl überlegt, dass es besser für ihn wäre, alle beiden Speicherkarten zu besitzen. Er wollte auch seine haben, um sie irgendwann als Trumpf gegen ihn einsetzen zu können.

Luk schielte in die Ecke hinüber, wo Xav's Jagdgewehr an der Wand lehnte.

„Versuch es erst gar nicht!“, zischte Xav ihn hasserfüllt an. Weiße Speichelflocken spritzten dabei aus seinem Mund. Zur Bekräftigung seiner Worte spannte er jetzt mit einer kurzen Daumenbewegung den Hahn des Revolvers.

Das alles sagende Geräusch, das den Spannvorgang begleitete, ließ Luk vollends erstarren.

Tausend Gedanken schossen ihm gleichzeitig durch den Kopf. Wie verhielt man sich in so einer Situation, wenn man sie nur aus Filmen und Büchern kannte? Noch nie in seinem Leben war eine Waffe auf ihn gerichtet worden. Was taten die Helden im Film in so einer Lage? Eigentlich immer dasselbe. Aber es gab da zwei Möglichkeiten.

Möglichkeit eins: *Versuche dein Gegenüber zu beruhigen und schaffe damit eine Basis für taktische Verhandlungen!*

„He, Mann, bist du übergeschnappt? Kein Grund, wegen so einer Lappalie gleich gewalttätig zu werden! Hier hast du die verdammte Speicherkarte!“ Er zog sie aus der Tasche und warf sie vor Xav auf den Tisch.

„Scheiß auf deine Speicherkarte!“, schrie Xav nach Luft schnappend. Sein Gesicht war jetzt puterrot angelaufen. Er schäumte.

Möglichkeit eins war wohl hier nicht der richtige Weg. Die gewünschte Beruhigung trat bei Xav nicht ein.

Also Möglichkeit zwei: *Versuche dich der Waffe deines Gegners zu bemächtigen!*

Luk war klar, dass die zweite Möglichkeit ein Alles-oder-Nichts-Spiel war. Aber was hatte er schon zu verlieren? Sein Leben war ohnedies nur noch ein Trauerspiel im letzten Akt.

Blitzschnell schoss jetzt seine geballte Faust nach vorn und schlug die auf ihn gerichtete Waffe beiseite.

Xav hatte damit gerechnet, aber den Bruchteil einer Sekunde zu spät reagiert. Der Schuss, der sich löste, ließ nur einen verstaubten Maßkrug auf dem Wandboard explodieren und sandte dessen irdene Splitter durch den ganzen Raum.

Luk war über den Tisch gehechtet und hatte Xavs Schusshand gepackt. Noch niemals vorher war es ihm gelungen, all seine Konzentration so uneingeschränkt auf eine Sache zu fokussieren. Nichts auf der Welt, außer ihm und der Waffe in Xavs Hand, existierte in diesem Moment mehr. Nicht das Hindernis des Tisches, nicht Xavs Widerstand und auch nicht sein singendes Trommelfell, das ihn alle Geräusche nur noch gedämpft wahrnehmen ließ. Einzig und allein die Waffe und die Ausrichtung ihrer Mündung zählten noch.

Jetzt gelang es ihm, Xavs Daumen nach außen zu biegen. Der Revolver fiel polternd auf den Holzboden. Beide griffen gleichzeitig danach. Xav aber hatte die bessere Ausgangsposition und schnappte ihn sich zuerst. Doch Luk hatte sich mit vollem Gewicht auf ihn geworfen. Beide Männer kugelten jetzt ächzend und keuchend auf dem Boden herum – ein kompaktes Knäuel aus bis zum Zerreißen angespannten Muskeln und Sehnen.

Und wieder krachte ein Schuss.

Diesmal aber zersplitterte kein Bierkrug auf dem Wandbord. Das Geschoss hatte sich in ein anderes Gefäß gebohrt; in eins, das weicher war als gebranntes Steinzeug und keinen Henkel besaß. Eins, dessen Füllung noch weitaus kostbarer war als Bier – es war Xaver Webers Herz.

Luk war bei dem Schuss erstarrt, weil er einen winzigen Augenblick lang glaubte, selbst getroffen zu sein, und wie passabel es sich doch anfühlte, zu sterben. Jetzt aber spürte er, wie sich Xavs Muskeln entspannten, und er wusste, dass er das Alles-oder-Nichts-Spiel gewonnen hatte.

Die letzten Worte, die Xaver Weber gurgelnd hervorbrachte, waren: „Luk ... du ... du bist der Teufel!“

„Ja vielleicht, aber ich lebe noch ... und du Arschloch stirbst! Halali, der Jäger hat sich selbst erlegt!“

Luk wälzte Xavs schlaffen Körper zur Seite und sah, was die Kugel angerichtet hatte. Es gab wahrlich kein wirkungsvolleres Muskelrelaxans als eine Kugel in der Pumpe.

***

Eine Viertelstunde später war Luk wieder auf dem Heimweg. Er hatte die Leiche von Xaver Weber auf den Schlitten gepackt und sich dessen Rucksack mit dem Handy und dem Laptop umgeschnallt. Das Gewehr hatte er unter Xavs Anorak geschoben, den Revolver in die eigene Jackentasche gesteckt. Auch in der Hütte hatte er aufgeräumt. Die Scherben des zerschossenen Kruges waren in den Ofen gewandert und Tisch und Stühle standen wieder in Reih und Glied – Ordnung war das halbe Leben.

Um Xavs Wagen würde er sich in der Nacht kümmern. Den Spuren nach, die er bei seiner Umrundung der Hütte gefunden hatte, deutete alles darauf hin, dass Xav ihn drunten im Eichengrund abgestellt hatte.

Für den Abend und die Nacht hatte der Wetterbericht wieder heftige Schneefälle gemeldet. Das war gut so. Morgen schon würden alle Spuren getilgt sein.

Luk mochte den Schnee, seine Reinheit und Unbeflecktheit und auch seine Kälte, die mit dem Eispanzer korrespondierte, der sich seit Evis Tod um sein Herz gelegt hatte. Und er liebte die Zärtlichkeit, mit der die gefrorenen Tränen des Himmels Flocke um Flocke den Dingen ihre Form raubten, bis sie schließlich völlig verschwanden – jegliche Form war ohnehin nur Illusion.

52

12:45 Uhr.

Walter Weber parkte seinen Wagen neben dem Jeep Wrangler seines Sohnes unter dem Hochsitz bei den drei Eichen. Eigentlich hatten sie sich erst für 14:00 Uhr verabredet, doch das Wetter war so schön, dass es ihn nicht länger zu Hause gehalten hatte. Und für den Fall, dass Xav noch nicht da gewesen wäre, wusste er ja, wo der Zweitschlüssel zur Hütte deponiert war.

Er stieg aus und atmete ein paarmal tief durch. Die frische Luft tat ihm gut. Die Sonnenstrahlen wärmten zwar nicht, aber hoben seine Stimmung. Das hatte er auch nötig, zumal wenn er an die Aussprache zwischen Vater und Sohn dachte, die Xav ihm als längst überfällig angedeutet hatte.

Was, wenn er ihm wieder diese Fragen nach seinem ehelichen Vorleben auftischte? Sollte er ihn wissen lassen, dass er sich jetzt nicht mehr sicher war, ob da nicht auch noch in einem anderen jungen Mann Weberblut wallte?

Wenn er mit Leni einen Sohn gezeugt hatte, dann war wohl der es auch gewesen, der die Briefe geschrieben hatte. Er kannte den Mann nicht. Wusste nur von Trudi, dass Leni Ende 1974 einen Sohn zur Welt gebracht hatte. Musste jetzt so um die 40 sein. Er hatte Gerüchte gehört. Der Mann solle sich seit einem Unfall in der Kindheit, bei dem er auf den Kopf gefallen war, etwas wunderlich verhalten. Na prima – Filius Numero 2 ein Kretin!

Ach, zum Teufel, er wusste selbst noch nicht, was er Xav zu diesem Thema sagen wollte. Er würde sehen. Bis jetzt hatte ihm das, was er spontan gesagt und getan hatte, immer recht gegeben, und so wollte er es auch heute halten. Er würde Atmosphäre und Situation analysieren und dann entsprechend reagieren.

Grübelnd stapfte er den Spuren nach, die sein Sohn im Schnee hinterlassen hatte. Aber schon nach wenigen Metern empfand er es als paradox, dass er in den Fußstapfen seines Sohnes wandeln sollte. Freilich, wenn Xav ein anderer gewesen wäre, ein Sohn, auf den man hätte stolz sein können ... aber so ...

Er hatte als Oberhaupt der Stadt seine Zuträger, und sie hatten ihn nicht im Unklaren darüber gelassen, auf welchen Weiden sein Sohn graste.

Entschlossen machte er einen Schritt zur Seite, und auch wenn es ihn mehr Kraft kostete, zog er jetzt für den Rest des Weges seine eigene Spur durch den Schnee.

Als er ungefähr die Hälfte der Strecke zurückgelegt hatte, blieb er stehen und lauschte. Ihm war, als habe er gerade einen Schuss vernommen. Als er schließlich weiterstapfte, wieder ein gedämpfter Knall.

***

Der Marsch durch den kniehohen Schnee gestaltete sich anstrengender, als Walter Weber gedacht hatte. Seine Kondition ließ zu wünschen übrig.

Als er endlich bei der Hütte ankam und eintrat, fand er sie verlassen vor. Sofort fiel ihm der beißende Geruch auf, der in der Luft lag. Er ging zum Ofen und öffnete die Feuertür. Der Brennraum war vollgepackt mit Scheiten, die vor sich hin kokelten, ohne brennen zu wollen. Er schob den Lüftungsregler ganz auf und schloss den Ofen wieder.

„Verdammt, nicht mal Feuer machen kann der Junge richtig!"

Er schnupperte.

Nein, das war nicht allein der Rauch des Ofens ... das war der Geruch einer abgebrannten Treibladung ... unverkennbar.

Auch er war früher zur Jagd gegangen und hatte genügend mit allen möglichen Schusswaffen hantiert, um das mit Gewissheit sagen zu können. Jetzt fielen ihm auch wieder die beiden Schüsse ein, die er unterwegs gehört hatte.

War Xav etwa noch auf der Jagd gewesen und hatte anschließend sein Gewehr hier gereinigt? Nein, die Konzentration des Geruchs war definitiv zu hoch … die Schüsse mussten hier im Raum abgefeuert worden sein.

Was hatte das zu bedeuten?

Er ging vor die Tür und sah sich um.

Erst jetzt fiel ihm die Schleifspur auf, die sich von der Hütte bis zu einer großen Fichte in etwa zehn Metern Entfernung zog. Außerdem waren da nicht nur die Spuren seines Sohnes, sondern noch die von mindestens einer weiteren Person. Dann war Xav also nicht allein hier. Er musste sich hier mit jemandem getroffen haben, jemand, der aus einer anderen Richtung zur Hütte gekommen war.

Er folgte der Schleifspur bis zur Fichte.

Da waren diese Schlittenspuren wieder, die schon beim Aufstieg zur Hütte seinen Weg gekreuzt hatten. Anscheinend war hier etwas auf einen Schlitten verladen worden. Den Schleifspuren nach etwas Größeres. Er tippte auf einen schweren Bock oder einen kapitalen Keiler.

Ja, da waren auch ein paar dunkelrote Tropfen Schweiß im Schnee auszumachen.

Aber wie hing das alles mit den Schüssen zusammen, die in der Hütte abgefeuert worden waren? Natürlich konnte sich bei unachtsamem Hantieren mit der Waffe auch mal versehentlich ein Schuss lösen. Aber zwei Schüsse hintereinander? So viel Tölpelei traute er nicht einmal seinem Sohn zu.

Walter bildete jetzt mit den Händen einen Trichter vor seinem Mund und rief in verschiedene Richtungen ein paarmal aus Leibeskräften „Heho!“. Dann lauschte er in das Schweigen des Waldes hinein. Aber die einzige Antwort, die er erhielt, war das Ächzen der Wipfel, die sich unter ihrer Schneelast bogen.

Walter ging auf die Knie und untersuchte die Schweißspur im Schnee jetzt etwas genauer. Hätte er den Geruchssinn eines Jagdhundes besessen, so hätte sein Gehirn ihm jetzt ein klares Bild von dem geliefert, was da auf dem Schlitten transportiert wurde. Aber er war kein Hund, und so konnte er nur rätseln, was es war.

Jetzt spürte er den dumpfen Druck in seiner Magengrube, der bei ihm stets mit einer dunklen Vorahnung einherging. Er stand auf und begann, nochmals zu rufen.

Nichts! Keine Spur von seinem Sohn.

Er sah auf die Uhr. 13:50 Uhr.

Was sollte er tun? In der warmen Hütte auf Xav warten?

Er war nicht der Typ, der auf jemanden wartete.

Außerdem konnte es lange dauern, wenn Xav nicht mal in Rufweite war. Einen Moment lang war er versucht, zu seinem Wagen zurückzukehren und nach Hause zu fahren. Die Gelegenheit war günstig, der Aussprache mit seinem Sohn aus dem Weg zu gehen.

Doch dann siegten seine Neugier und der alte Jagdinstinkt. Er klappte den Kragen seines Mantels hoch und folgte der Schlittenspur in den Wald hinein.

53

Die verwitterte Stalltür quietschte in ihren Angeln, als Luk sie öffnete. Er wollte schon eintreten, blieb dann aber mit einem Ruck stehen. Ihm war, als habe ihm plötzlich jemand aus dem Dämmer des Stalles heraus einen Kübel Eiswasser ins Gesicht geschüttet.

Das Gefühl war real.

Irgendetwas hatte mit ihm gerade Kontakt gehabt. Etwas, das nicht da war und nicht da sein durfte und doch die volle Wucht eines entgegengeschleuderten Fluches besaß.

Luk lief ein Schauder über den Rücken. Er tastete nach dem Lichtschalter, betätigte ihn und blickte sich um.

Alles war friedlich. Nichts regte sich.

Die Toten schliefen tief und fest, wie es sein sollte und nicht anders sein konnte …

„Verdammte Hirngespinste!“, murmelte er. Vielleicht sollte auch er mal wieder gründlich ausschlafen. Er war hundemüde, und nicht nur, weil er gerade einen schwerbeladenen Schlitten durch den Wald gezogen hatte. Die bleierne Schwere, die er empfand, war keine körperliche, es war eine Mattigkeit der Seele. Noch aber war ihm dies nicht voll bewusst – dazu fehlte noch ein Quantum Schicksal.

Er wandte sich jetzt wieder dem Schlitten und seiner Ladung zu. Xaver Webers Gesicht war mittlerweile so weiß wie der Schnee, der auf der Fahrt durch den Wald von Sträuchern und Ästen auf ihn herabgefallen war. Luk hatte ihm unterwegs die Augen zugedrückt. Irgendwann war ihm Xavs stierer Blick an die Nieren gegangen. Ein Lid hatte sich gesträubt. Luk hatte es mehrmals geschlossen, doch immer wieder hatte es sich zur Hälfte geöffnet. Es war, als wolle Xav ihn nicht aus dem Auge verlieren.

Bei seiner Ankunft hatte Luk zunächst oben bei der Scheune haltgemacht. Er hatte Xavs Gewehr unter dessen Anorak hervorgezogen und es zusammen mit dem Revolver auf den Rücksitz von Trudis verbeultem BMW geworfen. Er hasste Waffen und wollte sie keinesfalls mit ins Haus hinauf nehmen. Irgendwann würde er sie zerlegen und die Teile irgendwo im Wald vergraben.

Jetzt fasste er Xav von hinten unter die Arme, zog ihn vom Schlitten und schleifte ihn in den Stall.

Nachdem er ihn in einen der leeren Särge gewuchtet hatte, meinte er: „Sag schön Hallo zu Mami! Sie liegt gleich hier zu deiner Rechten."

Er wartete.

„Nein? Na, dann eben nicht! Dein Nachbar linker Hand ist übrigens der gute alte Joe. Vielleicht kennst du ihn ja. Hat hier die Post ausgetragen und ist ganz plötzlich an seiner Neugier verstorben."

Er klopfte an Joes Sarg.

„Hat sich von einer verrosteten Egge per Express zur Hölle schicken lassen – franko! Hahaha …"

Luk erschrak über sein eigenes Gelächter. Was war los mit ihm? Er spürte nicht den geringsten Funken Heiterkeit in sich.

Außerdem schien auch Xav keinen Spaß zu verstehen. Sein Auge blitzte ihn unter dem halb geschlossenen Lid hervor feindselig an.

Luk drückte beide Handballen an die Schläfen. Wieder hatten diese peinigenden Kopfschmerzen eingesetzt. Er konnte gar nicht mehr klar denken. Die Gedanken wogten nicht als moderate Wellen durch sein Hirn, sondern schossen unkontrolliert umher wie die Splitter eines Schrapnells. Er befühlte seine Stirn – heiß wie ein Bügeleisen. Zeit, für eine längst überfällige Sitzung mit dem Schwarzen Afghanen! Es gab eine Menge mit ihm zu bereden – und guter Rat war bei ihm nicht teuer.

„Genug gequatscht!", wandte er sich wieder an die Bewohner seiner Särge. „Ihr hört mir ja doch nicht zu! Aber wenn ihr schön brav seid, dann habe ich heute vielleicht noch eine Überraschung für euch … Naja, ihr werdet vielleicht ihre Haare vermissen, aber sonst ist noch alles an ihr dran … Ehrenwort!"

Luk hob jetzt den Deckel auf Xavs Sarg und nagelte ihn fest. Bevor er den Stall verließ und die Tür hinter sich abschloss, ließ er seinen Blick nochmal über die Särge schweifen. Drei von ihnen waren belegt, zwei waren noch leer. Sein Seminarraum, in dem so viele schon gestorben und wieder auferstanden waren, hatte sich in eine Gruft verwandelt – in ein Leichenhaus, in dem nun der wahrhaftige Tod regierte.

Luk hielt sich plötzlich die Ohren zu. Ein wie Donner rollendes Gelächter dröhnte in seinem Kopf. War es Gevatter Tod, der sich lustig über ihn und seine lächerlichen 20-Minuten-Tod Seminare machte?

Trüben Sinnes stapfte er zu seinem Labor hinauf.

Plötzlich blieb er wie angewurzelt stehen. Er hatte gerade eine Spur im Schnee gekreuzt, die da nicht hätte sein dürfen – sie führte hinunter zur Hauptstraße.

Er blickte hinauf zum Labor, und alles in ihm krampfte sich zusammen.

Eines der hohen Milchglasfenster war eingeschlagen worden. An seiner Stelle gähnte jetzt ein dunkles Loch.

54

Walter Weber trat aus dem Wald heraus. Er beschattete mit einer Hand die Augen und blickte den verschneiten Hang hinab. Die weiße Fläche gleißte im Sonnenlicht. Die Schlittenspur, der er gefolgt war, führte zu einem etwa 300 Meter entfernt gelegenen Gehöft hinunter.

Er konnte nur grob einschätzen, wo er sich befand. Diese Gegend hier war ihm nicht vertraut. Sein ehemaliges Jagdrevier hatte sich weiter nördlich im Mauther Forst befunden. In der Hütte von Xav war er nur ein paarmal zu Gast gewesen, war aber stets von Süden her zu ihr aufgestiegen.

Jetzt zog er sein Handy aus der Tasche und checkte die Verbindung.

Nichts. Kein Empfang.

Er fragte sich, ob er weitergehen oder umkehren sollte. Wenn Trudi, Trixi oder die Polizei ihn anzurufen versuchten, wäre er nicht erreichbar. Aber dann sagte er sich, dass ja auch Xav und Erika ihre Nummer bei der Polizei hinterlassen hatten. Zweifelsohne würden sie sich auch untereinander verständigen. Alles in allem glaubte er sowieso nicht, dass mit Trudi und Trixi etwas passiert sein könnte. Sicher würde sich die ganze Sache schon bald aufklären und in Wohlgefallen auflösen.

Langsam stapfte er weiter hangabwärts.

Unterwegs hatte er an einigen Stellen einwandfrei feststellen können, dass die Spuren dessen, der den Schlitten zog, nicht von Xav stammten. Aber er war sich sicher, dass der Schlittenzieher bei der Hütte mit Xav zusammengetroffen war und ihm Auskunft über dessen Verbleib würde geben können.

Schließlich war er vor der großen Scheune angelangt und blieb stehen. Den Spuren im Schnee zufolge, war das Tor vor kurzem geöffnet worden. Auch er öffnete es jetzt einen Spalt breit und rief laut „Hallo!" hinein.

Nichts rührte sich.

Er schob das Tor weiter auf.

Seine Augen waren noch von dem Weiß der schneebedeckten Landschaft geblendet und brauchten eine Weile, bis sie in der Dunkelheit der Scheune erste Details erkennen konnten. Dort, weiter hinten, grinste ihn jetzt wie das aufgerissene Maul eines Hais, ein verchromter Kühlergrill an – nierenförmig – BMW. Darunter reflektierte ein Nummernschild das Licht, das durch den Spalt im Scheunentor fiel.

FRG-GW-1.

Walter glaubte, seinen Augen nicht zu trauen – Landkreis Freyung-Grafenau – Gertrud Weber – 1.

Das war der Wagen seiner Frau!

„Was zum Teufel …", entfuhr es ihm.

Er ging auf den Wagen zu und bemerkte die Kratzer und Dellen an der Karosserie. Das Fahrzeug war rundherum beschädigt, zwar nicht schwer, doch die Reparatur würde sicher ein paar Tausend Euro verschlingen.

Hatte Trudi bei dem Schneetreiben vorgestern Nacht einen Unfall gebaut und ihren Wagen vom Bewohner dieses Hofes abschleppen lassen, um die Polizei nicht zu involvieren?

Hatte dieser sie dann ins Krankenhaus gebracht? Eher unwahrscheinlich … irgendjemand vom Personal hätte ihn sofort verständigt.

Er versuchte den Türgriff an der Fahrerseite. Die Tür sprang auf und die Innenbeleuchtung ging an. Der Schlüssel war nirgendwo zu sehen.

Jetzt sah er auf dem Rücksitz die beiden Waffen liegen.

Auf den ersten Blick erkannte er, dass es sich bei dem Gewehr um dasselbe handelte, das er seinem Sohn zu seinem 40. Geburtstag geschenkt hatte. Die Flachstichgravur einer Bache, umringt von ihren

Frischlingen, war individuell für ihn angefertigt worden. Walter Weber verstand jetzt gar nichts mehr. Wie kamen diese Waffen hierher, wenn der, der den Schlitten gezogen hatte, nicht Xav gewesen war?

Er öffnete die hintere Tür des Wagens, zog den Repetierer heraus und warf einen Blick ins Kammerschloss – eine Kugel im Lauf, das Magazin voll. Jetzt kontrollierte er den Revolver. Pulverrückstände und Geruch sagten ihm sofort, dass mit dieser Waffe vor kurzem geschossen worden war … die Schüsse in der Hütte!

Er kippte die Trommel heraus – vier Schuss scharf, zwei abgefeuert.

Was, zum Teufel, hatte sich in der letzten Stunde zugetragen?

Er warf die Autotür wieder zu und steckte den Revolver in die Manteltasche. Das Gewehr hängte er sich um. Derjenige, der die Waffen hier deponiert hatte, konnte mit Sicherheit kein Jäger sein. Geladene Waffen in einem unverschlossenen Wagen zu verwahren, war ein absolutes No-Go.

Wieder dieser Druck in seiner Magengrube, der noch nie etwas Gutes angekündigt hatte.

Etwas stimmte hier nicht.

Plötzlich begann sich sein Nackenhaar zu sträuben, und zum ersten Mal, seit er der Spur durch den Wald gefolgt war, überkam ihn eine Ahnung von unmittelbarer Gefahr. Jetzt kroch auch noch das Gefühl in ihm hoch, dass er beobachtet wurde … dass von irgendwoher ein Paar Augen auf ihn gerichtet war.

Als er sich umwandte, sah er im Spalt des geöffneten Scheunentores eine dunkle Silhouette stehen.

Er konnte weder ein Gesicht noch Details von Kleidung erkennen. Zu hell strahlte der Hintergrund, gegen den sich die reglose Gestalt abhob. Es war nur ein Schatten von makellosem Schwarz; ein Schwarz, in dem alle Dunkelheit der Welt geronnen zu sein schien.

Walter war mit einem Mal, als stünde dort der Leibhaftige, der gerade aus dem lichten Gefilde des Himmels verbannt worden war.

55

Als Ludwig Grünzinger sein Labor betrat, stürzte eine Welt für ihn zusammen.

Der Käfig war aufgebrochen und Trixi Weber verschwunden. Ein schneller Blick durch den Raum zeigte ihm, dass sie auch die beiden Handys mitgenommen hatte. Und das konnte nur eines heißen, nämlich dass sie die Polizei verständigen würde, sobald sie in den Sendebereich des nächsten Funkmasts kam.

Sollte er sie verfolgen?

Nein, das machte jetzt wohl keinen Sinn mehr. Sicher hatte sie unten an der Straße schon längst ein Auto aufgehalten und sich mitnehmen lassen.

Luk ließ sich in seinen Schreibtischsessel fallen und dachte nach.

Wie viel Zeit würde ihm wohl noch bleiben, bis die Beamten anrückten und hier in seinem Reich alles auf den Kopf stellten?

Sie würden die drei Leichen im Stall finden ... Na gut, Joe war ein Unfall, und bei Xav war es Notwehr gewesen ... aber Trudi Weber war an seinem Gift gestorben. Mein Gott, wie war er nur in so etwas hineingeraten? Noch vor zwei Wochen hätte er sich niemals vorstellen können, dass er einmal für den Tod eines Menschen verantwortlich sein würde ... und doch war es geschehen. Zum ersten Mal hatte er das Gefühl, dass in ihm etwas kaputt gegangen war. Etwas, das notwendig war, um in der Gesellschaft seiner Mitmenschen funktionieren zu können.

War es sein Verstand? Hatte er den Verstand verloren? Oder war es die Liebe zu einer Toten, die seine Empathie für den Rest der Welt nach und nach aufgezehrt hatte?

Plötzlich brandete es wie Sturmflut in sein Bewusstsein: Alles war zu Ende ... alles war vorbei!

All die Arbeit, die er sich mit der Frau aus Regensburg gemacht hatte ... wie hieß sie doch gleich wieder? Alles vergebens!

Aber es war nicht Verzweiflung, die ihn jetzt überkam. Zorn kochte in ihm hoch. Wut und Zorn auf sein Schicksal, das ihm schon wieder einen Strich durch die Rechnung machte. Er fühlte sich von ihm betrogen und hintergangen. Zuerst hatte es ihm Evi geraubt. Und jetzt, nach Jahrzehnten der Trauer und Einsamkeit, da es ihm endlich gelungen war, seiner großen Liebe ein unvergleichliches Denkmal zu errichten, ein Denkmal, mit dem er in einer idealisierten Form der Ehe hätte zusammenleben können, da missgönnte ihm dieses Schicksal auch noch das.

Sein Leben war mit einem Schlag wertlos geworden … vollkommen wertlos. Wertloses aber hatte keine Daseinsberechtigung. Wozu also warten, bis einem das Schicksal noch mehr Gülle übers Haupt goss, bis man darin ersoff?

Es war genug!

Über seinen letzten Atemzug würde niemand anders entscheiden als er selbst.

Das Hämmern und Pochen in seinem Kopf wurde wieder stärker. Luk öffnete die Schreibtischschublade, drückte vier Tabletten aus einem Blister und warf sie ein. Er brauchte heute nichts, um sie herunterzuspülen – er zerkaute sie. Ihre Bitterkeit kam seinen Gefühlen entgegen.

Jetzt blickte er zum zerstörten Käfig hinüber und begann, ein paar schrille Pfiffe auszustoßen, mit denen er Andy für gewöhnlich aus seinem Außengehege lockte.

Doch Andy erschien nicht.

Ein kalter Lufthauch, der durch das zerschlagene Fenster hereinwehte, flüsterte Luk zu, dass auch sein tierischer Freund ihn verlassen hatte.

Er stand auf und näherte sich dem gläsernen Quader, in dem das Ding aus der anderen Welt schwebte. Er war gar nicht mehr dazu gekommen, die LED-Beleuchtung anzubringen, die das Innere des Bassins in weißes, indigo- und türkisfarbenes Licht tauchen sollte. Zu schade. Denn dies hätte seinem Allerheiligsten die letzte Weihe gegeben.

Er hob jetzt seine Hände, legte sie an das kühle Glas, presste auch seine Stirn dagegen und schloss die Augen.

Ja, er konnte es spüren: Das Ding versuchte, mit ihm Kontakt aufzunehmen. Nicht in der Art, die seinen Verstand ansprach, sondern auf eine Weise, die ausschließlich sein Herz berührte. Es versuchte, mit ihm zu kommunizieren wie eine Mutter mit ihrem ungeborenen Kind.

Aus der Musikanlage drangen jetzt Worte aus dem Song „*The Boxer*" von Simon und Garfunkel an sein Ohr:

„Then I'm laying out my winter clothes –
And wishing I was gone –
Going home …"

Ludwig Grünzinger hatte einen Entschluss gefasst. Er wusste, dass ihm die Zeit davonlief und er handeln musste, wenn nicht das Schicksal auch noch den letzten Akt seiner Selbstbestimmung vereiteln sollte.

Wieder war es Dawat Lupung, der Medizinmann der Penan, der ihm einen Dienst erweisen sollte – diesmal den letzten.

Er ging zu dem Regal, in dem die Giftampullen lagerten, nahm eine davon und ließ ihren kristallinen Inhalt in eine leere Getränkedose rieseln. Dann füllte er diese mit Portwein auf. Es war eine Flasche, die er sich für einen ganz besonderen Anlass aufgehoben hatte. Der Anlass war nun gegeben. Anders, als er sich das vorgestellt hatte, aber sei's drum – weitere Anlässe standen jetzt sowieso nicht mehr auf seiner Wunschliste.

Er nahm noch ein paar kräftige Schlucke aus der Portweinflasche, dann verließ er das Labor – und zum ersten Mal schloss er die Tür nicht hinter sich ab.

56

Er fühlte sich wie eine 200-jährige Schildkröte – müde, todmüde. Schlafen! Nur schlafen noch und träumen … es wär ein Ziel, aufs Innigste zu wünschen.

Ludwig Grünzinger stand jetzt vor einem der letzten beiden Särge, die noch unbelegt waren, und starrte hinein wie in einen bodenlosen Abgrund. Die Getränkedose mit dem Port-Gift-Gemisch hatte er auf dem danebenstehenden Pult abgestellt.

Plötzlich hörte er durch die Futterluke über sich, die er nach dem Selbstmord seiner Mutter noch nicht wieder geschlossen hatte, eine Autotür schlagen.

Er stutzte.

Waren sie etwa schon da? Hatte die Jagd auf ihn schon begonnen?

Nein! Wenn die Polizei hier anrückte, würde sie es bestimmt mit Pauken und Trompeten tun. Dieser Eindringling aber war auf leisen Sohlen gekommen.

Der Hof der alten Leni war in den Hang hineingebaut. Luk verließ den Stall und stapfte durch den kniehohen Schnee zum Scheunentor hinauf. Es stand einen Spalt breit offen.

Jetzt nahm er im Streifen des Lichts, das wie ein Finger ins Düster der Scheune wies, einen älteren Mann wahr, der neben dem Wagen von Trudi Weber stand. Irgendwie kam er ihm bekannt vor, doch konnte er ihn im Moment nicht einordnen. Der Typ starrte ihn an. Reglos zunächst, doch dann kam Bewegung in ihn.

Bevor Luk erkennen konnte, was vor sich ging, hatte der Mann ein Gewehr in der Hand und legte es auf ihn an.

„He!“, schrie Luk überrascht.

Die Antwort war ein metallisches Geräusch, das selbst einem Laien wie ihm unmissverständlich klarmachte, dass die Waffe nun scharf war.

Was für eine Gelegenheit, schoss es ihm durch den Kopf. Diesen Mann, egal aus welchem Grund er auch hier war und auf ihn zielte, schickte der Himmel.

Er breitete seine Arme aus und ging, langsam einen Schritt vor den anderen setzend, auf den Fremden zu.

„Na los, Mann, schieß! Nun schieß doch endlich! Aber mach deine Sache gut!"

Der Mann wich zurück. Er war sichtlich konsterniert von Luks Verhalten.

„Siehst du, hier oder hierhin!" Luk deutete bei diesen Worten mit einem Zeigefinger zwischen seine Augen, mit dem anderen an sein Herz.

Der Mann machte jetzt eine stechende Bewegung mit dem Gewehr, als handle es sich dabei um eine Pieke. Dann brüllte er Luk an: „Stopp! Bleiben Sie stehen!"

Luk scherte sich nicht darum und trat näher auf ihn zu.

Der Mann wich weiter zurück.

„Mach schon!", forderte Luk ihn auf. „Du weißt ja gar nicht, was für einen Gefallen du mir damit tust … nun drück schon endlich ab!"

„Sie sind ja verrückt! Zum letzten Mal: Bleiben Sie stehen! Ich will, dass Sie mir ein paar Fragen be …"

Luk sah plötzlich, wie der Mann nach hinten kippte und mit einer Hand nach etwas griff, das nicht da war.

Ein Schuss krachte.

Luk blieb stehen.

Vom Scheunendach oben regneten die Partikel eines zerschossenen Ziegels auf ihn herab.

Der Mann war verschwunden.

Luks Augen hatten sich inzwischen so weit an die Dunkelheit angepasst, dass er jetzt den zarten Dämmerschein wahrnahm, der aus der offenen Futterluke aus dem Stall heraufdrang.

Vorsichtig trat er an die Öffnung heran und blickte hinunter in den Stall.

„Verdammt!“

Dort unten lag der Mann auf dem Betonboden und rührte sich nicht mehr. Das Gewehr lag neben ihm. Der Schaft war zerbrochen.

Luk reichte es jetzt. Er hatte genug. Er war am Ende.

Er kehrte in den Stall zurück und fühlte nach dem Puls des Mannes. Er hätte es sich sparen können. Der blutende Hinterkopf des Kerls war keilförmig eingedrückt. Wahrscheinlich hatte er sich schon oben, beim Zurückfallen, an einer Kante der Futterluke den Schädel eingeschlagen.

Hier aus der Nähe erkannte er ihn wieder. Es war Walter Weber, der Bürgermeister von Freyung.

„Mein Gott“, stammelte er. „Was ist das hier … ein Familiengrab?“

Egal! Er hatte keine Lust mehr, darüber nachzugrübeln, warum jetzt auch noch Walter Weber hier aufgetaucht war. Er wollte überhaupt nicht mehr grübeln – er wollte nur noch schlafen … schlafen und träumen von einer schönen neuen Welt.

Walter Weber war kein Leichtgewicht, aber irgendwie schaffte Luk es, auch ihn in einen Sarg zu verfrachten. Nach kurzer Überlegung warf er auch noch Schaft und Lauf des zerbrochenen Gewehrs in die Kiste – Grabbeigaben.

„Hier, du Superschütze! Vielleicht kannst du’s ja in der Hölle noch gebrauchen! Schießt mir das Dach kaputt, statt mir den Gnadenschuss zu gönnen!“

Mit diesen Worten nagelte er den Deckel über Walter Weber zu und begab sich zum letzten der Totenschreine.

Er setzte die Getränkedose an die Lippen und ließ ihren Inhalt Schluck für Schluck seine Kehle hinunterlaufen. Das Zeug schmeckte grauenhaft. Alles, was einen guten Port ausmachte, war dahin. Das Gift hatte den edlen Tropfen verdorben. Aber Geschmacksfragen zu klären, war das Letzte, an was Luk jetzt noch gelegen war. Sterben war nun mal in jeder Hinsicht eine Frage des schlechten Geschmacks.

Jetzt stieg er in seine eigene letzte Ruhestatt. Doch bevor er den Deckel darüber zog, blickte er sich noch einmal in dem Raum um.

Keinen von denen, die hier in den Totenkisten lagen, hatte er eingeladen. Doch etwas hatte sie alle hier zusammengebracht … etwas, das keinen Namen hatte und doch mächtiger war als der freie Wille.

Ach, hätten sie ihn doch einfach nur in Ruhe gelassen!

In alter Gewohnheit rief er jetzt in die Runde: „Alle Kursteilnehmer vollständig versammelt? Dann lasst uns mit dem Sterben beginnen! Auferstehung in 20 Minuten!“

57

Luk hatte die Augen geschlossen und bereitete sich auf den Übertritt ins Paradies vor. Er war zuversichtlich, es so wieder vorzufinden, wie er es im Zustand seines Komas vor drei Jahrzehnten erblickt hatte.

Plötzlich vernahm er eine altbekannte Stimme.

Er schob den Deckel seines Schreins nochmals beiseite.

Auf dem hölzernen Pult neben ihm, an dem schon so viele Kursteilnehmer ihr Testament und ihren Abschiedsbrief verfasst hatten, saß sein lieber Freund und Weggefährte Andy und putzte sich das Fell.

Luk war freudig überrascht.

„Hallo, mein kleiner Ausreißer! Kommst wohl, um mir Lebewohl zu sagen?"

„Lebewohl? Was soll das heißen ... wo willst du hin?"

„Ach, Andy, ich geh ins unentdeckte Land, von des Bezirk kein Wandrer wiederkehrt."

„Wieso redest du so gespreizt? Und wieso legst du dich dazu in eine Kiste?"

„Das ist ein Sarg, Andy ... naja, eigentlich hast du recht, es ist im Grunde nur eine Kiste. Aber es ist der beste Platz, um sich über alles Gedanken zu machen, was man erlebt hat. Hier hat man seine Ruhe und unendlich viel Zeit. Niemand stört einen dabei ... es sei denn, es käme ein neugieriges Frettchen vorbei."

„Danke, ich liebe dich auch!"

„Nun, wenn du schon mal da bist, Andy, dann beantworte mir doch bitte eine Frage: Hat sich deine Mischpoke eigentlich auch schon mal Gedanken übers Jenseits gemacht?"

„Meine Mischpoke?", kam es angesäuert von Andy zurück.

„Na ja, ich meine, alles, was da kreucht und fleucht, flattert, schwimmt oder auf vier Beinen daherkommt ... das Tierreich eben, die Fauna."

„Du liebe Güte, wie du dich heute wieder aufplusterst! Evolutionstechnisch betrachtet, gehört ihr Menschen immer noch zur selben Mischpoke wie wir. Ihr seid Tiere! Das Einzige, was euch von uns unterscheidet, ist doch nur die fragwürdige Fähigkeit, euch für was Besseres zu halten. Was ist denn schon dran, an eurem aufrechten Gang? Was hat er euch gebracht?"

„Was er uns gebracht hat? Das kann ich dir sagen, mein Lieber: zunächst einmal den Vorzug eines besseren Ausblicks auf mögliche Beute oder Gefahren. Früher mussten wir erst mal auf einen Baum klettern, um diese Aussicht zu haben."

„Und heute lauft ihr gegen diesen Baum, weil ihr nur noch auf eure Handys glotzt. Was also hat es euch gebracht? Schon der T-Rex ging auf zwei Beinen. Und wo ist er heute? Irgend so ein Dings aus dem All ist ihm auf den Kopf gefallen und hat ihn ausradiert. Patsch-bum, weg war er … hatte sich wahrscheinlich auch als Krone der Schöpfung gewähnt."

Luk musste schmunzeln. Es war so herzerfrischend, sich mit jemandem zu unterhalten, der so völlig anders dachte. Schon oft hatte er sich gefragt, wo Andy sein Wissen, seine Weisheit und seine genialen Einfälle hernahm. Zweifelsohne schöpfte er aus tieferen Quellen als er selbst.

„Nun, und habt ihr?", drängte er auf die Beantwortung seiner anfänglich gestellten Frage.

„Was?"

„Euch Gedanken übers Jenseits gemacht?"

„Eigentlich nicht."

„Ah, und wieso nicht, wo ihr doch sonst immer eure Rüssel und Schnauzen in alles steckt?"

„Weil wir nicht irre genug sind, auf einem Platz ohne Löcher Golf zu spielen. Das Handicap deiner Mischpoke ist nur deshalb so hoch, weil ihr euch vor jedem Einputten erst mal ein Loch bohren müsst. Da kommt, weiß Gott, keine Spielfreude auf."

Luk musste grinsen. „So gesehen hast du …“ Er stoppte mitten im Satz.

Andy, der gerade damit beschäftigt war, das Fell seiner Vorderpfoten glatt zu lecken, richtete sich plötzlich auf und vollführte auf seinen Hinterläufen seltsame Verrenkungen. Die schrillen Geräusche, die er dabei ausstieß, trafen Luks Trommelfell wie Nadelstiche.

Andys Bewegungen wurden hektischer. Es sah aus, als sei er in Ekstase geraten und tanze eine Tarantella. Sein schlanker Frettchenkörper zuckte bis in die Schwanzspitze, als stünde er unter Strom. Dann brach der Tanz jäh ab. Andy rollte sich auf dem Pult zusammen und rührte sich nicht mehr.

„Andy! Andy, was ist mit dir?“, rief Luk. Und dann fiel ihm das Glas mit dem Gift wieder ein, das er im Käfig vor Schreck fallengelassen hatte, als das ohnmächtige Mädchen plötzlich die Augen aufgerissen hatte. Hatte Andy etwa …

Luk konnte diesen Gedanken nicht mehr zu Ende denken. Sein Gehirn lieferte ihm auf einmal nur noch Splitter, die kein Ganzes mehr ergaben.

Er versuchte, den Sargdeckel etwas weiter beiseitezuschieben, um sich aufsetzen zu können. Doch eine unheimliche Kraftlosigkeit hatte seine Glieder befallen. Und dann spürte er plötzlich ein Reißen in seinen Lungen, das ihm den Atem stocken ließ – das Gift begann zu wirken.

Eine Schockwelle der Angst brandete durch seinen Körper. Doch es war nicht die Angst vor dem Tod. Es war die Angst vor dem Schwarz, das ihn plötzlich umgab – wo er doch strahlendes Weiß, Indigo und Türkis erwartet hatte …

EPILOG

Die sanfte Pfadfinderstimme des ermordeten Sängers John Lennon hing im Raum:

„... imagine there is no heaven ... it's easy if you try ...“

Hauptkommissar Franz B., den die Freyunger Beamten zur Verstärkung aus Passau angefordert hatten, gab einem seiner Leute ein Zeichen. Die Musik verstummte. Alle Neonröhren an der Decke des Labors brannten.

Der Kommissar blickte sich um. Er war in seiner über 30-jährigen Amtszeit noch nie an einen Tatort gerufen worden, der ihm von Anfang an so viele Rätsel aufgegeben hatte.

Drunten in dem alten Stall war man gerade dabei, die fünf Leichen abzutransportieren. Es würde wohl eine Weile dauern, bis alle gerichtsmedizinischen Gutachten und die Ergebnisse der Spurensicherung vorlagen. Bis dahin konnte er nur spekulieren, was sich in dieser verschneiten Einöde abgespielt hatte.

Freilich hatte er den Kurzbericht von Trixi Weber, die im Krankenhaus von Freyung wieder zu sich gekommen war und laut den behandelnden Ärzten überleben würde. Doch dieser Bericht betraf nur den von ihr vermuteten Giftanschlag Ludwig Grünzingers auf sie und ihre Großmutter.

Was aber war mit den anderen Toten?

Der Fall war komplex. Eine echte Herausforderung.

Ganz von „Oben“ war bereits ein diskreter Fingerzeig gekommen, auch einen terroristischen Hintergrund in Erwägung zu ziehen. Schließlich hatte man hier die Familie eines Bürgermeisters ausgelöscht, der beste Beziehungen zur Bayerischen Staatskanzlei pflegte.

Jetzt fiel der Blick des Kommissars auf den großen Glaswürfel, der auf einem Palettenstapel mitten im Raum stand. In der Flüssigkeit, die sich darin befand, schwebte ein seltsames Gebilde.

Er ging darauf zu, umrundete das Bassin und betrachtete das Ding von allen Seiten.

Er wurde nicht schlau daraus.

Auf den ersten Blick sah es aus wie eine mit Flüssigkeit gefüllte Schweinsblase, nur viel größer. Seine Form war unregelmäßig. Auf einer Seite hatte es verschiedenlange Fortsätze ausgebildet. Durch die transparente bis halbtransparente Hülle waren in seinem Inneren ovale Objekte auszumachen, die perlmuttartig schimmerten.

Die Nase des Hauptkommissars berührte jetzt fast die Scheibe. Mit zusammengekniffenen Augen scannte er jeden Millimeter der schwebenden Blase.

Plötzlich wich er entsetzt zurück.

Er hatte in den 20 schimmernden Objekten, die an fast durchsichtigen Fäden in dem Gebilde aufgehängt waren, Finger- und Zehennägel erkannt.

Er winkte dem Fotografen seines Teams. „Hiervon möchte ich ein paar hochauflösende Bilder! Aus verschiedenen Winkeln und Abständen aufgenommen!“

„Was ist das?“, fragte der Mann, während er schon zu knipsen anfing.

Hauptkommissar Franz B. zuckte mit den Schultern. „Wenn ich das wüsste, wäre mir wohler … oder vielleicht auch nicht.“

Dann zog er sein eigenes Handy aus der Tasche und machte selbst noch ein paar Aufnahmen von dem Ding. Er fragte sich, wem diese Finger- und Zehennägel wohl ausgerissen worden waren und wo der Rest von ihm geblieben war.

***

Trixi Weber hatte nicht gewartet, bis man sie aus der Klinik entließ. Noch vom Krankenbett aus hatte sie eine Werbekampagne in eigener Sache gestartet. Sie hatte den Clip, den sie mit ihrem Handy in Ludwig Grünzingers Labor gefilmt hatte, auf verschiedenen sozialen Plattformen gepostet und in ihrem Blog über ihr schauerliches Erlebnis berichtet.

14 Tage lang war sie ein Star. Dann flaute das Interesse an ihr ab. Der Brennstoff ihrer Story hatte sich verzehrt. Und da sie auf gleichem Horror-Niveau nichts nachzulegen hatte, zerrann ihr Ruhm schon bald zu nichts. Kein Follower verzieh es einem, wenn man mit ollen Kamellen handelte.

Doch Trixi tröstete sich mit einem großen Erbe und vor allem mit dem eiergelben Ferrari F12berlinetta ihres Vaters. Sie war von der Prägung ihres Elternhauses her durchaus in der Lage, auch im Schlechten das Gute zu erkennen.

Nur ihr Verhältnis zu Männern war seit ihrem Käfigaufenthalt in Ludwig Grünzingers Labor gestört. Die Beziehungen, die sie einging, zerplatzten schon nach kurzer Zeit wie Seifenblasen. Denn sie schien permanent auszustrahlen: „Berühre mich, aber fass mich nicht an!"

Gott sei Dank, gab es noch Pferde – mittlerweile besaß sie fünf davon.

***

Die Leute des kleinen Städtchens Freyung waren geschockt von der grausigen Tragödie, die sich so unmittelbar in ihrer Nähe abgespielt hatte. Doch irgendwann ging man auch hier wieder zur Tagesordnung über. Die Lücke, die Josef Petzi bei der Post hinterlassen hatte, wurde zuerst geschlossen. Wenig später rückte auch ein neuer Bürgermeister nach, und für den dahingeschiedenen hängte man eine bronzene Gedenktafel ins Rathaus.

Das Leben ging weiter – jeder war ersetzbar.

***

Hauptkommissar Franz B. gelang es nie, den Fall „Ludwig Grünzinger" lückenlos aufzuklären. Zwar war das Tagebuch von Magdalena Grünzinger aufgefunden worden, das die Beziehung des Täters zur Bürgermeisterfamilie offenlegte, doch wie Josef Petzi, der Postbote, ins Bild dieses Familiendramas passte, blieb weiterhin ein Rätsel.

Die Obduktion von Ludwig Grünzinger hatte ergeben, dass er, ebenso wie Gertrud Weber, an Gift gestorben war. Reste desselben waren in einer Getränkedose nachgewiesen worden, die man neben seinem Sarg entdeckt hatte. Es war anzunehmen, dass er sich selbst gerichtet hatte, denn sein Sarg war der einzige gewesen, der unverschlossen war. Außerdem hatte man in seinem Gehirn ein Glioblastom entdeckt, das sich bereits von der linken Gehirnhälfte über den Balken in die rechte ausgebreitet hatte.

Hauptkommissar Franz B. war weder Richter noch war er Gott. Er wollte nicht entscheiden, wie viel Schuld L. G. im Falle seines Überlebens zuzusprechen gewesen wäre.

Vielleicht war es der Tumor, der diese ganze Katastrophe ausgelöst hatte, vielleicht auch nur der Flügelschlag eines Schmetterlings am fernen Amazonas. Er wusste es nicht.

Das Ding aus dem großen gläsernen Bassin war ebenfalls untersucht worden. Es handelte sich dabei um ein Gebilde aus menschlicher Haut, vernäht mit menschlichem Haar (von Trixi Weber). Au ßerdem barg es in seiner Hülle die lackierten Fuß- und Fingernägel eines Menschen, dessen abgeschabte Knochen und Innereien man in einer der Kühltruhen entdeckt hatte. Es handelte sich dabei um die Überreste einer Frau, die in der Einliegerwohnung von L. G. übernachtet haben musste. Neben anderen Spuren deutete auch ein kleiner Koffer mit Frauenkleidung darauf hin.

Die Fotos, die Hauptkommissar Franz B. mit seinem eigenen Handy von dem Ding gemacht hatte, hatte er, einer plötzlichen Eingebung folgend, über verschiedene Bildanalyse Apps laufen lassen.

Von den 24 Bildern, die ihm diese Apps als Ähnlichkeitstreffer vorschlugen, hatten neun Stück ein und dasselbe Objekt zum Thema gehabt:

Amoeba proteus: Einzeller mit Scheinfüßchen – Domäne: Eukaryota – Stamm: Amoebozoa – Klasse: Tubulinea – Ordnung: Tubulinida – Familie: Amoebidae.

Heimat
battenberg
gietl verlag

Turbulentes Beziehungskarussell mit einem Schuss Erotik und viel krimineller Energie

Hugo Nefe
Gäubodengschwerl
1. Auflage 2017,
290 Seiten,
Format 13,5 x 20,5 cm
Klappenbroschur
ISBN 978-3-86646-775-0
Preis: 14,90 EUR

Die niederbayerische Idylle trügt. Auch sie ist nur eine Kulisse, hinter der Liebe, Hass, Gier und Tod auf ihren Auftritt warten.

Wer mit wem? Und warum überhaupt? Und vor allem: Wer ist der Tote aus der Donau? Diese Fragen beschäftigen den Leser hier bis zur letzten Seite.

Max Nibelung (35), introvertierter, teamunfähiger Angestellter in einer Praxis für Physiotherapie, hat begnadete Hände, denn seine Berührungen machen die Menschen glücklich – und viele davon abhängig.

Nur seine eigene Frau entgleitet ihm mehr und mehr. Sein Techtelmechtel mit dem Au-Pair-Mädchen der Familie zieht weiteres Unheil in Gestalt eines Macho-Rivalen nach sich. Dann lernt Max eine Ärztin kennen, die im Bayerischen Wald ein Hospiz eröffnet hat. Sie hat von der wundersamen Kraft seiner Hände gehört und möchte ihn für ein Projekt gewinnen, über dessen eigentlichen Zweck Max zunächst nichts ahnt. Er sagt zu und sein Leben gerät nun vollends aus den Fugen …

»Flott geschriebene Melange aus Krimi und Gesellschaftssatire. Die Schauplätze kennt ein Straubinger ebenso wie die Typen, die im Roman leiden, lieben, hassen – und morden?«

Sonja Ettengruber,
STRAUBINGER